La psiquiatra

WULF DORN
La psiquiatra

Traducción de Bea Galán

Título original: *Trigger*

© *2009 by Wulf Dorn* (www.wulfdorn.net), *represented*
By AVA International GmbH, Germany (www.ava.international.de)
Originally published 2009 by Wilhelm Heyne Verlag, Munich, Germany
The book was negotiated through AVA International GmbH, Germany
(www.ava-international.de) *and Ute Körner Literary Agent, S.L.*
(www.uklitag.com)
© por la traducción, Bea Galán, 2011
All rights reserved
© 2016, de esta edición: Antonio Valladrdi Editore S.u.r.l

Primera edición en esta colección: junio de 2019

Duomo ediciones es un sello de Antonio Vallardi Editore S.u.r.l.
Av. del Príncep d'Astúries, 20. 3.º B. Barcelona, 08012 (España)
www.duomoediciones.com

Gruppo Editoriale Mauri Spagnol S.p.A
www.maurispagnol.it

DL B 10178-2019
Código IBIC: FA
ISBN: 978-84-17761-36-3

Diseño de interiores:
Agustí Estruga

Fotocomposición:
Grafime. Mallorca 1. 08014 Barcelona (España)
www.grafime.com

Impresión y encuadernación:
Grafica Veneta S.p.A. di Trebaseleghe (PD)
Printed in Italy – Impreso en Italia

Para Anita
Las tres cifras mágicas: 6 0 3

Y para K.-D.
Estés donde estés, aquí te echamos de menos

¿Quién teme al hombre del saco?
¡Nadie!
¿Pero qué hacemos si lo vemos?
¡Correr!

Canción de un juego infantil alemán

PRÓLOGO

Ciertas leyendas hablan de lugares que atraen el mal. Lugares en los que las desgracias se suceden inevitablemente, incomprensiblemente.

Hermann Talbach estaba convencido de que las ruinas de la vieja finca de los Sallinger eran uno de aquellos lugares. En su pueblo todos lo estaban. Algunos pensaban, incluso, que cualquiera que se acercara a ellas estaba condenado a perder el juicio, como le sucedió al propio Sallinger, quien una noche de mayo prendió fuego a su casa y murió entre las llamas junto a su mujer y sus dos hijos.

Y, sin embargo, esta vez Talbach habría dado lo que fuera por encontrar las ruinas lo antes posible. Mientras corría por el camino del bosque, acompañado por Paul, rezaba por no llegar demasiado tarde. En sus manos estaba evitar una tragedia.

Enfundado aún en su mono azul y con las manos manchadas de aceite, el mecánico pasó a toda prisa junto a los mohosos escombros del antiguo arco de la puerta. Aunque hacía tiempo que había cumplido los cuarenta y un accidente en la plataforma elevadora del taller lo había dejado cojo, Paul, de diecinueve años, apenas podía seguirle el ritmo.

¿O quizá la lentitud del chico estuviera provocada por la visión de las estrellas de cinco puntas que alguien se había dedicado a pintar en varios mojones para ahuyentar a los malos espíritus? La mayoría había palidecido con el paso de los años, ciertamen-

9

te, pero aún podían reconocerse con claridad; la suficiente como para mantener viva la zozobra ante el tenebroso poder de aquel lugar. Y, por el comportamiento de Paul, parecía que ninguna generación quedaba a salvo de aquella angustia. En el reparto de los talentos, el Creador había bendecido al joven ayudante de Talbach con formalidad y diligencia, pero al parecer se había quedado sin reservas de coraje y astucia...

Cuando el mecánico llegó a lo que había sido el patio interior de la finca, se dio la vuelta para mirar a Paul, que lo seguía jadeando, y se secó el sudor de la frente con el dorso de la mano, dejando en su lugar una holgada mancha de aceite.

–Tiene que estar por aquí –dijo, jadeando, mientras miraba a su alrededor–. ¿Oyes algo?

Paul apenas alcanzó a negar con la cabeza.

Ambos aguzaron el oído e intentaron escuchar más allá de los tenues sonidos del bosque. Los pájaros gorjeaban en la distancia, una rama seca crujió bajo el peso de la bota de Talbach, un abejorro aleteó sobre un pequeño serbal y el zumbido de los mosquitos pareció adueñarse del aire. Talbach ni siquiera se dio cuenta del festín que los pequeños chupópteros se estaban dando en sus brazos y cuello. Estaba demasiado concentrado en percibir un grito humano, por lánguido que fuera.

Pero fue en vano. El lúgubre silencio de aquel maldito lugar lo cubría todo como un pesado y oscuro manto. Pese al calor del mediodía, Talbach notó que tenía la piel de gallina.

–¡Allí! –gritó Paul, sobresaltándolo.

Miró hacia el lugar que señalaba el chico y vio el destello. Provenía de un trocito de papel de plata que había quedado atrapado en el frágil halo de un rayo de sol. Los dos hombres corrieron hacia allá y descubrieron hierba pisoteada, huellas de zapatos y otro pedazo de papel de plata escondido tras un tronco enmohecido.

Talbach cogió uno de los papeles. Aún olía al chocolate que había envuelto hacía poco.

–Han estado aquí. ¿Pero dónde...?

No acabó la frase. Tenía puesta toda su atención en el claro del bosque en el que esperaba encontrar más huellas. *Tenía* que haber más huellas.

Entonces posó la mirada en una zona cubierta de maleza que rodeaba el antiguo patio de la finca. Se acercó más a ella y vio unas ramitas dobladas. Y justo detrás, una especie de escalera de piedra.

–¡Aquí está! –gritó.

Tan rápido como le permitieron la capa de musgo y el resbaladizo manto de hojas secas que cubrían la escalera, Talbach bajó por los peldaños, seguido muy de cerca por Paul. En cuestión de segundos se encontraron en el viejo sótano de la casa. Talbach dejó escapar un grito de sorpresa al ver abierta de par en par la pesada puerta de roble con las bisagras de hierro oxidado.

Paul se quedó inmóvil a su lado, rígido cual perro cazador que acabara de ver a su presa. Lo que tenía ante sí le hizo palidecer.

–Qué demonios… –gimió Talbach. No fue capaz de decir nada más.

Horrorizados, los dos hombres clavaron su mirada en la mancha de la pared izquierda del sótano.

La sangre aún estaba húmeda. Parecía una mancha de aceite color púrpura sobre las mugrientas rocas.

PRIMERA PARTE

LA PACIENTE

«Scary monsters, super creeps,
keep me running, running scared!»

David Bowie, *Scary monsters*

Bienvenidos a la CLÍNICA DEL BOSQUE
Medicina psiquiátrica,
psicoterapéutica y psicosomática

El maldito límite de velocidad en el vasto recinto de la clínica era de veinte kilómetros por hora, pero el velocímetro de la doctora Ellen Roth marcaba, al menos, cincuenta. Se dirigía al edificio en el que se hallaba la unidad número nueve. Por enésima vez aquella mañana miró hacia el cuadro de mandos, como si esperara que los pequeños dígitos del reloj se compadecieran de ella y se lo tomaran todo con un poco más de calma. Sin embargo, estos le indicaron con inclemente exactitud que llegaba más de media hora tarde.

También por enésima vez maldijo el embotellamiento con el que se había topado en la autopista, entre el aeropuerto de Stuttgart y la salida de Fahlenberg, y que, como todo caos circulatorio, convertía cualquier propósito de planificación horaria en un imposible y aproximativo proyecto de cálculo. En su camino hacia la clínica había pasado de un atasco a otro y, en los poquísimos tramos en los que había podido circular con fluidez, había rezado para no cruzarse con ningún radar.

Si Chris hubiese estado con ella le habría recordado que las prisas no son buenas consejeras. «Cuando se llega tarde, se llega tarde. De nada sirven unos minutos más o menos», le habría dicho.

Chris, su novio y compañero de trabajo, se hallaba en aquel momento a diez mil metros sobre el suelo... y ya lo echaba de menos. Aunque aquella mañana él no había estado de muy buen humor, la verdad. Al contrario, se había mostrado muy serio mientras le pedía que pensara en su promesa. Pero a ella se le revolvía el estómago con solo pensarlo. ¿Y si fracasaba y lo decepcionaba? ¡Ay, no quería ni imaginarlo!

La grava del suelo salió disparada en todas direcciones cuando Ellen se detuvo en el aparcamiento reservado para el personal del hospital. Apagó el motor y respiró hondo. El corazón le latía con tal fuerza que parecía haber corrido los sesenta kilómetros desde el aeropuerto.

«Cálmate, Ellen, cálmate. Llegas muy tarde, pero ya no puedes hacer nada por evitarlo» se dijo, mientras miraba fugazmente por el retrovisor.

Por un instante tuvo la impresión de haber visto a una desconocida en el espejo; a una mujer mucho mayor que ella. Bajo sus ojos marrones se dibujaban unas marcadas ojeras y su oscuro pelo corto, que por lo general le confería un aire fresco y juvenil, parecía reseco y grisáceo en el interior del coche.

Suspiró.

«Podrías tirar el DNI y hacerte valer por tu aspecto», le sugirió a su imagen en el espejo. «Así podrías jubilarte a los veintinueve.»

Ya iba siendo hora de reducir el estrés y aumentar los ratos de descanso.

Salió de su biplaza y cerró la puerta de golpe, justo un segundo antes de darse cuenta de que se había dejado la llave puesta. Volvió a abrir y extrajo la llave en el preciso momento en que le sonaba el busca. Ya era la segunda vez desde que había entrado en la zona de cobertura.

–¡Ya va! –increpó al aparato, mientras lo apagaba.

Pero este volvió a sonar en cuanto Ellen se puso a correr hacia el edificio. ¡Cómo odiaba aquel horrible chisme de plástico negro! Tenía el tamaño de una caja de cerillas pero una facilidad enorme para sacarla de sus casillas, requiriéndola cuando se encontraba en los sitios más inverosímiles, como la cantina a la hora de comer, o «aquel lugar al que hasta el director de la clínica va a pie», como solía decir Chris.

Pero esa mañana el pequeño monstruo le recordó que, por primera vez en su vida, estaba llegando tarde al trabajo. Y el hecho de que «His Master's Voice» –otra de las expresiones del inagotable repertorio de Chris– hiciera sonar su exacerbante *piiip piiip* por tercera vez en menos de dos minutos, no dejaba lugar a dudas. Alguien la esperaba con impaciencia. Ellen deseó de todo corazón que no hubiese sucedido lo que Chris temía que sucediera.

2

El hombre se llamaba Walter Brenner y tan solo era capaz de balbucear un incomprensible galimatías apenas emparentado con el lenguaje; algo que sonaba de forma muy parecida a «Simmmssseeennn».

Según los datos personales del formulario de su traslado, Brenner tenía sesenta y cinco años y era soltero. Aquel día llevaba un raído pantalón de pana marrón y una camisa de franela cubierta de manchas en la zona del pecho. Por lo visto, sentía debilidad por los asados bañados en salsa... o, en su defecto, por algo ya seco que parecía haber sido salsa.

Por lo demás, daba la sensación de que desconocía por completo el uso habitual del peine y la maquinilla de afeitar. Los pelos de la barba se le adherían al arrugado y demacrado rostro mediante agujas invisibles, y su peinado —suponiendo que aquello que le cubría la cabeza pudiera llamarse peinado— hizo pensar a Ellen en la conocida foto de Albert Einstein, aquella en la que saca la lengua al fotógrafo.

Además, y por si fuera poco, Brenner emitía un hedor que no debía distar mucho del camembert podrido. Una mezcla de orina, sudor y sebo que envolvía su triste figura como una nube.

«Hoy tendría que haberme frotado la nariz con mi perfume Calvin Klein en lugar de pulverizármelo por el escote», pensó Ellen, aunque procuró que no se le notara y en su lugar dijo «Buenos días» y le ofreció la mano.

Brenner ni siquiera se dio cuenta de su presencia. Tenía la mirada perdida en el vacío.

—Al señor Brenner lo han trasladado directamente desde el departamento de urgencias del Hospital Central —le comunicó la enfermera Marion, al tiempo que le entregaba los papeles del ingreso.

Ni Ellen ni el resto del personal de la Clínica del Bosque sentían el menor aprecio por la corpulenta enfermera, que hacía tiempo que había dejado atrás los cincuenta. Lo cierto es que ahora, con su fervor religioso y su preocupación de gallina clueca por todos y cada uno de los pacientes, Marion lograba sacar de sus casillas hasta al más templado. No obstante, llevaba ya tantos años trabajando en la unidad número nueve que, según las malas lenguas, hasta le habían adjudicado un número de inventario.

—El pobre hombre aún no ha sido capaz de pronunciar nada inteligible —añadió, dándole unos golpecitos a Brenner en el hombro, aunque él no pareció darse ni cuenta.

—¿Sabemos por qué lo han traído? —quiso saber Ellen.

—Una vecina lo llevó a urgencias porque se lo encontró en la escalera de su edificio completamente desorientado. Desde entonces no reacciona ante nada y parece sumamente confuso. Además, tiene muy afectado el sentido del equilibrio; apenas puede caminar, el pobre.

Como si quisiera confirmar aquellas palabras, Brenner farfulló algo y eructó después sonoramente, sin apartar la vista de un punto fijo en el suelo, junto a la silla de Ellen. El olor de su aliento hizo que las dos mujeres se apartaran perceptiblemente de él.

—¡Dios santo! —exclamó Marion—. ¿Qué demonios ha comido, señor Brenner?

—Pfummm —dijo él, a modo de respuesta.

A Ellen le pareció que podía traducir aquella respuesta. Cuando menos, tenía una ligera idea de lo que podían ser aquellas manchas en la camisa, además de salsa reseca.

—Creo que se ha tomado comida para animales.

La rolliza enfermera la miró sin dar crédito.

–¿Cómo dice?

–No sería el primer jubilado al que no le queda más remedio... –dijo Ellen, examinando ya a Walter Brenner con más atención–. La comida para perros barata alimenta más que una lata de conservas barata. ¿Me equivoco, señor Brenner?

Brenner reaccionó profiriendo otro sibilante sonido, insólito y enloquecido. Ellen lo pasó por alto, comprobó sus reflejos y le informó de que iba a ocuparse de los papeles de su ingreso. Pero Brenner parecía absorto, una vez más, en la atenta contemplación del suelo.

Ellen revisó el formulario en busca de algún indicio de alteración neurológica. Lo más probable era que el paciente hubiese sufrido una apoplejía que le hubiese afectado al habla y al equilibrio. Evidentemente, también podía tratarse de una pronunciada demencia senil (lo cual explicaría por qué una tal doctora März había considerado oportuno trasladarlo al hospital psiquiátrico), aunque en este caso el comportamiento de Brenner ya habría llamado antes la atención y él habría sido incapaz de arreglárselas solo en su piso. Más allá de que la comida fuera para perros o no, ni siquiera habría sabido salir a comprarla.

La demencia quedaba descartada, pues. Pero entonces... ¿por qué lo enviaban a psiquiatría? Lo mirara como lo mirara, Ellen no le veía el sentido.

Buscó entonces el diagnóstico de su colega y lo que leyó la dejó boquiabierta. Miró a Brenner y volvió a leer los papeles.

«Diagnóstico: F20.0.»

Eso ponía. El código que los especialistas en medicina utilizaban para comunicarse internamente era el mismo que el de la lista de clasificación de enfermedades reconocida por la OMS. Y el F20.0 era uno de los diagnósticos con los que Ellen se topaba más a menudo en su quehacer diario: la esquizofrenia paranoica.

Ellen observó el formulario con más detenimiento, para asegurarse de que no se había equivocado al leer. Estaba escrito con un trazo bastante desmañado y su inteligibilidad dejaba mucho que desear –Chris, que adoraba el orden, habría dicho que «parecía que lo hubieran escupido»–, pero no cabía duda: la doctora März había anotado F20.0. Claro. ¿Por qué, si no, habría pedido que lo trasladaran a psiquiatría? ¡Era evidente que, en su opinión, el paciente era esquizofrénico!

–¿Es la primera vez que ingresa en esta clínica, señor Brenner? –preguntó Ellen.

Y como no obtuvo respuesta decidió hacerle la misma pregunta al ordenador. El nombre de Brenner dio un resultado. El informe lo había firmado su colega Mark Behrendt, y lo que este había escrito en un par de frases la dejó sin aliento.

Se dio la vuelta hacia el señor Brenner y le cogió una mano, que por el tacto podría haber pertenecido a una momia. Aquel gesto consiguió llamar por primera vez la atención del señor Brenner. Sin embargo, no halló atisbo de reconocimiento en su mirada; nada parecido a un «¡Vaya, he aquí una mujer con una bata blanca!». Por el contrario, el modo en que la miró expresaba exactamente aquello que acabó articulando: «Agnnngalll».

Entonces, Ellen apretó la correosa piel de la palma de aquella mano. La marca se mantuvo ahí, como si el hombre estuviera hecho de plastilina.

–¡Increíble!

Al ver la expresión interrogativa en el rostro de la enfermera Marion, Ellen añadió:

–Dele infusiones salinas lo antes posible. Si no me equivoco, en unas horas tendremos ante nosotras a un señor Brenner muy distinto.

La enfermera frunció el entrecejo, lo cual acercó sorprendentemente su aspecto al de un bulldog.

–¿Perdón?

–Dios no es el único que puede hacer milagros, ¿verdad, señor Brenner?

–Garrrssslll –dijo el anciano, por toda respuesta.

Después suspiró, y Ellen sintió un alivio enorme al abandonar la habitación.

Recorrió el pasillo a toda prisa, se precipitó al interior de su consulta y cerró la puerta de golpe.

La enfermera que atendía en la extensión de urgencias del Hospital Central tardó un buen rato en ponerle al teléfono con la doctora März. Ellen esperó, impaciente. Dejó el auricular sobre la mesa y buscó en su portátil el archivo con la historia médica del señor Brenner mientras del otro lado de la línea le llegaba una melodía sintetizada que se suponía que debía corresponder a una secuencia de la *Kleiner Nachtmusik* de Mozart. Con cada repetición de la melodía, la rabia de Ellen crecía un poco más.

Por fin se oyó un ruido en el teléfono y, al poco, una voz inquieta de mujer.

–¡März al habla!

–Aquí la doctora Roth, de psiquiatría. La llamo por el caso que nos ha pasado, el del señor Brenner.

–Escuche, doctora, ¿le corre prisa? En este momento no sé ni dónde tengo la cabeza. Mis pacientes...

–De eso se trata, precisamente. De *sus* pacientes. ¿Le dice algo el concepto deshidratación? Por si acaso, se lo pondré fácil: como bien sabrá, los ancianos tienen tendencia a olvidarse de beber.

–Perdone, pero... ¿de qué me habla?

–Sin duda sabrá usted que el desconcierto, la pérdida del habla y el simple hecho de poder dejar una marca en la piel sin que esta recupere de inmediato su tersura normal son los primeros síntomas de la deshidratación. Y eso, querida doctora, es lo que le sucede al señor Brenner. Al supuesto esquizofrénico que acaba de enviarme, por decirlo de otro modo.

Ellen cogió aire y brindó a la doctora März la oportunidad de intercalar un comentario.

–Ya –oyó al otro lado de la línea–. ¿Se ha mirado usted su historia?

–¿Por qué?

–La vecina que lo trajo al hospital nos dijo que el señor Brenner ya había estado ingresado en su clínica, en psiquiatría, aunque en aquella ocasión fue de la mano de la policía. Dijo que se lo llevaron porque se había puesto a orinar por la ventana de su cocina, a plena luz del día, vociferando disparates. A los transeúntes que pasaban bajo su ventana les gritaba que salieran de su retrete.

–Me consta que todo eso es cierto, doctora März, pero aun así habría hecho usted bien en ponerse en contacto con nosotros antes de reaccionar tan precipitadamente a las explicaciones de la vecina en cuestión. De haber sido así le habríamos informado de que el señor Brenner ya llegó deshidratado en aquella ocasión y que por eso estaba tan desorientado. Cabe la posibilidad de que su relación con la ingesta de líquido esté algo alterada, pero eso no lo convierte en un esquizofrénico, ¿no le parece? Seguro que el doctor Behrendt, que fue quien llevó su caso en aquella ocasión, corroborará mi diagnóstico en cuanto se lo comente.

Durante unos segundos reinó el silencio, pero al fin la doctora März preguntó:

–¿Está insinuando usted algo?

–No insinúo nada, doctora, afirmo. Su negligencia ha puesto en peligro la vida de un paciente, cuya historia clínica, por lo demás, arrastrará consigo el diagnóstico de «esquizofrenia» toda la vida. Y sin duda es usted perfectamente consciente de lo complicado que le resultará al pobre hombre convivir con este expediente, por erróneo que sea.

–¡Ya es suficiente! –exclamó la doctora März al otro lado de la línea–. ¿Está usted acusándome de…?

–¿Incompetente? –la interrumpió Ellen–. En este caso sí, sin duda.

La respuesta se le escapó entre los labios antes de darle tiempo de buscar unas palabras más comedidas. Pero no tuvo la opción de añadir algún comentario con el que suavizar su tono, pues la doctora März cortó de golpe la comunicación. Ellen se quedó mirando el teléfono, consternada.

«Pero bueno, ¿qué esperabas? ¿Que te diera las gracias y te regalara flores? ¿O una ovación del club de fans de la doctora Ellen-Roth-que-es-la-mejor?»

Sí, su crítica a la doctora März había sido muy dura, pero al fin y al cabo estaba convencida de que tenía razón. No pretendía dar a conocer a nadie aquel suceso, ni poner a la doctora März en la menor dificultad, pero le habría gustado oírla decir, al menos, que lamentaba el error. Se lo debía al señor Brenner. Seguro que el pobre hombre pasaba los días en la más absoluta soledad, en un piso enano, obligado a mezclar los espaguetis con comida para perros, intentando convencerse de que, si la lata que compraba en el colmado era el alimento más completo para los animales y todo lo que contenía era nutritivo para ellos, también tenía que serlo para los humanos.

Si hubiese sido un paciente joven y con buen sueldo y hubiese contado con una buena compañía de seguros para cubrirle las espaldas, seguro que la doctora März le habría pedido disculpas con toda la templanza y amabilidad del mundo. Pero son los casos como los del señor Brenner los que llevan a algunos médicos a pensar que el tiempo apremia y que hay que sacarse trabajo de encima.

«El mundo es injusto, duro e inclemente», pensó Ellen.

La palabra «inclemente» se quedó a hacerle compañía durante la hora siguiente, mientras atendía a sus pacientes. Y cuando acabó con ellos se alegró de poder volver al silencio de su consulta y dedicarse a revisar los documentos que Chris le había dejado listos la tarde anterior, antes de marcharse.

No pudo reprimir una sonrisa al ver el *post-it* pegado en la carpeta. Otro de los muchos detalles con los que le gustaba sorprenderla. En esta ocasión había dibujado un emoticono sonriente y, justo debajo, con su letra simétrica e inconfundible:

«No te estreses, cielo.»

—Si tú supieras… —susurró, y pegó la notita en la pared, justo encima de su escritorio.

La verdad es que en aquel momento se sentía bastante agotada y de mal humor. La semana pasada había trabajado un montón de horas y con una intensidad aún mayor de lo normal, el fin de semana había estado ayudando a Chris en la renovación de su futuro hogar, y aquella noche apenas había dormido por llevarlo pronto al aeropuerto.

Ni siquiera la bebida energética que, en contra de sus principios, había comprado en el quiosco del aeropuerto le había servido de nada. En todo caso la había exaltado, pero no despertado (en el sentido amplio del término, que es lo que ella necesitaba). «Un café y un plátano te habrían ayudado más, seguro», le dijo la doctora que llevaba en su interior. Pero para entonces la lata vacía ya rodaba de un lado a otro del asiento del copiloto de su deportivo.

Sea como fuere, aquel no era un buen modo de empezar la semana. Teniendo en cuenta cómo se sentía, estaba convencida de que habría ganado sin esfuerzo el primer premio en un maratón de sueño.

Dejó a un lado dos formularios para el seguro médico –dos de esos tostones burocráticos que parecían multiplicarse cada vez más–, echó una ojeada a la carta de uno de sus asistentes y, al fin, encontró lo que estaba buscando.

El formulario de ingreso la hizo retroceder en el tiempo y ver a Chris, tenso en el asiento del copiloto, con las luces del aeropuerto a su espalda.

–Quizá debiera quedarme –le oyó decir en su memoria–. Es demasiado importante como para marcharme así, sin más...

Ellen lo había interrumpido y le había asegurado, por enésima vez aquella mañana, que ella se haría cargo del caso; que no tenía que preocuparse por nada.

A modo de respuesta, él le había dedicado una mirada muy seria y le había dicho:

–Es que no quiero tener que ocuparme de ningún otro caso como el de Margitta Stein.

A ella se le puso la piel de gallina al oírle mencionar aquel nombre, pero consiguió que él no lo notara.

–Y no lo harás –le prometió–. No importa lo que suceda. Yo me encargaré de ella.

Y ahí estaba, con el formulario del nuevo caso en la mano y el recuerdo de aquella conversación tan intenso en su memoria que le parecía tener a Chris aún sentado a su lado. Casi podía sentir la mirada preocupada y al tiempo intensa de sus ojos azules, y tuvo que hacer un esfuerzo para contener la irracional tentación de darse la vuelta y asegurarse de que él no estaba en su consulta. Pero entonces se dio cuenta de que lo que la angustiaba no era la posible mirada de Chris, sino la sensación de haberle hecho una promesa que no estaba segura de poder cumplir.

Movió la cabeza hacia los lados para ahuyentar un asomo de inseguridad y se concentró en el formulario. Por lo general se rellenaban al ingresar los pacientes y se incluían inmediatamente en las historias, pero en este caso Chris lo había dejado en la pila de «REVISAR», para recordarle, una vez más, que aquel caso era –para él, y por consiguiente también para ella– de máxima prioridad.

Leyó la primera línea, en la que se indicaban el nombre y los apellidos de la paciente.

«Desconocidos.»

–No conseguí acceder a ella en el poco rato del que dispuse –le había dicho Chris en su momento.

También ponía «desconocido» en las casillas dedicadas al domicilio y la procedencia, y en la línea inferior Chris había escrito: «La trajeron a la clínica en ambulancia».

«Mira, igual que al deshidratado señor Brenner», pensó Ellen. La diferencia era que en el caso de aquella paciente desconocida no había lugar a dudas; el propio Chris lo había dejado muy claro en la casilla de «Observaciones»:

«Presenta indicios de malos tratos. Reacciona con miedo al contacto físico. No hay datos sobre su persona. Debe de tener entre treinta y treinta y cinco años. Diagnóstico provisional: alteración de sobrecarga postraumática.»

Fuera quien fuera aquella mujer, estaba claro que había sufrido algo horrible. Y las huellas de los malos tratos mencionadas por Chris no dejaban lugar a dudas sobre el tipo de experiencias traumáticas que había experimentado.

Suspiró. La violación y la violencia de género estaban aumentando exponencialmente en los últimos años. No hacía falta ser una lumbrera para darse cuenta de que la elevada tasa de paro, las dificultades de integración social y el creciente abuso del alcohol tenían mucho que ver en todo ello...

Qué locura de mundo.

Entonces, Ellen vio las tres letras que Chris había escrito en la esquina inferior del formulario:

CEI

Caso de Especial Interés. A Chris le encantaba utilizar una serie de acrónimos que solo conocían ellos dos, pero nunca los subrayaba. Y menos aún dos veces, como en aquella ocasión.

En la casilla de «Comentarios adicionales» había anotado:

«La paciente asegura que está en peligro. La creo.»

–Está bien –dijo Ellen, dirigiéndose al formulario antes de respirar hondo y añadir–: Ha llegado el momento de conocerte.

3

La habitación número siete quedaba al final del pasillo. Era una de las tres habitaciones individuales de la unidad número nueve, dedicada a los casos de dificultad especial. En alguna ocasión el exceso de pacientes había llevado a poner dos camas en alguna de aquellas habitaciones, pero por el momento solo tenían una, como venía siendo lo habitual.

Alguien había corrido las cortinas. Los pocos rayos de sol que lograban colarse por sus resquicios conferían a la habitación un aspecto fantasmal. Pese a que en el exterior debían de estar a veinte grados, allí dentro hacía más bien frío. Pero lo peor de todo era el hedor que dominaba el ambiente, con tanta intensidad que casi podía palparse.

«Comparado con esto, el señor Brenner olía a rosas», pensó Ellen, que tuvo que hacer un esfuerzo por no vomitar.

El mal olor de aquella habitación se debía sin duda al abandono corporal de la paciente, pero también a algo que no era fácil de identificar... y menos aún de soportar. Parecía como si solo pudiera provocar daños irreversibles a quien conviviera con él durante demasiado tiempo.

«Miedo», pensó Ellen, entonces. «Es el olor del miedo.»

Por poco profesional que pudiera parecer, no se le ocurrió ninguna comparación mejor. Y, como si su piel quisiera confirmarlo, sintió que se le erizaba el vello de todo el cuerpo.

Solo entonces distinguió la figura acuclillada en el suelo, entre la cama y la pared. En la oscuridad resultaba difícil calcular su altura. Se rodeaba las piernas con los brazos y apoyaba la cabeza en las rodillas. Largos mechones de pelo oscuro le caían sobre los pantalones de chándal. Un ovillo de miseria y malestar.

–Buenos días –dijo Ellen.

La figura tardó en reaccionar, pero al final alzó la cabeza despacio, como a cámara lenta; sin embargo, estaba demasiado oscuro para verle el rostro.

–Soy la doctora Ellen Roth. ¿Cómo se llama?

No hubo respuesta.

–¿Me permite que me acerque?

Silencio.

Ellen se acercó con cuidado a la mujer, que ahora recostaba el cuerpo contra el radiador de la pared. Dejó una distancia prudencial y se sentó en la cama. Parecía que no se había usado. ¿Habría pasado toda la noche en aquel rincón?

De cerca, el olor corporal de la paciente era aún más insoportable, pero Ellen reprimió el impulso de abrir la ventana. No sabía lo que había sufrido aquella mujer, pero estaba claro que la oscuridad y el espacio reducido la hacían sentirse mejor. Ella misma tenía que haber cerrado la ventana y corrido las cortinas, y si Ellen no lo respetaba podría provocarle una angustia o excitación que darían al traste con cualquier intento de conversación. Al menos por ahora.

«Ok, doctora, ahora se trata de actuar con profesionalidad. Olvida el olor y las ganas de salir corriendo de aquí. Contén la respiración y concéntrate en ganarte su confianza. Solo entonces podremos airear la habitación.»

Miró atentamente a la mujer, que se apretujaba contra la pared como si quisiera trepar por ella. En aquel momento, un débil rayo de sol le iluminó el rostro: estaba tumefacto, y tenía especialmente hinchadas la barbilla, las mejillas y las sienes. Los incontables moratones de antebrazos y cara parecían manchas de hollín en la oscuridad, como si hubiese estado limpiando una chimenea con las manos desnudas y después se hubiese secado con ellas el sudor.

Fuera cual fuera el método utilizado para apalearla, había llevado su tiempo. Lo más probable era que no fuese una prostituta, pensó Ellen, porque los proxenetas no suelen golpearlas en el rostro. Prefieren buscar lugares menos llamativos para que ellas, al menos, puedan hacer trabajos orales.

Al ver la tristeza en los ojos de la mujer, Ellen comprendió por qué aquel CEI había impactado tanto a Chris y por qué le había dicho que quizá fuera mejor que ella se encargara del caso. Evidentemente, él, como hombre, lo habría tenido mucho más difícil. En casos como aquel, con una víctima de malos tratos en estado de choque y apretujándose contra un rincón en una habitación cerrada y oscura, hasta una doctora tiene que utilizar todas sus cartas para acceder a la agredida. A menudo, las víctimas no se encierran en sí mismas solo por el miedo, sino también por la vergüenza, y eso las lleva a rechazar cualquier tipo de ayuda.

Claro que también cabría una tercera –y simplísima– explicación que justificara el silencio de la mujer: el idioma.

En los últimos tiempos Ellen había empezado a tratar con un número cada vez mayor de mujeres de Europa del Este que se habían convertido en una válvula de escape para la agresividad de sus maridos. La proliferación de los focos sociales, patente incluso en ciudades tan pequeñas como Fahlenberg, era el abono ideal para la violencia, que en la mayoría de los casos afectaba a jóvenes indefensas y sin conocimientos del idioma que, precisamente por ello, no estaban en condiciones de solicitar la ayuda adecuada. Era muy probable que aquella paciente proviniera de Europa del Este. Su pelo moreno y sus ojos oscuros también contribuían a apoyar aquella hipótesis.

«Claro que tú también eres morena y tienes los ojos marrones, y no vienes de Kazajistán o Croacia o Turquía.»

–¿Habla usted alemán? ¿Entiende lo que le digo?

Siguió sin obtener una respuesta verbal, pero al menos en esta ocasión la mujer reaccionó levemente, débilmente, con un tímido movimiento de cabeza que pareció dolerle sobremanera. Fue entonces cuando Ellen descubrió una mancha nueva en una de las mejillas de la paciente, aunque en esta ocasión no se trataba de un morado sino de algo diferente; algo que parecía chocolate.

–Aquí está segura. Nadie va a hacerle daño. Yo he venido para ayudarla.

La mujer frunció ligeramente el ceño. También pareció dolerle.

–Hombre –dijo.

No fue más que un susurro.

–¿Un hombre le ha hecho esto?

Un movimiento rápido de cabeza y enseguida un «sí» apenas perceptible.

–¿Quiere explicármelo?

La mujer calló e inclinó la cabeza. Más allá de los débiles rayos de luz que le rozaban el rostro, fijó la mirada en la pared desnuda que tenía delante y se quedó extrañamente ensimismada.

–¿Ha sido su marido? ¿Su compañero sentimental?

Ellen debía andarse con cuidado a la hora de formular las preguntas. No podía obligarla a hablar, pero tampoco alejarse demasiado del tema… al menos hasta que la paciente le indicara que ya había tenido suficiente.

–Todos tenemos un hombre así.

La voz de la mujer sonó insólitamente aguda, casi fingida, como la de un adulto intentando imitar el tono de un niño.

–¿Le apetece explicarme a qué se refiere?

Sentía un enorme desasosiego. Si todo el mundo tenía un hombre como el de aquella paciente, no podía tratarse de su marido. Quizá fuera alguien con un cargo público: un cartero, un policía, un sacerdote… Si había algo que Ellen había aprendido en los cuatro años que llevaba en psiquiatría, era que todo era posible. Absolutamente todo.

A cámara lenta, como si fuera una muñeca que empezara a

quedarse sin pilas, la mujer volvió la cabeza hacia ella. Tenía las pupilas dilatadas por el miedo.

–Tiene que protegerme de él, ¿lo hará?

Una vez más, Ellen no pudo evitar pensar en una niña aterrorizada. Le llamó la atención el marcado acento de la mujer, propio de ciertas zonas de Württemberg y Badem. Estaba claro que no había crecido cerca de Fahlenberg, porque allí la entonación era mucho más sonora, más bávara.

–Por supuesto que la protegeremos. Pero para ello debemos saber a quién se refiere.

–Al hombre del saco.

–¿El hombre del saco? ¿Se refiere a algún transportista? ¿O a un molinero, quizá?

–Al hombre del saco, al hombre del saco. ¿Quién teme al hombre del saco? –cantó la mujer con su vocecilla infantil.

Entonces dejó escapar una risita demencial y dejó entrever una hilera de dientes amarillentos.

–¿El del folclore infantil?

La mujer la miró con ojos como platos.

–¿Y qué hacemos si lo vemos? ¡Correr! –dijo. Parecía desesperada–. Pero no podemos escapar de él. Imposible. Es muy astuto.

Chris le había dicho que no quería volver a tratar a una paciente como Margitta Stein, y en aquel momento Ellen no pudo evitar acordarse de ella. Había ingresado en la unidad dos años atrás, después de haber recibido brutales palizas de su marido, un reconocido –y violento– empresario. Aturdida, Margitta se había escapado de su casa en mitad de la noche y había llamado la atención de una patrulla de policía que la había llevado hasta la Clínica del Bosque.

Sí, Margitta Stein había estado tan asustada como aquella desconocida. La diferencia es que Chris había logrado acceder a ella sin excesiva dificultad y no había tardado en ver los avances de su terapia. O al menos eso fue lo que todos creyeron. Al final, ella no logró sobreponerse. Y el día antes de que le dieran el alta se retiró a su habitación durante la hora de la siesta y se cortó la carótida con un cuchillo que había robado del comedor. Cuando la encontraron ya era demasiado tarde. En el suelo, junto a su cuerpo inerte, encontraron cinco palabras que había escrito con su propia sangre en el suelo de linóleo:

NUNCA ME LIBRARÉ DE ÉL

Algunas víctimas tienen la suficiente fortaleza como para separarse de sus parejas o pedir refugio en un hogar de acogida para mujeres maltratadas, pero hay otras muchas que no son capaces de salir adelante y buscan un final espantoso para librarse del horror en el que se han convertido sus vidas. Chris temía que la paciente sin nombre acabara igual que Margitta.

Una voz interior, que se parecía mucho a la de Chris, decidió recordárselo en aquel momento. «En esta ocasión se trata de salvar una vida.»

—Aquí no la encontrará —le aseguró entonces, para intentar tranquilizarla—. Aquí está segura.

Justo en aquel momento le sonó el busca. Las dos mujeres se llevaron un susto de muerte.

«¡Este maldito trasto!»

El reglamento de la clínica le prohibía apagar el aparato mientras estuviera de servicio. Tenía que estar localizable para cualquier emergencia, ya fuera de otro médico o del personal sanitario, incluso durante las consultas. Un motivo más para odiar aquel monstruo de plástico.

Apretó el botón de silencio mientras la mujer dejaba escapar una serie de breves y agudos gritos.

—No se preocupe —se apresuró a decirle Ellen—. Todo está en orden. No debe temer nada. Esto significa que tengo que salir un momentito, pero enseguida volveré con usted.

—¡No, no se vaya! ¡No me deje sola, por favor!

—Solo serán unos minutos, se lo prometo.

—¡Pero entonces vendrá a por mí!

—¿El hombre del saco?

—Sí.

—Le aseguro que no vendrá. Aquí no puede entrar. Y yo volveré enseguida.

La mujer se quedó callada y se apretujó aún más contra la pared mientras Ellen se levantaba de la cama lentamente. No quería hacer ningún movimiento rápido para que la paciente no se asustara o lo interpretara como una amenaza.

Era evidente que en el pasillo reinaba el caos. Las enfermeras iban de un lado a otro hablando todas a la vez. ¿Qué demonios habría pasado?

—Le aseguro que volveré enseguida.

La mujer no reaccionó. Se limitó a alzar la vista hacia Ellen. Tenía las pupilas tan dilatadas que sus ojos parecían dos canicas negras.

Parecía una de aquellas muñecas antiguas que miran fijamente y que, a veces, tienen una lágrima de plástico pegada en la mejilla. Una imagen que a la mayoría de las niñas les despierta una especie de instinto protector. Y ese es precisamente el secreto de su éxito: el consumidor siente la necesidad de adquirirlas y llevarlas a su casa, a la seguridad que ofrecen sus paredes, y alejarlas de toda pena. Así se sentía Ellen en aquel momento, solo que aquella mujer no era una muñeca y sus lágrimas no eran de plástico.

Pero en aquella mirada había algo más. Algo que Ellen identificó como la expresión que tienen las personas que han escapado por los pelos de una muerte segura.

Le costó una barbaridad dejar sola en la habitación a oscuras a aquella mujer aterrorizada y con voz de niña que parecía haber salido del mismísimo infierno. Pero el alboroto del pasillo parecía cada vez mayor y el pequeño monstruo de plástico negro le hizo recordar su deber como médico con un nuevo y terrible *piiip piiip* que apartó de su cabeza la imagen de la mujer abandonada.

Acababa de llegar a la puerta cuando oyó un ruido a sus espaldas. Se dio la vuelta para mirar a la mujer y en aquel momento alguien la empujó con fuerza contra la pared.

Se golpeó el hombro con el marco de un cuadro –el de un ángel de la guarda mirando con ojos bondadosos a un niño de rubios tirabuzones que rezaba–, y este cayó al suelo. Durante unos segundos, su inconsciente esperó el ruido de los cristales al hacerse añicos, pero entonces recordó que los cuadros de aquella unidad no tenían cristales para evitar que los pacientes se hirieran voluntariamente.

El rostro de la mujer estaba ahora a muy pocos centímetros del suyo. Ellen se sorprendió de la fuerza con la que le tenía cogidos los brazos. Era la fuerza de la desesperación, de la angustia más absoluta. Y dolía una barbaridad.

–Cuando venga, sal corriendo –le susurró.

Su aliento era nauseabundo. Ellen no pudo evitar pensar en los gusanos de la boca de un perro muerto –«qué asociación más esperpéntica»– y tuvo que hacer un esfuerzo sobrehumano para no vomitar. Pero lo que más le costó fue reprimir un grito. Tenía que aguantar. Al menos un poquito más.

–¡Prométeme que me protegerás cuando venga a por mí!

La voz de la mujer era apremiante pero queda, como si temiera que su torturador pudiera oírla. La miró con un miedo angustioso, se acercó aún más a ella y esperó su respuesta.

Ellen dudó unos segundos. Aquella mañana, de camino al aeropuerto, le habría resultado muy fácil asumir las consecuencias de aquella promesa. Se habría limitado a pensar en Chris y en su bienestar. Pero ahora era plenamente consciente de la trascendencia de sus palabras.

–Te lo suplico. ¡Promételo!

–Yo... se lo prometo –jadeó.

–¿De verdad?

–Sí, de verdad –dijo, y tragó saliva para no vomitar.

Lo logró.

–De verdad –repitió, esta vez con más aplomo.

«¡Por Dios, Chris, en menudo lío me has metido!»

La mujer le soltó los brazos y volvió al rincón de la habitación.

–Es muy, muy malo –murmuró–. Y muy astuto. Es terriblemente astuto.

Y dicho aquello se puso a canturrear la canción infantil del hombre del saco.

No hay duda de que eres un CEI, pensó Ellen, frotándose los doloridos brazos.

El busca sonó por tercera vez y Ellen atendió al fin a «His Master's Voice».

4

En el pasillo de la unidad se había arremolinado una verdadera multitud. Los pacientes formaban un semicírculo en torno a algo que Ellen, desde su posición, no alcanzaba a ver, mientras que el personal sanitario se esforzaba por disolver el gentío. Tenía que haber ocurrido algo espectacular, porque la mayoría de los internos se resistían a obedecer.

A algunos de los enfermeros ni siquiera los conocía. Debían de haberlos llamado a modo de refuerzo, y no hacía falta tener muchas luces para adivinar a quién se le había ocurrido la idea. Como una estatua gigante, desproporcionada, la enfermera Marion estaba plantada en medio del tumulto, sujetando el teléfono con una mano y apretándose el pecho con la otra, como si estuviera a punto de sufrir un infarto.

Ellen no podía dar crédito a lo que veían sus ojos. ¡En su unidad jamás había sucedido nada por el estilo! Más allá de la panda de curiosos, en la otra punta del pasillo, oyó bramar a un hombre.

–¡No pienso comérmela!

Y a continuación, un alarido histérico:

–¡NUUUNCA!

Casi en el mismo instante, la enfermera Marion se precipitó hacia ella.

–¡Doctora Roth! ¡Por fin! ¡La he buscado por todas partes!

–Por todas menos por la habitación número siete. ¿Qué está pasando?

–Es el señor Böck –dijo Marion, exaltada, mientras se toqueteaba la bata.

En aquel momento Ellen se dio cuenta de que el voluminoso pecho de la enfermera estaba manchado con alguna sustancia acuosa y rojiza. Y aquello que había junto a la placa con su nombre... ¿era una pepita de manzana? En fin, al menos lo parecía.

–¿El señor Böck? ¿Nuestro señor Böck?

Marion asintió.

–¡Pero si se encuentra en estado catatónico!

–Se *encontraba*, doctora. Estaba quieto y en silencio, como siempre, hasta que...

Marion no acabó la frase, sino que empezó a caminar hacia el final del pasillo.

–¿Hasta que *qué*? –insistió Ellen.

–Le juro por lo que más quiero que no sé lo que ha pasado –gimoteó la enfermera.

–¡Marion, por Dios, haz el favor de tranquilizarte y decirme qué ha pasado!

–Es que... ¡es que no lo sé!

Ellen decidió que aquella conversación no conducía a ninguna parte y dejó a la enfermera ahí plantada, con su histeria. Se abrió paso junto a un anciano que no dejaba de repetir en voz baja «Jesusjoseymaría» mientras pasaba el peso del cuerpo de una pierna a otra. Las muestras de agitación como aquella eran bastante comunes entre los psicóticos crónicos, pero en aquel momento, y en medio de aquel alboroto, parecían más bien formar parte de un número de Fred Astaire. Una de las enfermeras que había venido de otra unidad para ofrecer ayuda lo cogió de la mano y se lo llevó de vuelta a su habitación.

¿Qué había sucedido? ¿Por qué habían creído necesario pedir refuerzos? Ellen se abrió paso entre el gentío y se topó con otro de sus colegas, que había venido de la primera planta: el doctor Mark Behrendt se hallaba de pie frente a la puerta que conducía al lavabo comunitario, del que provenían los gritos del señor Böck.

La actitud de Mark no llevaba a pensar en nada bueno. Con la vista clavada en la puerta cerrada del baño, se toqueteaba el pelo con una mano y tenía la otra apoyada en la cadera, de manera que su bata quedaba entreabierta y dejaba a la vista una camiseta negra que llevaba escrita la frase «¿Quién mató a Laura Palmer?».

–Señor Böck, por favor, abra –estaba diciendo, con tono enérgico.

Pero el señor Böck no parecía impresionado. En su lugar bramó a modo de respuesta:

–¡Caníbales! ¡Caníbales impíos, eso es lo que sois!

–Mark, qué demonios...

Mark la miró breve pero intensamente, y la expresión de sus ojos no dejaba lugar a dudas: *El tío hablaba en serio. Jodidamente en serio.* Apartó la vista de ella y volvió a mirar hacia la puerta, como si fuera transparente y pudiera ver lo que sucedía al otro lado.

–Maldita sea, Ellen. ¿Dónde te habías metido? –dijo.

–Estaba hablando con una paciente. ¿Qué le ha pasado a Böck?

–Ni idea. Parece que ha enloquecido. Hacia el mediodía. Primero ha atacado a Marion y después se ha parapetado en el baño.

La puerta del baño no tenía pestillo, como tampoco las de las habitaciones, pero Böck debía de haberla bloqueado con algo desde dentro. Los repetidos intentos de Mark de desbloquearla apenas habían logrado desplazarla unos centímetros.

–¡Dejadme en paz! ¡Marchaos de aquí!

A Ellen le sorprendió lo grave que sonaba la voz de Böck. Se la había imaginado más aguda... Y es que hasta aquel día ni ella ni nadie en la unidad nueve habían podido oír su voz. Cuando lo ingresaron se había dejado conducir mansamente hasta su habitación, tieso como un palo y con la mirada perdida en el infinito. El hecho de cambiar de estado de un modo tan brusco era en parte asombroso, pero también, sin duda, preocupante...

—No podemos marcharnos sin más, señor Böck, y lo sabe —le dijo Mark por el quicio de la puerta—. Déjeme entrar y hablaremos.

—¿Hablar? ¿HABLAR? ¡Ja! Lo que queréis es que me la coma. ¡Queréis que me coma A MI MUJER! Pero no pienso hacerlo. ¡NUNCA!

—¿Pero qué dice? —susurró Ellen—. ¿Qué le pasa? Hasta ahora, Böck era un paciente en choque, no un alienado.

—Mira, no sé si está ido o no. Solo sé que en este momento no le apetece comerse a su mujer.

Una vez más, Mark se acercó a la puerta y dijo:

—Señor Böck, tengo a mi lado a la doctora Roth. ¿Se acuerda de ella?

—¡Que se vaya! ¡Largaos los dos, o lo hago!

—¿Pero qué quiere hacer?

—¡No os importa una mierda!

Mark y Ellen se miraron un instante. Ambos pensaron lo mismo. Suicidio.

Podía ser que la amenaza de Böck no fuera más que una frase inocua, pero, también, que el hombre hubiese encontrado algo en el baño con lo que llevarla a cabo. Los pacientes no podían afeitarse, pero... ¡era tan fácil hacerse con una cuchilla de contrabando! Además, un simple cinturón —de un pantalón, de un albornoz— combinado con la varilla de la cortina de la ducha era una muy mala combinación.

—Señor Böck —exclamó Ellen—, solo queremos hablar con usted, nada más. Y nos gustaría hacerlo mirándole a los ojos. Por eso vamos a entrar, ¿le parece? El doctor Behrendt y yo.

—¿Y cómo piensas abrir la puerta, si puede saberse? —gruñó Mark.

—Tú eres fuerte, ¿no? —susurró ella.

—¡Caray, Ellen, esta puerta es de metal y yo no soy Bruce Willis!

—¡No os acerquéis! —chilló Böck.

Ellen oyó correr el agua. El tipo estaba llenando la bañera. Fuera lo que fuera lo que tenía pensado, no les quedaba mucho tiempo para impedirlo.

–Está bien, señor Böck. ¡Vamos a entrar! –dijo Mark.

Y haciendo un gesto hacia la enfermera Marion, gritó:

–Tráigame una almohada. ¡Rápido!

–¡NOOO! –aulló Böck.

Entonces se oyó algo cayendo al agua. Y segundos después, algo más.

–¿Qué está haciendo?

Ellen miró a su alrededor en busca de algún objeto que la ayudara a abrir la puerta –un carrito de medicinas vacío o algo así–, pero fue en vano.

Al fin llegó Marion. Mark le arrancó la almohada de la mano, se la puso en el hombro y cogió carrerilla para arremeter contra la puerta del baño. El joven doctor no era un hombre demasiado corpulento y el bloqueo de la puerta resultó ser algo más fuerte que él.

–¡MARCHAOS! –resonó la voz de Böck al otro lado de la puerta.

–¡Vuelve a intentarlo! –gritó Ellen.

Mark volvió a la carga. Esta vez la puerta cedió unos centímetros. Los suficientes como para que el médico se colara en el baño. Y una vez dentro, todos le oyeron gritar:

–¡No! ¡No lo haga!

Ellen siguió a su colega. Böck había bloqueado la puerta con una silla antideslizante –una de aquellas que utilizan los pacientes que no pueden tenerse en pie durante la ducha–, y su adherencia era tal que apenas se había desplazado levemente sobre las baldosas. Y ahí estaba él, de pie dentro de una de las tres bañeras del lavabo, vestido con pijama y albornoz.

A su espalda seguía corriendo el agua. El dobladillo del albornoz flotaba ya a la altura de sus temblorosas pantorrillas. Tenía el pelo ralo revuelto, y los ojos, que en circunstancias normales se veían muy pequeños, estaban tan abiertos que parecían a punto de explotar y salir disparados de la cabeza.

Pero lo que dejó a Ellen y a Mark sin aliento fue el secador que sostenía en la mano izquierda. Estaba enchufado, y el cable era lo suficientemente largo.

«Maldita sea», pensó Ellen, «¿cómo lo habrá conseguido?» Miró el enchufe y durante un instante calculó la posibilidad de correr hasta él para desconectar el secador, pero enseguida se lo quitó de la cabeza. La separaban al menos tres pasos de la bañera, y Böck solo necesitaba dos movimientos para garantizarse una muerte segura: poner en marcha el aparato y dejarlo caer. Si ella realizaba algún movimiento brusco o inesperado, podría provocar una reacción impulsiva del paciente, y no cabía la menor duda de que Böck no estaba hablando por hablar.

Como para subrayar la firmeza de su decisión, su voz adquirió entonces un tono inquietantemente sereno.

–Voy a hacerlo. Será mejor que no miren.

«Sí», pensó Ellen. «Va a hacerlo, y todo lo que hagamos por evitarlo será inútil, cuando no peligroso para alguien más.»

Böck temblaba como una hoja. Los huesos de la mano con los que sostenía el secador se veían blancos bajo su pálida piel.

–Podéis amenazarme cuanto queráis, pero no me comeré a mi Margot.

–Lo hemos comprendido –dijo Mark–. Arreglaré este asunto con nuestro cocinero. ¿Qué le apetecería comer?

La frase sonó tan cómica, tan extraordinariamente cómica, que Ellen se sintió consternada. Pero entonces comprendió que Mark quería provocar al paciente. Mientras estuviera enfadado no pensaría en suicidarse, sino en atacar y defenderse.

–¡Deja de tomarme el pelo, amigo! ¿Crees que por tener estudios puedes decidir si estoy loco? ¿Crees que no me he dado cuenta de que habéis troceado a mi Margot? ¡Monstruos inhumanos!

–¿Y por qué cree que hemos hecho eso, señor Böck? –Mark parecía realmente interesado, tranquilo y objetivo.

«Bien», pensó Ellen, «sigue así. Dale conversación. Necesitamos tiempo. Tiempo y una idea.»

–Yo… yo… –En aquel momento Cornelius Böck rompió a llorar.

–¿Por qué quiere hacerlo? –preguntó Mark–. ¿Por qué quiere morir?

Entre sollozos, Böck le dijo que se lo debía a su mujer. Que la había querido con locura. Y que si hubiese cerrado la maldita bocaza y no la hubiese llamado nada de aquello habría pasado.

Encendió el secador.

–¡Y ahora largo! Tengo que pagar mis culpas.

–Está bien, señor Böck, solo me queda una pregunta –gritó Mark por encima del zumbido del secador–. Por favor, si no me ayuda me veré metido en un buen lío.

–¿Cómo?

Böck lo miró, desconcertado.

–¡Por favor, se lo suplico! –Mark parecía realmente angustiado, y la táctica funcionó.

–Está bien, ¿qué pasa?

–¿Qué le digo al cocinero? Ayúdeme; me quitarán el trabajo si usted se muere.

–Yo… bueno… ¡Yo qué sé! Yo… ¿Pero eso qué importa ahora?

–A mí me importa, señor Böck, me importa mucho. Y creo que me debe una respuesta, así que… espero.

«Genial», pensó Ellen. «¡Ya lo tienes!»

Dio un paso atrás lentamente y regresó al pasillo, donde volvía a reinar la calma. El personal sanitario había hecho un buen trabajo: la mayoría de los pacientes habían regresado a sus habitaciones, si bien es cierto que la curiosidad era enorme y casi todos continuaban sacando la cabeza para ver lo que sucedía.

Ellen corrió hasta la recepción de la unidad. Un paciente joven de piel muy pálida, maquillaje oscuro y un peinado que confería a su pelo el aspecto de una colosal corona negra la siguió, pisándole los talones.

–Eh, que yo no tenía ni papa de que un cabrón podía freírse

con mi secador si lo dejaba en el baño, ¿eh? –le dijo–. ¡Que no sabía que estaban prohibidos!

Ellen lo ignoró y llegó hasta donde se encontraba la enfermera Marion.

–¿Tenemos aquí la caja de fusibles?

–¿La caja de fusibles?

–¡Sí! ¿Está aquí?

Ellen miró a su alrededor y arrancó de la pared los planos del hospital y algunos pósteres que habían estado ahí colgados desde antes de que ella entrara a trabajar en la unidad nueve. Pero no encontró la caja.

–No, no está aquí –dijo Marion–. Al menos, que yo sepa…

Ellen cogió a toda prisa el inalámbrico de la recepción y marcó el número de la central.

–Con el servicio técnico. ¡Rápido!

Volvió al pasillo. No tenía ninguna lógica que la caja de fusibles estuviera ahí –la tentación de jugar con la electricidad habría sido demasiado grande para los pacientes–, pero no pudo evitar echar un vistazo. Si en aquel viejo edificio tantas veces renovado aún había un enchufe lo suficientemente cerca de una bañera como para que un paciente pudiera quitarse la vida con una descarga eléctrica, bien habría sido posible, también, encontrar una caja de fusibles en medio del pasillo de la unidad de psiquiatría.

Pero no. No había ninguna.

Por fin se puso el técnico. Por lo ininteligible de sus palabras, no cabía duda de que estaba comiendo.

«Solo faltaba esto», pensó Ellen, «¡la hora del almuerzo!»

–¿Dónde está la caja de fusibles de la unidad nueve? –dijo, saltándose el saludo, pues no había tiempo que perder.

–¿Quién es usted? ¿Quién lo pregunta?

–¡Por el amor de Dios! Soy la doctora Ellen Roth. ¡Dígame dónde está!

A lo lejos volvió a oírse un grito de Böck. Mark no podría entretenerlo por mucho más tiempo… Incluso el repertorio más completo de trucos terapéuticos acababa por agotarse tarde o temprano.

–Escuche, doctora. No puedo dejar que acceda a la caja sin más. Es pelig...

–¡Se trata de una cuestión de vida o muerte!

Aquello pareció convencer al técnico.

–En el sótano. Voy para allá.

No llegaría a tiempo. Las oficinas del servicio técnico quedaban justo al otro lado del edificio.

Ellen decidió bajar ella misma. Pidió al hombre que la llamara al móvil inmediatamente, porque el inalámbrico de la unidad no tenía suficiente cobertura, y que le fuera indicando lo que tenía que hacer.

–¡Y ay de usted si no me llama!

Lanzó el inalámbrico a la enfermera Marion, pero esta continuaba tan aturdida que no fue capaz de cogerlo a tiempo y el aparato cayó al suelo con estrépito.

Por culpa de las prisas se equivocó dos veces al marcar el código y tuvo que intentarlo una tercera para poder abrir la puerta y salir de allí.

Acababa de cruzar el umbral de la puerta cuando oyó gritar a Böck a sus espaldas:

–¡Ya basta! ¡Hablo en serio!

Mientras volaba escaleras abajo le sonó el móvil. Era el técnico.

–De acuerdo, preste atención, doctora –le dijo el hombre, y empezó a indicarle el camino hacia el sótano.

La caja de fusibles estaba cerrada con llave. Ellen la golpeó con rabia. Era evidente: aquella era una clínica psiquiátrica y todo lo que podía suponer un peligro para sus pacientes tenía que quedar a buen recaudo. Todo, menos los secadores en los cuartos de baño.

Ellen se llevó la mano al bolsillo del pantalón y sacó la llave de su casa. Era el objeto más plano que llevaba consigo y esperaba poder hacer palanca en la cubierta de la caja. El técnico, que a todo esto estaba de camino a la unidad nueve pero que de ningún modo habría llegado a tiempo de evitar la desgracia, le dio las instrucciones necesarias para llevar a cabo el golpe: tenía que hacer palanca en la puertecita de plástico que quedaba en el lateral, junto a la bisagra. Cerca del cierre tenía *un punto débil*, según sus propias palabras.

Y justo cuando Ellen empezaba a pensar que lo único que conseguiría era doblegar su llave, el plástico estalló al fin. Cogió la cubierta y la arrancó.

—¿Cuál es el fusible del cuarto de baño?

—¡Santo Dios, doctora, no puedo decírselo de memoria! ¡Apague el interruptor principal, el general!

Ellen llevó la mano al interruptor más grande y lo cambió de posición. En aquel preciso momento el sótano se quedó a oscuras, y un segundo después se puso en marcha el alumbrado de emergencia.

5

Mark entró en la consulta de Ellen con dos tazas de café, cerró la puerta con el talón y le ofreció una de las tazas.

–Ten. Bebe. Te sentará bien. Tiene mucho azúcar. Bueno para los nervios.

–Gracias.

Agradeció la atención con una sonrisa, aunque ni siquiera intentó coger la taza. Las manos le temblaban demasiado.

Mark apartó las carpetas que se amontonaban sobre una de las sillas y tomó asiento.

–¿Te encuentras mejor? Estás blanca como la tiza.

–Sí, poco a poco.

Cerró los puños para disimular el temblor de sus manos.

Mark ladeó la cabeza y arqueó una ceja.

–No suena muy convincente.

Ellen suspiró.

–He leído a menudo historias sobre personas que reaccionan de un modo racional y confiado en situaciones extremas y que, una vez pasado el peligro, apenas pueden sostenerse en pie. Pues bien, estoy viviendo el tema en primera persona.

–Es lógico –dijo Mark, antes de dar un sorbo a su café. También él parecía agotado–. Ha faltado muy poco.

–¿Y cómo se encuentra el señor Böck?

–Está flotando en el maravilloso mundo de los tranquilizantes. Le he administrado Tavor.

Ellen asintió, hizo ademán de coger su café, pero desistió de nuevo.

«Hasta que controles el temblor tendrás que beber con una pajita.»

Mark se dio cuenta de lo que pasaba.

–Ellen, tú no estás bien. ¿Por qué no te tomas el resto del día libre? Le diremos al doctor Fleischer que ya te sustituyo yo. En mi unidad todo está en orden, así que no hace falta que...

–Te lo agradezco, Mark –le interrumpió ella–, pero no es necesario. Prefiero que el jefe no se entere de lo que ha pasado. Aún me caerá bronca y me dirá que sustituir a Chris es demasiado para mí.

–Como quieras –dijo Mark, encogiéndose de hombros–, aunque estoy seguro de que Fleischer lo entendería. Algo así puede pasarnos a todos, y tendrías que ser muy insensible para que no te afecte. –Y dicho aquello sacó un paquete de tabaco del bolsillo de su bata–. ¿Te molesta?

–Si el responsable de seguridad te pilla fumando nos lincha a los dos –le dijo Ellen, intentando que su voz sonara lo más despreocupada posible–. Pero si lo necesitas, fingiré que no lo veo...

Mark sonrió agradecido e infringió con un Camel la prohibición de fumar en todo el recinto hospitalario.

–Oh, sí, puedes estar segura de que lo necesito, y me declararé culpable de todos los delitos que se me imputen y de todos los horrores que pueda provocar el humo que exhale a continuación. –Entonces dejó de sonreír y bajó la voz para añadir–: ¿Sabes? Desde que trabajo aquí he perdido a dos pacientes por culpa del suicidio. Pocas semanas después de empezar, uno saltó por la ventanilla de un tren de alta velocidad. Eso sucedió poco antes de que tú llegaras a la Clínica del Bosque. Y el invierno pasado tuve a aquella mujer que se tiró al Danubio.

Mark no pronunció los nombres. Parecía que aún le azaraba el recuerdo. Ellen no había olvidado a Maren Weiss, una paciente muy depresiva que había fingido una rápida recuperación para poder tirarse a las heladas aguas del río en el primer permiso de salida que le dieron.

Los servicios de limpieza del Danubio encontraron el cuerpo una semana y media más tarde. Tras su identificación, Mark tuvo que pedir una semana de baja.

—En ambos casos estaba seguro de haber hecho cuanto estaba en mis manos por ayudarlos —dijo.

Intentaba ocultar su emoción, pero el temblor de la voz se lo impedía. Mientras hablaba, Mark observó el humo de su cigarrillo, que danzaba con la corriente de aire que se colaba por la ventana entreabierta.

—Y llegué a la conclusión de que es imposible detener a quien ha optado por suicidarse —continuó—. Si la decisión está tomada, ya no hay vuelta atrás. Se lleva a cabo y punto. Pero hace un rato, en el baño, he cambiado de opinión. Por primera vez en mi vida he tenido la oportunidad de coger las riendas en el momento adecuado. No lo habría logrado sin ti, por supuesto, pero en cualquier caso le hemos salvado la vida. Y he podido superar el pánico, el jodido pánico, a que el señor Böck fuera el paciente número tres de mi lista.

—Mi primera idea fue lanzarme hacia el enchufe —le dijo Ellen—, pero estaba demasiado lejos. De haberlo hecho seguramente habría asustado al señor Böck y habría acelerado su intención de convertirse en un rosbif pasado por agua.

Mark sonrió.

—¿Un rosbif pasado por agua? ¡Qué bueno, ya empiezas a hablar como Chris!

—¿Eso crees?

Mark apagó su cigarrillo en la taza de café.

—Eso creo, sí. ¿Y dónde está ahora tu querido genio del bricolaje? ¿Continúa renovando su casa?

Ellen movió la cabeza hacia los lados. La verdad es que Chris tenía la intención de aprovechar sus vacaciones para arreglar el suelo de su casa, cambiar el parqué y las baldosas de los baños, e incluso, si le quedaba tiempo, buscar ofertas para la puerta de la entrada, pero al final las cosas habían dado un giro de ciento ochenta grados.

—Esta mañana ha cogido un vuelo hacia Australia.

—¿Australia? —Mark la miró con ojos como platos—. ¡No me había dicho nada! ¿Y cómo es eso? ¿Se marcha a Australia, sin más, y no te lleva?

—Se ha ido con su amigo Axel. La novia lo dejó plantado hace unos días, de un modo muy precipitado, y él tenía los billetes y ya no estaba a tiempo de cambiarlos, o algo así. Así que le preguntó a Chris si se apuntaba.

—¿Y ahora el doctor está de vacaciones con su amigo en la otra punta del mundo mientras su chica trabaja como una jabata? ¡Impresionante!

Ellen pilló el sarcasmo, pero no le hizo caso. Mark nunca había intentado disimular que Chris no era santo de su devoción. Eran como el día y la noche. Chris opinaba que Mark podía ser muy buen profesional, pero que su estilo laxo —y su aspecto en general— era impropio para alguien de su rango y profesión. ¿Cómo era posible, por todos los dioses del Olimpo, que un psiquiatra llevara una camiseta de Marilyn Manson debajo de la bata?

Por el contrario, Mark pensaba que Chris era un perfeccionista arrogante y aburguesado, incapaz de conformarse con nada… empezando seguramente por sí mismo. Y así se lo dijo durante una reunión de la unidad, ante todo el equipo de psiquiatría, en una ocasión en que ambos llegaron a las manos.

En lo referente a Mark y a Chris, Ellen no tenía dudas: fuera quien fuera el que había inventado la expresión «los polos opuestos se atraen»… no conocía a aquellos dos.

—Ya veremos lo bien que se lo pasa —dijo ella, con una pícara sonrisa—. Por una parte, un amigo al que acaba de dejar la novia no es precisamente el compañero ideal para unas vacaciones, y por otra, viajan a una isla bastante pequeña de la costa australiana, Hinchinbrook Island, donde no hay nada que hacer excepto disfrutar de la naturaleza. Ni tele ni teléfono ni móviles ni civilización. Solo selva y cocodrilos.

–Lo que quieras. Pero si yo fuera él, te habría llevado conmigo. Tú también mereces un descanso. Y me parece muy fuerte que te haya dejado a cargo de todos sus pacientes, tanto más teniendo en cuenta que alguno es especialmente complicado... Como bien se ha encargado de anunciarnos el señor Böck.

–Está bien, Mark, déjalo. Ya llevo unos años en esto y podré arreglármelas, se lo he prometido. Creo que es bueno que pase un tiempo solo... y, la verdad, yo también lo necesito. Chris lleva mucho tiempo trabajando a un ritmo muy intenso y estamos los dos agotados. Además, quién sabe si volverá a tener la oportunidad de hacer un viaje semejante.

–Ya –dijo Mark–. ¿Estáis pensando en vivir juntos?

–¿Por qué no? En cualquier caso, me parece bien que haya aceptado la oferta de Axel. No me ha sido fácil convencerlo, te lo aseguro. Le irá bien distanciarse de todo un poco. Aún no ha superado la muerte de su padre, y lo de renovar la casa que ha heredado no le está resultando tan fácil como pretende.

–Típico de ti –dijo Mark, señalándola con su taza de café–, actuar siempre como la perfecta terapeuta. ¿Por qué no vende la choza y os buscáis una nueva? Una que quede más cerca de la clínica, y así podríais ahorraros el mini apartamento que tenéis en la residencia.

–Porque a él le gusta aquella casa, y porque más adelante espera poder abrir allí su consulta. Tendría sitio de sobra, y la infraestructura también es buena.

–¿En plena Suabia?

–¿Y por qué no? –Ellen observó la lámpara de su escritorio, el cable y su recorrido hasta el enchufe de la pared. Pensó en el secador y notó que temblaba de nuevo con más fuerza–. Qué raro lo de antes, ¿eh? Me pregunto qué puede haber enfurecido tanto al señor Böck. Hasta ahora no había reaccionado positivamente a ninguna terapia de las que propusimos Chris o yo.

–¿Y qué era exactamente lo que le había sumido en el estado de choque?

–La muerte de su mujer –respondió Ellen–. Una historia bastante triste.

Le acercó la historia médica de Böck, que tenía encima de la mesa y esperaba el informe del incidente en el lavabo con burocrática impasibilidad.

Mark abrió el expediente y empezó a leer. Aunque el protocolo y el informe que incluía estaban escritos en un tono estrictamente objetivo y formal, el drama humano al que hacían referencia se colaba inevitablemente entre sus páginas. Ellen se quedó muy impresionada la primera vez que lo leyó, y al ver la expresión en la cara de Mark supo que a él le estaba sucediendo lo mismo.

Hasta hacía seis semanas, el ya jubilado empleado del archivo municipal Cornelius Böck había llevado una vida tranquila y apacible junto a su mujer, Margot. El matrimonio vivía en un pisito de propiedad en el séptimo piso de uno de los altos edificios que quedaban a las afueras de Fahlenberg. Una zona agradable que Ellen había visto a menudo cuando salía a correr a orillas del Danubio.

Los hechos se habían producido seis semanas atrás. Según el informe policial, Böck había salido a comprar, como todos los jueves, mientras su mujer, Margot, aprovechaba su ausencia para dedicarse a las labores de la casa.

Un vecino vio volver a Böck con las bolsas de la compra y detenerse de golpe. El oficial de policía citó las palabras textuales del testigo: «Se quedó ahí quieto, como petrificado, mirando hacia lo alto como si hubiera visto un ovni».

Pero lo que Böck había visto no era un ovni, sino a su mujer, con una pierna en el alféizar de la ventana y la otra, a la misma altura, en el interior del piso. Al parecer estaba limpiando las persianas por la parte de fuera.

La imagen debió de impresionar de tal modo a Böck que le dio por imaginar el peor de los escenarios y reaccionar del peor de los modos: gritando a su mujer. Según la información del vecino, el grito de Böck –«¡Margot, no!» – resonó entre los altos edificios como un eco enloquecido.

Mark bajó el expediente unos segundos y movió la cabeza hacia los lados, compungido.

–La llamó. Estaba asustado y gritó su nombre. Eso explica lo que ha dicho antes, en el lavabo: «Si hubiese mantenido cerrada la maldita bocaza...».

Como le había pasado al leer por primera vez el informe del señor Böck, a su ingreso en la clínica, Ellen vio de nuevo ante los ojos la imagen de aquel hombre asustado.

Fue como si las palabras de los testigos oculares se convirtieran en imágenes de una película interior. Imágenes rodadas a cámara lenta y con espeluznante nitidez. Como esos anuncios de la DGT en los que se ve el posible accidente, aquel que hay que evitar, con todos y cada uno de sus detalles ralentizados. Anuncios en los que el conductor deja de mirar la carretera para coger el teléfono o poner un CD o para mirar a su hijo, que está sentado en el asiento de atrás. Anuncios en los que nadie lleva puesto el cinturón y los niños sacan las manos por las ventanillas. Anuncios que inducen al espectador a pensar «qué horror» y, al mismo tiempo, «a mí ni se me ocurriría».

Solo que lo que le sucedió a Böck no formaba parte de un anuncio de televisión.

En su imaginación, Ellen vio a Margot Böck reaccionar al grito de su marido y avanzar inconscientemente hacia delante, olvidando por unos segundos que se hallaba en la séptima planta de un edificio y tenía un pie puesto en el alféizar de la ventana. Con toda probabilidad, la mujer había reaccionado a lo que el fisiólogo ruso Pávlov dio en llamar «reflejo condicionado», tan propio entre matrimonios o personas que llevan tiempo compartiendo sus vidas.

Quizá la señora Böck no se habría precipitado al vacío si hubiese sido algunos años más joven y hubiese tenido una mayor capacidad de reacción. Quizá entonces habría podido sujetarse a algo. Algo que no fuera una vieja hoja de ventana que se rompiera al tirar de ella y se precipitara también al suelo, sin remedio.

Ellen imaginó la consternación de Cornelius Böck. Lo imaginó viendo caer a su mujer, viéndola mover los brazos en el aire, apenas unas milésimas de segundo, como si al hacerlo fuera a lograr que le crecieran alas y que su descenso se convirtiera en un suave planeo liberador.

Margot Böck cayó sobre el asfalto, junto a unos contenedores de basura y unas barras para bicicletas. Su caída no duró más de tres segundos.

–Santa María –susurró Mark, cerrando la historia médica–. No me extraña que entrara en estado de choque.

Ellen asintió.

Pocos días después de aquel suceso, Ellen salió a correr y pasó junto al edificio en el que habían vivido los Böck. Por algún motivo que no fue capaz de identificar con claridad –una mezcla de empatía y curiosidad morbosa, quizá–, interrumpió su carrera y se dirigió al pequeño parterre de césped que se hallaba en la parte trasera del edificio y en el que habían encontrado al señor Cornelius Böck.

Y vio el cartel junto al que se había sentado el hombre, con la vista perdida en el vacío, según la descripción del sanitario que lo ingresó en la clínica.

Apreciados señores que pasean aquí a sus perros:
¡ESTO NO ES UN PIPICAN!
Firmado: el administrador del inmueble

Cuando se lo contó a Mark, añadió:

–En aquel momento entendí por qué decidió encerrarse en su mundo. Es decir, tiene que ser insoportable presenciar la muerte de alguien, y más si ese alguien es un ser querido y tienes la convicción de que todo ha sido culpa tuya.

–¿Fue allí mismo cuando dejó de hablar y reaccionar a lo que sucedía a su alrededor?

Ellen asintió con la cabeza.

–Después de aquel terrible accidente, Böck huyó a un mundo que solo existía en su cabeza. Su compañero de habitación lo llamaba «don Nohaynadienecasa».

Al fin se decidió a dar un sorbo a su café, y no pudo reprimir una mueca. Demasiado frío, demasiado fuerte, demasiado azúcar. Pero al menos había dejado de temblar.

–Creo que ya sé por qué ha tenido este brote –dijo Mark, dejando la historia clínica sobre la mesa–. Ahora que sé lo que le ha pasado y puedo relacionarlo con lo que ha dicho en el baño... creo que todo tiene sentido.

Ellen arqueó las cejas con curiosidad.

–¿Un segundo choque?

–Algo por el estilo, sí. Creo que el señor Böck nos ha hecho una demostración de las consecuencias del llamado *Efecto Gatillo*. De hecho este estímulo aparentemente insignificante, que desencadena toda una reacción postraumática en los pacientes patógena y psicóticamente perturbados, fue parte de mi tesis doctoral. Tendría que haber caído en ello cuando estábamos en el baño, y no haberle provocado para que concentrara en mí sus emociones. ¡Mira que soy estúpido! ¡Podría haberlo fastidiado todo!

Ellen hizo un gesto negativo con las manos.

–Vamos, déjalo. ¿Cómo ibas a saberlo? Si lo de antes hubiese acabado mal, yo habría sido la única culpable, en primer lugar por no haber sabido identificar su rabia, y en segundo, por haber llegado demasiado tarde. Pero, en cualquier caso, la reacción de Böck era totalmente impredecible. No sé lo que habrá sucedido cuando estaba con Marion, pero jamás habría imaginado que podría enfurecerse de aquel modo.

–Quizá tengas razón –dijo Mark, aunque no parecía demasiado convencido.

–Pues claro que la tengo –añadió ella, con una sonrisa–. Las mujeres siempre tenemos la razón, ¿no lo sabías?

Él carraspeó levemente y añadió:

–Me temo que me falta experiencia en este campo... Pero, en serio, lo que me resulta más fascinante de este caso es precisamente que no era predecible. El sujeto reprime un suceso que le ha provocado un dolor terrible, lo cual le supone a veces un esfuerzo tan enorme que debe empeñar en ello toda su energía y parece paralizado ante el resto del mundo. Durante mi tesis doctoral trabajé con niñas y mujeres de Kosovo que habían vivido verdaderos infiernos. Guerra, muerte, torturas... todo el abanico de posibilidades. Algunas de las cosas que me contaron aún me provocan pesadillas.

–Te creo. No quiero ni pensar cómo estarían ellas...

–Muchas no eran ya más que muñecas. Inanimadas. Como si su conciencia se hubiese embarcado en un viaje sin retorno. Otras habían optado por vivir en una realidad completamente inventada. Se repetían a sí mismas que habían estado en un *picnic* con los amigos, o en casa, o ayudando con las faenas del campo. Actuaban como si nadie las hubiese violado, o como si no hubiesen perdido a ningún ser querido. –Mark hizo ademán de coger otro cigarrillo, inconscientemente, pero en cuanto se dio cuenta de que estaba a punto de encenderlo lo miró con atención y lo devolvió al paquete.– Pero estas eran, precisamente, las que más me preocupaban –continuó–; parecían paralizadas, agarrotadas, y en ellas las secuelas de la violencia eran especialmente evidentes. Eran como ollas a presión de las que no se deja salir el vapor y, al final, explotan. Yo creo que esto es lo que le ha pasado al señor Böck. Desde el accidente estaba sometido a una enorme presión psíquica. Sus mecanismos de autoprotección estaban trabajando al máximo, aunque de cara a la galería parecía ausente e indiferente a todo.

–¿Pero qué crees que debe de haber provocado su ataque? ¿Qué puede haber hecho Marion?

–El propio Böck se encargó de decírnoslo en plena histeria. ¿Te acuerdas de lo que gritaba?

–Por supuesto. Estaba convencido de que queríamos obligarlo a comerse a su mujer.

–Exacto. Es probable que su mente lograra borrar la imagen de su mujer destrozada sobre el asfalto, y que la sustiuyera por otra. Una asociación de ideas, seguramente. Y Marion debe de haberla provocado involuntariamente.

–¿Tú crees? ¿Pero cuál?

–Bueno, todo ha sucedido a la hora de la comida, así que tiene que haber sido algo del menú. De lo contrario, Böck no habría llegado a una idea tan absurda. ¿Sabes si Marion le daba de comer?

–Creo que sí. Nunca comía él solo, y Marion solía ayudarlo. ¿A dónde quieres ir a parar?

–Como buena observadora que eres, seguro que te has fijado en la salpicadura de la bata de Marion, ¿verdad?

En aquel momento, Ellen recordó la mancha sobre el generoso pecho de la enfermera. Un líquido rojizo y, junto a él, lo que en principio había identificado como una pepita de manzana.

–¿Sandía?

–Por macabro que parezca, Cornelius Böck debió de hacer la típica relación de ideas al ver la cabeza de su mujer aplastada en el suelo. De hecho, él mismo la ha definido así antes, mientras *conversaba* con él en el lavabo. «Una sandía reventada», ha dicho. No hay duda de que, pese a las evidentes diferencias visuales entre ambas imágenes, su subconsciente debió de sustituir un concepto por el otro (una sandía en lugar del cráneo destrozado de su mujer) como última opción para sobrellevar mejor el terrible recuerdo. Por eso, cuando Marion quiso hacerle comer la sandía de postre, su cerebro fue incapaz de diferenciar ambas cosas...

–...y creyó que Marion iba a obligarlo a comerse a su mujer muerta –concluyó Ellen.

–Exacto. La contención de su trauma hizo que Böck fuera incapaz de diferenciar racionalmente su asociación: oyó *sandía* y pensó en *cráneo*.

Ellen se recostó sobre el respaldo de su silla y pensó en las explicaciones de Mark. Ya había vivido y oído tantas barbaridades, tantas locuras... Esquizofrénicos que se creen perseguidos por demonios, o que están convencidos de que sus vecinos controlan sus pensamientos y acciones mediante un emisor de ondas telepáticas que han escondido debajo de la moqueta, o que aseguran haber oído la profecía del fin del mundo directamente de Jesús, que les ha hablado a través de un sifón de agua. Una de las primeras pacientes de Ellen veía pizzas voladoras, y otra era incapaz de contener la risa cada vez que se acercaba a un armario, porque decía que en su interior siempre había alguien escondido que no paraba de contar chistes. Y, como estas, un montón de historias más.

Pero si tuviera que hacer una lista con los diez casos más extraños de su carrera, el de Cornelius Böck ocuparía uno de los puestos principales. Probablemente el tercero. Quizá, incluso, el segundo.

«Este caso tiene bastante pinta de CEI», pensó. Y solo se dio cuenta de que lo había dicho en voz alta cuando Mark le preguntó:

–¿Tiene pinta de qué?

–De CEI. Caso de Especial Interés –dijo, y, sonriendo, añadió–: Así es como los llama Chris.

–Chris –suspiró Mark–. El gran doctor Christoph Lorch, que te abandona para irse a recorrer la jungla australiana.

–El mismo. Y ahora, tengo que volver al trabajo. Gracias por el café y la charla, doctor.

–Un placer. –Mark se incorporó y se dirigió hacia la puerta.

Miró a Ellen una vez más y, de pronto, dejó de parecer tan seguro de sí mismo como cuando hablaba de trabajo.

–Oye –dijo, y carraspeó–, ¿te apetecería salir a cenar después del trabajo? Como estás sin marido...

–Quizá en otra ocasión. Ahora mismo solo hay una tentación a la que pienso sucumbir lo antes posible: mi cama.

–Lo entiendo –dijo Mark, sin poder disimular la decepción–. Recupérate del susto. Aún pareces angustiada.

–Bueno, tiene algo que ver con tu tesis sobre la represión de los sentimientos. Tiene un punto inquietante, la idea. De ser cierta, todos podríamos estar reprimiendo algo sin ser del todo conscientes.

–Pues hay algo aún más inquietante –respondió Mark–. Que no se trata de una tesis. La reflexión ni siquiera es mía. El tema lleva años ocupando a los expertos. Solo que no todos nuestros colegas coinciden en adjudicar la misma importancia al poder de la represión. Algunos piensan que no es más que una quimera.

–Pero a ti sí te parece importante, ¿no?

Asintió.

–Vital. Y creo en él, del mismo modo que creo que un desencadenante minúsculo puede provocar una reacción mayúscula. Como en el caso del señor Böck.

Había llegado ya a la puerta cuando volvió a darse la vuelta para mirarla.

–Oye, Ellen…

–¿Sí?

–Per… Perdona por lo de antes. Me refiero a lo de Chris. Me parece magnífico que seas tan comprensiva con él y espero que sepa valorarlo. Tiene mucha suerte. Lo digo en serio.

–Yo también tengo suerte –le respondió Ellen, pensando en Chris–. Sí, yo también.

6

Oscuridad, silencio, un hedor espantoso… y de nuevo esa extraña sensación que le ponía la piel de gallina.

De no haber sabido que era imposible, Ellen habría podido jurar que estaba sola en la habitación número siete, al final del pasillo.

—¿Hola?

Un silencio sepulcral.

Habría querido llamar a la mujer por su nombre, pero eso no era posible, así que se limitó a decir «hola» por segunda vez, y entró en la habitación.

Se dirigió lentamente hacia la cama y observó el rincón en el que poco antes se había agazapado la misérrima y horrorizada paciente. Miró incluso bajo la cama, pero no vio a nadie.

—¿Dónde está?

En aquella austera habitación no había muchos sitios en los que esconderse, la verdad. Y estaba claro que, en el estado en el que se hallaba, era muy improbable que la atemorizada mujer sin nombre hubiese osado salir al pasillo.

Lentamente, cuidadosamente, Ellen se acercó al armario empotrado de dos puertas que había en todas las habitaciones, y en cuyos cajones solían guardar los pacientes sus calcetines limpios y su ropa interior, lo cual habría resultado de imperiosa necesidad para aquella mujer. Por encima de cualquier otra cosa, la desconocida precisaba ropa nueva (parecía no tener más muda que el andrajoso chándal azul que llevaba puesto) y una concienzuda ducha. O, mejor aún, un baño largo y relajante, con sales y espuma. Pero iba a tener que hacer gala de una enorme capacidad de convicción para lograr que se desnudara y se metiera en la bañera. Allí se sentiría completamente expuesta, sin escapatoria posible. Además, quién sabe a qué tipo de vejaciones podrían haberla sometido estando desnuda, o solo parcialmente vestida...

«Bueno, pues seré convincente, le inspiraré confianza y tendré toda la paciencia del mundo. Y entonces, un baño y ropa limpia.»

Claro que antes tendría que encontrarla.

Ellen cogió el pomo de la puerta del armario, se aseguró de situarse lo suficientemente lejos como para impedir que la mujer volviera a saltarle al cuello, y abrió la puerta. Lo único que le saltó al cuello fueron un mohoso olor a madera vieja y a desinfectante. En el armario no había nada más que tres perchas solitarias que oscilaban de un lado a otro por la brusquedad con la que había abierto la puerta.

Bueno, pues ya solo quedaba una opción. Ellen anduvo hasta la puertecita que quedaba junto a la entrada de la habitación, donde se hallaba el aseo. Por la delgada rendija de la puerta se coló un sonido apenas audible: el roce de unos calcetines de lana sobre el suelo de linóleo.

Ellen abrió la puerta con cuidado. El aseo no era mayor que una cabina de teléfonos. Sin embargo, la mujer había logrado apretujarse bajo la pila del lavabo. A oscuras, comprimida entre el tubo de plástico y la llave del agua, parecía un erizo enrollado sobre sí mismo. Ellen vio también un pañuelo roto que la mujer apretaba contra su pecho como si de un peluche se tratara.

–¡Ah, aquí está! –dijo, con voz suave–. No quiero molestarla, pero había pensado que podríamos seguir con nuestra conversación, evidentemente solo si a usted le apetece. ¿Qué me dice? ¿Quiere?

La mujer movió la cabeza con rapidez.

–No pienso salir de aquí. Si lo hago, me cogerá.

Su voz aniñada resultaba más sorprendente aún que antes. De no haber sabido con quién hablaba, de no haber visto con sus propios ojos a la persona que hablaba, Ellen habría jurado que se trataba de una niña de unos seis u ocho años.

–¿Quiere decirme de quién se trata?

–También vendrá a por ti, en cuanto sepa que existes.

–¿Y por qué?

–Porque querrá jugar contigo.

Ellen no pudo evitar pensar en las palabras de Mark. Represión para protegerse de los malos recuerdos. ¿Estaba ante un caso parecido? Los ojos de la paciente, abiertos como platos, sus labios fruncidos en forma de hocico, y ahora el pañuelo, que apretujaba como lo haría una niña con su muñeca preferida o con su osito de peluche, parecían reforzar esa hipótesis, igual que el tono agudo y fingido de su voz y el modo en que se expresaba. Al mirarla, Ellen recordó a la hija pequeña de unos amigos suyos, que siempre que había tormenta se escondía bajo el hueco de la escalera.

¿Era posible que aquella mujer se hubiese refugiado en su infancia para poder explicar lo que le había pasado con palabras e ideas de niña? Sin lugar a dudas, *jugar* sonaba mucho menos angustioso que *pegar* o *violar*, aunque en su imaginario personal significaran lo mismo.

Sea como fuere, aquello ya era un principio. Mucho mejor que parapetarse tras los muros del silencio.

«Si quieres conectar con ella tendrás que aceptar sus reglas. Olvida la teoría de la distancia terapéutica y deja de tratarla de usted. Si se comporta como una niña, habla con ella como si fuera una niña.»

–¿Quieres decirme tu nombre?

La mujer movió la cabeza enérgicamente hacia los lados y apretó el pañuelo con más fuerza contra su pecho.

–Puedes confiar en mí. Aquí no va a pasarte nada –insistió Ellen.

–¡No!

–¿Por qué no?

–Porque me oirá y vendrá a por mí. ¡Y a por ti también!

De nuevo la insinuación de que el desconocido no se detendría ante ella. ¿Qué le habría pasado a aquella mujer? ¿Estaría al corriente de la existencia de más víctimas? ¿Las habría visto?

–¿Sabes dónde está ahora?

La paciente volvió a negar con la cabeza. Esta vez, además, se llevó las manos a las orejas y cerró los ojos y la boca.

–Por favor –dijo Ellen, intentándolo de nuevo–, confía en mí. Yo te protegeré de él. Pero solo podré hacerlo si me dices quién es, y también quién eres tú.

Sin dejar de negar con la cabeza, la mujer empezó a canturrear con su voz aniñada:

–¿Qué hacemos si lo vemos? ¡Correr!

La frasecita ya era desasosegante per se, pero en aquel pequeño y oscuro aseo lo parecía aún más.

«Es como escuchar una voz de niña bajo la tapa de un ataúd», pensó Ellen.

De vuelta a su consulta, se dispuso a escribir el informe sobre aquella paciente. Tomó su cuaderno y empezó a completar las notas de Chris con las suyas propias. Fue concienzuda, como siempre. Recordar cada detalle, por pequeño que fuera, le ayudaba a ubicar lo que había observado en su contexto.

Sí, no había duda de que aquel era un «Caso de Especial Interés», con todas las letras, y de que iba a tener que esforzarse mucho para poder conectar con la paciente. Pero había alguien que podía ayudarla. Alguien que tenía experiencia con víctimas traumáticas.

Cogió el teléfono, y al oír la voz de Mark tras el segundo timbrazo, preguntó:

–¿Te apetece *sushi*?

7

–El hombre del saco.

Mark miraba su plato, pensativo. Ni siquiera había probado el *sushi*.

Ellen, por el contrario, no había dejado de picotear mientras le contaba el caso, sirviéndose directamente de la cinta que pasaba poco a poco ante las mesas. Y ahora esperaba expectante la opinión de Mark.

Él se tomó su tiempo antes de responder, y observó los montoncitos de arroz envueltos en hojas de algas como si quisiera hipnotizarlos, ajeno a todo, mientras el resto de clientes del restaurante A Dong Running Sushi continuaba bramando a su alrededor.

Ellen casi lamentó haberle propuesto su local favorito. A Mark no parecía gustarle nada la comida japonesa, y menos aún el ambiente.

–¿Mark? ¿Estás bien?

Él se sobresaltó al oírla.

–¿Cómo? Esto... sí, claro. Pensaba en tu paciente.

Ella le señaló el plato.

–¿No te gusta?

–Sí, sí, me encanta. El... –echó una mirada rápida a la carta y añadió–: el *hosomaki* está delicioso.

Ellen premió su mentira con una sonrisa.

–A mí me pierde la comida japo –dijo, llevándose a la boca el último trozo de *sasazushi*–, pero, como soy una mujer muy tolerante, no tengo intención de enfrentarme a quienes prefieren el *curry* o las patatas fritas.

Mark carraspeó.

–Has olvidado realizar un análisis de los antecedentes clínicos de tu acompañante. Para tu diagnóstico, digo.

–¿Perdona?

–Sí, de haberte informado sabrías que en las estanterías de la cocina del doctor Behrendt se alojan la flor y nata de los cocineros de élite italianos, y que el hombre es famoso por su ragú a la boloñesa y los *fetuccine* hechos a mano con los que suele acompañarlo. Te aconsejo encarecidamente que lo compruebes en persona en cuanto tengas la ocasión.

Alzó su copa de cerveza para brindar con ella.

–¿Estás invitándome a comer?

Las mejillas de Mark se tiñeron de un color rojo intenso. Era como si lo hubiesen pillado en un embarazoso lapsus línguae.

–Bueno... en realidad, sí –dijo al fin–. Si te apetece... Me gusta mucho cocinar para... buena gente.

«Tiene un puntito tierno cuando está nervioso», pensó Ellen.

–Lo tendré en cuenta –le prometió, y al darse cuenta de que aquello no hacía sino ponerlo más nervioso, decidió centrar la conversación en el verdadero motivo de aquella cena. Apartó el plato y se inclinó hacia Mark–. Pero dime, ¿qué piensas? ¿Cómo puedo acercarme a mi paciente?

El cambio de tema logró el efecto deseado. Mark pareció relajarse. Arrugó la frente y se frotó la nariz con un dedo, pensativo.

–No será fácil. Antes, cuando me has dicho lo de la canción infantil, he pensado que quizá los malos tratos fueran dirigidos a un niño, es decir, a una segunda persona de la que debiéramos preocuparnos.

Ellen se estremeció.

–¡Por Dios! ¡No se me había ocurrido! Pero, claro, es posible que el canalla en cuestión no se aprovechara solo de la mujer, sino también de algún niño…

Mark asintió con la cabeza y negó con las manos al mismo tiempo.

—Cosas peores se han visto, aunque yo creo que en este caso no ha sido así. La paciente habla del hombre del saco y se expresa como una niña pequeña, así que la víctima parece ser solo ella.

La explicación no pareció satisfacer a Ellen.

—¿Y eso por qué?

—Porque la canción es de nuestra época, Ellen, y tú has dicho que la mujer debe de tener nuestra edad, aproximadamente, o quizá unos años más.

—Sí, bueno, pero no veo a dónde quieres llegar.

—Pues es muy sencillo: a lo políticamente correcto. Hoy en día hemos alejado de nuestro imaginario a los personajes como el hombre del saco, del mismo modo que preferimos a la abuela de Caperucita escondida en un armario y no engullida por el lobo. Los niños ya no cantan este tipo de canciones, Ellen, ya nadie les dice que si no duermen aparecerá el coco y les comerá. Es posible que aún quede alguien que se resista a este tipo de cambios por considerarlos innecesarios o hipócritas, pero, sinceramente, no creo que tu paciente estuviera aludiendo a un niño al canturrear esta canción. No, yo creo que estaba recuperando algún recuerdo propio de la infancia.

—Vaya.

—Además, en la era de los videoclips y las redes sociales, este tipo de canciones ya no se llevan. Si tu paciente estuviera intentando llamar la atención sobre su hijo de manera subliminal, seguramente escogería un referente más moderno. Hoy por hoy, un niño de ocho o diez años huiría de un pirata del Caribe, o de un pirado con una sierra, o de Freddy Krueger o de cualquier otro referente del cine de terror. Y si no me crees, haz la prueba: pasa un par de días en la planta de psiquiatría infantil y juvenil. De manera que… sí, yo creo que la mujer se ha retrotraído a su propia infancia, a aquella época en la que le estaba permitido sentirse frágil y atemorizada. Pero tú eso ya lo habías pensado, ¿no?

–Es como esas mujeres kosovares de las que me hablaste, ¿verdad? ¿Tuviste algún caso similar?

Mark dio un trago a su cerveza y asintió.

–No solo uno, por desgracia. Pero recuerdo especialmente a una mujer: debía de tener unos veinte años, y su pueblo fue atacado y devastado por los guerrilleros. Toda su familia murió acribillada por las balas y, por lo que supe después, ella pasó varias horas tendida bajo el cadáver de su madre, haciéndose la muerta, mientras sus asesinos se sentaban a la mesa y daban buena cuenta de la comida que la madre había servido a la familia poco antes de aquel horror. La primera vez que hablé con ella no recordaba nada de todo aquello. Me dijo que durante el ataque estuvo jugando en el prado con su hermano pequeño. Y cuando le pregunté qué día había sucedido, me dio una fecha diez años anterior a la real.

–¿Pudiste ayudarla?

Mark se encogió de hombros.

–Depende de lo que entiendas por ayudar. Al final conseguí que volviera a la realidad, que ubicara las cosas en el presente, pero el proceso fue largo y doloroso. Por desgracia, le perdí la pista después de darle el alta y no sé qué ha sido de ella.

Un camarero se acercó a su mesa, recogió los platos con una expresión de lo más anodina y les preguntó si deseaban que les trajera algo más. Mark pidió otra cerveza, pero Ellen hizo un gesto de negación con la mano. El tema le había quitado el apetito. Además, sentía unas leves punzadas en las sienes y estaba rezando para que no derivaran en uno de sus típicos ataques de migraña.

–Si quieres, puedo visitar contigo a la paciente –propuso Mark–. Sería más efectivo que cualquier diagnóstico que pudiera darte ahora, desde la distancia. ¿Qué te parece si te acompaño mañana, antes de empezar a trabajar?

–¡Oh, te lo agradecería mucho!

Él le devolvió la sonrisa, pero solo brevemente, porque enseguida añadió:

—Pero hay algo que me preocupa más que esa mujer, amiga mía, y ese algo eres tú.

—¿Yo?

—Sí, tú. No hace falta que te diga que hay casos especialmente difíciles, casos en los que nos dejamos la piel, y al final no podemos hacer nada. Ni el mejor psiquiatra podría hacer nada... Excepto, quizá, aliviar un poco el sufrimiento del paciente.

—Mark, yo...

—Es que no puedo dejar de pensar que este caso va a poder contigo, que te vas a obsesionar... —Se inclinó un poco más por encima de la mesa y el tono de sus palabras fue de sincera preocupación—: No te ofendas, pero hoy es lunes, solo lunes, y tú ya pareces rendida. La semana pasada debió de ser agotadora, por lo que me has contado antes, y ya estabas nerviosa...

Ellen intentó decir algo, pero él no la dejó hablar.

—Solo te pido que no te ofusques con este caso, ¿me oyes? Lo mejor que puedes hacer es buscarte una ocupación con la que compensarlo. ¿Cuándo fue la última vez que te tomaste un café con tus amigas en la plaza del mercado, o que saliste a correr junto al Danubio?

Ella esquivó su mirada y fijó la vista en la taza que tenía en las manos. El poso de té que aún quedaba en su interior debía de estar ya amargo.

—No me obsesionaré, Mark. Mañana, cuando le veas la cara y los morados e hinchazones que la cubren de arriba abajo, cuando notes su miedo, me entenderás. No se me ocurre un crimen peor que el de abusar de alguien más débil que uno mismo, sea cual sea el motivo.

Con un sonoro suspiro, Mark se apoyó en el respaldo de su silla. Bebió un poco más de cerveza y asintió.

—Ya sé que de vez en cuando nos topamos con un... ¿Cómo lo has llamado antes? Ah, sí, un «Caso de Especial Interés», que nos angustia mucho más que cualquier otro caso de los que tenemos entre manos. Pero es precisamente en estas situaciones cuando tenemos que guardar la adecuada distancia emocional.

Ellen se frotó las sienes. Mark tenía razón, sin duda. Pero a veces no era fácil separar la profesión de la compasión.

—Mira, yo solo quiero dos cosas: la primera, ayudar a esa mujer a superar sus traumas, y la segunda, desenmascarar al tipo que la ha dejado así. Se lo he prometido a Chris, pero, sobre todo, se lo he prometido a ella.

Echó un vistazo a su alrededor y observó a los clientes del restaurante, que estaba lleno hasta los topes. Parecían todos personas normales, gente corriente, por decirlo de algún modo. Aunque lo más probable fuera que el desgraciado que andaba buscando también tuviera el aspecto de un hombre normal; como esos que salen en las noticias, esos de quienes sus vecinos jamás habrían sospechado porque eran unos tipos muy afables y discretos.

Durante unos instantes tuvo la desagradable sensación de que el hombre del saco podía ser, tranquilamente, cualquiera de los clientes del restaurante.

¿Y si estuviera justo en la mesa de al lado, parapetado tras su máscara de hombre-agradable-y-sensato?

Se le puso la piel de gallina con solo pensarlo, y le vinieron a la memoria las palabras de la paciente: «¡Prométeme que me protegerás cuando venga a por mí!».

Una risotada a sus espaldas la hizo estremecerse. Se dio la vuelta y su mirada se topó con la de un hombre vestido con traje y corbata que charlaba animadamente con unos colegas igual de encorbatados. Él la miró de arriba abajo y le lanzó una mirada obscena, justo en el momento en que la memoria de Ellen había decidido recuperar otra de las frases que la paciente le había dicho con un tono infantil: «También vendrá a por ti, en cuanto sepa que existes».

* * *

Dejó a Mark en la puerta de su casa hacia las nueve y media. Él no le preguntó si quería pasar a tomar otro café, y ella se lo agradeció. En lugar de aquello, Mark le repitió que la ayudaría con el CEI, y después se bajó –no sin esfuerzo– del deportivo, le lanzó una última mirada y entró en su casa.

Apenas veinte minutos después, mientras ella conducía ya por el recinto de la clínica y la luz plateada de la luna caía sobre los tilos, los olmos y los robles que se alzaban hacia el cielo estrellado, la joven doctora volvió a pensar en lo adecuado del nombre de aquel hospital. Un joven colega de Hamburgo al que medio año atrás había acogido como oyente en algunas de sus clases de psiquiatría, había descrito la Clínica del Bosque como «una pequeña ciudad en plena floresta». Ciertamente, no podía haberla definido mejor.

La mayor parte de las fachadas del enorme edificio habían sido declaradas monumento nacional. Fueron erigidas a principios del siglo XX, cuando la clínica se conocía con el nombre oficial de *Manicomio*. Durante los años siguientes la Clínica del Bosque continuó creciendo, y el edificio principal fue ampliándose con una serie de construcciones nuevas, cada cual sujeta a los cánones de su tiempo, lo cual confería al conjunto arquitectónico un aspecto de lo más variopinto. Así, algunas de las edificaciones eran sobrias y verticales, resultado del milagro económico de la burbuja inmobiliaria, y otras, mucho menos elevadas, propias del típico estilo de los setenta, aquella época en que, como opinaban los más cínicos, hasta los muebles se habrían fabricado con hormigón, si tal cosa hubiese sido posible.

Pero lo más notable de aquel complejo arquitectónico era probablemente el centro de abastecimiento, un imponente edificio del año 1980 que a primera vista parecía más bien una fábrica. En él se hallaban todas las instalaciones: los cuartos de la calefacción, la enorme cocina, la lavandería, una farmacia y muchos otros espacios funcionales que contribuían a que la clínica fuese completamente autárquica. Y por detrás del edificio se extendía el huerto, que, además de cumplir con su objetivo más evidente –surtir a la cocina de un gran número de frutas y verduras–, se utilizaba también para la terapia de muchos pacientes.

Y toda esta miscelánea arquitectónica se unía entre sí por el recinto de la clínica, extenso y denso como un bosque, en el que además tenían cabida algunas plantaciones, un campo de mini golf y unas instalaciones deportivas.

El caso es que, aquella noche, el recinto de la clínica no le hizo pensar en una pequeña e idílica ciudad en medio del bosque. De ningún modo. Mientras conducía hacia la residencia con la capota del coche bajada tuvo la sensación de hallarse más bien en una especie de decorado fantasma.

Sobre su cabeza, el sombrío ramaje de los árboles emulaba los susurros de infinidad de voces. Las luces de las farolas dibujaban alargadas sombras sobre el asfalto. Algunas parecían cabezas deformes, y, aunque Ellen sabía que no eran más que los contornos de arbustos, la hicieron estremecerse.

Algo más adelante oyó un bramido seco y profundo que le recordó el gruñido de un animal, aunque con toda probabilidad se tratara de uno de los aviones que ascendía hacia el cielo, algo más allá.

Sea como fuere, ninguna de las explicaciones racionales que ella misma fue arguyéndose le ayudó a superar la angustia que empezaba a oprimirle el pecho, de resultas de una sensación disparatada de la que no lograba zafarse: la de que alguien la estaba espiando en la oscuridad.

«Vamos, eso es absurdo», se dijo, reprendiéndose a sí misma, aunque al mismo tiempo lamentó haber bajado la capota del coche.

Cuando tomó la curva hacia el margen oriental del recinto se llevó un susto de muerte que le hizo pisar el freno a fondo. Algo más adelante, a unos cien metros de distancia, le pareció ver la sombra de un hombre alto y delgado, junto a un árbol. Una sombra inquietante, amenazadora.

Puso las largas, parpadeó y al fin dejó escapar una sonrisa de alivio.

–Por Dios, Ellen, ya va siendo hora de que te vayas a la cama –murmuró, mientras pasaba junto a la nueva señal que indicaba el camino hacia la unidad de neurocirugía.

Sin embargo, el consuelo que le aportó la señal no duró mucho, pues la sensación de que la seguían se negó a desaparecer con ella.

Por fin llegó al aparcamiento de la residencia. Esperó angustiada a que la capota del coche se cerrara y corrió hacia la puerta de entrada del edificio, donde ya la esperaban con impaciencia.

Cuando *Sigmund* la vio entrar se levantó dignamente y la saludó con un afónico maullido.

Ellen se dio la vuelta una vez más y paseó la vista por el recinto de la clínica. Estaba demasiado oscuro como para distinguir nada, y las luces del camino no ayudaban demasiado.

«Ahí no hay nadie», se repitió a sí misma, para tranquilizarse. «No han sido más que imaginaciones tuyas. Mark tiene razón: te irá bien descansar un poco.»

Como si quisiera confirmarlo, *Sigmund* le empujó la pierna con la cabeza. El viejo gato callejero y ella habían trabado amistad hacía unos meses, cuando él se le plantó en la terraza, una tarde de invierno, y ella le dio cobijo y un cuenco de leche. Desde aquel día, el animal había vuelto a visitarla en numerosas ocasiones, a intervalos irregulares, que en las últimas semanas se habían vuelto cada vez más frecuentes.

La elección del nombre tuvo que ver con la mirada del felino, sabia y arrogante al mismo tiempo, que a Ellen le hizo pensar de inmediato en una foto de Freud que guardaba en la memoria. Y a él pareció gustarle; cuando menos, reaccionaba cada vez que ella lo pronunciaba.

–Hola, guapo.

Le rascó la cabeza (el ritual de saludo preferido por *Sigmund*) y echó un último vistazo hacia el bosque.

No había nadie.

Evidentemente.

–Bueno, gordo, ¿qué te parece algo de pescado fresco y una sesión de caricias? –le preguntó, mientras acercaba a su hocico la fiambrera de plástico que la dueña del A Dong le llenaba siempre con los restos de pescado de la cocina.

Sigmund estuvo indiscutiblemente de acuerdo. Se apretujó contra las piernas de ella y cruzó la planta baja precediéndola hasta su apartamento, como si ninguno de los dos supiera que en la residencia estaba prohibido tener animales.

Una vez en el apartamento, el gato dio buena cuenta de los trozos de pescado, mientras Ellen ponía un CD con la *Wanderer Fantasie* de Schubert, y, con una copa de Ripasso en la mano, miraba más allá de la cristalera que daba a la terraza. En la oscuridad del jardín delantero, las luces de la ciudad se colaban por entre las ramas de las hayas.

Pensó en Chris. Lo echaba de menos. ¿Se acordaría él de ella? ¿Quizá en aquel preciso momento? Seguro que la llamaba o le enviaba un SMS antes de salir de Sídney y partir hacia aquella isla. Ya había cubierto la parte más larga del viaje, y pronto se plantaría en la otra punta del mundo, bajo un sol de justicia.

Allí en Fahlenberg, por el contrario, era negra noche, y el bosque que rodeaba la clínica parecía esconder a un tipo al que su paciente se refería como el hombre del saco.

Un hombre sin escrúpulos, capaz de maltratar a una mujer hasta el punto de obligarla a refugiarse en la niña que fue.

Ellen sintió que un escalofrío le recorría la espalda y deseó que Chris estuviera con ella y la abrazara.

«Solo te pido que no te ofusques con este caso.» Las palabras de Mark resonaron en su cabeza. Estaba segura de que Chris le habría dicho lo mismo, y seguramente habría añadido algo así como «debemos tomarnos muy en serio a todos nuestros pacientes, pero nunca dejarnos turbar por ellos en exceso».

Suspiró. Se sentía como si estuviera nadando peligrosamente

cerca de un remolino en alta mar. Tenía que vigilar muy bien hacia dónde braceaba, o el agua se la acabaría tragando.

Sea como fuere, en aquel momento estaba demasiado cansada como para pensar en brazadas de ningún tipo. Lo único que deseaba era escuchar la pieza de Schubert, dejarse llevar por la música y serenarse.

Cuando Sigmund trotó hacia el dormitorio con un ronroneo sordo y, como quien no quiere la cosa, le recordó con un maullido la segunda parte de su promesa, Ellen se decidió a seguirlo a la cama. En realidad aún era pronto para ella, pero los párpados le pesaban como si fuera ya de madrugada.

El gato se arrebujó entre sus pies con un sonido que parecía más bien el de una máquina antigua que necesitara una reparación urgente.

—Dulces sueños, mi peludo calentador —murmuró Ellen, justo antes de apagar la luz.

Aún pudo ver cómo los dígitos del despertador pasaban de las 22:04 a las 22:05, pero después de aquello cayó en el más profundo de los sueños.

Pero aquella no iba a ser una noche apacible para ella, porque…

…poco después tuvo una pesadilla que se le antojó mucho más verídica y plástica que cualquiera de las que hubiera tenido antes, en toda su vida. Era… parecía real.

«Como Alicia, que entra en el País de las Maravillas y desde el primer momento sabe que aquello no puede ser cierto.»

—Así es —oyó decir a una voz conocida, junto a ella.

Etupefacta, vio ante sí a su antiguo director de tesis doctoral, el doctor Bormann. Un alivio, porque aquello no le dejaba ya lugar a dudas: estaba soñando. Bormann había muerto de cáncer intestinal dos años atrás.

—¿O qué pensabas? Evidentemente, esto no es el País de las Maravillas, y tú no eres Alicia, querida.

Bormann movió ambos brazos en un gesto que pretendía abarcarlo todo. Se encontraban en un frío y angosto espacio de hormigón de cuyas paredes laterales salían sendos pasillos que se perdían en la oscuridad. A la luz de los escasos tubos de neón, la tez de Bormann tenía un aspecto pálido e insano.

–¿Dónde estamos?

–Eso debes descubrirlo tú sola, querida Ellen –dijo Bormann, dedicándole un guiño que ya en vida le hacía resultar muy atractivo.

–Es un sueño de criptestesia, ¿no? De lucidez.

El profesor asintió, satisfecho.

–Siempre fuiste mi mejor alumna, y sigues siéndolo. Sí, estás en un sueño, pero eres consciente de lo que sucede y puedes influir en él. Puedes dirigirlo. En realidad, puedes controlarlo todo menos una cosa: tu despertar. Así que… sácale el máximo partido.

Hizo ademán de marcharse.

–No, por favor –le pidió Ellen–. No me deje sola.

–No puedo quedarme –le respondió Bormann–. Yo no soy más que el prólogo, por así decirlo. Se trata de tu sueño, no del mío. A todos nos llega el momento de llevar a la práctica lo que hemos aprendido. Y en ese momento, nuestros profesores deben desaparecer.

Apenas había acabado de pronunciar aquellas palabras –¿se habían movido sus labios al hacerlo?–, cuando su figura empezó a difuminarse hasta desaparecer por completo.

Ellen miró a su alrededor, desconcertada. De acuerdo, se trataba de su sueño.

«Pues vamos a ver qué hacemos.»

Para empezar, tenía dos opciones: el pasillo de la derecha o el de la izquierda.

Se dio cuenta de que estaba helada y, cuando bajó la vista para mirarse, descubrió sobresaltada que estaba completamente desnuda.

«Un nuevo indicador de que esto es un sueño», pensó la analítica doctora que llevaba dentro: «La vergüenza simbólica de sentirse desnuda y abandonada ante una determinada situación».

¿Pero de qué situación se trataba? ¿Era la presión por decidir si debía tomar el pasillo de la izquierda o el de la derecha? ¿O había algo más?

Bueno, aquella estancia fría y desagradable no era más que el punto de partida. Si quería continuar –o mejor dicho, empezar– tenía que decidirse. El caso era que los dos pasillos parecían iguales, lo cual no facilitaba las cosas.

«¿Qué hago? ¿Me lo juego a los dados? ¿Analizo la situación?»

Desnuda, temblorosa y desconcertada, se frotó los brazos como si se abrazara. ¿Cuál debía de ser el significado de aquella estancia y sus pasillos? El suelo y las paredes estaban hechos de hormigón negro y en ciertas zonas resbaladizo, que olía a musgo y a moho.

Ellen no pudo evitar pensar en el sótano de la casa de los padres de Chris. Aquella casa que se había convertido en su hogar, aunque por ahora solo durante los fines de semana. Aquella casa en la que aún no se sentía a gusto, cosa que sin duda se iba a prolongar durante bastante tiempo.

Quizá el sueño significaba que aún no tenía claro si quería vivir con Chris en la casa de sus padres.

El frío de aquella estancia le pareció insólitamente auténtico. Sí, notaba lo fríos que tenía los pies. Como témpanos de hielo. Como si estuviera descalza sobre el húmedo suelo de hormigón, en lugar de tener los pies protegidos bajo la funda nórdica y el calor corporal de *Sigmund*.

«No sé por qué, pero me tira más el pasillo de la derecha. Es como si condujera hacia delante, mientras que el de la izquierda parece que va hacia atrás. Igual me equivoco, claro, pero este es mi sueño y quiero que así sea. Punto.»

Y dicho aquello entró en el pasillo de la derecha, donde las luces de neón, en sus oxidados soportes de alambre, ofrecían una luz tenue e insuficiente. El suelo continuaba resultando desagradablemente resbaladizo bajo sus pies descalzos, y a cada movimiento suyo, hacia delante o hacia atrás, la pringosa superficie de musgo y moho –y quizá también de algas– cambiaba su consistencia y le envolvía los dedos y los talones en una suerte de moldes grasientos y brillantes.

Cuanto más avanzaba, más húmedo estaba todo. Incluso tuvo que sortear algún charco.

«El techo parece permeable, inconsistente.» Caían gotas por todas partes, tanto del techo como de las paredes, y el agua repiqueteaba en los charcos que tenía delante y detrás de sí.

Ellen cada vez temblaba más. Ya no solo por el frío, sino por una nueva sensación que iba apoderándose de ella: el desasosiego.

«Confiésalo, Ellen Roth, atrévete a admitirlo: tienes miedo. Pánico, en realidad. Estás simplemente aterrorizada, sin atenuantes emocionales.»

Sí, maldita sea, tenía miedo. Aunque aquello no era más que un sueño y ella lo sabía de sobra, tenía un miedo irracional. Y en cuanto lo hubo admitido, llegó a una nueva conclusión, una certeza que prendió en ella como un rayo:

«Alguien o algo me acecha en la oscuridad. A mi espalda. ¡Me está observando!»

Sobrecogida, miró a su alrededor. La estancia de la que había salido no podía quedar demasiado lejos, pero ya no la veía. Se la había comido la oscuridad.

Y entonces lo oyó. Al principio no fue más que un *shhh shhh* no mucho más sonoro que las gotas al caer en los charcos, pero sí más acelerado. Y enseguida empezó a sonar más fuerte y más cerca. Algo corría hacia ella.

Aún no podía verlo porque seguía sumido en la oscuridad, pero Ellen no tenía el menor empeño por descubrir qué o quién lo provocaba. Algo en su interior la advertía de que, fuera quien fuera –o lo que fuera–, no se trataba de un amigo –*de un semejante agradable*, como habría dicho Chris–, sino de una amenaza en toda regla.

Y el acelerado *shhh shhh* iba haciéndose más intenso y cercano a cada minuto.

Ellen empezó a correr.

«Tengo que detenerlo de algún modo. ¿Pero cómo? ¿Qué puedo hacer para que desaparezca? ¿Basta con desearlo? ¿Gritar abracadabra? ¡Por favor, por favor, querido subconsciente, permite que me despierte ahora mismo! Ya te has divertido un rato, pero yo ya no quiero seguir con esto. ¡Te lo ruego, despiértame!»

Pero su subconsciente, las sinapsis de sus neuronas o lo que fuera que mantenía a su cerebro en el onirismo, parecía demasiado ocupado como para escucharla. Quizá ni siquiera tuviera ganas de ayudarla, o quizá supiera que iba a ser capaz de despertarse sola a tiempo, cuando llegara el momento.

Así que empezó a correr –o a patinar, para ser más exactos– sobre el resbaladizo suelo de hormigón, huyendo del ruido que la perseguía y que se había convertido ya en un *tash tash tash*.

Era como si corriera descalza por la superficie de un lago helado. El frío del suelo hacía que le dolieran las plantas de los pies y tenía que estar muy concentrada para no resbalar y caerse en cualquier momento. Su perseguidor, en cambio, no parecía tener ningún problema con aquella incómoda superficie, pues su *tash tash tash* sonaba cada vez más cerca y empezaba a confundirse con un jadeo angustioso e inquietante.

«¡Que venga alguien a ayudarme! Este es mi sueño y puedo controlarlo, ¿no? ¡Pues que venga alguien a echarme una mano! ¡Ya!»

Solo el escalofriante eco de su voz y el sonido de sus pies descalzos se dignaron a responderle.

Entonces, en una zona en la que el pasillo trazaba una curva hacia la izquierda, sucedió lo inevitable: Ellen resbaló y cayó. El dolor en las rodillas la hizo lanzar un grito. Notó cómo se le levantaba la piel mientras se deslizaba por el suelo e iba a chocar contra una de las paredes.

Horrorizada, se levantó tan rápido como pudo, pero volvió a

resbalar y a caer. Lanzó entonces un vistazo hacia atrás, hacia su perseguidor, y lo que vio la dejó sin aliento.

Un enorme perro negro, grande como un ternero, corría hacia ella por el pasillo. Su pelaje hirsuto estaba sucio y apelmazado. Tenía la vista fija en Ellen –sus ojos parecían brillar en la oscuridad– y lanzaba unos gruñidos profundos y amenazadores que parecían truenos. Viscosos hilos de saliva borbotaban de su boca, y el hedor de su aliento se escapaba hacia lo alto, como una nube, entre sus dientes podridos y perturbadores, mientras se acercaba a Ellen a toda velocidad.

En el ardor de su mirada subyacía algo tan maligno, tan perverso, que Ellen entendió de golpe por qué hacía tanto frío. No eran las paredes de hormigón, ni la humedad que emanaba de ellas y del techo, sino ese perro espeluznante. El frío emanaba de él. Y lo tenía ya a muy pocos metros.

Pach, pach, pach.

«Va a matarme. Me clavará esos dientes amarillos en la garganta y me arrancará la cabeza de los hombros mientras la devora sin compasión. Como el monstruo de una maldita película de terror. Ni más ni menos.»

No había acabado de pensar aquello cuando oyó otro ruido a sus espaldas. Se dio la vuelta, aún en el suelo, y vio a su paciente: a la mujer sin nombre. Pero, al contrario que aquella mañana, sus ojos marrones no escondían ni rastro de miedo. De hecho estaba sonriendo.

–Rápido –le dijo la mujer, señalándole las manos.

Ellen bajó la vista y descubrió que sostenía un objeto extraño, no más ancho que una regla y aparentemente de piedra. No tenía ni idea de lo que era, y menos aún de para qué servía o por qué lo tenía en las manos, pero decidió hacer con él lo primero que se le ocurrió: con un único y rápido movimiento, lo lanzó contra el perro rabioso. El problema fue que pesaba demasiado y cayó a pocos centímetros de ella, pero una vez en el suelo empezó a crecer a una velocidad sorprendente y acabó convirtiéndose en un muro que bloqueó el pasillo a lo ancho y llegó casi hasta la altura de la barbilla de Ellen.

En el último momento, poco antes de darse de bruces contra el muro, el perro se detuvo de golpe. Resoplando, fijó su mirada negra en Ellen y en la mujer sin nombre que estaba tras ella, y alargó el cuello por encima del muro dejando a la vista su pelaje gris.

Las olfateó desde el otro lado de la tapia, pero no como un perro cualquiera, sino más bien como un hombre que aspira un olor y se concentra en decidir si le gusta o no, si lo que le llega es un aroma agradable o un hedor insoportable.

Y entonces bajó la cabeza, no sin antes dedicarles una última mirada con la que pareció decirles: «Está bien. Aún no ha llegado vuestra hora. Pero volveremos a vernos».

Y se alejó del muro, caminando con la cola entre las patas. Ellen lo vio desaparecer en la oscuridad del pasillo, justo antes de darse la vuelta hacia la mujer y preguntarle:

–¿Era un perro de verdad?

–No –le dijo la mujer sin nombre–. ¿Aún no sabes de quién se trata? No te preocupes, seguro que te enterarás. No olvides la promesa que me hiciste.

–¿Pero tú quién eres? ¿Y por qué me sigues hasta mis sueños?

La despertó el sonido de su propia voz al pronunciar en voz alta aquella pregunta, pero en lugar de la paciente se encontró frente al peludo rostro de *Sigmund*, tan cerca del suyo que sintió en la cara su respiración.

«Tienes un aspecto horrible», parecía decir la expresión del gato.

–Y así es como me siento.

8

A Ellen le gustaba el turno de la mañana. Le encantaba el paseo desde la residencia hasta la unidad de psiquiatría, sobre todo en primavera, cuando los jardines de la clínica olían a resina y a flores y el incomparable canto de los pájaros acompañaba cada nuevo amanecer. Aquellos eran los días preferidos de Ellen, hasta mediados de octubre, cuando empezaban a acortarse y la oscuridad se recreaba en su testarudez.

Pero aquel martes fue diferente.

Aquel martes ni siquiera se dio cuenta de que el hombre del tiempo había errado en sus predicciones y que el cielo, libre de nubes, prometía un día cálido y soleado.

El sueño la había dejado hecha polvo. Qué locura. Y no podía quitárselo de la cabeza por mucho que lo intentaba. Su encuentro con el profesor Bormann –¿cuánto hacía que no pensaba en él? ¿Meses? ¿Años?– y el imponente y espantoso perro al que no solo había podido ver, sino también oler, no parecían dispuestos a alejarse de sus recuerdos, como tampoco parecía que lo iba a hacer la mujer sin nombre que había decidido colarse incluso en su subconsciente.

Ellen deseaba más que nunca ponerse a trabajar.

Por lo general sabía separar el trabajo de la vida personal y nunca se llevaba a casa los problemas de sus pacientes, que dejaba colgados en la clínica junto a su bata hasta el momento de volver a trabajar. Ni siquiera en las pocas ocasiones en las que Chris comentaba con ella alguno de sus CEI durante la cena, llegaban a afectarle hasta el punto de acabar soñando con ellos.

Mark le había sugerido que no se obsesionara con el tema y ella lo había ignorado. Siempre hacía igual. Era posible que el caso la tuviera algo más preocupada de lo normal, pero eso no implicaba que fuera a obsesionarse. Quizá él pensaba de otro modo porque era hombre, pero ella podía comprender a la paciente y reconocer en ella a una víctima de la violencia, el paradigma de las pesadillas de tantas y tantas mujeres. Y todo ello sin tener en cuenta su deber como médico, que consistía en ayudarla y curarla en la medida de lo posible.

A ver si Chris daba señales de vida, al fin. No tenía la menor intención de comentar con él aquel caso –a fin de cuentas estaba de vacaciones y tenía que relajarse, no pensar en el trabajo–, pero sabía que oír su voz o leer algo que él hubiera escrito la ayudaría a tranquilizarse y le sentaría fenomenal después de una noche tan convulsa como la pasada. Pero su móvil seguía en silencio.

Cuando llegó a la unidad nueve, Mark ya estaba en la entrada, conversando con un técnico que trasteaba en el mecanismo de abertura de la puerta.

–No sé si podré arreglarla. Está muy vieja.

Ellen reconoció la voz del hombre que la había ayudado a desconectar la caja de fusibles.

–Seguro que aún veremos el sello con el águila imperial en alguno de los circuitos. No me sorprendería. Los directivos ahorran en lo que les da la gana, y se equivocan. Reparar esta chatarra es más caro que comprar un dispositivo de cierre nuevo.

Mark asintió, comprensivo.

–Bueno, mírelo por el lado positivo. Mientras no podamos cambiar los dispositivos tendrá usted trabajo asegurado.

–Pues mire –dijo el hombre, sin levantar la vista de la puerta–, lleva usted razón.

Ellen no pudo evitar una sonrisa.

–Buenos días, caballeros. ¿Qué ha pasado aquí?

–Nada grave. El típico fallo en la alarma –respondió Mark–. Oye, estás pálida. ¿Te pasa algo?

–Nada que no pueda solucionar una buena taza de café. Me alegro de que hayas venido.

Mark arqueó una ceja.

–Habíamos quedado, ¿lo recuerdas?

–Claro, claro.

Pero el modo en que Mark la observaba no le gustó nada.

–¿Qué pasa? ¿Por qué me miras así?

–Luego –dijo él, lacónico.

–Oigan… –les interrumpió el técnico–. ¿Podrían decirle a aquel tío de la puerta que se las pire? ¡Me está poniendo de los nervios!

Ellen vio entonces a uno de los pacientes –Rüdiger Maler, un veinteañero de cabeza rapada y gafas de culo de botella–, aplastando la nariz contra la puerta, a pocos centímetros del técnico, y lamiendo el cristal con una lengua que parecía una enorme sanguijuela.

–Voy. Si nos permite pasar.

El técnico tocó algo más en la caja de distribución y enseguida se oyó el zumbido de apertura de la puerta.

Rüdiger Maler se apartó avergonzado de los cristales, y Ellen y Mark entraron en la unidad.

–Buenos días, señor Maler. ¿Cómo es que no está desayunando? –le preguntó Ellen.

–¿Por qué está rompiendo la puerta ese hombre? –preguntó el chico a su vez, por toda respuesta.

Aunque su metro noventa de estatura le confería un aspecto imponente, lo cierto es que su mente seguía siendo la de un niño, y lo mismo sucedía con su tono de voz, tan agudo e infantil que parecía aún muy lejos del cambio de la adolescencia.

–No la está rompiendo –le explicó Ellen–. La está arreglando.

–Ajá –dijo Maler, y esbozando una sonrisa añadió–: acabo de hacerme una paja. –Orgulloso, señaló una mancha en sus tejanos–. ¿Queréis verlo?

Antes de que Ellen pudiera responderle, Carola, la nueva enfermera del turno de noche, asomó la cabeza a toda prisa por la puerta de la habitación que Maler compartía con el señor Brenner.

–¡Rüdiger, haz el favor de venir inmediatamente!

Entonces vio a Ellen y a Mark, y se puso roja como un tomate. Al principio Ellen pensó que estaba avergonzada porque sabía de sobra la importancia que ella concedía al trato con los pacientes, que en su opinión debía ser siempre respetuoso y considerado. No importaba lo que hubiera hecho el enfermo: tutearlo o llamarlo por su nombre de pila le parecía simplemente una falta de respeto, un tabú.

Pero enseguida comprendió que los colores de Carola tenían que ver con otra cosa. Con algo que intentaba esconder tras su delgada espalda.

–¿Qué sucede? –preguntó Ellen entonces.

–Si hubiese sabido cómo estaban las cosas en esta unidad le juro que no habría aceptado el traslado desde cuidados intensivos –dijo la enfermera, de mal humor–. Me he pasado la noche de cráneo por todos estos perturbados, limpiando su mugre, asegurándome de que les llegara pronto el desayuno, enfrentándome a tres falsas alarmas… ¡y ahora esto!

Con un rápido movimiento sacó las manos de la espalda y mostró dos revistas porno que puso a la altura de los ojos de Ellen.

–¡Ups! –dejó escapar Mark, visiblemente divertido–. ¡Y el día no ha hecho más que empezar!

Ellen le lanzó una furibunda mirada de soslayo que surtió un efecto inmediato.

«Esta unidad es responsabilidad mía, querido», decía aquella mirada, «y no me hace la menor gracia que el personal sanitario se sienta agredido por *Estudiantes calientes* o *Tetas monstruosas Extra*.»

Mark enmudeció al instante.

Porque si había algo que no dejaba lugar a dudas era que la enfermera Carola se sentía realmente agredida por aquellas revistas. Tanto, que la situación tenía una irremediable vis cómica. La enfermera sostenía ambas publicaciones entre los dedos pulgar e índice como si se tratara de algo infeccioso, y estaba claro que lo único que anhelaba era lanzarlas a la primera papelera que encontrara. Ellen no quiso ni imaginarse lo que habría sucedido si la que hubiese hecho el hallazgo no hubiese sido la enfermera Carola sino su histérica compañera de unidad, la enfermera Marion. Probablemente, una amenaza de bomba en un estadio de fútbol lleno hasta los topes habría parecido el simple pitido de una tetera comparado con su reacción.

–Hace menos de media hora que he cambiado las sábanas del señor Brenner y he limpiado el suelo de su habitación –vociferó la enfermera–, porque estaba todo vomitado. ¡Vo-mi-ta-do! ¡En la cena de ayer debió de zamparse todos los restos que quedaban en el comedor! Y ahora esto. Más para limpiar. ¡Más por todas partes!

Sujetaba las revistas con las manos y las sacudía de un lado a otro, como si quisiera decir «¡Hagan el favor de quitármelas de encima!».

–Tírelas a la basura, ¿de acuerdo? –le dijo Ellen–. Y por lo que concierne al señor Brenner… No se preocupe, le daremos el alta en los próximos días. Deje que coma hasta saciarse el poco tiempo que le queda con nosotros, si eso es lo que quiere. Solo vigile que no se exceda.

La enfermera intentó proseguir con la conversación, pero Ellen y Mark no le dieron la oportunidad. Él tenía que comenzar con sus consultas en menos de un cuarto de hora y quería pasar un rato con la mujer sin nombre para forjarse al menos una primera impresión de su caso.

–Parece que tenemos a un contrabandista en la unidad, ¿eh? Alguien que proporciona material a los pacientes... –dijo Mark–. De todos modos, yo diría que los enfermeros de mi unidad se lo toman con algo más de sosiego...

–Quizá se deba a que son hombres.

–Está bien, uno a cero. Pero el porno es lo que menos debería preocuparnos en este momento.

Se detuvo y volvió a brindar a Ellen aquella mirada que podía interpretarse como una mezcla de preocupación, sorpresa y escepticismo.

–Vamos, Mark, ¿qué sucede? ¿A qué vienen estas palabras?

–Bueno, yo... –Se pasó la mano por el pelo y suspiró–. Se trata de esa paciente sin nombre de la que me hablaste ayer.

–¿Qué? ¿Qué pasa?

–Pues que ayer, después de nuestra cena, volví a la clínica. No podía dormir y pensé en echar un vistazo y ver si ella aún estaba despierta.

–¿Cómo? ¿Estás diciéndome que ayer, a las diez de la noche, viniste a ver a mi paciente?

Él asintió.

–Te veía tan preocupada que quise avanzar en el trabajo y presentarte hoy mis primeras valoraciones.

Ellen no daba crédito a lo que estaba escuchando, aunque en cierto modo se sentía conmovida por el gesto de Mark. Era un buen compañero de trabajo, y eso era de agradecer. No era fácil dar con gente así.

–Está bien. Entonces dime, ¿cuál es tu primera impresión?

Él esquivó la mirada de ella y en su lugar señaló la habitación número siete con un gesto de la cabeza.

–Míralo tú misma.

–¿Por qué? ¿Qué pasa?

–Por favor, Ellen, míralo tú misma.

En la puerta de la habitación no había aún ninguna placa con el nombre, por razones obvias.

«Lógico», pensó Ellen. «'Señora X' no sería apropiado.» Llamó a la puerta pero no obtuvo respuesta. Entonces la abrió con mucho cuidado...

Y se quedó de piedra.

Cuando entró en la clareada habitación con las cortinas descorridas y la ventana abierta solo hasta donde se permitía en la unidad, Ellen no pudo creer lo que tenía ante sus ojos... Ni ante su nariz, pues la habitación número siete no olía a nada que no fuera el aroma a detergente y desinfectante con el que se había limpiado todo.

Ellen se dio la vuelta para mirar a Mark.

–¿Qué ha pasado? ¿Dónde está la mujer?

–Aquí no –dijo, y se encogió de hombros–. Y tampoco la vi ayer.

Ellen sintió un nudo en la garganta. Una angustia incontrolable. Como si se encontrara en un ascensor que se detuviera abruptamente entre dos plantas.

–Pero no es posible. Yo estuve con ella ayer, después de comer.

–No sé con quién hablaste ayer aquí, pero no se trataba de una paciente de la Clínica del Bosque. Al menos no de una previamente registrada.

–¿Pero qué me estás diciendo?

Ellen notó que empezaba a temblar.

–Ellen, la mujer de la que me hablaste no aparece en ninguna lista y entre el personal nadie sabe nada de ella. Lo comprobé ayer noche.

–¡Esto es absurdo!

Dejó a Mark ahí plantado y se dirigió hacia la sala del personal, donde la enfermera Carola estaba lavándose las manos con verdadero afán.

–¿Qué ha sucedido con la paciente de la habitación número siete?

Carola tenía el jabón entre las manos cuando se dio la vuelta para mirar a Ellen. Tenía los ojos enrojecidos y el maquillaje corrido por las lágrimas y llevaba escrito en la frente lo que, a buen seguro, era su único deseo en aquel momento: «Por favor, llévenme de vuelta a la unidad de cuidados intensivos».

–¿La número siete? Ya se lo dije al doctor Behrendt ayer. No me consta que haya ninguna paciente en la habitación número siete. –Las manos de la enfermera apenas se veían entre la nube de jabón–. La habitación está libre.

–¡Imposible!

Ellen arrancó la lista de habitaciones y sus pacientes del tablón de notas. Los dos imanes en forma de corazón que la sostenían cayeron al suelo estrepitosamente.

Era cierto: según aquello, la habitación número siete estaba vacía.

–¿Ellen? –Mark dio un paso adelante y lanzó una mirada a la enfermera, que los observaba consternada–. ¿Podría dejarnos solos?

–¿Qué está pasando, Mark? ¿Dónde está mi paciente? ¿Por qué no la han apuntado? Quiero decir, aunque no supieran su nombre podrían al menos haber marcado la cruz en «Habitación ocupada», ¿no?

–¿Y si nadie hubiese sabido nada de ella excepto Chris y tú?

–Mark, la mujer llevaba tres días en esta unidad. No es posible que nadie se hubiera dado cuenta. Tenía que haber comido algo y... Espera, espera. –Ellen cogió la lista del comedor que estaba sobre el escritorio–. A ver... desde el viernes se han estado entregando doce comidas diarias, tres veces al día. ¿Doce? ¡Tendrían que haber sido trece!

–Ya se lo decía yo, doctora. La habitación número siete no está ocupada.

Resultaba sorprendente la celeridad con que la enfermera Carola había recuperado su tono obstinado y seco.

–Cada noche entro al menos dos veces en cada habitación, para controlar, y les aseguro que lo controlo a conciencia, pregunten a cualquiera. Si hubiese habido alguien en la habitación, lo habría visto.

A Ellen no le quedó más remedio que creerla. A veces los pacientes se escapaban de su habitación por las noches y se iban a una vacía para retozar o acostarse con otros. Nadie se encargaba de controlar *eso* directamente, pese a que el tema se había discutido en numerosas ocasiones, por lo que el personal del turno de noche solía encargarse de revisar en varias ocasiones todas las habitaciones, tanto si estaban libres como ocupadas.

Y dado que en la ronda de noche iban también incluidos el trastero, la lavandería, la sala de primeros auxilios y el baño, Ellen no se atrevió a preguntar a Carola si también los había controlado. Pero entonces cayó en la cuenta de algo, algo que le hizo sentir una punzada en el pecho.

–¡Las falsas alarmas! ¿Y si no lo hubiesen sido?

–¿Cómo se le ocurre pensar eso? ¡Cada vez que sonaba la alarma yo iba corriendo a ver qué pasaba! –Si la enfermera hubiese sido el personaje de un cómic habría tenido sobre la cabeza una enorme nube roja cargada de rayos–. Tres veces sonó esa cosa, ¡tres!, pero en las tres la puerta estaba cerrada a cal y canto. Y supongo que no le dio usted a esa supuesta paciente el código para abrirla, ¿no, doctora?

Cualquier otro día Ellen no habría tolerado aquella insolencia, pero en aquel momento estaba demasiado desconcertada como para prestar atención al sarcasmo o concederle importancia alguna. Y es que en el fondo la enfermera tenía razón: era imposible abrir la puerta de salida sin el código correcto.

Hasta entonces, lo que había provocado que la alarma saltara por error había sido un relé defectuoso que no tenía nada que ver con el mecanismo de seguridad de la puerta. Pero... ¿y si en esta ocasión hubiese sido diferente?

Ellen se dirigió a toda prisa a la entrada, tecleó su código en la puerta y salió corriendo tras el técnico, que en aquel momento estaba a punto de meterse en su furgoneta.

–Sí, otra vez el mismo relé –dijo él, en respuesta a la pregunta de Ellen–. Y me apuesto lo que quiera a que no tardarán mucho en volver a llamarme. Tendrían que cambiar toda la caja de cambios. Pero díganselo al administrador si se atreven. Los sacará de su oficina antes de que hayan acabado de pronunciar la palabra «presupuesto».

–¿Y está usted seguro de que el relé no tiene nada que ver con el mecanismo de apertura de la puerta?

–Completamente. Salta la alarma, pero la puerta continúa cerrada. Por eso el jefe no hace nada. En fin, tengo que irme. Hasta la próxima alarma.

Dirigió una última mirada a Rüdiger Maler, que lo saludaba desde el otro lado del cristal, y se alejó de allí.

–Qué historia más extraña.

Mark estaba sentado en la pequeña consulta de Ellen y tenía el ceño fruncido.

–Y resulta que nadie sabe nada de la misteriosa paciente… excepto tú. Nunca me había encontrado con un caso igual. Tres días. En ese tiempo tendría que haberla visto alguien, ¿no te parece?

Ellen, que hasta aquel momento había estado deambulando de un lado a otro de la habitación, se detuvo en seco.

–Mark, la mujer *estaba* en la habitación número siete, igual que tú y yo estamos aquí ahora. ¡Yo hablé con ella, ya lo sabes, te lo he dicho!

–Me lo has dicho, sí, cierto.

–Es increíble que alguien pueda pasar tres días en una habitación sin que… ¡Un momento! ¿Cómo que «me lo has dicho»? ¿Qué estás insinuando?

–Pues ni más ni menos que eso, Ellen. Tú me has hablado de la paciente, pero yo no la he visto nunca.

–Pero me crees, ¿no?

Mark dudó unos instantes antes de responderle, pero a Ellen le pareció demasiado.

—¡No me lo puedo creer!

—Ellen, escúchame, hazme el favor. La habitación está vacía y nada parece indicar que haya estado ocupada. Quiero decir, por el modo en que la describiste el ambiente estaba cargado y olía muy mal, ¿no? Pues tendría que quedar algo de eso, ¿no te parece? Pero no. Y luego está el hecho de que nadie la haya visto. Si al menos alguien...

—¡Por todos los santos! ¡Chris la vio antes que yo!

Mark hizo un gesto de desconcierto con las manos.

—Me temo que en estos momentos va a ser difícil preguntarle.

Ellen no pudo aguantar más y estalló.

—¡No me lo puedo creer! ¡Hablas como si me lo hubiera inventado todo! No sé por qué lo haces, pero te aseguro que Chris también la ha visto.

Abrió el primer cajón de su mesa, en el que guardaba los formularios de admisión de los pacientes; junto con el resto de papeleo, cogió el separador y buscó a toda prisa la letra «C». Como no sabía el nombre de la mujer, había guardado su expediente «CEI».

—A ver... ¡sí, aquí está! ¡CEI! Mira, aquí tienes las notas que Chris escribió sobre...

La carpeta estaba vacía.

Y el modo en que Mark la miraba no le gustó ni pizca. ¡No se creía ni una palabra!

—Mark, no sé qué es lo que está pasando, pero te juro que el expediente de la paciente estaba aquí. ¡Yo misma lo guardé!

«Claro. Y si miras fijamente la carpeta, seguro que volverá a aparecer. ¡Pero antes tienes que decir abracadabra!», se burló de ella su voz interior.

—Ayer fue un día muy estresante para ti —dijo Mark—, tú misma me lo dijiste. Dormiste poco, condujiste un buen rato para ir y volver del aeropuerto, te enfrentaste al escandaloso espectáculo del señor Böck... Estuviste sometida a mucho estrés. ¿No es posible que...?

–¡Mark! –Ellen hizo un esfuerzo por parecer tranquila y convincente, y sorprendentemente lo logró. Al menos, lo de parecer tranquila–. Uno no puede inventarse a alguien así, sin más. Y aunque pudiera... Hablé con ella. Y Chris también.

–Por lo que me contaste ayer, la habitación estaba en penumbra, ¿no? Y Chris solo la vio unos instantes.

–¿A dónde pretendes llegar?

–¿No es posible que el bromista oficial de la clínica hubiese querido jugárosla para reírse un rato?

–¿Te refieres a Rüdiger Maler?

Mark asintió.

–¿Y si os engañó a los dos? Pudo colarse en la habitación, como cualquiera.

A Ellen se le escapó una risotada. Una risa breve y amarga.

–¿Crees que no puedo distinguir a Maler de una mujer?

–Ellen, estabas estresada, no lo olvides. Y es posible que Chris también lo estuviera, justo antes de marcharse a la otra punta del mundo. Y las percepciones tienen sus propias reglas bajo los efectos del estrés.

–Está bien, genio del psicoanálisis, escúchame con atención. Tu problema con Chris es personal y no voy a meterme en eso, pero si pretendes hacerme creer que yo ayer no estaba en condiciones de ejercer mi trabajo con solvencia, quiero que sepas que te equivocas. Estaba estresada, es cierto, pero no más de lo que lo estamos todos cada día en esta clínica. Qué te voy a contar a ti, ¿no? O sea que no intentes hacerme creer que estaba paranoica o algo por el estilo, porque por ahí no paso.

–No estoy diciendo que estuvieras paranoica, por Dios. Solo digo que en ningún momento viste a la mujer claramente, a plena luz del día. ¿No es posible que Maler o algún otro gracioso...?

–Ya está bien, ya es suficiente, Mark. Muchas gracias por tu ayuda.

–Ellen, por favor, nadie desaparece sin más de un hospital. Quiero decir...

–Déjalo, Mark. He entendido perfectamente lo que quieres decirme. No hace falta que me lo repitas.

–Vale, pues. En realidad ya tendría que estar trabajando. –Mark suspiró y se fue hacia la puerta–. Entiende que todo esto es difícil de creer, Ellen. Ponte en mi lugar, si tienes un rato libre, ¿de acuerdo?

–¿Y qué tal si te pones tú en el mío?

Mark bajó la vista al suelo y reflexionó un instante antes de preguntar:

–¿Estás tomando algo, Ellen? Quiero decir, contra la tensión.

–No lo dices en serio, ¿verdad?

–Todos lo hemos hecho alguna u otra vez...

–Tenías que ir a tu consulta, ¿no?

Él se encogió de hombros, se dio media vuelta y se marchó.

Durante un par de segundos pensó que rompería a llorar, pero al final logró sobreponerse.

«Llorar no sirve de nada. Mejor intenta pensar.»

Se puso a dar vueltas con la silla, lentamente, e intentó recordar la conversación que había tenido con la mujer sin nombre.

«Pelo largo y desgreñado...», le informó el lienzo de su memoria. «Seguro que a Maler no se le habría ocurrido ponerse una peluca, no era lo suficientemente listo. Y aunque lo hubiese hecho... La mujer tenía un aspecto muy diferente. Tenía... ¡Un momento!»

Por el rabillo del ojo vio algo que, intuitivamente, pensó que podía ser importante. Dio la vuelta a la silla y lo miró con más atención.

Ahí estaba.

Antes, con la excitación y la rabia –estrés, querida Ellen, es estrés; la rabia también es un modo de manifestarlo–, se le había escapado aquel pequeño detalle. Pero ahora lo veía con toda claridad.

Despacio, con mucho cuidado, como si un movimiento en falso pudiera hacerlo desaparecer, Ellen se levantó de la silla y se dirigió al armario de los expedientes.

¿Por qué estaba abierto? «Dejar un armario abierto va en contra de las normas, y tú obedeces siempre las normas.»

Se hizo aquella pregunta solo porque tenía la respuesta delante de las narices. Su dedo dejó un fino rastro de sudor frío al pasar sobre la marca del arañazo que había quedado marcado sobre el metal gris. Un arañazo que se encontraba justo en el lugar en que el pestillo del cierre bloqueaba el cajón por dentro. Alguien había forzado el cajón con un objeto fino y alargado hasta conseguir que se abriera. Como si al fin volviera a gestionar sus pensamientos y ser dueña de ellos, Ellen lanzó una mirada al abrecartas que se encontraba sobre el armario, junto a una edición de las revistas de psiquiatría *Pschyrembel* y *Roten Liste*.

–Han entrado en tu consulta y te han robado los informes –murmuró Ellen en voz baja, aunque sin saber de quién podría tratarse.

¿La mujer sin nombre, quizá? ¿Habría sido capaz de robar un formulario que en realidad no decía nada y correr el riesgo de que la descubrieran mientras buscaba el modo de escapar de la unidad con la mayor rapidez y discreción? ¿O, más allá de cualquier menoscabo a la razón o la preclaridad, se habría dejado llevar por la angustia, por el pavor?

No, una mujer que al mediodía se esconde en la cabina de un baño, muerta de miedo, y canta para sus adentros la canción del hombre del saco no es capaz de enfrentarse a un reto semejante.

Pero entonces… ¿quién lo había hecho?

«Quizá fuera el propio hombre del saco…»

Un escalofrío le recorrió la espalda. ¿Y si el tipo la había encontrado? No era tan imposible. Tampoco había tantos lugares a los que una mujer en su estado podía acudir a buscar refugio.

Era evidente que en cualquier lugar público habría llamado la atención.

«Está bien. Has estado pensando y la has encontrado», se dijo Ellen. «Quizá te has hecho pasar por un familiar preocupado, ¿verdad? Es más, lo más probable es que sí seas un familiar. Pero no estás preocupado por ella. Solo quieres salvarte el culo.»

Aquello explicaría también por qué la alarma había sonado tres veces aquella noche. No había logrado abrir a la primera, pero sí a la tercera, con un poco de paciencia y un mucho de tacto.

Si las cosas habían ido así, surgía ahora la pregunta de qué habría hecho el tipo con la mujer. La cena romántica a la luz de las velas quedaba descartada.

«Te molerá a palos y te enseñará de una vez por todas, a fuerza de golpes, quién es el señor de la casa y qué les ocurre a quienes olvidan este detalle.»

Ellen cogió el teléfono, pero volvió a dejarlo segundos después. ¿A quién iba a llamar? ¿A Mark? Él la creía tan poco como la enfermera o el técnico, que estaba seguro de que la puerta había fallado por culpa del relé.

Evidentemente, podía contar a Mark su descubrimiento, pero estaba demasiado enfadada para hacerlo. Y era demasiado orgullosa. No, hacía apenas unos minutos la había tratado de histérica y aún estaba enfadada.

¿Y a la policía? Pero... ¿qué iba a decirles? Apenas sabía nada de la paciente. Además, si no había sido capaz de convencer a su colega y al personal del hospital de que la mujer existía, ¿cómo iba a creerla nadie?

Sí, la respuesta era tan evidente como el hecho de que ella no se había inventado a nadie.

Tenía que descubrir personalmente lo que había pasado. Y sabía por dónde empezar a buscar.

9

Cuando cruzó la puerta de cristal sintió el azote del olor a alcanfor propio de los productos de limpieza que se utilizaban en las zonas de medicina general, y a los que, pese al tiempo que llevaba allí, no había logrado acostumbrarse.

Notó que se le revolvía el estómago por el olor pero también porque en todo el día aún no había probado bocado. Sea como fuere, en aquel momento la comida no era importante. Solo quería saber la verdad, acceder a una información que tenía que estar allí, en la sala de admisiones de urgencias. Por lo que había indicado Chris en el desaparecido –¡robado!– formulario de ingreso, la mujer sin nombre había llegado a urgencias y de allí la habían enviado a la unidad número nueve de la Clínica del Bosque. Tenía que haber, pues, algún documento que certificara su existencia.

El problema era que la clínica estatal estaba constituida como un hospital independiente y por ello Ellen no tenía acceso a su banco de datos vía intranet, y en el caso del correo tradicional o electrónico también era difícil obtener el informe de traslado de una paciente de la que no se conocía el nombre. Así que la única opción que le quedaba era acudir personalmente a urgencias y preguntar.

Pese a lo laborioso del asunto, a Ellen no le supuso el menor esfuerzo. Entre su unidad y la de urgencias había casi diez minutos de paseo por el jardín del recinto hospitalario, y el ejercicio le sentó de maravilla. Consiguió liberarse en parte de la rabia que le había provocado la suspicaz incredulidad de Mark y de la enfermera, y se sobrepuso también a su incapacidad de demostrarles la verdad y a su coraje por haber quedado como una tonta.

Pero la tensión no desapareció, evidentemente, pues había sucedido lo peor y se enfrentaba al más terrible de los escenarios: la mujer que Chris le había confiado había desaparecido, o quizá –peor aún– había sido secuestrada.

«La paciente asegura estar en peligro», había escrito Chris. «La creo.»

Sintió un escalofrío al recordar aquello. Aquella palabra, «peligro», se le presentaba ahora como un gigante monstruoso. Como un enorme perro negro...

Como era de esperar, Ellen no era la única que buscaba ayuda en la recepción de urgencias. La joven enfermera que se hallaba tras el mostrador estaba siendo acosada por una familia entera, más bien alterada, que se dirigía a ella en un verdadero galimatías turco-alemán. Por lo que le pareció entender, el niño de la silla de ruedas que lloraba junto a su padre se había caído de algún sitio al jugar a no sé qué y se había hecho un esguince en el tobillo.

«Esto va para largo», se dijo Ellen, nerviosa, y miró a su alrededor en busca de algún otro miembro del personal. Una enfermera venía por el pasillo a paso ligero, pero antes de que ella consiguiera abrirse paso entre la familia, la mujer cogió la silla de ruedas y la empujó hacia las puertas batientes que quedaban junto al mostrador y en cuyo cristal opalino podían leerse las palabras «ENTRADA DE AMBULANCIAS» y «NO PASAR».

A excepción del padre, que se plantó un cigarrillo en la boca y se quedó junto a la puerta, el resto de la familia pareció no entender lo que ponía. La enfermera de la recepción tuvo que ayudarse de gestos disuasorios para indicar a aquellas mujeres que parloteaban como cotorras histéricas que hicieran el favor de ir a la sala de espera.

—Está ahí mismo, ¿la ven?

Tardaron un par de minutos en hacerle caso, pero al fin desalojaron la recepción y Ellen pudo exponer su petición.

—No me está permitido mostrar los expedientes de los pacientes, doctora, lo lamento —dijo la enfermera. A diferencia de lo que sucedía con el personal de psiquiatría, su placa incluía su nombre y apellido: Lucia Hagmeyer—. ¿No había ningún informe médico junto con el formulario de traslado?

Ellen prefirió no decirle nada del informe desaparecido y de que no hubiera ningún formulario ni información adicional sobre el caso, a excepción del breve informe de Chris. Por el contrario, dijo a la enfermera que habían tenido un problema con el *software* interno de psiquiatría.

«Los problemas del *software* interno siempre funcionan», se dijo. «Si algo sale mal di que es por culpa de la informática, y a todos les parecerá lógico.» Efectivamente, por el modo en que asintió con la cabeza estaba claro que Lucia Hagmeyer se había enfrentado en más de una ocasión a un «problema del *software* interno».

—Hablaré con la doctora en cuanto acabe con sus consultas. Si hace el favor de esperarse un momentito en la sala... Está ahí mismo, ¿la ve?

Por supuesto que la veía. Pero también veía el reloj que quedaba encima de la puerta y que le recordó que la sala de espera tenía sus propias reglas temporales, completamente ajenas a las del resto del mundo. «Esperarse un momentito» podía significar, según como, varias horas. Y ella no disponía de varias horas. Es decir, la mujer sin nombre no disponía de varias horas. No si la habían secuestrado.

De modo que hizo hincapié en la urgencia de su solicitud, a lo que Lucia Hagmeyer le respondió con un «Veré lo que puedo hacer», justo antes de levantarse, poner sobre el mostrador el cartel de «Enseguida vuelvo» y desaparecer por el pasillo que quedaba detrás de la recepción.

Poco después, efectivamente, regresó en compañía de una doctora rubia y espigada. A Ellen no le gustó el modo en que le sonreía mientras se le acercaba, y en cuanto la tuvo lo bastante cerca como para leer el nombre que ponía en su placa entendió sin lugar a dudas a qué se debía su desagrado. Aquella mujer era la doctora Anna März.

–Vaya, vaya –dijo la doctora, mientras se quitaba los guantes de latex con un gesto excesivamente exagerado–. De modo que es usted la doctora Roth.

Aunque Ellen no se había sentido mal en ningún momento por el modo en que había reaccionado ante el caso de deshidratación del señor Brenner –en realidad estaba convencida de que había actuado bien–, ahora tenía claro que al tildar a la doctora März de incompetente no solo había metido la pata, sino más bien el cuerpo entero.

Aun así intentó suavizar el ambiente exponiendo la situación de manera sucinta, apelando a la maldición de la informática y solicitando la amable colaboración de la doctora März. Le costó Dios y ayuda mostrarse tan amable y era obvio que su colega se lo estaba pasando en grande con aquella situación. Además, como era tan alta, parecía mirarla con displicencia y superioridad.

En cuanto Ellen acabó de hablar, Anna März fingió reflexionar unos segundos y al fin le respondió lo que Ellen ya temía:

–No sabe cuánto lo siento, doctora Roth, pero si no me da el nombre de la paciente no puedo hacer nada por ayudarla. ¿Le sucede a menudo, esto de no conocer el nombre de sus pacientes?

–No, nunca. Por eso le estaría especialmente agradecida si me permitiera echar un vistazo a los datos de sus registros. La mujer tiene unos treinta años, es más o menos como yo de alta y tiene el pelo oscuro. Y tiene muchas marcas de malos tratos en rostro y cuerpo.

Anna März volvió a hacer como si pensara.

–¿Podría decirme cuándo llegó a urgencias?

–No puedo decirle a qué hora, pero sí que fue el viernes.

Le pareció ver un parpadeo en los ojos de la doctora März.
¡Diana!

Pero la doctora siguió con su teatro.

–Bueno, echaré un vistazo a los registros, pero tendrá que esperar un poco porque ahora tengo mucho trabajo. Estaré encantada de ayudarla cuando acabe mi turno, ¿de acuerdo? Si lo desea puede esperar aquí, o bien volver dentro de un rato.

Ellen notó que la rabia se subía a las sienes, cual lava en un volcán poco antes de entrar en erupción.

–Doctora, por favor, le ruego que me ayude. Me consta que tiene mucho que hacer, pero quizá podría dejarme acceder a sus registros brevemente...

Anna März movió la cabeza hacia los lados con fingida expresión de desconsuelo:

–No sabe cuánto lo lamento, pero eso es imposible. Por una parte va contra el reglamento de protección de datos y por la otra... –sonrió con malicia– aun en el supuesto caso de que con usted quisiera hacer una excepción, lo cual me supondría un trastorno considerable por pertenecer a clínicas independientes, desconoce nuestro sistema informático y no podría interpretar los datos.

–¿Cómo dice? –preguntó Ellen, pese a que ya intuía lo que iba a oír.

El mohín risueño de la doctora März se convirtió en una sonrisa de oreja a oreja al contestar:

–¿Quién sabe? Quizá el motivo de su fallo informático no se deba realmente al *software* de los ordenadores sino a su *incompetencia*.

De acuerdo. Bien. El volcán estaba a punto de estallar. Esa mujerona rencorosa y ofendida se había vengado de ella con toda su malicia y malas artes, y lo peor es que Ellen no podía hacer nada por evitarlo. ¡Nada en absoluto! Es cierto que podría haber hecho más hincapié en la urgencia del caso y hablar del secuestro de la paciente, pero en ese caso le habría dado más munición y la posibilidad de acusarla en público, por ejemplo, de negligencia médica o algo por el estilo. Y mientras no estuviera segura al cien por ciento de que la desaparición de la mujer respondía a un delito, no quería volver a tener nada que ver con aquella mala pécora.

Se disponía a insistir una vez más sobre la urgencia del caso cuando la puerta de entrada a urgencias se abrió de golpe y por ella entró una mujer con la cara pálida como una muerta.

Señaló con una mano una caravana que estaba aparcada frente a la entrada, mientras en la otra sostenía una bolsa de plástico transparente con algo ensangrentado en su interior –algo que a Ellen le parecieron virutas de madera– y... tres dedos.

–Mi marido –dijo la mujer, entre sollozos, fuera de sí–. Sierra. Accidente. Afuera en el coche.

Acababa de pronunciar aquellas palabras cuando un hombre vestido con un peto verde abrió la puerta del copiloto, bajó de la caravana y mostró la mano a la que pertenecían los dedos de la bolsa. Apenas había sangre en ellos.

«Continúa en estado de choque.»

–Ahora, doctora, si me lo permite... –dijo la doctora März con inflada amabilidad–. Ya la llamaremos. En su momento.

Y dicho aquello salió corriendo a atender al herido, seguida de cerca por la enfermera Lucia.

–¿Pueden volver a enganchárselos?

La mujer sostuvo la bolsa de plástico con los dedos de su marido frente al rostro de Ellen, quien, al mirar a través de ella, pudo ver a la doctora y a la enfermera flanqueando al hombre hacia la puerta de entrada de urgencias.

Si aprovechaba la oportunidad que se le brindaba en aquel momento, corría un riesgo muy grande. Un riesgo por el que no solo podían abrirle un expediente, sino que en el peor de los casos podía costarle el puesto de trabajo.

Pero entonces le vino a la mente la imagen de aquella mujer maltratada y aterrorizada que ya no se le iba de la cabeza. La promesa que le había hecho a Chris. Y la muerta Margitta Stein.

—Podrán volver a enganchárselos, ¿verdad?

—Es posible —dijo Ellen, y volvió a mirar hacia la doctora März, que estaba a menos de dos pasos de la entrada. Y se coló por la puerta batiente.

—Bueno, vamos a hacerte una radiografía —oyó decir a una voz masculina—, y así verás cómo son los huesos del pie, ¿qué te parece?

Ellen echó un vistazo furtivo a la segunda sala de curas y vio la espalda de un médico que estaba de pie frente al niño turco. Cuando estuvo segura de que ninguno de los dos iba a mirar hacia ella, anduvo por el pasillo que llevaba a la consulta de März.

La puerta estaba abierta. Ellen miró atrás por última vez y entonces se coló en la habitación y cerró la puerta tras de sí.

Aquella consulta era algo más grande que la suya y estaba impregnada del empalagoso perfume de Anna März. Se sentó en el escritorio, sobre el que se amontonaban innumerables carpetas y formularios. El ordenador estaba encendido y tenía un salvapantallas con juegos de luces.

No le quedaba mucho tiempo. O la acompañaba la suerte y el ordenador no estaba protegido con una contraseña o...

«O te marchas de aquí e intentas que te ayude el médico que está afuera, con el niño.»

Pero la suerte decidió acompañarla esa vez. Más incluso de lo que esperaba. El sistema de información hospitalaria tenía el mismo *software* que el de la Clínica del Bosque, así que no iba a tener problemas para utilizarlo.

Ellen abrió la pestaña de búsqueda y escribió la fecha del viernes anterior. Tras la breve aparición del mensaje «Buscando...» la pantalla se llenó con una lista de nombres, la hora en que habían ingresado y la secuencia numérica de su historia médica. Se trataba de una lista sorprendentemente larga. Estaba visto que el viernes había sido un día de lo más movido en urgencias, sobre todo por la tarde-noche. Lógico: era el momento del fin de semana en que se consumía más alcohol y los accidentes estaban a la orden del día.

Ellen volvió a utilizar la búsqueda y la limitó a las pacientes de género femenino. Aun así, la lista era de veinte nombres. Como no sabía el año en que había nacido su paciente, no le quedaba más remedio que revisarlas todas, una a una.

«¡Mierda!»

De algún lugar del pasillo le llegó la voz llorosa y entrecortada de un hombre:

–¡Pero los necesito!

Ellen miró de soslayo el reloj que quedaba junto a la estantería de la consulta. Solo tenía dieciocho minutos. Si no regresaba a tiempo a su unidad iba a tener problemas, aunque nada comparado con lo que se le vendría encima si la encontraban allí, claro.

Revisó la lista a toda prisa. Heridas por cortes, fractura de muñeca, hombro salido... ¡Aquí estaba!

La mujer se llamaba Silvia Janov, y, según el informe, había tenido un accidente.

«Nacida el 20 de enero de 1974», leyó Ellen. Coincidía. Y en la casilla de profesión ponía «ama de casa».

El médico que la había tratado, y que según el registro se llamaba B. Drexler, había observado en ella «numerosos hematomas en ambos lados de la cara, el pecho y los brazos» y había apuntado que, en su opinión, algunos de ellos «no se habían producido en el accidente de aquel día», lo cual no dejaba lugar a dudas: en opinión del doctor Drexler la mujer había sido agredida en más de una ocasión, si bien es cierto que en el informe no se decía nada al respecto. Tan solo «la paciente asegura haberse caído por las escaleras».

Ellen continuó leyendo. Durante su ingreso, Janov estaba conmocionada, en estado de choque, y pese a la fuerza de los golpes recibidos, no presentaba fracturas ni heridas internas. En la casilla de «Observaciones» se podía leer: «Fuerte olor a alcohol y falta de higiene corporal, con infección por hongos en axilas y zona pubiana».

Había leído muchos, muchísimos, informes de ingreso, pero la simpleza y objetividad de aquellas líneas le pareció repugnante. El destino de aquella mujer era tan evidente, se podía leer entre líneas con tanta claridad... Y ese tal B. Drexler se limitaba a presentarla como una persona dejada y alcohólica: una de esas mujeres de «familias problemáticas» a las que sus maridos apaleaban probablemente con motivo.

«Te aseguro que no te gustaría entrar en la misma habitación que ella, doctor Drexler», murmuró Ellen, mientras clicaba en «imprimir».

Estaba convencida de que esa Silvia Janov no era otra que la mujer sin nombre, se lo decía su voz interior. Aun así, pensó en repasar el resto de la lista.

Pero no pudo hacerlo. La puerta se abrió justo en el momento en que empezaba a leer el siguiente informe. Era la doctora Anna März.

IO

Lo primero que llamaba la atención al entrar en el despacho del director era la imponente mesa de madera de roble, situada cual altar en el centro de la habitación.

Pero cuando el doctor Raimund Fleischer se sentaba tras ella, la mesa parecía empequeñecer. Fleischer era un hombre alto y robusto de unos cincuenta años, complexión atlética y facciones muy marcadas, que domesticaba su pelo denso y entrecano con gomina, lo cual le hacía parecer como un actor de los años cincuenta.

Aquel peinado y una imagen extraordinariamente cuidada eran los culpables de que algunos de los trabajadores del hospital lo llamaran «el guaperas». Claro que, evidentemente, ninguno de ellos se habría atrevido a decirlo en voz alta ni por todo el oro del mundo.

Además de ser el director del hospital, Fleischer era investigador y profesor de universidad. Por todos era sabido que su rutina diaria no incluía ni un minuto libre, y, sin embargo, no pasó ni una hora desde que Ellen fue descubierta en la consulta de la doctora März hasta que la hizo presentarse en su despacho.

Esperaba una buena reprimenda y una sanción en toda regla, pero el director, conocido por su mal carácter, se dirigió a ella con sorprendente serenidad. ¿Con excesiva serenidad, quizá? ¡Si hasta le ofreció un té! Y en aquel gesto le llamaron la atención sus dedos, largos y delicados, que no pegaban nada con el resto de su fornido cuerpo.

—Mi querida doctora Roth —empezó a decir Fleischer, y el inesperado tono afable de su voz le puso la piel de gallina—. Supongo que sabe usted perfectamente por qué estamos aquí. No voy a preguntarle los motivos que la han llevado a hacer lo que ha hecho. Ambos llevamos suficiente tiempo en psiquiatría como para saber que siempre hay un motivo para cada comportamiento, tenga o no tenga sentido para nuestro entorno.

—De todos modos, me gustaría poder explicarle… —empezó a decir Ellen, pero Fleischer la interrumpió con un gesto.

«Va a despedirme. Por eso está tan tranquilo. No espera que me justifique, sino que siga tan tranquila como él, incluso después de que me haya echado», pensó Ellen.

—Doctora Roth, la Clínica del Bosque es un vetusto y renombrado hospital de psiquiatría con dieciocho unidades que cada año acogen a más de doce mil pacientes. Damos empleo a casi seiscientas personas, todas ellas altamente cualificadas, y, más allá de nuestros magníficos jardines, la fama que tenemos se debe a la profesionalidad y competencia de nuestro servicio. Contamos con un equipo extraordinario, desde la brigada de limpieza hasta los jefes de servicio, y usted, Ellen, me llamó positivamente la atención desde el momento en que llegó aquí, hace ya cuatro años.

Con lentitud casi teatral, Fleischer dio un sorbo a su té y dejó la taza sobre el posavasos.

—Pero un equipo solo funciona si nadie olvida su puesto; si nadie prefiere ir por libre. Y lo que acaba de hacer usted ha sido… Bueno, digamos que se ha saltado todas las reglas.

—En mi unidad ha desaparecido una paciente, y con ella todos los documentos que daban cuenta de su presencia en el hospital —explotó Ellen—. Lo único que quería era…

—Sé lo que quería —la interrumpió de nuevo Fleischer—. Me he informado sobre el tema. Y sé también la presión psicológica a la que estuvo sometida ayer con el intento de suicidio.

Ellen notó que enrojecía como un tomate. ¿A qué venía ahora

aquello? ¿Había llamado Mark a Fleischer, aunque ella le había pedido expresamente que no lo hiciera? ¿El director también pensaba que ella estaba demasiado tensa?

Ellen prefirió morderse la lengua y dejar que Fleischer continuara con su discurso. «De acuerdo, suéltelo ya. ¿Quiere despedirme, no?»

–Imagino que el caso en cuestión le habrá afectado lo suyo –dijo Fleischer, mirándola atentamente– y comprendo por lo que está pasando, pero eso no implica que pueda pasar por alto su inadecuado comportamiento de hace un rato. Cada acción tiene su reacción, Ellen, ¿lo entiende? De todos modos, no estoy dispuesto a perder a la primera a una profesional tan competente como usted, así que le sugiero, o más bien le ordeno, que se tome una semana libre. Seguro que le quedan algunos días de vacaciones. Si acepta mi propuesta, olvidaré apuntar la sanción en su hoja de servicios. Incluso hablaré con el director de urgencias para convencerlo de que no emprenda acciones legales contra usted.

–Pero yo he...

–Lo que usted haya hecho o dejado de hacer, no tiene importancia. ¿Acepta mi propuesta?

Tal como estaban las cosas, no le quedaba más opción que aceptarla. Una sanción, por no decir ya un despido, tendrían un efecto fatal en su futura carrera.

–Muy bien –dijo Fleischer, visiblemente contento–. Sabía que nos pondríamos de acuerdo. Ya verá como estas pequeñas vacaciones le sentarán bien. Y volverá al trabajo relajada y fresca. A veces hay que forzar a la gente a ser feliz. En este sentido es usted igual que su compañero, si me permite el comentario. Al doctor Lorch también tuve que insistirle para que se tomara las tres semanas que aún le quedaban de vacaciones.

Fleischer se levantó de su sillón de cuero y dedicó a Ellen una sonrisa displicente.

–Ahora... intenten relajarse los dos, y demos este asunto por zanjado.

Ellen también se incorporó, pero no iba a dejar que el director se librara de ella sin más.

–Hay algo que me gustaría saber.

–¿De qué se trata?

–Valora usted mi competencia laboral, pero está claro que tampoco cree en la existencia de aquella mujer y en su desaparición de la unidad número nueve.

–Se equivoca, doctora, la creo. Me parece muy extraño que nadie se hubiera percatado de su existencia, quiero decir, nadie más que usted, pero… –hizo un gesto de indefensión con las manos–, en fin, hasta el mejor de los equipos comete errores.

–¿Errores? ¿Así define usted este caso?

–Ellen, se lo ruego. Intente ponerse en mi situación. Siempre hay algún paciente de psiquiatría que escapa de su unidad, pero eso no da luz verde a los médicos para jugar a ser Sherlock Holmes. En todo caso es cosa de la policía.

–¿Se acuerda del vagabundo sin papeles que se escapó durante un simulacro de incendio? Aunque la policía organizó una partida de búsqueda, no volvimos a saber nada de él. ¿Cree usted que se esforzarán más con esta mujer, de la que tampoco sabemos ni el nombre?

Fleischer empezaba a ponerse nervioso. Miró su reloj de pulsera y la agenda que tenía sobre la mesa.

–Los casos de este tipo son terribles, pero tenemos que aprender a vivir con ellos. Sobre todo *usted* debe aprender a vivir con ellos, Ellen. Va a tomarse una semana de vacaciones. Durante este tiempo no tendrá que acercarse siquiera al recinto hospitalario. Ya me encargaré yo de tomar todas las decisiones que requiera este caso. ¿Me he expresado con suficiente claridad?

–Lo ha hecho, sí, descuide.

–Bien –rodeó su mesa de madera de roble y se dirigió a la puerta–. Y ahora discúlpeme –añadió–, tengo una reunión.

* * *

Cuando Ellen abandonó el edificio de la administración tenía claras dos cosas: empezaría a buscar trabajo en otra clínica, pero antes haría una visita a Silvia Janov.

Había algo extraño en aquel caso, y quería descubrir de qué se trataba... de una vez por todas.

11

Lo más probable era que ninguno de los habitantes de la calle Immanuel-Kant supiera a quién debían el nombre. La calle se encontraba en un barrio del llamado «foco social» de los tristes acontecimientos.

Tras una hilera de grises y sucias casas plurifamiliares venían las pequeñas construcciones venidas a menos de una urbanización de principios de los cincuenta. Sus primeros ocupantes habían sido las familias de los trabajadores de un consorcio electrónico que había cerrado hacía ya unos quince años.

Poco a poco, la urbanización obrera se había ido convirtiendo en un refugio de parados y pobres acogidos a la asistencia social. Las antiguas fachadas blancas con sus jardineras llenas de geranios en flor habían sido sustituidas por grafitis de todo tipo y tamaño: desde el «NAZIS FUERA» hasta el «NO FUTURE», pasando por el inevitable «FUCK!».

También la mitad de la casa adosada en la que vivía Silvia Janov, la que tenía el número 27b, se encontraba en un estado lamentable. Los agujeros del tejado se veían de lejos y el áspero revoque marrón grisáceo de las paredes había saltado en infinidad de lugares. Por el contrario, la antena parabólica nueva y el buzón lacado en rojo eran como cuerpos extraños en aquel barrio. Parecía que los inquilinos del piso 27b de la calle Immanuel-Kant concedían más valor a una oferta televisiva completa que a un tejado en condiciones o al cuidado del parterre de la entrada.

Ellen aparcó junto a un contenedor de basura volcado en el que un famélico gato callejero buscaba algo con lo que llenar su estómago. En la pared de la casa que quedaba justo enfrente, cuatro adolescentes vestidos con ropa deportiva dos tallas más grande de lo que tocaba se entretenían con un juego que podría llamarse *A ver quién mea más alto*. Cuando vieron llegar a Ellen, el mayor de los chicos se dio la vuelta y le mostró provocadoramente su enorme miembro, haciéndose merecedor del entregado aplauso de sus compañeros.

Ellen ignoró a los gamberros en la medida de lo posible y respiró hondo. Seguida de las risotadas de los chavales abrió la chirriante puertecita que daba al abandonado parterre de la casa de Janov y se dirigió hacia la puerta.

Estaba aún a medio camino cuando le salió al encuentro un fornido hombre de cuarenta y tantos años. Por su aspecto parecía que llevaba ya una buena temporada prefiriendo las botellas de alcohol a los utensilios de afeitado. Por encima de los pantalones desteñidos se arqueaba un estómago imponente, que quedaba ya demasiado comprimido en el interior de una camiseta en la que leía «El rey de las cervezas». Y debía de serlo, sin duda, por la cantidad de venitas reventadas que tenía en el rostro. De la boca del fortachón pendía un cigarrillo que parecía pegado a la comisura de sus labios.

–¿Qué pasa?

Ellen notó que sus músculos se contraían. Si se confirmaban sus sospechas y Silvia Janov era en verdad la mujer sin nombre, quería decir que se hallaba ante el hombre del saco.

–Buenos días –dijo, esforzándose por disimular su tensión–. Me llamo Ellen Roth y me gustaría hablar con Silvia Janov.

–¿Por qué?

–Preferiría decírselo a ella en persona.

–No está.

Detrás de él, en la semioscuridad del pasillo, vio moverse a alguien y una voz de mujer susurró:

–¿Qué pasa, Eddi?

La voz sonó demasiado floja como para que Ellen pudiera reconocerla. Quizá se tratara de la mujer sin nombre de la habitación número siete, pero quizá no.

–¡Cállate tú! ¡Aquí hay una cursi que te quiere ver! –gritó, y dirigiéndose de nuevo a Ellen añadió–: ¿Pero qué quieres?

–Soy médico y me gustaría hacer unas preguntas a su mujer.

De nuevo la voz femenina:

–¿Y qué quiere?

De nuevo demasiado apagada.

–No está enferma. ¡Y ahora pírate o llamo a la poli!

Era obvio que el tal Eddi habría preferido bañarse que llamar a la policía, pero también era obvio que no iba a dejarle hablar con su mujer. En cualquier caso, Ellen no tenía la menor intención de discutirse con él sobre ningún tema.

–Está bien, ya me marcho –dijo, fingiendo indiferencia–. Pero entonces no le doy el dinero, ¿eh?

Al fin brilló algo de luz en los ojos de aquel tipo. Escupió el cigarrillo y dijo:

–¿Qué dinero?

–Los veinte euros que le habría dado si me hubiera dejado hablar con su mujer.

–¿Está de coña?

–En absoluto.

–Cincuenta y está hecho.

–He dicho veinte.

–Y yo cincuenta. ¿Qué?

–Está bien, cincuenta.

–Deme la pasta.

Extendió la mano abierta ante Ellen y ella dio un paso atrás. Le vino a la cabeza la idea de que aquella mano podía haber sido la que golpeara a su paciente. Esa mano enorme de uñas rotas y dedos cortos y gordos que parecían capaces de romper sin el menor esfuerzo el brazo de una mujer delgada.

Ellen tuvo que hacer un esfuerzo por sobreponerse y disimular el temblor de su cuerpo mientras sacaba el billete de cincuenta de su monedero. Le ofreció el dinero, rezando para que no la tocara al acercarse a cogerlo.

El hombre miró el billete a contraluz y dedicó a Ellen una sonrisa burlona.

–¿Por qué pagas cincuenta para hablar con mi señora?

–Creo que puede ayudarme en un asunto personal.

–Vaya.

–Por favor, ya tiene el dinero, ahora cumpla con su parte del trato.

–¿Me juras que no eres de ninguna mierda de servicio social?

Ellen le juró que no venía de la administración, y entonces él le señaló el pasillo. En realidad había creído que Silvia Janov le saldría al encuentro, pero no fue así. Tuvo que hacer un esfuerzo ingente para entrar en la casa.

El pasillo no tenía luz. En una de las habitaciones se oía el murmullo de la tele. Por el tono, se trataba de la retransmisión de un partido de fútbol. Olía a pies, a sudor, a cerveza desbravada y a humo estancado. Sobre la ondulada moqueta había periódicos y restos de basura acumulada. Y junto a la puerta de la mugrienta cocina, una mujer acuclillada. Temblando, incorporó la papelera y se dispuso a recoger la basura del suelo.

–No tardes mucho, ¿vale? –gruñó el hombre–. Quiero que te largues en cinco minutos, ¿lo pillas?

Se rascó las posaderas y se arrastró hasta la habitación en la que se oía la voz del comentarista de fútbol. Silvia Janov mantuvo la cabeza agachada hasta que oyeron el crujido del sofá bajo su peso. Ellen tuvo que morderse los labios para no lanzar un grito.

La mujer tenía una pinta horrible. Su rostro había enrojecido tras años de abuso del alcohol, y en los laterales de su nariz confluía toda una red de venitas reventadas. Sobre la ceja derecha tenía una cicatriz blanca y otra también en la barbilla. Era probable que se hubiese roto la nariz en varias ocasiones, y tenía un morado enorme de hacía varios días que bajaba de la mejilla al cuello y se perdía en su huesudo hombro reflejando todos los colores del arcoiris. Huellas de un pasado infeliz y un presente sin esperanza.

Mas pese a lo desfigurado de su aspecto, Ellen reconoció de inmediato que Silvia Janov no era la mujer con la que había estado hablando el día anterior en la unidad número nueve.

—¿Qué quiere de mí? No he llamado a ningún médico.

Silvia Janov habló con un hilo de voz y sin dejar de dirigir la mirada hacia la puerta por la que había desaparecido su marido.

—Estoy buscando a una paciente —le explicó Ellen.

—¿A mí?

—No, supongo que me he equivocado de dirección. Pero ya que estoy aquí podría aprovechar para curarle esas heridas…

—Márchese —siseó la mujer—. No necesito ayuda. Ni policías. ¿Entendido?

Ellen asintió, pero antes de marcharse se agachó a coger uno de los trozos de papel que cubrían el suelo. Era el fragmento de una antigua factura telefónica. En la parte de atrás escribió el número del servicio de urgencias y de atención social de la Clínica del Bosque y se lo ofreció a Silvia Janov. Esta dudó unos segundos, pero después le arrebató el papel con rapidez, como si temiera que Ellen fuera a echarse atrás.

—A todas horas. Para lo que quiera —dijo Ellen.

Silvia Janov no respondió nada, pero la expresión de su rostro daba a entender que jamás aceptaría la propuesta.

12

–Vamos, entre.

El jefe de policía Kröger, de unos cincuenta, abrió la puerta que quedaba tras el mostrador de recepción. Con su imponente barriga, parecía a punto de entrar en los anales de la historia por ser el primer hombre en dar a luz a gemelos. Y a su aspecto desorbitado se le añadía un manifiesto mal gusto a la hora de escoger desodorante.

Precedió a Ellen hasta un escritorio que parecía una reliquia de los ochenta, al igual que el resto del mobiliario de la comisaría, de hecho. Salvando las pantallas y los teclados de los dos ordenadores que ocupaban las dos mesas del despacho, parecía que al entrar en aquella habitación el tiempo se hubiera detenido veinte años atrás.

«Los hospitales no son los únicos que van mal de recursos», pensó Ellen, mientras tomaba el asiento que le ofrecía Kröger.

El comisario esbozó una amplia sonrisa que iba dirigida en parte a Ellen pero en parte también a su compañero, quien, sentado en el escritorio que quedaba justo detrás de ella, miró a Kröger con un gesto imposible de malinterpretar: «¡Vaya tetas!». Un gesto que el policía hizo sin darse cuenta de que Ellen podía verlo reflejado en la ventana.

Haciendo un esfuerzo por ignorar lo que acababa de suceder, Ellen se concentró en explicar a Kröger el motivo de su visita. No se hacía demasiadas ilusiones respecto a su reacción, y ni siquiera tenía claro que fueran a creerla, pero no tenía más opciones, ahora que estaba segura de que la mujer sin nombre no era Silvia Janov.

Kröger cogió una libretita y fue apuntando en ella mientras escuchaba el relato de Ellen.

—A ver, recapitulemos —dijo el comisario en tono serio cuando ella hubo acabado—: Usted es psicóloga y una de sus pacientes ha sido... se ha extraviado. Una mujer que había recibido malos tratos por parte de su marido, o de quien fuera, ¿es correcto?

—Sí, más o menos. En realidad soy psiquiatra, y lo más probable es que haya sido el propio maltratador quien se la haya llevado.

—Ajá. —Kröger apuntó alguna palabra más—. ¿Y quién es la mujer? Es decir, ¿cómo se llama? ¿Dónde vive?

—Este es el problema, precisamente. No sé apenas nada de ella.

—Mala cosa —dijo Kröger, y escribió un signo de interrogación—. Es decir, esto no nos facilita la búsqueda, precisamente. ¿Y por qué estaba ingresada en la Clínica del Bosque?

Ellen no daba crédito a lo que estaba oyendo.

—¿Es que no me escucha? La habían maltratado brutalmente y estaba en estado de choque.

—Sí, sí, esto ya lo había entendido —Kröger la miró con escepticismo—. Lo que no me cuadra es el modo en que una mujer como ella puede desaparecer de una unidad cerrada. Es decir, está claro que no soy un experto en la materia, pero me parece que una persona así no se escapa de los sitios y actúa con tanta precisión y premeditación. ¿Me equivoco?

—Al contrario, tiene usted toda la razón. Estaba demasiado atemorizada como para haber logrado idear un plan de huida. E incluso, en el improbable caso de que nos equivocáramos y hubiese sacado fuerzas de flaqueza, no habría tenido la cabeza lo bastante centrada como para pensar en hacer desaparecer los papeles de su ingreso. De ahí que crea que ha sido secuestrada.

Con expresión pensativa, Kröger se recostó en su asiento, que crujió bajo su peso.

–¿Tan fácil es acceder a su unidad? ¿No hay vigilancia? ¿Medidas de seguridad?

–Trabajo en una clínica, comisario, no en una prisión. La mayoría de nuestros pacientes sufre esquizofrenia, por lo general paranoica, y se sienten observados, perseguidos o dominados por otras personas. Si colocáramos cámaras de vídeo en los pasillos sería algo así como caminar detrás de usted para luego decir que no le seguía nadie.

–Mmm... Entiendo...

–Por supuesto, contamos con medidas de seguridad, y es del todo punto imposible acceder a la unidad sin que nadie se percate de ello, y mucho menos abandonarla. Para salir hay que tener una llave y conocer un código de acceso que cambia cada mes.

–De modo que el secuestrador debía tener la llave adecuada y el código actual para poder salir de la unidad. ¿Es correcto?

–Completamente. O eso, o haber llamado al timbre para que le abriera alguien del turno de la noche. Pero la enfermera de guardia asegura que no vio a nadie.

–Y esa enfermera... –dijo Kröger, inclinándose de nuevo hacia delante, por encima de la mesa, y bajando el tono de voz–, ¿es de confianza? Ya sabe lo que se dice... Un médico amable, una enfermera sola...

–¡Vamos, estamos hablando de una unidad psiquiátrica seria, no de un capítulo de «Hospital Central»!

A Ellen le pareció oír una risita mal contenida a sus espaldas. Con la cara roja y expresión seria, Kröger miró a Ellen por encima del hombro.

–Por supuesto. Solo veo un pequeño problema en su historia: según me ha parecido entender, es imposible que la mujer escapara de la clínica, pero también lo es que la secuestraran. Y por lo que usted acaba de decirnos, las tres alarmas que sonaron aquella noche se debieron a un fallo técnico y no influyeron en el mecanismo de cierre de la puerta, ¿no es cierto?

–Eso es lo que dijo el técnico.

Kröger se encogió de hombros.

–Caray, parece uno de los trucos de magia de ese tal Chesterfield.

–Copperfield.

–¿Va a ayudarme?

–Deme el nombre y la dirección de la mujer y nos pasaremos por su casa a controlar. Su juramento hipocrático no le impedirá darnos estos datos, ¿no?

Ellen suspiró.

–Ya se lo he dicho al principio. Mi problema es que desconozco tanto el nombre como la dirección de la mujer.

–¿Y no se lo puede haber dicho a alguno de sus colegas psicólogos?

–Si lo hizo, estuvo tan pocos días en la clínica que no tuvieron tiempo de introducirlos en los archivos.

–¿Y si lo pregunta directamente? A veces las personas van más rápido que estas cosas... –Señaló la pantalla de su ordenador con un movimiento de cabeza.

Ellen tuvo la sensación de que la temperatura de la habitación subía de golpe en aquel preciso segundo. Dudó un pelín demasiado antes de responder.

–No me gusta tener la sensación de que está usted escondiéndome información –dijo Kröger, y el tono de su voz daba a entender, sin lugar a dudas, que la frase era un simple formulismo que utilizaba a menudo y de buen grado. De hecho, parecía el comisario de alguna serie de televisión, justo antes de pronunciar la frase definitiva que contribuiría a apresar al asesino.

–Está bien, hay un problemilla más.

–Soy todo oídos.

–Soy la única persona de la unidad que ha visto a la mujer.

Con evidente estupor, el comisario Kröger arqueó las cejas.

–¿Solo la ha visto usted? –preguntó, aunque sus palabras sonaron más bien a «¿Qué es esto? ¿Una enfermedad del gremio? ¿O es que la esquizofrenia es contagiosa?».

–Bueno, hay otra persona: el médico que la recibió a su ingreso. Pero en estos momentos está de viaje por Australia y no podemos localizarlo.

–De modo que en Australia. Ya.

–¿Acaso no me cree?

Kröger dedicó a Ellen una mirada más que aclaradora.

–Mire, todo esto suena un poco... insólito, ya me entiede. Pero aunque fuera cierto, y me consta que usted está completamente convencida de que lo es, no sabría por dónde empezar a ayudarla.

–Podría repasar las listas de las personas desaparecidas, por ejemplo, o investigar si alguien vio a la mujer en su ingreso en la clínica, o cotejar los informes de malos tratos o violaciones, no sé... Quizá logre dar con algún testigo.

–¿Y por dónde quiere que empiece? –Kröger había dejado de recordarle al comisario de una serie de televisión y empezaba a parecerse mucho más a un policía impaciente–. ¿Sabe usted la cantidad de denuncias de desaparición que recibimos cada año? ¿Espera que me ponga a repasar todas esas listas a la buena de Dios y que abandone todos los casos en los que estoy trabajando? ¿Hemos perdido el juicio?

–Pero habrá algo que pueda hacer, ¿no? ¡La mujer está en peligro!

–¿Sin saber su nombre? ¡Me pide que busque una aguja en un pajar, y ni siquiera está segura de que se haya cometido un delito! No quisiera importunarla con estadísticas, pero, si hablamos de violaciones, debe saber que solo el año pasado se registraron en Alemania más de nueve mil casos. Denunciados, se entiende. Las cifras reales serían mucho más elevadas. Pero lo que es más importante: aun en el caso de que la mujer haya sido violada o maltratada, no podemos hacer nada contra su agresor si ella no lo denuncia. Y para hacerlo tendría que ponerse en contacto con nosotros. Lo lamento, doctora, pero así están las leyes.

Ellen saltó de su silla, indignada.

–¡Pues métanse sus malditas leyes donde les quepan! ¡La mujer está completamente perturbada: ha pasado por un infierno, y es mi deber, y también el de ustedes, evitar que vuelvan a hacerle daño!

Llegados a aquel punto, Kröger se levantó de su silla, que crujió aliviada. La tensión entre Ellen y el orondo comisario habría bastado para iluminar toda una habitación.

–Tiene usted razón. También es *su* deber. Haré caso omiso de su agravio porque, por desgracia, entiendo cómo se siente. A nadie le gusta descubrir que tiene las manos atadas. Pese a todo, no puedo ayudarla. Al menos aún no.

Le entregó su tarjeta de visita.

–Descubra quién es la mujer y llámeme. Si es capaz de decirnos el nombre del tipo que la maltrató, me encargaré personalmente de meterlo entre rejas. Me temo que esto es todo lo que puedo hacer por usted.

13

«Llámeme.»

Cuando regresó a su coche, Ellen aún sostenía en la mano la tarjeta de Kröger.

El comisario había hecho con ella lo mismo que ella con Silvia Janov. A veces era fácil librarse de un asunto a cambio de un simple número de teléfono. En cierto modo, era como tirar la pelota al tejado del otro. Daba igual que se tratara de una tarjeta de visita o de un garabato escrito en una vieja factura telefónica; al final consistía en lo mismo: «No estoy dispuesto a complicarme la vida por ti. Intenta apañártelas solo. Pero te doy mi número de teléfono, básicamente para evitar los remordimientos».

A pocos metros de ella empezó a circular la avalancha de coches que indicaba el descanso para comer en la jornada laboral. Hombres y mujeres que se dirigían a los restaurantes; que volvían a casa; que iban al encuentro de otras personas; que estaban a punto de reunirse con sus seres queridos. ¿Pero quién quería a Silvia Janov y a la mujer sin nombre? ¿Había alguien en el mundo que se interesara por ellas?

No hacía mucho tiempo, quizá uno o dos años, Ellen había leído la noticia de un hombre que había sufrido un infarto en pleno Manhattan, en una de las calles comerciales más concurridas de Nueva York. Tenía unos cuarenta años, y, según el artículo, pertenecía a las «capas bajas de la sociedad». Al leer aquello, Ellen pensó que era un modo muy amable de describir a un simple vagabundo. El hombre se había desplomado ante unos concurridos almacenes durante las fechas navideñas, y tuvo que ser sorteado, sin duda, por una multitud de personas a la caza de sus regalos. Pero nadie lo había ayudado, y el pordiosero había muerto sobre el asfalto.

El autor del artículo había omitido decir si el hombre habría podido salvarse de haber recibido ayuda a tiempo, o cuanto había durado su lucha contra la muerte.

En opinión de Ellen, no obstante, lo más impresionante del caso era que los transeúntes habían tardado cuatro días en empezar a quejarse de las ratas que se acercaban a darse un festín con el cuerpo inerte del vagabundo. Y, como si de un chiste macabro se tratara, el artículo acababa con la referencia a una suma de dinero: siete dólares con diecinueve céntimos.

Era la suma de dinero que se había encontrado junto al cadáver del hombre. Monedas que los transeúntes le habían lanzado sin mirarlo siquiera. Siete dólares con diecinueve céntimos para tranquilizar sus conciencias.

Mientras miraba la tarjeta de visita de Kröger, Ellen recordó el modo en que le había hablado a Chris de aquel artículo. Él le había dicho que las cosas eran así en cientos de miles de ciudades, y sobre todo, quizá, en Estados Unidos. Y ella había estado de acuerdo con él y había pensado «Por suerte aquí todo es diferente. Aquí nos preocupamos todos por el prójimo».

Ahora, la tarjeta que tenía en la mano y el recuerdo del papelito que le había entregado a Silvia Janov le gritaban en silencio que aquello no era cierto.

«¿Y bien?», parecía increparle el pedazo de cartón que tenía en la mano, «¿vas a conformarte con su aportación personal de siete dólares y diecinueve céntimos?»

«¡Pues claro que no!»

Ellen tiró la tarjeta en el asiento del copiloto y puso en marcha el motor. Para empezar, volvería a su residencia. Necesitaba imperiosamente hacer tres cosas muy distintas: reflexionar con calma, tomarse una pastilla –o quizá dos– para frenar la migraña que empezaba a acecharle como un depredador a su presa, y trazar un plan para encontrar a la mujer sin nombre.

Mientras salía del aparcamiento de la comisaría y esperaba para incorporarse a la avenida principal, se fijó en una furgoneta de la marca Volkswagen que estaba aparcada en la acera de enfrente. Algo en el vehículo le hizo sentirse incómoda y alarmada, pese a que en principio no tenía ningún motivo para ello: se trataba de la típica furgoneta de reparto, naranja, algo vieja y hecha polvo –lo más probable era que en la próxima revisión de la i.t.v. la retiraran literalmente de la circulación–, y a primera vista no tenía nada que justificara el desasosiego que le había provocado.

Pero algo en su interior, ese algo que nunca dormía ni perdía la concentración, la animó a observar el vehículo con más atención.

Y entonces se percató de que estaba aparcado en una parada de autobús, donde la prohibición de estacionarse era más que evidente, y eso justo frente a la comisaría de policía. Si lo pillaban ahí se llevaría una jugosa multa con los mejores deseos de la comunidad, por decirlo de algún modo, y seguro que su dueño prefería gastarse el dinero en gasolina o en cualquier otra cosa. Además, la furgoneta estaba encarada en sentido contrario a la marcha, y Ellen se preguntó cómo se las habría arreglado el conductor para lograr esa obra de arte de la circulación en una vía tan transitada como aquella.

Y aún había algo más: una especie de sensación, algo así como un instinto, para el que no encontraba explicación y que la hacía sentirse muy angustiada. Por ridículo que pareciera, era como si la furgoneta... En fin, como si la acechara.

«Por supuesto», se burló de ella su voz interior, «hoy en día todos los vehículos oxidados tienden a acechar a las personas. Y si alguien pasa demasiado cerca de ellos, se les tiran encima. ¡Vamos, Ellen, por el amor de Dios! Va siendo hora de que te des una ducha bien larga y despejes tus ideas, antes de que empieces a pensar que...»

¿Que qué?

«Que la furgoneta de ahí delante te observa *a ti*», respondió la voz.

—¡Pero qué tontería!

Pisó el pedal del acelerador y se incorporó a la circulación entre dos coches, obligando al conductor de un Mercedes a dar un frenazo para no comérsela. Ellen miró por el retrovisor y vio al hombre levantando el puño, alzando el dedo corazón en un arrebato de cólera, y tocando la bocina como un desesperado. O eso pensó ella en un principio, porque al instante se dio cuenta de que el autor del concierto de cláxones no era el conductor del Mercedes... sino todos los demás vehículos de la avenida.

La furgoneta se había puesto en marcha casi al mismo tiempo que Ellen, había cruzado los dos carriles de la avenida con todo el empaque del mundo y había obligado a un Mini Cooper a realizar una maniobra que casi lo lleva a chocar frontalmente con un camión. Le fue de un pelo. El conductor del Mini reaccionó en una fracción de segundo, volvió a su carril y se perdió en la densa circulación del mediodía.

La furgoneta se colocó tras el Mercedes sin inmutarse, a solo un coche del de Ellen. Hasta ahí podría haberse tratado de una curiosa coincidencia —de uno de los típicos momentos de tensión en hora punta, aquella en la que todos desean aprovechar al máximo el descanso del trabajo y más de uno pierde la paciencia y realiza alguna maniobra temeraria con la que abreviar su espera—, pero tras girar por segunda vez en una callejuela lateral y comprobar que la furgoneta seguía tras ella, Ellen concluyó, ya sin lugar a dudas, que el vehículo estaba siguiéndola. «¡Al final resulta que sí te observaba!» Asió el volante con tanta fuerza que los nudillos se le pusieron blancos, miró por el retrovisor y pensó rápidamente en el mejor modo de dar esquinazo a su perseguidor.

Al cabo de un rato ni ella misma sabía dónde se encontraba. Jamás había estado en aquel barrio. Bonitas casas unifamiliares, todas iguales, decoraban las aceras. Los jardines delanteros, a cual más cuidado, estaban separados por verjas de madera en cuyo interior se veían casetas de perros, tendederos plegables o toboganes infantiles. Una zona residencial espléndida y tranquila, ocupada por parejas jóvenes, en la que imperaba el límite de velocidad de treinta kilómetros por hora.

Pero Ellen iba a setenta, con la furgoneta naranja pisándole los talones, mientras no dejaba de pensar y, de paso, de rezar para que no se le cruzara nadie en el camino. La furgoneta estaba cada vez más cerca, casi la tocaba, y en un momento dado Ellen hizo una brusca maniobra con el volante y su pequeño deportivo se coló en una callecita lateral que, para horror suyo, era aún más estrecha y solitaria que la anterior. Con las prisas rozó una farola, pero se salvó de comerse la verja de una casa.

Apretó el acelerador y miró por el retrovisor. La furgoneta no había tenido tiempo de entrar de inmediato en la callejuela, y tuvo que maniobrar para poder seguir con su persecución, así que ahora, al menos, la distancia entre ambos había aumentado ligeramente.

Sin embargo, Ellen no tuvo tiempo para sentirse aliviada, pues en cuanto volvió a mirar hacia delante sintió que se le paraba el corazón.

Justo antes de que la callejuela desembocara en una calle perpendicular, un camión de reparto se detuvo y dos hombres salieron de la cabina, abrieron las puertas traseras y se dispusieron a sacar de su interior el colchón de una cama de matrimonio. En cuanto lo tuvieron sujeto entre ambos, miraron en dirección a Ellen y se quedaron inmóviles. A ella solo le quedaban dos opciones, pues: o pisaba el freno o…

El motor de su biplaza protestó abiertamente cuando pasó a

todo gas junto a los dos hombres. Por el rabillo del ojo los vio saltar hacia los lados, en direcciones opuestas, como si se tratara de un número de payasos, justo antes de que ella doblara la esquina, rechinando las ruedas, y siguiera a toda prisa por la calle perpendicular. Solo cuando llegó de nuevo a la alargada calle principal se atrevió a mirar por el retrovisor. La furgoneta había desaparecido.

Ellen se incorporó al tráfico de la hora punta. Estaba temblando, y tuvo que secarse el sudor frío de la frente. Le habría gustado detenerse y esperar, sin más, hasta sentirse más tranquila, pero no se atrevió a hacerlo. En lugar de eso concentró todos sus esfuerzos en llegar al recinto hospitalario lo antes posible.

Y justo en el momento en que cruzaba el portón de la entrada le sonó el móvil.

–¿Diga? ¿Chris?

No era Chris.

–¡Ha sido impresionante! Pero no te creas que esto va a quedar así. ¡Tú y yo no hemos hecho más que empezar!

La voz que sonaba al otro lado de la línea hizo que se le helara la sangre en las venas. Estaba distorsionada, como si proviniera de una máquina y no de una persona, pero Ellen habría jurado que se trataba de un hombre.

Frenó junto a la rampa de carga del edificio. El corazón amenazaba con salírsele por la boca.

–¡Me cago en la mar! ¿Qué quiere de mí? –le gritó al teléfono–. ¿Y cómo ha conseguido mi número?

–Todo a su debido tiempo –le respondió la voz metálica, justo antes de soltar una risita–. Lo de antes ha sido divertido, ¿eh?

–Me he apuntado su matrícula –mintió Ellen–. Me llevará hasta usted.

–¿Ah sí? –La voz parecía muy poco impresionada, y cambiando de tema, añadió–: ¿Ya no quieres saber qué ha sido de tu paciente?

Ellen sintió un escalofrío.

–¿Quién es usted?

–¿*Quién teme al hombre del saco?* –oyó decir al otro lado de la línea–. ¿O lo habías olvidado?

–¿Que... qué ha hecho con ella?

Un suspiro distorsionado y a continuación:

–No es tan sencillo de explicar. Lo mejor será que hablemos de ello en persona, ¿qué te parece?

Ellen separó el teléfono de su mejilla unos segundos, como si se tratara de un animalillo pequeño pero extremadamente peligroso.

«Número desconocido», ponía en pantalla.

No cabía la menor duda de que aquel tipo estaba indiscutiblemente perturbado y se había llevado a la mujer sin nombre. Quizá incluso ya la hubiera...

«¿Asesinado? ¿Tú crees?»

–¡Hooola! –graznó la voz metálica.

A Ellen le temblaba la mano cuando volvió a llevarse el auricular al oído. Y entonces oyó que él decía:

–¿Se te ha comido la lengua el gato? Pones cara de escepticismo.

Dio un respingo. ¡La estaba viendo! Miró hacia todos lados, atemorizada, pero no vio a nadie. A aquellas horas de la tarde apenas había gente paseando por los jardines.

–No te pongas nerviosa. Hace rato que te observo. ¡En realidad eres el blanco de muchas miradas! –De nuevo esa risita metálica–. Vamos, ¿qué ocurre? ¿Quedarás conmigo o no?

Ellen sintió en la boca un sabor ácido. Iba a vomitar de nervios.

«¿Qué debo hacer? ¿Qué debo hacer? ¿Qué debo hacer? No puedo...»

–Oye, ¿qué te pasa? –oyó al otro lado del teléfono–. ¿Te has quedado muda de golpe?

Ellen tragó saliva y notó perlas de sudor que le caían por la cara.

–¿Y qué pasa si te digo que no?

–Pues que desapareceré. Pero no sin antes verme obligado a hacer mucho daño a alguien. Ya sabes a quién me refiero. –Dejó unos segundos de silencio que ella apenas notó, paralizada como estaba, y luego añadió–: ¿Qué, cómo lo ves?

Una gota de sudor le cayó al pecho desde la nariz. Le siguió otra, y luego otra.

–De acuerdo, salga de donde esté.

–¡No, guapa, aquí no! –la voz parecía casi divertida–. Dentro de quince minutos en el aparcamiento del bosque. En el lugar al que sueles ir a correr.

De nuevo, un escalofrío la dejó helada. Aquel tío parecía conocer bien sus costumbres.

–¡Ah, sí, y otra cosa! –añadió la voz, y en esta ocasión sonó fría como el hielo–. No cometas el error de subestimarme. Si tengo la más ligera impresión de que vienes acompañada, te juro que no volverás a ver a tu paciente en la vida. Y lo mismo sucederá si llamas a la policía, ¿me oyes? ¿Lo has entendido?

No le quedaba más opción que decir sí. ¿Quién, de todos modos, se habría prestado a ayudarla?

–Y no lo olvides. Si por alguna razón cambias de opinión, ya puedes ir olvidándote de tu amiguita. Así que intenta no darme plantón.

Un chasquido, y la línea quedó cortada.

La desesperación y la rabia se apoderaron de Ellen. Rabia por tener tanto miedo y sentirse tan desvalida.

Pensó en Chris. ¡Santo Dios, si al menos pudiese hablar con él! Sus dedos acariciaron la tecla del móvil en la que tenía memorizado su teléfono, pero no se atrevió a presionarla. Si el psicópata realmente la estaba observando, era mejor que no llamara a nadie.

El reloj de su salpicadero le indicó que había pasado un minuto desde que había colgado el teléfono. Le quedaban catorce.

Tenía que decidirse.

14

Aquellos días en los que necesitaba contrarrestar los nervios que le habían provocado los gritos de los pacientes, las críticas de las enfermeras o la pedantería de ciertos colegas, o aquellos otros días en los que se sentía agotada y tensa sin motivo, ir a correr por el camino del bosque se convertía en el mejor modo de relajarse.

En el bosque reinaba el silencio. Ellen se sentía parte de la naturaleza, y podía hacer un poco de ejercicio ligero o bien llegar al límite de sus fuerzas. Aunque en general esto último solo lo hacía cuando Chris la acompañaba. A él le gustaba comparar tiempos, y eso que casi siempre ganaba ella. Cuando se trataba de correr sola, Ellen solo buscaba mantener su buena condición física y avanzar a paso ligero junto al Danubio, con los sonidos del bosque a su izquierda y el apaciguador sonido de la corriente a su derecha.

Había también un segundo camino que se internaba directamente en el bosque. Era el que preferían los que iban a correr, pero Ellen siempre lo había evitado. No le gustaba demasiado el bosque, con aquel techo de hojas que bloqueaba el paso a la luz del sol. Sucedía como con los coches. Le gustaban descapotados.

Aparte del MX-5 rojo de Ellen no había ningún otro vehículo en el aparcamiento. No se veía un alma. Ni tampoco rastro alguno de la furgoneta oxidada que la había estado siguiendo hacía apenas un rato.

¿Se había adelantado al tipo de la voz metálica? No, lo más probable era que estuviese observándola desde algún rincón, para asegurarse de que estaba realmente sola.

El mero hecho de pensar en ello hizo que se le pusiese la piel de gallina. Intentó tranquilizarse diciéndose que aquel era su territorio, que se lo conocía de memoria, que pasaba por ahí casi a diario y que en cualquier momento podía salir corriendo. Además, continuó haciendo un esfuerzo por tranquilizarse al recordar que por ahí siempre pasaba gente: siempre había alguien corriendo o paseando o descansando.

Pero, a pesar de sus intentos, no se sintió mejor. El corazón parecía dispuesto a salírsele del pecho y tenía el cuerpo tan tenso que casi le dolía al respirar. Estaba a punto de encontrarse con un maltratador, con un sádico enajenado. Quizá estaba a punto de cometer el peor error de su vida. ¿Pero qué otra opción le quedaba?

«¡Prométeme que me protegerás cuando venga a por mí!» Las palabras de la mujer sin nombre le resonaban en el cerebro, seguidas de su propia respuesta: «Se lo prometo».

«Aún estás a tiempo. Aún puedes marcharte.»

Ellen abrió el cajetín que quedaba entre los dos asientos. Bajo sus gafas de sol, un paquetito de chicles y algunas monedas, encontró un aerosol de pimienta, su eterno acompañante durante sus paseos, básicamente por si el amo de algún perro se equivocaba al decir «No muerde, sólo quiere jugar».

Puso la capota del coche, se metió el spray en el pantalón del tejano y comprobó si tenía cobertura. Le quedaba solo una rayita de las cuatro posibles, y en cuanto se internara en el bosque la perdería por completo. Lo sabía bien.

Tuvo que hacer un gran esfuerzo para bajar del coche. El idílico silencio de la naturaleza, que tanto le gustaba, le pareció de pronto inquietante y lúgubre.

Se sentía como una de aquellas idiotas de las películas de terror que, vela en mano, subía al desván para ver de dónde provenía el ruido. Pero, ¿acaso tenía elección?

Pues sí, claro. Podía marcharse de allí, llamar a la policía o hacer ambas cosas, pero entonces... ¿qué pasaría con la mujer sin nombre?

En algún lugar martilleaba un pájaro carpintero. Las aves cantaban. Un abejorro le pasó zumbando junto a la cabeza y se dirigió hacia un arbusto de escaramujos, ocultos casi en su totalidad por un cartel que decía:

SENDERO DE FOOTING
7,5 km.
a recorrer por propia cuenta y riesgo

Ellen miró a su alrededor. De verdad parecía estar sola; sola y abandonada, y sin embargo...

Por si era cierto que el tipo la estaba observado con unos prismáticos, Ellen quiso darle a entender que no era una presa fácil. De modo que abrió el maletero y sacó una llave inglesa del soporte que cubría la rueda de recambio.

Ellen sopesó la herramienta en las manos, lo cual le hizo sentir una falsa sensación de seguridad. Sí, podría protegerse con ella, pero para eso su enemigo tenía que hallarse a muy poca distancia de ella. Y lo mismo sucedía con el aerosol. Se miró las palmas de las manos, que le temblaban ligeramente, y se obligó a respirar hondo. Tenía ganas de vomitar.

Durante su etapa de prácticas había trabajado cuatro meses en una clínica para delincuentes con enfermedades mentales. Allí había tenido que relacionarse con violadores y asesinos, y en ocasiones se había visto obligada a permanecer durante media hora, o incluso más, en una habitación a solas con ellos. Aquella experiencia le había servido para aprender que uno puede *tener* miedo, pero que no debe *mostrarlo* jamás. Si el posible agresor

–o agresora, que también había lidiado con agresivas pacientes femeninas– descubría el miedo en sus ojos, ya podía dar el caso por perdido. En esas situaciones, lo mejor era pasar el paciente a un colega más competente.

«¡De modo que contrólate, Ellen! ¡No le dejes ver tu miedo!»

Pero es que en el bosque era todo distinto. Hasta el momento, siempre que había estado frente a alguno de aquellos perturbados había sido cara a cara y en la sala de algún centro psiquiátrico, con vigilantes a los que podía llamar en caso de que surgieran dificultades. Aquí, al aire libre, a lo sumo podía rezar para cruzarse con algún corredor.

No le quedaba más opción, pues, que confiar en su instinto, en la llave inglesa que llevaba en la mano y en un bote de aerosol de su bolsillo, que nunca había utilizado, por lo que ni siquiera sabía si funcionaba bien.

«No... muestres... tu miedo.»

Inspiró hondo una vez más, cerró el maletero del coche, se dio la vuelta y... se estremeció.

Estuvo a punto de lanzar un grito de terror, pero el cerebro se apresuró a indicarle que no había motivos para ello, que podía volver a calmarse.

«No es más que una niña. Una niñita de menos de diez años, con un vestido de verano y una expresión muy seria.»

–¡Caramba, qué susto me has dado! –le dijo Ellen, y sonrió. Fue una sonrisa insegura, que esbozó mientras se llevaba a la espalda la llave inglesa–. ¿Estás sola?

La niña movió la cabeza en señal de negación.

–Ven. Te está esperando.

Se dio la vuelta y empezó a correr por el bosque, por donde había venido.

Al principio Ellen se sintió demasiado sorprendida como para reaccionar. Se quedó mirando a la niña y vio cómo se perdía en el bosque sin volver la vista atrás. Pero en lugar de avanzar por el camino, la pequeña saltaba por encima de los matorrales y los helechos, como si aquel fuera el verdadero sendero a seguir.

Evidentemente, Ellen no dudó ni un segundo de que quien la estaba esperado era «el hombre del saco», y que aquella niña iba con él. Quizá incluso fuera su hija.

De pronto todo tenía sentido. Ese tipo, el hombre del saco –fuera cual fuera su verdadero nombre– había enviado a la niña en su busca porque necesitaba tiempo para ir desde la clínica hasta el lugar en el que quería encontrarse con ella.

Y estaba convencida de que en aquel lugar encontraría también a la mujer sin nombre. Su paciente. Aquella mujer a la que él había golpeado sin compasión hasta dejarle el cuerpo y la cara amoratados, fuera por el motivo que fuera.

Ellen se puso en marcha. El corazón le latía con fuerza en el pecho, y sujetó la llave inglesa como si en ello le fuera la vida.

La pequeña le llevaba una buena ventaja. De no haber sido por los llamativos colores de su vestidito, que destacaban sobre el fondo verde del bosque, Ellen le habría perdido la pista.

«Qué vestido más extraño», pensó Ellen, inconscientemente. Tanto el corte como el estampado estaban claramente pasados de moda. Quizá lo habían comprado en un mercadillo de pueblo, o en una tienda de ropa antigua o de segunda mano. Igual que el chándal que llevaba la mujer sin nombre.

Ellen siguió persiguiendo a la niña, sin dejar de mirar a todos lados y sin soltar ni un segundo la llave inglesa, dispuesta a utilizarla en cualquier momento. Mientras estuviera en movimiento no iba a ser fácil sorprenderla: podía aprovechar la fuerza de la inercia para arremeter contra su agresor, y seguro que lo sorprendía.

Pese a todo, no estaba nada tranquila. El camino cada vez se adentraba más en el bosque. ¿Qué pasaría si el hombre la esperaba en algún lugar apuntándola con su fusil de alta precisión y mira telescópica? Le bastaría con apretar el gatillo y...

«¿A dónde se supone que vas? El bosque cada vez es más cerrado, y aquí ya no hay casas ni... ni nada que no sea bosque.»

Lo más insólito era que, pese a su buena forma física y a lo acostumbrada que estaba a correr, la distancia entre ella y la niña no había disminuido ni un ápice. ¡La pequeña era rápida como una liebre! Poco tiempo atrás, Ellen había participado en una media maratón local y había recorrido todo el trayecto en menos de una hora y tres cuartos, lo cual tampoco era nada del otro mundo, teniendo en cuenta que la primera en cruzar la meta lo había hecho en muy poquito más de una hora, pero debería haberle bastado para alcanzar a la niña. Debería haber llegado hasta ella, pese a la ventaja que le había tomado al principio. Debería. Pero no.

Esquivó raíces, troncos caídos y matorrales, saltó varias zanjas de diversos tamaños, resultado de la actuación del agua a lo largo de los años, que recorrían el suelo del bosque como un laberinto de arterias, y se esforzó por no bajar el ritmo, pero la niña del vestido de colores cada vez desaparecía más entre los árboles. Cada vez dejaba de verla por más tiempo. Cada vez la tenía más lejos... Hasta que al final la perdió por completo.

«¡Mierda!»

Ellen se detuvo, jadeando.

«No me lo puedo creer.»

¡¡¡Buuum!!!

Algo le golpeó en la espalda con una fuerza extraordinaria, y se desplomó. A duras penas tuvo tiempo de poner las manos inconscientemente para evitar chocar de cara con una rugosa raíz que sobresalía del suelo.

Cayó a menos de un palmo de la raíz, y algo enorme y pesado le presionó la espalda. Apenas podía respirar. No le cabía aire en los pulmones. Oyó un crujido, pero no supo decir si lo que se rompía eran sus costillas, alguna rama del suelo, o ambas cosas a la vez.

Intentó coger aire, pero fue en vano. La presión sobre su espalda era desmedida. Presa de un ataque de pánico intentó zafarse de su atacante, pero este le tenía cogidos ambos brazos y le aplastaba la cabeza contra el frío musgo.

Ellen dejó escapar un sonido gutural. Intentó respirar de nuevo. Gimió. Consiguió coger algo de aire. No mucho, pero al menos lo suficiente como para sobreponerse al ataque de pánico y entender lo que acababa de suceder. Alguien, sin duda alguna un hombre, le había saltado a la espalda y la había tirado al suelo con el peso de su cuerpo. Y ahora estaba arrodillado sobre ella, asiéndole los brazos con fuerza y respirando junto a su nuca. ¡Por Dios, el peso de aquellas rodillas sobre su espalda era insoportable! Sentía un dolor extraordinario cada vez que inspiraba o espiraba.

Empezó a patalear, desesperada, mas no consiguió nada con ello. Parecía un escarabajo boca arriba, intentando darse la vuelta. Solo que ella estaba boca abajo.

—Tranquila, estate tranquila —le susurró el canalla que tenía a la espalda—. Cuanto más te resistas, más te dolerá —dijo, y, como si no quisiera dejar lugar a dudas, se apoyó aún más en las rodillas.

Ellen lanzó un alarido de dolor, a lo que el hombre reaccionó dando un saltito que la dejó una vez más sin aire en los pulmones. De inmediato, el grito se convirtió en un ahogado ronquido.

—¿Te calmarás ahora? —le preguntó el hombre, con un tono de voz quedo y escalofriante.

Ellen intentó contestarle, pero tuvo que hacer un esfuerzo ingente para lograrlo. El «sí» que al final salió de sus labios no sonó más fuerte que un susurro. Empezó a ver puntitos blancos. Pese a todo, alcanzó a ver la llave inglesa tirada en el suelo, a medio metro de ella, sobre un manto de musgo. Tan inútil como el aerosol que llevaba en los pantalones.

—Has sido una niña mala.

«Esta voz. Este susurro. Me resulta tan insólitamente... ¿familiar?»

Sintió que el hombre le apretaba las muñecas con más fuerza, y notó el calor de su aliento junto a la sien. Olía a menta, vapor de cocina y humo de cigarrillo.

«Seguro que has estado fumando tranquilamente mientras me esperabas, cabrón», pensó Ellen, y, por extraño que pareciera, le vino a la memoria el recuerdo de una ilustración que había visto hacía tiempo en un libro sobre la Inglaterra victoriana, y que mostraba la figura de un hombre al que se conocía con el nombre de Jack, *el asaltador violento*. Un tipo que se abalanzaba sobre las mujeres, cuando estas caminaban solas al anochecer. Ahora, su yo más irracional –aquel que se manifestaba siempre en el momento más inadecuado– le dijo que había ido a toparse con una figura similar. Solo que cambiando a Jack por *El hombre Marlboro*, experto en tirarse a la espalda de las mujeres y susurrarles al oído con su aliento a humo mal disimulado tras la menta.

–¿Sabes lo que quiero de ti?

–No.

–Claro que sí.

–¡No! Por. Favor. Me. Hace. Daño.

–Eresss una chica mala y curiosssa –susurró, como una serpiente–. Y has sssido muy, muy mala.

Ellen creyó que iba a morir asfixiada mientras el monstruo le clavaba la rodilla en la espalda, cual estaca. El dolor era insoportable. Movió los ojos hacia un lado, todo lo que fue capaz, pero no logró ver al hombre que tenía a la espalda. Por el daño que le hacía y la fuerza con la que le sujetaba brazos y manos, debía de pesar al menos dos toneladas. En cualquier caso, de algo estaba más que segura: el tío estaba como una cabra.

–¿Qué quiere? –alcanzó a decir.

–¿De verdad no tienes ni la más remota idea? Está bien, te lo explicaré. Esto de aquí no es más que un bosque, pero en algún lugar está también el bosque de los cuentos. ¿Crees en los cuentos, pequeña Ellen?

Le habría gustado gritarle algo así como «déjame en paz» o

«vete a la mierda», pero el dolor que sentía era tan intenso que necesitaba todas sus fuerzas para poder respirar, cuando menos relativamente, y no perder la consciencia.

«Y si pierdes la consciencia le dejarás vía libre», le recordó su voz interior, siempre en pie de guerra, siempre atenta y despierta, «y podrá hacer contigo lo que le venga en gana. Todo lo que imagine su perturbada mente. Y no creo que sea taparte con su chaqueta y dejarte dormir tranquilamente sobre una cama de musgo. Piensa en la mujer sin nombre.»

–Pues bien –siguió diciendo el tipo, en un susurro apenas audible–, como sucede en los cuentos, en este también tenemos a un personaje que propone un enigma para resolver. –Se rio como un niño que acaba de hacerle una jugarreta a alguien–. Resuelve el enigma que te propongo, porque si no...

Una vez más, se recostó con fuerza sobre la rodilla.

Durante una milésima de segundo, Ellen creyó haber caído en el más profundo de los sueños. La imagen de la llave inglesa tirada igual que ella sobre el suelo del bosque centelleaba como si estuviera al otro lado de una pantalla de televisión. Después recuperó el conocimiento, y con él los sentidos, justo a tiempo de escuchar las últimas palabras de *El asaltador violento*:

–... mataré a tu apestosa amiga. Y jamás te librarás de mí. ¿Lo has pillado?

Una vez más, Ellen solo fue capaz de emitir un sonido gutural. Respirar y hablar con un peso que parecía alcanzar la tonelada sobre la espalda era jodidamente difícil.

–¿De qué... está... hablando?

–¿No pretenderás que te lo cuente todo ahora y estropee la sorpresa, no? –Esta vez, su voz sibilante pareció canturrear–: ¿Quién soy? Te doy tres días para descubrirlo. Me darás la respuesta al mediodía. Si no, vendrá el lobo y te comerá. –Dejó escapar un jadeo junto a su oreja–. Sí, si no encuentras la respuesta, os mataré a las dos. A ti y a esa loca maloliente. Pero antes...

Se acercó aún más a su oreja y la lamió. Ellen intentó apartar la cara, pero no pudo evitar que continuara. Sintió que el monstruo le introducía la lengua en la oreja y oyó sus jadeos, apestosos y calientes, sobre la mejilla. Después lo notó subiendo hasta la frente, dejando a su paso un repulsivo reguero de saliva.

Ellen quiso gritar, liberar todo su miedo y su rabia, pero no pudo. Apenas tenía fuerzas para respirar y tuvo que dejar que aquel enfermo asqueroso continuara jugando con ella.

Le mordisqueó el pelo con los dientes, lentamente, obstinadamente, y luego se los estiró con fuerza mientras que, con un sonido que era mitad siseo mitad gemido, frotaba su pecho contra los tersos hombros de ella. Después, con un movimiento que le rompió un par de costillas más –o al menos eso le pareció a Ellen–, se apartó de ella. O al menos eso creyó ella.

–Para poder empezar con el cuento, te daré una pista –dijo, jadeando–. ¿Me oyes?

–Sí –gimió ella.

–No te oigo.

–¡Sí!

–Buena chica. Está bien, presta atención. He aquí la pista. Dice así: ¡Tacháááán! «La primera idea siempre es la buena.» ¿Lo tienes?

–Sí.

–Estupendo. ¡Pues que empiece la fiesta!

Dio un último salto sobre su espalda, sin compasión. Ellen pensó que iba a partirle el pecho con las rodillas y aplastarle los pulmones hasta hacérselos explotar. El dolor la envolvía como un huracán. Era insoportable. Y entonces el tipo se levantó, se dio la vuelta y salió corriendo hacia el lugar por el que ella había llegado.

Ellen jadeó. El pecho le ardía y tenía la sensación de haber sido aplastada por una prensa de acero. Pero la luchadora que tenía en su interior le pidió que no cediera a la autocompasión.

«¡Échale el guante a ese cerdo!», resonaba en su cabeza, «¡acaba con él!»

Aún aturdida, Ellen se dio la vuelta, se sentó y lo vio alejarse a la carrera. Era más delgado de lo que había pensado, y su altura tampoco era muy superior a la media. Llevaba tejanos negros y una sudadera negra con el emblema de Batman a la espalda y una capucha con la que se cubría la cabeza.

«¡Vamos!», volvió a gritarle la luchadora que llevaba en su interior.

Haciendo acopio de todas sus fuerzas, Ellen se arrastró hasta la llave inglesa, la cogió y consiguió ponerse de pie.

«¡Y ahora corre! ¡Corre!»

Empezó a dar torpes pasos hacia delante, hasta que al fin, sorprendentemente, logró ponerse a correr tras su agresor.

«¡Bien!», le dijo la voz, «¡sigue así, sigue así!»

Pero no estaba bien. No estaba nada bien. Apenas lograba inspirar aire para caminar, así que de correr mejor ni hablar.

Aun así continuó tras él, terca como una mula. Pensó en la media maratón, en el par de ocasiones en las que había estado a punto de abandonar, y en los ánimos que le había dado su voz interior, aquella fuerza que la había impulsado a acabar la carrera a pesar del agotamiento. Igual que ahora. Pese a dolerle todo el cuerpo y a faltarle el aire, pese a tropezar con varias raíces y estar a punto de caerse en unas cuantas ocasiones –«Si me caigo ahora me quedaré en el suelo, simplemente, y dormiré. Dormiré al menos cien años, como en el cuento»– se mantuvo firme y persiguió la chaqueta de tela negra para evitar que desapareciera entre los árboles.

Por fin, poco antes de llegar al aparcamiento, sintió que le abandonaban las últimas fuerzas.

«¡Continúa! ¡No te detengas!», le gritó la luchadora.

Pero en esta ocasión sus músculos y sus pulmones se opusieron con un rotundo «¡No!», y ahí se quedó todo.

Ellen se recostó contra el tronco de un árbol, fresco y agradable, en cierto modo reconfortante, e intentó recuperar la respiración. Vio su deportivo rojo reluciendo entre los troncos de los árboles. Pese a que podía leer la matrícula sin problemas, le pareció que aún se encontraba a muchos, muchos kilómetros de distancia. Inalcanzable.

Solo entonces distinguió el segundo vehículo que estaba estacionado junto al suyo. Y en el preciso momento en que el conductor apretaba el acelerador y salía disparado sobre la grava, reconoció el coche.

Si le hubiesen quedado fuerzas para gritar, de buen seguro que lo habría hecho. Pero no tenía ni una pizca de energía, y se quedó ahí parada, con la mirada perdida, apoyada en el roble, negándose a creer lo que acababa de ver con sus propios ojos. Había reconocido el coche. Estaba segura. Había estado sentada en él. El coche que hacía unos segundos había salido huyendo del aparcamiento la había llevado a un curso de formación hacía unos dos años.

Se acordaba perfectamente del típico arbolito aromático que pendía del espejo retrovisor, y de aquel olor a vainilla que había hecho que le entraran ganas de vomitar. Recordaba haberle dicho al conductor que prefería el olor del humo viciado a aquella *cosa apestosa*.

Recordaba el modo en que Mark se había reído al oírla.

15

El aire olía a resina y los sonidos del bosque lo llenaban todo. Ellen se acuclilló, temblando, y recostó la cabeza contra el tronco del roble intentando repasar lo que acababa de suceder. Le dolía todo el cuerpo, pero estaba segura de que no se había roto nada. No cabía duda de que el deporte que practicaba la mantenía en buena forma. De haber tenido algo menos de masa muscular, seguro que todo habría sido diferente. Pero dentro de unos días, cuando acabaran de salirle todos los moratones, seguro que haría palidecer de envidia a cualquier guerrero maorí tatuado de arriba abajo.

Aunque peor que el dolor era la conmoción que le había provocado lo que acababa de ver... y se negaba a creer. ¿De verdad era posible que hubiese sido Mark? El coche que había visto era el suyo, de eso no cabía la menor duda. Y aquello justificaría el modo en que la mujer había conseguido escapar de la clínica. Con su llave y su código no había problema alguno.

Y aquella voz... «¿Crees en los cuentos, pequeña Ellen?». Estaba demasiado impostada y lo había dicho demasiado flojo como para que hubiese podido reconocerla, pero le había sonado familiar. Podía haber sido perfectamente la voz de Mark.

¿Pero por qué iba él a hacer algo así?

¿Por qué iba fingir que estaba perturbado?

¿Por qué iba a hacerle daño?

¿POR QUÉ?

Muy por encima de su cabeza, un avión dibujó una línea blanca en el cielo, y poco después empezó a oír el exasperante *toc-toc-toc* de unos bastones repiqueteando en el suelo. La marcha nórdica. Desde que esta modalidad deportiva había provocado una avalancha de aficionados y admiradores, todos ellos entregados a sus oficios y beneficios, los caminantes con bastones estaban por todas partes, aunque eso no implicaba que todos lo practicaran con corrección. Al menos en el trayecto que Ellen solía recorrer, había montones de caminantes de marcha nórdica que obligaban a los que salían a correr a andarse con mucho ojo para no tropezar con ningún bastón.

Ellen vio acercarse a las dos mujeres. Una de ellas era muy corpulenta, y la otra le recordaba –por su aspecto y sus movimientos– a una gallina que llevara tiempo sin comer.

–¿Necesita ayuda? –le preguntó la gallina, estirando el cuello.

–No, gracias, estoy bien.

–¿Seguro? –se le acercó un poco más y la observó detenidamente–. ¿Se ha caído?

–Sí, pero enseguida se me pasará.

–No debería apartarse del camino. Las raíces en el bosque son peligrosas. Podría haberse hecho mucho daño.

–Sí, tiene razón. Gracias por su ayuda.

La gallina asintió y se dispuso a marcharse de allí cuando a Ellen se le ocurrió una idea.

–¿Son ustedes de aquí?

–Sí –afirmó la gorda, visiblemente aliviada ante aquella excusa para detenerse y recuperar el aliento–. ¿Por qué lo pregunta?

Ellen señaló hacia el bosque.

–¿Hay por ahí algún pueblo, o, al menos, alguna casa?

–No –dijo la gorda.

–Ahí no hay más que bosque –añadió la gallina–. Bosque y nada más. El siguiente pueblo está al menos a diez kilómetros.

–O más –puntualizó la otra.

–¿Y han visto ustedes a una niña de unos diez años, con un vestido de colores?

–No –respondió la gorda–. Yo...

–¿Su hija? –le interrumpió la gallina–. ¿Se ha perdido?

Ellen se levantó sujetándose al tronco del árbol.

–No, no, es solo que me pareció ver a una niña corriendo por ahí.

La gallina dejó escapar una risita clueca.

–Sí, sí, cuando uno está solo en el bosque puede ver las cosas más insólitas. O, al menos, creer que las ha visto. Y al final resulta que no son más que árboles o cervatillos. Pero ahora tenemos que continuar caminando, o nos enfriaremos.

«Cada loco con su tema», pensó Ellen, mientras veía alejarse a las dos mujeres. Solo tenía que determinar si el tema era que se les enfriaban los músculos o que al adentrarse en el bosque podía uno ver las cosas más insólitas. Empezó a sentirse fatal, le vinieron arcadas y vomitó junto al roble al que se sujetaba.

Al aparcar por fin el coche en el aparcamiento de la Clínica del Bosque, Ellen lamentó por primera vez en su vida lo bajo que era su deportivo. Muchas de las personas a las que había llevado –y principalmente Chris– se quejaban de aquello y decían que hacía falta un calzador para poder salir del coche.

Aquel día habría necesitado un calzador gigante, una grúa o algo parecido para poder bajar del coche sin sentir un dolor excesivo, pero al final lo consiguió. Con dolor, eso sí.

Mark conducía un Volvo V70 de color negro, en cuyo maletero cupo el equipaje de Ellen y el de los otros dos compañeros que en aquella ocasión los habían acompañado al curso de formación para tratar a enfermos psicóticos. Había sido un viaje muy divertido, en el que todos lo habían pasado en grande y se habían reído mucho, sobre todo de «esa cosa maloliente» que pendía del retrovisor de Mark y que en un momento dado acabó suicidándose por la ventana del conductor.

Pero en aquel momento, en el aparcamiento, lo que sentía al ver el vehículo negro no tenía nada de divertido. Y lo que podía caber en el maletero no eran ya las maletas de tres compañeros de viaje, sino el apaleado cuerpo de una mujer. Con la boca tapada y escondida bajo la cubierta extraíble, cualquier posible víctima podía desaparecer ahí sin dificultad.

Por supuesto, en su fuero interno Ellen seguía negándose a creer que aquello fuera posible, básicamente porque no se le ocurría ningún motivo para que Mark quisiera hacerle algo así, y menos aún a aquella desconocida. Pero el motor aún caliente, el polvo sobre el chasis y las agujas de pino clavadas en el parachoques tenían su propio idioma y daban su propia opinión.

Ellen rebuscó en sus bolsillos y encontró un paquetito de caramelos de menta. Temblaba de tal modo que el primero se le cayó al suelo. Con el segundo tuvo más éxito. Se sentía al límite de sus fuerzas, temblaba como una anciana centenaria, tenía el cuerpo dolorido y magullado, y estaba sucia de los pies a la cabeza. Pero ahí afuera, en algún lugar, una mujer temía por su vida. Y por lo que parecía, Mark –su colega, su amigo– era el culpable de todo.

«Es hora de vernos las caras, compañero.»

El enfermero de turno miró la ropa sucia y descompuesta de Ellen con estupefacción, pero ella, haciendo caso omiso de la mirada, le indicó sin rodeos que tenía que ver al doctor Behrendt.

–Lo lamento, pero está atendiendo a un paciente y va para largo. ¿Puedo ayudarla en algo?

–Lo esperaré aquí, descuide.

Iba a pasar junto al enfermero para dirigirse a la sala de espera cuando este la retuvo, haciéndola estremecerse de dolor.

–¿Se ha caído?

–En cierto modo, sí. ¿Podría traerme un café mientras espero al doctor Behrendt?

El enfermero, un tipo más bien orondo que bajo la bata llevaba una camiseta en la que ponía «CHAMPION», la miró consternado.

–Bueno, doctora Roth, no sé si será correcto... Quiero decir, claro que puede usted tomarse un café, pero, o sea... –se puso rojo como un pimiento, lo cual en un tipo como él, que más bien parecía un armario empotrado, resultaba casi desagradable.

–¿O sea *qué*?

–Bueno, pues que... que dicen que... que le han dado vacaciones, vamos.

Sintió que un escalofrío le recorría la espalda.

–Pero sigo siendo médico en este hospital, ¿no? ¿A qué viene esto?

El enfermero volvió a mirar a su alrededor, consternado, hasta que al fin logró recuperar el habla:

–Hace poco menos de una hora apareció por aquí un jefe de policía. Se llamaba Köhler o Körner o algo por el estilo.

–¿Es posible que fuera Kröger?

–Sí, exacto. Kröger.

–¿Y qué quería?

–No tengo ni idea. Lo recibió personalmente el doctor Fleischer, que parecía muy molesto con la visita. Yo solo le oí decir al policía que ya estaba al corriente de todo y que se había tratado de un simple error. Que... –el enfermero se interrumpió y se miró las puntas de los zapatos.

–¿Qué? ¿Qué más dijo?

–Bueno, no sé si lo oí bien, pero...

–¡Hable de una vez, por el amor de Dios!

–Está bien. –Aquel pobre hombre parecía estar realmente turbado–. El doctor le dijo a ese tal Kröger que la Clínica del Bosque es un lugar seguro y que no estaba dispuesto a perder su reputación por aquella nimiedad. Le dijo que usted había estado trabajando en exceso los últimos días, que había cometido un error de procedimiento y que ya estaba todo aclarado. Y después nos dijeron a todos que la hiciéramos marcharse si la veíamos por la clínica.

—¿Quiénes son todos?

—Ejem… esto… Todo el personal, de hecho.

Ellen no podía dar crédito a lo que acababa de escuchar. Había logrado que Kröger reaccionara, que apelara a su sentido del deber, lo cual estaba muy bien, pero al final todo se había vuelto en su contra.

Kröger había hablado con el jefe y este había preguntado por la mujer sin nombre de la unidad número nueve. Seguro que allí le habían dicho que nadie la había visto y que no había pruebas de su ingreso; más aún, que nada hacía pensar en su existencia. Y seguro que el director de la clínica no se había esforzado en convencer a nadie de lo contrario. Porque sin esa paciente no tenía que preocuparse por la reputación de su clínica, que continuaría siendo un lugar «seguro».

Ellen tuvo que hacer un esfuerzo por reprimir un ataque de rabia. ¡Cómo le habría ayudado lanzar algo contra la pared! ¡A ser posible algo que se rompiera en mil pedazos! Había perdido la poca credibilidad que le quedaba ante la policía, y seguramente ya no iba a poder recuperarla.

—Por eso le ruego que se marche de aquí.

El pobre enfermero estaba deseando que se lo tragara la tierra.

Ellen lo miró directamente a los ojos, lo cual lo hizo sentirse más aturdido aún, y le dijo:

—Le propongo un trato: me marcharé ahora mismo y fingiré que no he estado aquí, si usted me responde a una pregunta, ¿de acuerdo? ¿Puede decirme si el doctor Behrendt ha estado en la unidad toda la tarde?

Con el ceño fruncido, el enfermero le respondió que sí, que Mark había estado en su consulta todo el rato.

—Excepto hace un rato, que salió de la unidad durante una horita o así.

–¿Y le dijo a dónde iba?

–No, pero creo que fue al bar a comer algo.

«O al bosque a aterrorizar a una colega.»

Para alivio del enfermero, Ellen dio media vuelta y se marchó de la unidad. Estaba muy cansada. Le dolía todo el cuerpo y su migraña iba en aumento, clavándole finas agujas en las cuencas de los ojos. Antes de hacer nada más, tenía que calmarse.

Todo parecía indicar que Mark era el tipo que estaba buscando. Era imposible que se le escapara. Y mientras siguiera en su consulta no le iba a hacer nada a la mujer sin nombre.

Así que contaba con algo de tiempo para preparar el segundo asalto.

16

Con sus seis plantas y su ubicación simétricamente opuesta, los dos bloques de hormigón de la residencia del personal eran cualquier cosa menos bonitos o tentadores. Aun así, en su pequeño apartamento de dos habitaciones, Ellen se sentía como en casa. Para alguien que había pasado su infancia en un internado católico para señoritas, con dormitorios y comedores compartidos, cualquier espacio concreto y delimitado como propio se convertía en un verdadero hogar.

Al principio solo había alquilado el apartamento con la idea de utilizarlo mientras buscaba un piso más grande por aquella zona, pero después la paz de aquel recinto y su cercanía a la clínica la hicieron reconsiderar el asunto y quedarse allí.

Había tardado mucho tiempo en acceder a la petición de Chris de irse a vivir con él. Hasta hacía poco, los días laborables los pasaba en una pensión barata, y casi todos los fines de semana viajaba hasta Ulfingen para cuidar de su padre, que estaba muy enfermo.

Después, tras la muerte de este, Chris había decidido mantener la casa que había heredado, y Ellen había accedido al fin a mudarse con él y renovarla al gusto de ambos.

Pero habían optado por mantener el apartamento de ella, porque, al estar tan cerca del trabajo, era muy cómodo dormir allí durante la semana y ahorrarse los gastos del viaje diario desde Suabia hasta Fahlenberg y viceversa.

Ellen se lo había pensado mucho antes de tomar cada decisión, no tanto porque dudase de su relación con Chris o de la seriedad de su compromiso, sino porque vivir con él en aquel mini apartamento, con su pequeña cocina, su discreto dormitorio y su humilde –aunque algo más espacioso– salón llevaba implícita una acotación de su libertad personal.

Desde el internado no había compartido habitación con nadie, al menos no todas las noches, y no había vuelto a utilizar el mismo baño o la misma ducha que otras personas. Incluso durante su época de estudiante había hecho cuanto estaba en sus manos para que le concedieran una habitación amueblada y con baño propio. Para ello había tenido que trabajar de camarera entre semana, durante las tardes, y levantarse cada sábado a primerísima hora de la mañana, lloviera o hiciera sol, para cargar frutas y verduras en uno de los puestos del mercado. Todo a cambio de no volver a compartir su habitación con nadie más, como en el internado.

Había luchado mucho por su libertad, su bien más valioso, y la había defendido con uñas y dientes.

Todo ello le vino a la mente mientras estaba en la ducha, bajo el chorro de agua caliente que envolvía su maltrecho cuerpo como un bálsamo reparador. No se dio ninguna prisa en salir del baño. Se tomó su tiempo y aprovechó la sensación de bienestar para ordenar sus pensamientos. En un par de ocasiones sintió deseos de llorar, y a la tercera, por fin, se dejó llevar.

Lloró de rabia, impotencia y miedo.

Cuando salió de la ducha se sentía mejor. No mucho, pero sí algo más tranquila. El llanto le sentó bien. La alivió, en cierto modo.

Mientras limpiaba con una toalla el vapor condensado en el espejo, pensó en Chris. Por una parte la entristecía no tenerlo a su lado, pero por otra se alegraba de que no estuviera allí. Porque, de haber estado él en casa, Ellen no se habría permitido derramar una sola lágrima y habría cedido todo el protagonismo a la luchadora que se escondía en su interior.

«Si muestras tu debilidad, los demás van a por ti.» Aquella era una de las enseñanzas que se había llevado del internado y que había calado hondo en su subconsciente, hasta el punto de determinar todas y cada una de sus acciones. Una máxima que no favorecía precisamente su relación con Chris pero que quizá un día, cuando llevaran ya muchos años juntos, lograría dominar.

Ese sería también el momento de dejarse llevar, de no tener miedo a mostrarse frágil y de olvidar su eterno autocontrol. Al principio quizá solo por un momento, pero poco a poco... Y si Chris tenía paciencia...

Lo que vio en el espejo la dejó helada. Por supuesto, no esperaba ver a una Ellen cuyo cuerpo delgado y atlético rebosara vitalidad, pero los morados en el pecho y los brazos eran tantos y tan pronunciados que parecía imposible que hubiese pasado tan poco tiempo desde la agresión. Mala señal. ¡Cómo estarían mañana! Sobre todo la marca del pecho: parecía formar parte de una de esas pruebas de inteligencia emocional en las que el objetivo es relacionar una mancha indeterminada con una figura real. Así, a bote pronto, el morado que se extendía por todo su pecho le recordaba un águila con las alas abiertas o algo por el estilo. Tenía un aspecto horrible.

«Qué suerte tengo de no tener ojos en la nuca», pensó, mientras se frotaba el cuerpo con una crema contra las contusiones. En el botiquín que quedaba oculto tras el espejo guardaba también otros muchos medicamentos y pomadas propios de alguien a quien le gustaba mucho practicar deporte, y, a menudo, caerse.

«No quiero saber la pinta que tiene mi espalda. Aquel cabrón pesaba una barbaridad y tenía las rodillas jodidamente duras.»

«Por otra parte», le respondió otra voz en su interior, «si tuvieras ojos en la nuca podrías saber a ciencia cierta si el cabrón que andas buscando es realmente Mark o no. Porque también podría haber estado en el aparcamiento por casualidad, ¿no? Y nunca lleva chaquetas con capucha. De hecho jamás se cubre la cabeza, ni con gorros ni con gorras ni con sombreros.»

–Sí, claro –se dijo Ellen con sarcasmo, aunque esta vez en voz alta–. Seguro que fue casualidad que a don fumador compulsivo, a don odio-el-deporte, se le ocurriera ir hoy al aparcamiento que da al bosque –de uso casi exclusivo para los corredores– por primera vez en su vida. Y seguro que también fue casualidad se marchara de allí *justo después* de que el tío que te lamió la oreja y casi te mata llegara corriendo al aparcamiento. Sí, seguro que fue un accidente. Como los que hacen que truene después de un rayo.

Pero lo cierto es que sí podría haber sido casualidad. Ya estaba acostumbrada a toparse con Mark en los sitios más inesperados, aquellos en los que nunca habría imaginado encontrarlo. En la biblioteca, en su bar preferido, en la piscina…

¿O era al revés y aquellos tampoco habían sido encuentros casuales? ¿Había ido hasta allí para verla, expresamente? Quizá llevara ya mucho tiempo maquinando su plan, fuera el que fuera y persiguiera el objetivo que persiguiera.

Se vistió y fue a la cocina. Mientras se preparaba una taza de té observó la segundera del reloj de pared. Faltaban tres cuartos de hora para que Mark acabara su turno.

–Y entonces tendrás que rendirme cuentas, amigo –murmuró de nuevo, hablando consigo misma.

Dio un sorbito de té, se quemó ligeramente el labio superior, maldijo en voz alta y se sentó a la mesa que quedaba junto al sofá y hacía las veces de mesa de comedor y mesa de centro.

Lo que aún no tenía claro era *por qué*. ¿Por qué diablos haría Mark una cosa así? ¿Qué había pasado con la mujer y quién era la niña del anticuado vestidito veraniego? ¡Nada tenía sentido!

Mark era un colega simpático y amable, siempre atento, con unas dotes de observación envidiables y… «¡Un momento!»

En aquel instante le llamó la atención el pequeño objeto que había sobre la mesa, sobre una de las revistas del *Men's Health* de Chris. Y el miedo volvió a apoderarse de ella.

Cuando alguien lleva tiempo viviendo con la misma persona bajo el mismo techo, acaba conociendo sus costumbres y manías, los detalles que le son propios, y, por supuesto, su letra. Chris y ella llevaban compartiendo piso más de dos años. Puede que no fuera demasiado tiempo, pero sí el suficiente como para saber que la llave que se encontraba sobre la revista –en la que aparecía el atlético y fibrado torso de un hombre bajo el título «¡Los mejores entrenamientos!»– no pertenecía a Chris. Y a ella tampoco, por supuesto.

Él jamás habría dejado una llave tirada por ahí. Se describía a sí mismo como un amante del orden –aunque Ellen le decía que era más bien un tiquismiquis excesivamente meticuloso– y lo primero que había colgado en las paredes de su apartamento, el mismo día de la mudanza, era una caja para las llaves, porque odiaba tener que buscarlas en los bolsillos de sus chaquetas o pantalones, o en cualquier cestito o bandeja que anduviera por ahí. Chris se obligaba a sí mismo a colgarlas en la caja cada vez que entraba en casa, con una puntualidad exquisita, mientras que Ellen perdía varios minutos al día buscando las llaves de su coche en diferentes bolsos y bolsillos.

Tampoco tenía claro el tipo de objeto que podía abrir una llave como aquella. Lo único que parecía evidente era que resultaba demasiado pequeña para corresponder a una puerta con una cerradura normal.

Sea como fuere, todas aquellas cuestiones eran secundarias. Lo verdaderamente definitivo fueron las tres palabras que Ellen vio escritas en el llavero, en aquella zona en la que, por lo general, uno ponía palabras como *Garaje* o *Casa* o *Despacho*. La letra era más bien un garabato, y tenía tan poco en común con la cuidada grafía de Chris como con un jeroglífico del antiguo Egipto.

Las tres palabras en cuestión eran:

Ellen no dudó ni un segundo sobre quién había escrito aquello. Bueno, un mensaje en un llavero tampoco era tan grave. Comparado con lo que había leído en los informes de ciertos pacientes, «Empieza la fiesta» ocupaba la categoría de «inofensivo».

No.

En realidad era muy alarmante, terriblemente alarmante, que aquella llave se encontrara en su mesa. ¡En su casa!

«¡Has estado aquí, cretino!»

Petra Wagner abrió la puerta al segundo timbrazo. La conserje de la residencia parecía muy molesta por la interrupción en lo que fuera que estuviera haciendo en ese momento, pero al ver a Ellen cambió de expresión.

–¡Ellen! ¿Qué le ha pasado? ¡Está blanca como la nieve!

–Nada –respondió Ellen–. Las migrañas de siempre.

–¿Le afectan los cambios de tiempo?

–Es posible, sí, las tengo de vez en cuando.

–¡Uf! –exclamó la propietaria–. ¡Pensé que usted también había cogido una gripe intestinal! Acabo de pasar una eternidad limpiando el retrete de los Singer. ¡Estaba obstruido hasta los topes! No entiendo esa manía que tienen los hombres de gastar medio rollo de papel de váter cada vez que van al lavabo. He estado ahí hasta hace diez minutos, y encima justo antes de comer, precisamente hoy que tenía un hambre de mil demonios. Por cierto, que me había hecho pasta. Si le apetece...

–No, no, muchas gracias –dijo Ellen, interrumpiendo la pirotecnia verbal de Wagner.

Desde que su marido se había largado con una estudiante de enfermería quince años más joven que él, la conserje de la residencia vivía sola y agradecía cualquier oportunidad que se le brindaba para dar rienda suelta a su verborrea.

–Solo quería preguntarle algo –añadió Ellen.

–Claro, claro, lo que quiera.

–¿Ha dejado entrar a alguien en mi apartamento este mediodía?

Wagner se puso roja como un pimiento.

–¿Cómo? ¿No se lo ha dicho?

Ellen notó que se le aceleraba el pulso.

–¿Quién?

–Ay, de verdad que nunca lo hago, es decir, nunca dejo entrar a nadie en los apartamentos. Ni siquiera yo lo hago, a no ser que los dueños me pidan que riegue las plantas o algo así. Tiene que creerme, Ellen, se lo ruego... Es evidente que tengo las llaves maestras de todos, pero son solo para casos de emergencia...

–Petra, por favor. –Ellen tuvo que hacer un esfuerzo para contenerse y no gritar–. ¿Quién ha estado en mi apartamento?

–Mark. Quiero decir, evidentemente, el doctor Behrendt. Se pasó por aquí justo antes de que yo saliera hacia el apartamento de los Singer y me preguntó si estaba usted aquí, porque estaba preocupado. Me dijo que esta mañana había llegado usted muy pálida y había tenido un incidente en la clínica y que él se había quedado preocupado y ahora estaba llamando a su puerta y usted no contestaba...

Pese a que las explicaciones aún se alargaron un rato, Ellen no oyó ni una palabra más.

¡Mark había estado en su casa! Si aún le quedaba alguna duda en lo más recóndito de su ser, acababa de esfumarse de un plumazo. Mark era *El asaltador violento*, el Hombre Marlboro de aliento apestoso. Era el hombre del saco, el hijo de puta que le había clavado las rodillas en la espalda y le había lamido la oreja.

Mientras Petra hablaba y hablaba, Ellen miró por encima del hombro de la mujer y vió el reloj de pared de su recibidor.

«Está a punto de acabar sus visitas. Ha llegado la hora de la verdad», parecía decirle el aparato.

17

–Hola, Mark.

Él se dio la vuelta con un respingo. Las llaves del coche se le cayeron al suelo. En su mirada había algo que Ellen no supo interpretar. ¿Era quizá la expresión del «me-ha-pillado»? En cualquier caso, enseguida cambió aquella mirada por una sonrisa de alivio.

–¡Ellen! ¿Dónde te habías metido? ¡Me tenías muy preocupado!

–¿Ah, sí?

Jamás en la vida había sentido tanto desprecio por alguien. Gracias a su trabajo sabía reconocer perfectamente cuándo alguien le estaba mintiendo, ya fuera a propósito o como resultado de una alucinación. También sabía que algunas personas poseían un don especial para reconocer las mentiras, algo así como un instinto, y que ella también lo tenía, y que... Y que el tono de Mark, así como su mímica textual, parecían ser tan sinceros que a punto estuvo de creerlo.

A punto.

Porque en ese momento recordó las palabras que le había dicho uno de sus pacientes tiempo atrás: «A veces logramos mentirnos a nosotros mismos durante tanto tiempo que al final nos creemos nuestras propias historias».

–Claro que sí. He oído que Fleischer te ha dado vacaciones y...

–Me ha suspendido –lo interrumpió, apretando con fuerza el bote de aerosol de pimienta que llevaba en el bolsillo de la chaqueta. Si le daba por convertirse de nuevo en el violento Hombre Marlboro, estaría preparada–. La policía ha ido a verlo y alguien ha tenido que explicarle lo que había sucedido en mi unidad. Alguien cuya opinión fuera relevante para Fleischer. Alguien capaz de convencerlo de que yo no estoy bien de la cabeza para poder seguir con su maldito juego. Alguien, quizá, que ya me había aconsejado que informara a Fleischer de cuanto había pasado. Y supongo que todo esto te lo debo a ti.

–¿A mí? ¿Pero qué tontería es esta?

–¿Qué coño es todo esto, Mark? ¿Por qué lo haces?

No podía creer que Mark fuera tan astuto, tan efectista, tan mentiroso. Su rostro reflejó primero amistad, después alivio y ahora esa maldita expresión de sorpresa que parecía casi real.

–Ellen, no sé de qué me hablas.

–Pues te refrescaré la memoria, ¿te parece? Hoy has estado en el bosque, ¿no? Y también en mi apartamento, ¿no?

Él asintió.

–Ya te he dicho que estaba preocupado.

«Dilo un par de veces más y ya lo creerás a pies juntillas. ¡Este es el truco!»

–Después de lo que ha pasado esta mañana y del asunto con Fleischer, al que, por supuesto, no le he dicho ni una palabra, tenía ganas de verte.

–De verme, claro. ¿Y tu preocupación incluye una paliza en el bosque y un extraño mensaje en mi casa?

Él la miró con los ojos como platos.

–¿Una paliza? ¿A ti?

–Ni se te ocurra decirme que no sabes de lo que hablo.

–¿Qué se supone que he hecho?

–Dímelo tú. ¿Qué has hecho con la mujer?

–¡Por el amor de Dios, Ellen! ¿Pero de qué mujer me hablas?

–¡De la paciente sin nombre! –le gritó ella. Una mujer que entraba en su coche, unos cincuenta metros más allá, los observó preocupada–. ¡Tú debes de saberlo mejor que nadie!

–Vale, calma. –Mark levantó las manos en un gesto apaciguador–. Ahora cálmate, Ellen. Sí, he estado en tu apartamento. Petra Wagner me ha abierto la puerta después de que yo llamara a la tuya, pero como no me abrías y me ha parecido oír ruido dentro, pensaba que estabas pero te había pasado algo...

–Petra me lo ha contado.

–Bien, pues entonces te habrá dicho que no estuve allí ni medio minuto.

«Justo lo necesario para dejar una llave sobre la mesa.»

–Mark, haz el favor de decirme la verdad. Estoy hasta las narices de todo esto. ¿Para qué has ido al bosque?

–He ido hasta el sendero que coges cada vez que vas a correr, porque pensaba que igual habrías salido a hacer algo de ejercicio. Tenía ganas de hablar contigo, así que te he esperado en el coche. Pero tú no has aparecido y se me ha hecho la hora de volver a la consulta.

–Claro. Y te has ido a la clínica, ¿no?

–Exacto.

Ellen esbozó una amarga sonrisa.

–*Por supuesto*, el hombre del saco ha estado en mi casa antes de que Petra te dejara pasar a ti, y se ha esfumado justo antes de que lo descubrieras. *Por supuesto*, has ido al aparcamiento porque te interesas por mí. Y, *por supuesto*, ni siquiera te has adentrado en el bosque, sino que me has esperado junto al coche.

–Tu apartamento estaba vacío. –Respondió Mark. Ahora él también parecía irritado.– Y, sí, he ido a buscarte porque me intereso por ti. Y, desde luego, no he estado en el bosque.

–¿Por qué no dejas de tomarme el pelo, Mark?

–¿Podrías decirme a qué viene todo esto? –Moviendo la cabeza hacia los lados, se agachó para recoger las llaves que se le habían caído al suelo–. ¿Te has vuelto paranoica?

–No, te aseguro que no. Y puedo justificar mis palabras con algunos argumentos de lo más convincentes. Por ahora son rojizos, pero en los próximos días pasarán al azul, el morado y el negro. –Notó que empezaba a temblar–. Así que vamos, suéltalo ya. ¿Por qué haces esto?

Durante unos segundos se hizo el silencio. Algo más allá, dos pacientes vestidos con el mono de jardinería –una efectiva práctica terapéutica– cortaban el césped frente al edificio de patología. Un médico asistente, con el que Ellen se había cruzado una o dos veces en el comedor, pasó junto a ellos, los saludó tímidamente, subió a su viejo Audi y se alejó de allí.

–Lamento decírtelo –dijo Mark al fin, rompiendo el silencio–, pero... ¿puede ser que de verdad te pase algo? ¿Que no te encuentres bien?

Ellen sintió que la ira y el pánico se apoderaban de ella. No iba a decirle nada. La dejaría ahí plantada, mirándola como si estuviera loca, y seguiría con su juego –fuera cual fuera y se propusiera lo que se propusiera– en cuanto ella se diera la vuelta. No tenía nada, ni una sola prueba, contra él. Sí, bueno, lo había visto en el bosque. Pero... ¿quién iba a creerla? Era su palabra contra la de él.

Sin pensar en lo que hacía, sacó el aerosol del bolsillo de su chaqueta y levantó el bote hasta su cara.

–Quiero que me expliques ahora mismo por qué me has pegado en el bosque, por qué me has dejado una llave en el apartamento, y quiénes son la mujer y la niña. ¿Y qué tienes tú que ver con esa paciente? ¿Y por qué la has secuestrado?

Si Mark se sentía inquieto o intranquilo –y seguro que en parte lo estaba, porque como médico sabía perfectamente el aspecto que se le queda a uno cuando le rocían la cara con un aerosol de pimienta–, supo disimularlo a la perfección.

–Si pudieras verte con mis ojos, Ellen... –Le pareció percibir algo de desprecio en su voz–. ¿De verdad crees que quiero hacerte daño? ¿Crees que le habría ido con el cuento al jefe?

–¿Quién si no? ¿Dónde está el hombre que salió corriendo del bosque hacia el aparcamiento? Tendrías que haberlo visto, si no eras tú.

Lentamente, Mark desplazó las manos hacia su chaqueta. Los dedos de Ellen se tensaron sobre el disparador del aerosol. Mas cuando lo vio sacar un paquete de cigarrillos bajó los brazos.

«No es el Hombre Marlboro», le susurró su voz interior, «sino el Hombre Camel.»

¿Acaso importaba?

Mark se llevó un cigarrillo a la boca, aspiró el humo y lo sacó por la nariz.

—Claro, a mí me relaja pegar a una colega en mitad del bosque. De hecho esta mañana, cuando me he levantado, he pensado que me apetecía darte una paliza. Porque pegar me pone. Y, evidentemente, también he secuestrado a una mujer traumatizada y a una niña, porque así me siento poderoso. ¿O acaso no sabías que soy un psicópata?

Quizá fuera cierto, pensó ella en aquel instante. Quizá aquel cinismo no escondiera más que la pura y dura verdad. Al fin y al cabo, ¿qué sabía ella sobre Mark? Observó sus manos, tranquilas y firmes, mientras se llevaba el cigarrillo a la boca. ¿Había sido aquella boca la que se había acercado a su oreja y susurrado todas aquellas barbaridades? ¿Habían sido aquellas manos las que habían golpeado a la mujer sin nombre?

Quizá fuera cierto que le pusiera someter a mujeres, obligarlas a defenderse, a resistírsele hasta acabar suplicándole que terminara con sus juegos, con su perversión...

Se sentía como si una mano enorme le apretara las entrañas con todas sus fuerzas, impidiéndole respirar.

Mark movió la cabeza hacia los lados, indignado.

—Mi querida Ellen, lamento decírtelo pero estás sufriendo una jodida crisis paranoica.

Entró en el coche y cerró la puerta de un portazo. Después puso la marcha atrás y salió del aparcamiento, pero antes de poder cambiar de marcha y alejarse de ahí, Ellen se plantó delante del vehículo cortándole el paso.

—¡Dime la verdad! ¡Dímela de una vez por todas! —le gritó,

con ambas manos sobre el coche–. ¡Tendrías que haber visto a ese tío!

Mark la miró con expresión impasible a través del cristal.

–Pretendes que yo misma crea que estoy loca, ¿verdad? ¿Pero por qué, Mark? ¡Solo dime por qué! ¿Qué te hemos hecho esa mujer o yo?

Mark dejó puesta la marcha atrás y retrocedió unos metros. Después apretó el acelerador, pasó junto a Ellen y desapareció del aparcamiento.

Temblando como una hoja, Ellen vio alejarse el Volvo negro, salir del recinto hospitalario y desaparecer por la calle principal. Y en el preciso momento en que esto sucedía, le sonó el móvil. Ellen descolgó casi en el mismo segundo.

–Hola, Ellen –le dijo la voz del hombre del saco–. ¿Has visto mi regalo?

Al principio se quedó perpleja, pero enseguida reaccionó al oír la voz de su razón que le decía:

«No está en un coche. Mark acaba de incorporarse a la circulación de la calle principal, y aquí no se oye ruido de fondo. Ni el de otros vehículos ni el del motor.»

–¿Sigues ahí?

–¡Dígame de una vez quién es usted!

–Has tenido un mal día, ¿no? Lo entiendo, lo entiendo. Pero es que estabas taaan segura de que yo era Mark… Por eso te llamo. Para que no sigas perdiendo el tiempo. ¡A ver si lo pillas de una vez!

Quiso contestar algo, gritarle que le dijera de una vez por todas lo que quería de ella, pero antes de poder hacerlo oyó un chasquido en la línea. Al principio pensó que había colgado, pero cuando oyó la voz de la mujer se dio cuenta de que le había pasado el teléfono.

–¡Por favor!

Un llanto suplicante. Ellen reconoció la voz de su paciente. ¡La mujer sin nombre! Solo que ahora sonaba mucho más infantil que antes. Como la de una niña aterrorizada.

—¡Por favor, haz lo que te pide! —sollozó—. Me hace daño. No puedo más. ¡Por favor!

—¿Dónde está? —preguntó Ellen, sin perder un segundo.

El corazón le latía a toda velocidad, como si se hubiese tomado una sobredosis de cafeína. Pero antes de que la mujer pudiera decir nada, el secuestrador volvió a ponerse al aparato.

—¡Eh, eh, eh! Sigues sin aceptar las reglas del juego, y te aseguro que está diciendo la verdad. Si no juegas conmigo seguiré haciéndole daño. Mucho daño, ¿me oyes? Nuestro encuentro en el bosque será como una fiesta de cumpleaños comparado con lo que le pienso hacer.

Oyó gritar a la mujer. No habría sabido decir si se trataba de un grito de dolor o de miedo —miedo al secuestrador o a algo que él le enseñaba como amenaza de futuras torturas—, pero lo que sí sabía era que solo ella podía interrumpirlo.

—¡Está bien, está bien! —dijo, impaciente—. Jugaré. ¡Jugaré!

Un breve silencio. En algún lugar muy lejano, al otro lado del teléfono, la mujer sollozó y se oyó un extraño ruido metálico de fondo. Como de una chapa de metal, acompañada de un intenso zumbido. Quizá fuera una locura, pero a Ellen le pareció que ya había oído aquel ruido antes. Solo que… ¿dónde?

—Está bien, Ellen, aún te queda una oportunidad. Pero no se te ocurra perder el tiempo. Lo soportable no es infinito. De modo que usa mi regalo.

—Lo haré. ¡Se lo prometo! —Tenía que entretenerlo un poco más, hasta que recordara dónde había oído aquel ruido metálico y aquel zumbido—. Pero no le haga daño, por favor.

Del otro lado de la línea le llegó la señal de que había colgado. Maldiciendo, Ellen fue al menú de su móvil y buscó en «llamadas recibidas», donde, evidentemente, se encontró con lo que ya se temía: «Número oculto».

Ese tío, el hombre del saco, el hijo de puta de las rodillas puntiagudas, fuera cual fuera su verdadero nombre, había protegido su teléfono de rastreos.

«¿Y qué esperabas? ¿Qué te pasara su número y te invitara a pedir su nombre en la compañía de teléfonos?»

No, claro que no esperaba aquello. Pero durante un breve instante deseó que fuera cierto, como le sucedía con ciertos casos cuyo primer diagnóstico era muy negativo: deseaba que no fueran ciertos, que el laboratorio le comunicara su error, aunque en el fondo sabía que los resultados de los análisis médicos no harían sino confirmar su valoración.

Sí, estaba claro que aquel desgraciado, por muy loco que estuviera, actuaba con toda premeditación. Se había reído de que acusara a Mark, le parecía gracioso que empezara a creer que estaba paranoica. Ellen Roth, la psiquiatra con manía persecutoria. Un chiste colosal.

La mente de Ellen iba a toda velocidad. Si no se trataba de Mark, ¿quién podía ser aquel chalado?

¿Cabía la posibilidad de que uno de sus antiguos pacientes se estuviera vengando de ella por alguna razón? No llevaba muchos años trabajando de psiquiatra, pero sí los suficientes como para haberse topado con algún que otro psicópata chiflado.

Uno de ellos se masturbaba casi cada noche ante su madre, que estaba hemipléjica, hasta que un día la enfermera de la mujer se dejó algo en casa y lo descubrió en pleno espectáculo.

Otro tuvo un ataque psicótico en mitad de la calle y, tras coger el martillo de unos obreros, golpeó con él en la cabeza a un peatón al que no conocía de nada porque, según dijo ya en la clínica, «no tenía cara de persona, sino de cerdo, y se estaba burlando de mí».

Pero la historia que más le había afectado era la de una paciente que, obedeciendo las voces que oía en su interior, metió la cabeza de su hijita de tres semanas en el retrete y esperó a que dejara de respirar. Y fue esta misma paciente la que había agredido a un terapeuta durante una sesión de grupo, mientras los demás se disponían a hacer un *collage* con fieltro y papeles de colores: le había cogido las tijeras al terapeuta –que este había dejado a la vista, por pura y dura negligencia, tras recortar el fieltro– y se las había clavado en la cadera, pasando apenas a un milímetro de sus riñones.

Sí, era evidente que podía haber sido alguno de aquellos psicópatas. Personas que se convertían en monstruos impredecibles por una alteración en su metabolismo cerebral. Y, por lo visto, ahora había una que se había propuesto volverla loca.

«Pues casi lo ha conseguido. Mi compañero de trabajo cree que estoy lista para entrar en el manicomio y, de no ser por el mapamundi que llevo dibujado en el tronco y los brazos, yo también pensaría lo mismo.»

Como mínimo, el dolor que la atormentaba era también la confirmación de que todo era real: de que aquel tío, fuera quien fuera, no era un personaje inventado, como tampoco la mujer sin nombre o la niña del bosque.

¿Pero de dónde habría sacado el número de su móvil? Ella solo se lo había dado a unos pocos amigos íntimos y a algún que otro colega del trabajo con los que se había visto obligada a cambiar el turno en alguna ocasión. ¿Era posible que alguno de ellos fuera un psicópata?

Tras el fatal error que acababa de cometer con Mark –y por el que empezaba a tener verdaderos remordimientos– prefirió no obsesionarse en inculpar a ninguna otra persona de su círculo más cercano.

Lo más probable era que esa persona hubiese conseguido el número gracias a algún conocido suyo, que se lo habría dado pensando que realmente se conocían, o quizá esa persona se había quedado sola en la consulta de alguno de sus colegas y le había cogido el móvil sin más. O algo por el estilo.

Qué más daba, al final. El hombre del saco le había dicho que no perdiera ni un minuto, y no le quedaba más remedio que obedecer. Si no le respondía con lo que él denominaba «juego limpio», volvería a maltratar a la mujer. Y quizá también a la niña. Tenía que seguirle la corriente. Era el único modo de descubrir su verdadera identidad. Y tenía que lograrlo, entre otras cosas porque era el único modo de protegerse de él.

Pero ahora lo más importante eran la mujer y la niña. Pensar en ellas y en lo que podría estar sucediéndoles en aquel preciso momento parecía reactivar aquella mano invisible que le apretaba las entrañas.

«Tienes que controlarte. No permitas que el miedo te domine», le dijo la luchadora de su interior, y Ellen estuvo de acuerdo con ella.

Debía tener la mente despejada para poder dar con alguna prueba que desvelara la identidad del hombre del saco. Entonces la creerían. Mark. Y la policía. Evidentemente, le habría gustado llamar a Mark para disculparse y hablarle de sus nuevos descubrimientos, pero... ¿la habría creído, después de que lo hubiese calificado de psicópata? No se atrevía a comprobarlo. Ya había metido la pata lo suficiente.

Así pues, seguiría sola y jugaría a aquel juego hasta que descubriera quién era en realidad el hombre del saco.

«Lo soportable no es infinito», había dicho. Y «empieza la fiesta».

18

El tipo que atendía detrás del mostrador de Mister-Minit se parecía bastante al hombrecito del logo de la cadena de copia de llaves y reparación de zapatos. Ambos llevaban un mono de un azul tan eléctrico que parecía más bien un anuncio luminoso móvil, y tenían el pelo oscuro peinado con raya y una eterna expresión de «qué-puedo-hacer-por-usted» para todos los visitantes del local.

«Sí», se dijo Ellen, «solo le falta el típico gesto de *voilà* y ya no habría manera de diferenciarlo del monigote.»

Por lo que indicaba la placa que había sobre el mostrador, el hombre Mister-Minit se llamaba Rashid, y la amabilidad que irradiaba desde lejos, en el interior de aquel mostrador circular que se hallaba en el centro de la tienda, le hacía parecer un oasis de calma en pleno tumulto.

–¡Muy buenos días, señora! –Le dijo con una cantinela, apartando un zapato de mujer del que acababa de extraer un pedazo de talón roto–. ¿En qué puedo ayudarla?

Pese a los dolores en el tronco y al hecho de que aquel había sido, sin duda, el peor día de su vida –en los que iban a seguirle no quería ni pensar–, Ellen fue incapaz de no responder a su contagiosa sonrisa.

–Tengo aquí una llave y me gustaría saber a qué tipo de cerradura pertenece.

Sacó la llavecita –a la que había quitado prudencialmente, el llavero con las palabras «Empieza la fiesta»–, y la dejó sobre el mostrador.

–¡Eso es pan comido!

Rashid cogió la llave como si se tratara de un objeto precioso.

–La entiendo perfectamente –le dijo, mientras observaba la llave desde todos los ángulos posibles–. Todos tenemos decenas de llaves en casa, la mayoría de ellas ya ni siquiera las usamos, pero no nos atrevemos a tirarlas porque pensamos que igual un día las necesitamos para abrir lo que fuera que abrieran, aunque ya ni siquiera sepamos lo que era. En este caso yo diría... Bueno, de hecho estoy bastante seguro... sí, definitivamente se trata de la llave de un buzón.

Ellen arqueó las cejas, sorprendida.

–¿Está seguro?

–Segurísimo. Mire, aquí tiene impreso el nombre de su fabricante, y me consta que esta empresa no produce más que buzones. Eso sí, de todas las formas y colores.

–Ya veo.

Rashid le devolvió la llave.

–¿Puedo hacer algo más por usted?

–¿Podría saber si pertenece a algún tipo de buzón determinado? Con expresión de desconsuelo, el hombre movió la cabeza hacia los lados.

–Me temo que eso va más allá de mis modestas posibilidades.

Ellen le dio las gracias y se dirigió al establecimiento colindante, una tienda de Donuts, donde se pidió un café. Pensativa, fue dando sorbitos a su bebida, que estaba demasiado caliente, mientras giraba la llave entre los dedos de la mano.

¡Había cientos de miles de buzones en el mundo! Y aunque solo tuviera que buscar entre los de su ciudad... También eran demasiados. ¿Cómo demonios se suponía que iba a saber a qué buzón pertenecía la llave?

Volvió a notar que la rabia le subía por la garganta. Aquel psicópata debía de estar riéndose a carcajadas, porque le había propuesto una misión imposible. Debía de estar riéndose y preparándose para acercarse a la mujer y... No, en eso no quería ni pensar.

«Tienes que concentrarte en esta tarea. No te queda más remedio, al menos hasta que tengas algo más a lo que aferrarte. ¡Así que concéntrate!»

Llave. Buzón.

«Seguro que se trata de un acertijo lógico», pensó. «El tío es un psicópata, sobre todo en su trato con las mujeres, pero no es un loco chiflado. De haberlo sido, jamás habría podido sacar a una paciente de la unidad de psiquiatría. De eso no cabe duda.»

Llave. Buzón.

Tenía que pertenecer a una calle que ella conociera. Si no, no tendría sentido.

Llave. Buzón.

Llave. Buzón.

Buzón...

19

Hacía un calor de justicia. El sol ardía en un cielo sin nubes y bañaba de luz un campo de trigo que parecía infinito. Acompañadas por el monótono canto de los grillos, las espigas esperaban, inmóviles, la inminente cosecha. Un campañol asomó la cabeza por un agujerito del suelo reseco, y, como la propia tierra, miró hacia arriba para ver si llovía de una vez por todas. Luego volvió a meterse a toda prisa bajo tierra, al ver la sombra de Ellen acercándose a él.

«¿Dónde estoy?», se dijo ella. Pero hacía demasiado calor como para pensar.

—Bienvenida otra vez —oyó decir a sus espaldas.

Esta vez Ellen ni siquiera se sorprendió al ver a su antiguo profesor. El doctor Bormann estaba sentado sobre el tronco de un viejo árbol que muchos años atrás debió de pertenecer a un roble. Un poco más allá, sobre un segundo tocón, se fundía la esfera de un reloj que en lugar de marcar las típicas doce horas mostraba dos días. Y una aguja oculta empezaba a centellear tras el primer día.

—¿Otro sueño de criptestesia? —preguntó.

—Da igual cómo lo llames —le respondió Bormann, secándose el sudor de la pálida frente con un pañuelo de tela—. Tú sabes lo que estás soñando. Pero en esta ocasión no podrás influir en nada. Esta vez se trata de descubrir.

—¿Puedo hacerle una pregunta?

Bormann le respondió con un gesto afirmativo, y en aquel momento Ellen se fijó en lo escuálido que estaba el profesor. Es cierto que en la vida real también había sido muy delgado, pero nunca tanto como en aquellos sueños.

–Vamos, querida alumna, pregunta.

–¿El hecho de verlo siempre en mis sueños, y de que estos sean tan surrealistas, significa que estoy perdiendo el juicio? ¿Que me estoy volviendo loca?

El profesor sonrió y se le formaron hoyuelos en las mejillas.

–Bueno, los sueños siempre son irreales, forma parte de su naturaleza. Se ubican inevitablemente más allá de la realidad. En este sentido, pues, todos los sueños son en cierto modo una excursión a la locura. Pero yo no creo, y con esto respondo a tu segunda pregunta, que tengas el espíritu enfermo, querida. Tú estás más bien… perdida, si me permites decirlo así, y lo que tienes que hacer es encontrarte. Solo eso. No hay nada que no puedas arreglar con un poco de esfuerzo y ganas de pensar.

Ellen correspondió a su sonrisa.

–De todos modos –añadió el profesor muerto–, puede suceder que no te guste lo que descubras. –Hizo un gesto compasivo–. Pero no todo lo que nos ayuda a evolucionar tiene que ser agradable.

–No le entiendo. ¿A qué se refiere?

Él señaló con la cabeza un enorme granero que se elevaba por encima de las espigas de trigo.

–Mira allá arriba, por ejemplo. ¿Ves aquella poza?

–Sí.

–Tendrías que mirarla con más atención.

Y dicho aquello se levantó y se alejó caminando en dirección opuesta al granero. Ellen estuvo a punto de perdirle que se quedara un poco más, pero su último sueño le había enseñado que no servía de nada. Bormann no era más que el prólogo del verdadero sueño, ya se lo había dicho en aquella ocasión.

De modo que el sueño iba a servirle de guía para un descubrimiento, ¿no? Bueno, pues eso llevaba implícito que no le pasaría nada. Que no había peligro. Y sin embargo se sentía incómoda, no estaba a gusto en su piel. Mientras caminaba hacia la poza, pensó que los descubrimientos también podían resultar amenazadores. O, para utilizar las mismas palabras que Bormann, que «no todo lo que nos ayuda a evolucionar tiene que ser agradable».

Desde la distancia, la poza parecía más bien una hondonada en la que el agua relucía como un cristal sucio. En su día debió de haber estado llena, pero el sol llevaba ya varios días ejerciendo su dominio.

Cuanto más se acercaba a ella mejor podía ver las reposadas aguas de su interior. En algunas zonas relucían como el aceite, replicando todos los colores del arco iris, y en otras se tornaban de nuevo negras o formaban insólitas burbujas de color blanco que le hacían pensar en los carrillos hinchados de una rana. ¿O era de un sapo?

Tuvo que llegar justo hasta la orilla de la poza y cubrir con su sombra las irisaciones del agua para ver que lo que se hinchaba en el agua no eran ni burbujas ni bolsas de aire.

Conmocionada, descubrió unos veinte ojos flotando en la poza, algunos más hundidos que otros, pero todos mirando en dirección al granero.

Ellen miró hacia donde ellos lo hacían y vio un enorme buzón de color rojo fuego. Lo reconoció de inmediato. Era el mismo que había visto unos días antes, en la vida real. Estando despierta. En casa de los Janov.

Como para confirmar su descubrimiento, Silvia Janov apareció de pronto junto al buzón y la miró con el rostro desfigurado por el dolor. Parecía estar paralizada. Era incapaz de mover un solo músculo del cuerpo.

Junto a ella, tumbado en el suelo, el enorme perro negro devoraba con toda parsimonia el dorso de la mano de la petrificada mujer.

* * *

Ellen pegó un brinco y se descubrió tendida en su cama. Miró hacia los lados, por si veía a Silvia Janov y al perro todavía a su lado, a pocos metros de ella, pero evidentemente no estaban allí. Frente a ella no había nada más que la pared con la foto ampliada de las vacaciones que Chris y ella habían pasado en Bali. Ambos frente a un templo.

De todos modos, aún le pareció sentir la cercanía del can, notar su apestoso aliento a barro y podredumbre.

El calor del verano, la poza y el trigo habían desaparecido. Ya no eran más que recuerdos. Como el resto del sueño, en realidad.

Ellen notó el pulso en las sienes, acompañado de unos dolorosos pinchazos. Respiró hondo varias veces y de repente le entraron ganas de devolver.

Llegó hasta el baño haciendo un esfuerzo, levantó la tapa del retrete y vomitó. Su estómago se convulsionó varias veces, como si quisiera vaciar todo su contenido –y quizá un poco más–. Ellen creyó que iba a ahogarse. Hasta que, al fin, los espasmos cesaron por completo.

Tiró de la cadena y se dejó caer sobre las baldosas del suelo. La migraña había empeorado y se sentía como si tuviera una máquina de afilar cuchillos en la cabeza, cuyo ruido agudo e insoportable resonaba en su interior.

–¿Y ahora qué te pasa? –se dijo a sí misma, en un susurro, mientras se secaba las lágrimas.

«Esto te supera» le respondió su voz interior. Hasta ella parecía agotada, triste y extenuada. Pero pronto volvió a resurgir la luchadora y a exigirle que se repusiera.

«No irás a permitir que ese chalado te gane la partida, ¿no?»

No, por supuesto que no. Pero parecía que eso era precisamente lo que él se proponía. Quería acabar con ella.

«Pues no lo permitiré.»

Se levantó haciendo un esfuerzo. Estaba débil y temblorosa. En la cocina se sirvió un vaso de agua y abrió la puerta que daba a la terraza.

El aire de la noche le acarició la cara, fresco y agradable. En los pisos de los vecinos apenas quedaba alguna luz aislada. Salió a la terraza, agradeció el frío reparador de las losas del suelo bajo sus pies desnudos y respiró hondo. Después se llevó el vaso de agua fría a la sien y, casi al instante, notó que la máquina afiladora detenía su actividad.

Sí. Qué agradable. Se quedó ahí parada durante un buen rato, disfrutando del profundo silencio de la noche, y tomando pequeños sorbos de agua. Poco a poco empezó a sentirse mejor. Y, justo en el momento en que iba a volver a la cocina, le llamó la atención una sombra del suelo.

La sombra no era muy grande. Parecía un cojín oscuro, olvidado en un rincón de la terraza. Quizá perteneciera a alguien de los pisos superiores. No era extraño que un golpe de viento tirara una pieza de ropa tendida o algún objeto poco pesado y éste acabara cayendo a su terraza.

Ellen se acercó a la sombra con curiosidad. Y cuando vio lo que era, dejó escapar un grito agudo y penetrante.

Estremecida y turbada, dio unos pasos hacia atrás y se chocó contra la mesa de la terraza. El vaso se le escurrió entre los dedos y cayó al suelo rompiéndose en mil pedazos.

−¿Se encuentra mejor?

El policía, que se había presentado como Rainer Wegert, miraba preocupado a Ellen desde la puerta de la cocina.

Ella asintió y él le dedicó una sonrisa amable y reconfortante. Wegert era un poco más bajo que ella. En un primer momento le había dado la impresión de que sería algo rudo, pero enseguida comprendió que era mucho más amable que ese Kröger con el que había hablado el día anterior.

Wegert había llamado a su puerta poco después de recibir su aviso, había escuchado con atención cómo había sucedido todo y se había dirigido a la terraza para ver el descubrimiento de Ellen. Entretanto, ella se había dirigido a su diminuta cocina, había llenado la cafetera y se había quedado observando cómo caía el líquido oscuro en el recipiente de cristal. Y después de haber llenado las dos tazas –una para el policía y otra para ella– no pudo evitar pensar que la sangre de *Sigmund* en el suelo de la terraza era igual de negra que aquel café. Asqueada, apartó su taza sin tocarla.

–Qué bien sienta –dijo Wegert, tras dar un sorbo–. ¿Era su gata?

–Gato. *Sigmund* era un gato. No, en realidad era un gato callejero, pero últimamente venía a visitarnos muy a menudo.

–Está hablando usted en plural.

–Sí. Entre semana vivo aquí con mi novio. Ahora está de vacaciones.

–Qué envidia me da –dijo Wegert, y su frase sonó algo ambigua–. Pero volvamos al gato. ¿Le había llamado algo la atención? Es decir, ¿había oído algo antes de encontrarlo así?

Ellen meneó la cabeza.

–No, me había quedado dormida.

«Estaba en un trigal», pensó, «hablando con el director de mi tesis doctoral, en paz descanse, mientras ese cerdo degollaba al pobre *Sigmund*.»

–No sabe cuánto lo siento –dijo Wegert, mirándola bondadosamente–. ¿A qué tipo de chiflado se le ocurriría cargarse así a un animal indefenso? Mi hija también tuvo un gato, aunque no por mucho tiempo. Vivíamos en plena calle principal, ¿sabe? Y se les coge cariño. Se convierten en miembros de la familia… En fin, me gustaría evitarle esto que va a ver, pero me temo que no es posible.

Y, dicho aquello, puso una bolsa de plástico transparente sobre la mesa y le mostró un cuchillo de cocina. La sangre de la hoja aún estaba húmeda.

–¿Está segura de que este cuchillo le pertenece?

Ellen asintió si dudarlo. Reconocía perfectamente aquella muesca en la cuchilla. Había sucedido hacía menos de medio año, cuando se le había metido en la cabeza aprovechar un día libre que tenía para montar la lámpara del techo del dormitorio. Por puro despiste –algo que Chris calificaría más adelante como «¡Típico de mujeres!»– olvidó desconectar la corriente y le dio un calambrazo considerable. A ella la dejó temblando y al cuchillo que tenía en la mano le dibujó aquella pequeña pero inconfundible muesca en la cuchilla.

Wegert la miró, pensativo.

–¿Entiende lo que esto implica?

–Sí –dijo Ellen, con piel de gallina–: o me robó el cuchillo la primera vez que estuvo aquí, o… o ha vuelto a entrar en mi piso.

–Pero es extraño que no dejara ni rastro y que tampoco haya forzado la puerta ni las ventanas. ¿Es posible que haya perdido usted la llave de su piso?

–No que yo sepa. Pero mañana a primera hora llamaré para que vengan a cambiarme la cerradura.

–Buena idea. Nunca se sabe.

Wegert dejó su taza vacía junto al lavaplatos y recogió la bolsa de plástico.

–Le seré franco, señora Roth –dijo, señalando como de paso la bolsa de basura azul que Ellen le había dado para recoger el cuerpo ya inerte de *Sigmund*–. Estas cosas suceden muy a menudo, por desgracia. Los llamados *stalkers* (acosadores patológicos y anónimos) parecen haberse puesto de moda. Por eso no quiero darle demasiadas esperanzas, ni puedo asegurarle que cogeremos al tipo que ha hecho esto. Investigaremos las huellas dactilares del cuchillo, desde luego, y las compararemos con las de nuestra base de datos, pero mi consejo es que no se haga ilusiones. Lo que sí puedo garantizarle es que tendremos la residencia vigilada. Me encargaré personalmente de que así sea.

Pronunció la última frase con un tono algo teatral y Ellen no pudo evitar pensar en los polis de las series de televisión. Entonces

Wegert sacó una libretita del bolsillo de su chaqueta, se puso bajo el brazo la bolsa de plástico con el cuchillo de cocina –el «arma homicida», como dirían en las películas– y escribió algo en una de las páginas, que arrancó luego y le entregó a Ellen.

–Mi número de móvil. Por supuesto, también puede llamar a la comisaría directamente, pero yo vendré cuando me necesite. Sea a la hora que sea. Cuando uno se divorcia tiene mucho tiempo libre... Por favor, no me malinterprete. Quiero decir que me tomo muy en serio mi trabajo.

–Descuide, creo que le he entendido perfectamente. Muchas gracias por su ofrecimiento.

–Sí, claro, bueno, ya tiene mi número.

Ellen no daba crédito a lo que estaba pasando. ¿El tío que la acosaba estaba tan enfermo que era capaz de matar a un animal inocente solo para asustarla y a ese tal Wegert no se le ocurría otra cosa que tirarle los trastos? ¡El mundo estaba al revés!

–Si el *stalker* vuelve a aparecer lo llamaré inmediatamente.

–Bien. En mi trabajo vemos más mierda que en una cañería de desagüe, y le pido disculpas por ser tan gráfico, pero estos tipos son los que más me indignan. Así que llámeme a mí y me encargaré de hacerle la vida imposible, se lo aseguro.

–No me cabe la menor duda. Muchas gracias. Y buenas noches.

Cuando cerró la puerta de su apartamento detrás de Wegert, Ellen se sintió tan aliviada como momentos antes, en el instante en que lo había dejado entrar. Lo único que había podido hacer la policía por ayudarla era deshacerse del cadáver de *Sigmund* y evitar que ella misma se agachara a cogerlo –un gesto horrible, teniendo en cuenta que la cabeza del pobre gato apenas estaba sujeta al cuerpo por unas pocas fibras musculares– y lo tirara a la basura del jardín comunitario.

Pero eso era todo. Wegert podía hacer tan poco por ella como su colega Kröger. La única persona que podía ayudarla era ella misma. Y no tenía tiempo que perder.

20

Ellen aparcó en la esquina anterior a la casa de los Janov. De noche, el barrio parecía aún más amenazador que a la luz del día, independientemente de los titulares que podían leerse cada dos por tres en la prensa local sobre aquella zona de la ciudad. Aunque quizá se debiera solo a la mala iluminación de la calle, que en algunos tramos quedaba completamente a oscuras. Como sucedía en la zona en la que se ubicaba la casa de los Janov.

Ya de lejos se oían los gritos y el alboroto propios de los borrachos, y en alguno de los bloques de pisos se escuchaba música rap. Al pasar junto a una ventana oyó a un hombre discutiendo con una mujer en un idioma que desconocía y, a continuación, el sonido de porcelana rota.

Cuando llegó al jardín delantero de los Janov le asaltó la sensación de estar haciendo algo ilegal y se detuvo, paralizada. A fin de cuentas, lo único que la había movido hasta allí era un sueño, y eso quedaba al margen de toda explicación racional. Pero, por otra parte, era lo único a lo que podía aferrarse.

«No hay duda de que abrir los buzones de los desconocidos es atentar contra su intimidad», le dijo la luchadora que habitaba en su interior, «pero si quieres avanzar en esta historia no te queda más opción que comprobar si tu sueño no era más que eso, una visión onírica, o si se trataba más bien de un vago recuerdo. Así que haz el favor de entrar. A estas horas de la noche seguro que están durmiendo y, por supuesto, ebrios.»

Aquel argumento sonaba muy convincente, pensó Ellen, aunque se sentía un poco esquizofrénica al plantearse su propio razonamiento como si fuera de otra persona.

Recordó que las bisagras de la puerta que daba al parterre chirriaban al moverla, y pensó que si aquel ruido le había llamado la atención pese al ajetreo del día, de noche tenía que ser mucho peor. Para eso ya podía ponerse a tocar la bocina o a cantar a voz en grito.

Así que optó por saltar la verja.

Fue a parar a una montaña de latas de conserva y bolsas llenas de basura, y de allí se dirigió hacia el buzón protegiéndose tras las sombras de los arbustos. El rojo intenso de la pintura se distinguía desde lejos. Se quedó inmóvil para ver si se oía algo en el interior de la casa. Tras una de las ventanas parpadeaba la luz azul de un televisor y, mientras se deslizaba hasta el buzón, Ellen rezó para que Edgar Janov se hubiese quedado dormido frente a la caja tonta. Algo le pasó a toda prisa junto al pie izquierdo, y ella tuvo que hacer un esfuerzo para reprimir un chillido al ver una rata.

«Tranquila. ¡Tranquila!»

Con las manos temblorosas sacó la llave de sus tejanos. Justo en aquel momento, un BMW apareció rugiendo en la calle y se detuvo a pocos metros de la casa de los Janov dando un frenazo. Ellen se escondió tras un arbusto –«por favor, por favor, Dios mío, que la rata no esté aquí»– y esperó a que el conductor y su acompañante bajaran del coche.

Por su acento, los dos hombres provenían seguramente de Europa del Este. Uno de ellos eructó muy fuerte, lo cual hizo lanzar una carcajada al otro, que tiró una botella de cristal vacía al suelo y la rompió en pedazos. A Ellen le entraron ganas de matarlo. ¿Por qué no se plantaba bajo la ventana de los Janov, ya puestos, y les cantaba una serenata?

Por suerte, unos minutos después desaparecieron en una de las casas que quedaban calle arriba. Ellen volvió a esperar para ver si le llegaba algún ruido del interior de la casa de los Janov. La tele seguía en marcha pero ella no oyó voces, ni de Edgar ni de su mujer. Estaba claro que en aquella calle estaban acostumbrados al ruido nocturno.

«Pues mejor para ti», pensó Ellen, mientras se deslizaba de nuevo hacia el buzón. Metió la llavecita en la cerradura y...»

No entraba.

«Imposible.»

¡Tenía que entrar!

En mitad de la noche, Ellen intentó girar la llave una y otra vez dentro de la cerradura, pero esta era demasiado grande.

¿Y ahora qué hacía? Estaba tan convencida de que la llave abría aquel buzón y no otro... *¡Tenía* que ser aquel! ¿Por dónde demonios empezaría a buscar ahora?

¿O se trataba de una nueva señal de su cerebro enfermo? ¿De una pista absurda que no servía para nada? Fuera como fuera, no tenía tiempo para pensar en ello. Con cada segundo que pasaba, aumentaban las probabilidades de que la pillaran in fraganti.

Tenía dos opciones. Rendirse o...

Le vino a la cabeza lo que había hecho con la caja de fusibles del sótano de la unidad nueve. Metió la llave por la rendija que quedaba justo encima del cerrojo y la utilizó para hacer palanca. La puerta del buzón rojo fuego estaba hecha de hojalata y se dobegó con sorprendente facilidad. Pero la llave en sí no era lo que se dice demasiado sólida y acabó partiéndose en dos. Entonces, como en el sótano, lo intentó con la llave de su casa... y lo logró. En cuestión de segundos había abierto la puertecita lo suficiente como para meter los dedos en la rendija y acabar de abrirla con las manos. Entonces, con un crujido metálico, el buzón cedió por completo.

Ellen se sobresaltó, miró rápidamente a su alrededor y palpó con la mano el interior del buzón.

Vacío.

Pero, no, un momento. ¡Ahí había algo!

Un pedacito de cartón. Por el tacto, parecía una tarjeta de visita. Sí, eso es lo que era: ¡una tarjeta de visita!

Estaba demasiado oscuro para poder leer lo que ponía en ella, pero la consistencia del cartón y la calidad de la impresión le llevó a pensar que no se trataba de una de esas tarjetitas publicitarias que suele haber en todos los buzones, y menos aún en aquel barrio, donde ni siquiera los que preferían comprar en lugar de robar lograrían hacerse con algo mejor que un televisor.

¡Así que no se trataba de una broma, sino de otra pista!

De pronto, un haz de luz la iluminó por completo. Se cubrió la cara con las manos y parpadeó intentando mirar entre las rendijas de sus dedos hacia la lámpara que se había encendido en la casa. Horrorizada, descubrió la sombra de Edgar Janov recortada en el umbral de la puerta.

–¿Qué coño haces aquí?

No tuvo tiempo de darle explicaciones, y mucho menos aún de salir corriendo de allí. Antes de comprender lo que estaba pasando sintió un puñetazo en la cara. La intensidad del golpe le hizo perder el equilibrio y caer al suelo. Rodó hacia un lado, con la intención de levantarse de un salto, pero el tipo le dio una patada en el estómago. El dolor fue indescriptible. Ellen se dobló sobre sí misma, sujetándose la barriga con ambas manos.

Aún le dolía todo el cuerpo por lo que había pasado en el bosque, pero en comparación con aquel golpe terrible, lo de antes había sido un juego de niños. Mucho más rápido de lo que lo habría creído capaz, Janov saltó encima de ella, la cogió por el pelo y la levantó. Ellen gritó de dolor e intentó pegarle a su vez, pero Janov ni siquiera parecía notar los puñetazos.

–¡Jodida puta de mierda! –La tiró contra la tosca pared de la casa.– ¿Qué coño buscas, eh?

Ellen hizo acopio de todas sus fuerzas para dar una patada hacia atrás y le dio a Edgar en el muslo. En realidad había esperado darle en otro sitio, pero el dolor le restaba agilidad. Sea como fuere, su golpe obtuvo el efecto deseado. Janov lanzó un gemido y se tambaleó hacia atrás. Ellen corrió hacia la puerta del jardín, pero en cuanto llegó a abrirla los dos tíos del coche aparecieron como por arte de magia y le bloquearon el camino.

—¡Dejadme pasar!

Los dos cerdos se limitaron a sonreír maliciosamente.

—¡Eh, Eddi! ¿Nos la dejarás cuando acabes? —preguntó uno de ellos.

Horrorizada, Ellen se dio la vuelta y vio a Janov corriendo hacia ella, milagrosamente repuesto de su golpe, y notó un nuevo puñetazo en la boca del estómago. Ya no tenía nada que hacer. Se dobló como una navaja de bolsillo y cayó al suelo, sin respiración.

—¡Idos a la mierda! —oyó decir a Janov—. Cuando acabe con ella no la querrá nadie más.

Ellen notó que tenía la boca llena de sangre e intentó levantarse a toda costa, pero no pudo. Ni los brazos ni las piernas parecían dispuestos a obedecerla.

Janov volvió a cogerla por el pelo y le levantó la cabeza.

—A ver, puta, ¿qué quieres? ¿Quién te envía a espiarme?

Ellen miró hacia los dos hombres.

—Ayudadme —les suplicó, con un hilo de voz.

—Que os divirtáis —dijo uno de ellos, justo antes de darle una palmada al otro en la espalda y desaparecer en el interior del coche.

—¡Contesta, coño! —gritó Janov por encima del ruido del motor.

—Déjeme ir —alcanzó a decir Ellen.

Pero Janov no pensaba soltarla tan fácilmente. En su lugar le estiró del pelo con más fuerza y le puso la otra mano en el cuello de la blusa. Estiró hacia abajo y la tela se rompió. Ellen logró reaccionar, coger el aerosol de pimienta que llevaba en el bolsillo de la chaqueta y apretar el disparador sin tener del todo claro hacia dónde apuntaba.

Durante una milésima de segundo temió haberse equivocado y haber apuntado al aire, o incluso a sí misma. Pero no. Había dado en el blanco.

Con las manos en la cara, Janov empezó a ir de un lado para otro, gritando como un poseso. Parecía el oso de un número circense y braceaba convulsivamente, mientras las lágrimas le caían por el rostro, desfigurado por el dolor. En aquel preciso momento, Ellen vio a Silvia detrás de él.

Quién sabe cuánto tiempo llevaría ahí, observando sin hacer nada. De lo que no cabía duda era de que su cara brillaba de alegría al verlo gritar. Entonces, sin pensárselo dos veces, cogió una botella de cerveza vacía que estaba tirada en el césped, fue hasta su marido y le golpeó con ella en la cabeza.

Janov cayó al suelo. No llegó a perder el conocimiento, pero sus gritos se redujeron a un débil murmullo que sonaba de lo más extraño tras sus manos, aún alzadas.

Ellen vio la mancha oscura que empezaba a extenderse por el pelo del hombre. «Hay que coser esa herida lo antes posible», pensó la doctora que había en su interior, aunque la luchadora le dijo «¡que se joda!»

Silvia Janov estaba de pie junto a su marido, que se retorcía en el suelo entre llantos. Seguía con la botella de cerveza rota en la mano y sonreía con una expresión de insólita felicidad.

–Rápido –dijo Ellen–. Necesitamos aceite y agua para limpiarle la herida.

–No te preocupes por nada –le dijo la mujer, lanzando la botella al césped–, ya me encargo yo. ¡Márchate ya!

–¿Quieres que llame al médico de urgen...?

–¡Que te vayas!

–Como quieras –dijo Ellen, encogiéndose de hombros.

–Está bien que los malos también reciban golpes de vez en cuando.

Ellen no habría sabido decir si Silvia Janov hablaba con ella o, quizá, consigo misma.

–¿Y por qué no te divorcias de él?

En aquel momento la mujer la miró directamente a los ojos. No había rastro de inseguridad ni de miedo en ellos.

–¿Te has vuelto loca? ¿Cómo quieres que deje a Eddi? ¡Lo amo!

21

Había dos motivos por los que Thomas Thieminger, recepcionista del modesto hotel Jordan según indicaba su distintivo, le había pedido a Ellen que le pagara por adelantado. Dos motivos que llevaba escritos en la cara.

Por una parte eran las dos de la mañana y no llevaba equipaje. Y cualquier mujer que pida una habitación sin llevar siquiera una triste bolsa de mano, despierta las sospechas de cualquier portero de hotel.

Pero el segundo motivo tenía un peso mucho más específico: parecía hecha polvo. Descompuesta. Tenía las mejillas hinchadas, le salía sangre del labio y llevaba los tejanos manchados de hierba. Ni siquiera la cremallera de su chaqueta de cuero bastaba para ocultar la blusa rasgada que llevaba debajo. Y olía a aerosol de pimienta. Thieminger dio un paso atrás en el mostrador de recepción, y, por primera vez en su vida, Ellen vio arrugar la nariz a un hombre por culpa de su olor corporal. Duró solo unos segundos, tras los cuales él se recompuso y volvió a ser el amable hotelero que le correspondía, pero la vergüenza que le produjo fue considerable.

Fiel a su empresa, Thieminger se mostró amable y cortés durante la breve conversación que mantuvieron, e incluso le consiguió agua oxigenada, alcohol y tiritas mientras ella rellenaba el formulario del hotel.

Pero en su camino al botiquín se demoró algo más de lo que

ella esperaba, y Ellen supuso que era porque había aprovechado el viaje para comprobar el crédito de su tarjeta haciendo alguna llamada. Gracias a Dios, la tarjeta estaba en vigor y la foto confirmaba que era quien decía ser.

Thieminger fingió creer su historia de la caída accidental, pero su mirada compasiva le enviaba un mensaje muy diferente. Ellen no tenía la menor duda de lo que Thomas Thieminger pensaba de ella y de su situación, y, en cierto modo, decidió que el recepcionista no andaba del todo equivocado.

Le deseó una buena estancia y le recomendó que descansara, y ella se alejó del mostrador cojeando ligeramente y con los vendajes en sus manos, aún temblorosas.

En cierto modo, no hay tanta diferencia entre la habitación de un hotel y la de una clínica psiquiátrica. Sin tener en cuenta la televisión, ambas tienen una cama, un armario, una mesa con una silla, y un lavabo. Bueno, este último no está en todos los hospitales, pero sí en los hoteles, y a menudo cuenta con una bañera y una ducha aparte. Y en ambos hay cuadros en las paredes. Pero mientras que en la Clínica del Bosque dominaban las fotos de calendarios, enmarcadas sin cristales, en aquel hotel había reproducciones de cuadros de Franz Marc, enmarcadas y con cristal.

Y aunque en el hotel se esforzaran por ofrecer más comodidades que en la clínica gracias a la elección de muebles refinados y elegantes –aunque solo fuera por cuestiones económicas–, aquella noche Ellen se sintió mucho más paciente que cliente.

Claro que eso no se debía tanto a la habitación en sí cuanto a su condición psíquica. Los acontecimientos de las últimas horas la habían superado. Estaba confusa y desconcertada, y ahora, al recordar lo sucedido, comprendía que no en todas sus reacciones se había guiado por la razón.

Cogió un botellín de Coca-Cola Light que había en el minibar, bajo la mesa del televisor –otra diferencia con psiquiatría, donde en el mejor de los casos ofrecían una caja de agua mineral, o quizá una tetera con alguna que otra bolsita de té– y junto con la bebida fría se tragó una de las pastillas que solía llevar siempre en la chaqueta.

Se trataba de un sedante relativamente suave que le permitía, no obstante, afrontar con mejor disposición y talante los días más duros del servicio psiquiátrico. No las utilizaba demasiado, porque sabía bien lo delgada que era en estos casos la línea entre la costumbre y la adicción. Los médicos fármacodependientes eran tan comunes como las modelos con anorexia o los obreros de la construcción alcohólicos. Pero es que aquel día... aquel día bien justificaba una pastilla.

Ellen pasó un buen rato frente a la ventana de la habitación número 204, mirando la noche estrellada. Cuando sintió que empezaba a tranquilizarse se alejó de allí y fue a mirarse al espejo del baño.

La buena noticia fue que, según le indicó su reflejo, su cara estaba menos afectada de lo que había imaginado. La sangre de la barbilla provenía de un corte en la comisura del labio, pero no era demasiado grande ni profundo, y pronto se cerraría solo. Y la hinchazón y enrojecimiento de la mejilla desaparecerían sin demasiados problemas con un poco de frío bien aplicado. Un gorro de baño lleno de los minúsculos cubitos de hielo del minibar, un poco de desinfectante del que le había dado Thieminger y algo de pomada, y listos.

El resto de su cuerpo no tenía tan buen aspecto. La cantidad de moratones era impresionante, y los había de todos los tamaños. Algunos, enormes. La peor parte se la llevaba la zona del pecho y la caja torácica, que parecía un cuadro de pintura abstracta, y luego estaban las huellas de las patadas de Janov en el estómago.

Pero lo peor de todo, mucho peor que las heridas visibles, era lo que los acontecimientos de las últimas horas habían provocado en su interior. Tenía miedo. Miedo puro y duro. Y se sentía más sola que nunca. ¿Por qué tenía que pasarle todo aquello justo en el momento en que Chris se había marchado a una isla perdida a la que ni siquiera podía llamarlo por teléfono? Le habría gustado tanto oír su voz... Al menos eso...

Desde que había cerrado la puerta de su habitación, no había podido dejar de pensar en la mujer sin nombre, escondida en el lavabo en su segundo encuentro y negándose a salir, aterrorizada. Bueno, ahora ella estaba igual. Se encontraba en el pequeño baño de un hotel y hasta había cerrado la puerta al entrar. Y todo porque, por culpa de un loco psicópata, no se atrevía a volver a su apartamento. No después de todo lo que había sucedido. No después de haber experimentado, dos veces en un mismo día, lo que significaba recibir una paliza.

Ese chalado debía de haberla enviado expresamente a aquella casa. Quizá el buzón rojo le había llamado la atención mientras la espiaba en secreto, y cuando le había dejado la llavecita lo había hecho convencido de que tarde o temprano ella se acordaría de él.

«Hace rato que te observo. ¡En realidad eres el blanco de muchas miradas!», resonó, en su mente, la voz metálica que había oído por teléfono.

Quizá había pillado al vuelo el tipo de hombre que era Janov, y había imaginado que Ellen lo confundiría –al menos al principio– con el hombre del saco. Quizá su cerebro enfermo se había regocijado ante la idea de verla sufrir por los ataques de aquel otro energúmeno maltratador.

Tenía que haber visto toda la escena, de eso no le quedaba la menor duda. Tenía que seguirla a todas partes, porque solo así podría estar seguro de lo que ella hacía. De que encontraba el buzón y se hacía con la notita. Y el hecho de que Janov se mosqueara con el ruido y fuera a por ella debía de formar parte, también, de su enajenado plan. Sí, incluso era posible que él mismo hubiese llamado a Janov y le hubiese recomendado que saliese al jardín. Así de fácil era todo.

Después de ducharse y curarse las heridas, Ellen cogió la tarjeta de visita que había dejado sobre la mesa y se tendió en la cama.

No cabía la menor duda de que aquella tarjeta era, efectivamente, el mensaje del secuestrador. Aparte de las manchas de sangre, que debían ser del pobre *Sigmund*, su nombre aparecía sobre la dirección impresa en la tarjeta, escrito con los mismos trazos garabatosos del llavero. Leyó:

LIBRERÍA DE VIEJO A. ESCHENBERG

Horario: de lunes a viernes de 10h a 18h

Debajo aparecían la dirección y el número de teléfono. Sólo que las dos últimas cifras de este habían desaparecido bajo la sangre.

¿Qué se le habría perdido allí? ¿Por qué la enviaba a una librería de viejo? ¿Sería él A. Eschenberg?

Estaba demasiado cansada y tenía demasiado sueño como para pensar más en ello. Y el dolor de cabeza empezaba a ser insoportable.

Necesitaba dormir unas horas y desayunar algo consistente. Por Dios, ¿cuánto tiempo llevaba sin comer nada? Va, daba igual, lo primero era dormir y después alimentarse. Y, sobre todo, tomarse un café. Después seguro que se sentía mejor.

Dejó la tarjeta sobre la mesita de noche. El sedante iba surtiendo efecto, pero cuando estiró la mano para apagar la luz, dudó. Una parte de ella le suplicó que no lo hiciera, aunque la otra le insistió en que, al menos, la atenuara un poco.

«¡Pero no te quedes a oscuras!»

De acuerdo. Rebajó la intensidad de las lámparas lo suficiente como para poder dormir, pero dejó también la luz necesaria como para distinguir todos los objetos de la habitación. Al menos eso la diferenciaba de la mujer sin nombre, que prefería esconderse en un espacio oscuro.

Justo cuando estaba a punto de cerrar los ojos, ya en la cama, le llamó la atención el envoltorio de un bomboncito de chocolate, de esos que suelen ponerse en las almohadas de los hoteles. Estaba en el suelo, junto a la cama, sobre la moqueta. Lo más probable era que la camarrera no hubiese podido resistir la tentación.

«Lástima», pensó Ellen, agachándose a coger el papelito de color lila.

Y justo en ese momento salió una mano de debajo de la cama y le agarró la muñeca. Ellen se despertó de golpe. Con un único movimiento saltó de la cama y se liberó de aquella mano. Fue todo tan rápido que ni siquiera supo decir si había gritado de miedo o no.

Tenía el pulso desbocado y las sienes a punto de explotar. Se alejó unos pasos, se arrodilló en el suelo y vio que a la mano le seguía una segunda mano. Entonces se levantó a toda prisa y empezó a buscar algo con lo que defenderse. Algo que utilizar como arma, ya fuera para golpear a su adversario o para lanzársela a la cara.

Lo único que encontró, con las prisas, fue la edición del Nuevo Testamento que tenía sobre la mesa.

—¡Salga de ahí abajo!

Temblaba como una hoja. Hacía menos de un minuto estaba muerta de sueño, pero ahora su mente volvía a funcionar a la perfección.

Levantó el brazo con el libro, dispuesta a lanzárselo a quien quiera que estuviera bajo su cama. Tenía la respiración agitada y le ardían las sienes, mientras su mente repetía, rápida como una ametralladora, «nomelopuedocreer-nomelopuedocreer-nomelopuedocreer».

Solo entonces se dio cuenta de lo pequeñas que eran aquellas manos que asomaban bajo la cama. Poco después, apareció ante ella una niña con la melena rubia enredada y sucia.

—¿Tú? —Ellen bajó el brazo en el que sostenía el Nuevo Testamento—. ¿Qué haces tú aquí?

La niña no respondió, sino que se limitó a mirarla con la cabeza algo inclinada, como si estuviese decidiendo el próximo paso a seguir. Llevaba el mismo vestidito veraniego y multicolor. La manchita de color marrón de la comisura de sus labios revelaba cuál había sido el destino del bombón de chocolate que tendría que haber estado sobre la almohada.

Ellen volvió a dejar el libro sobre la mesita de noche y se acuclilló hacia la niña.

–¿Cómo has llegado hasta aquí? ¿Vives aquí?

«No se parece en nada al de la recepción, pero... ¿quién sabe?»

De nuevo, el silencio. En lugar de responder, la niña salió de su escondite y trepó hasta la cama, de espaldas, sin perder a Ellen de vista ni un segundo.

–Oye, no debes tenerme miedo. ¡Soy yo la que se ha asustado! ¿Te ha pedido ese hombre que vuelvas a verme? ¿Sabes dónde están, la mujer y él?

La niña saltó de la cama y corrió hacia la puerta. Aún miró a Ellen una vez más, mientras daba la vuelta a la llave que estaba en la cerradura, y después salió de la habitación y desapareció por el pasillo.

Ellen corrió tras ella. Apenas tuvo tiempo de ver cómo la niña se esfumaba tras una puerta en la que ponía «ESCALERA / SALIDA DE EMERGENCIA».

Ellen se precipitó tras ella, en la semioscuridad de las escaleras, y siguió el sonido de las pisadas, que bajaban. Al pasar junto a la puerta que daba al piso de la entrada principal –perfectamente indicada–, Ellen se sorprendió al ver que la niña continuaba bajando.

¿Qué demonios se le habría perdido en el sótano? ¿Tendría allí una especie de escondite? Si de verdad vivía en el hotel era probable que así fuera. Pero la idea sonaba de lo más absurda. Ciertamente, Fahlenberg no era una ciudad demasiado grande, pero tenía varios hoteles. Demasiados como para aceptar, sin más, el hecho de que Ellen hubiese ido a parar por casualidad precisamente a aquel en el que vivía la niña del bosque.

Ellen corrió más aún, a punto estuvo de caerse por las escaleras, y llegó al fin a una gran sala en el sótano.

A la luz de una bombilla que pendía desnuda del techo, la niña parecía más bien un fantasma. Se detuvo entre la máquina de la calefacción y una lavadora enorme que había al final de la habitación, con las manos a la espalda y los ojos, abiertos como platos, fijos en Ellen.

—No debes tener miedo –le dijo Ellen–. Solo quiero hablar contigo. ¿Te parece bien?

Una vez más, no obtuvo respuesta. Tan solo la calefacción lanzó un pequeño suspiro. Ellen interpretó como un sí el silencio de la niña, que seguía sin mover un solo músculo.

—¿Cómo sabías que estaba aquí? ¿Has estado siguiéndome?

Le pequeña se limitó a mirarla y no se movió.

—¿Qué querías de mí en el bosque, ayer? ¿Conocías al hombre hacia el que me llevaste?

En aquel momento, la niña asintió. Un movimiento rápido, atemorizado.

—¿Es tu padre?

Silencio. Y después, un gesto de cabeza hacia los lados.

¿Es alguien de este hotel?

De nuevo pasaron unos segundos antes de que la pequeña moviera la cabeza en señal de negación.

—Pero de algún modo me reconociste en la calle y por eso te colaste en mi habitación, ¿no?

La respuesta fue un gesto afirmativo, pero esta vez menos rápido. Entonces la niña sacó las manos de detrás de su espalda. Ellen se quedó sin aliento al ver sus deditos manchados de sangre. Llevaba un cepillo de púas en una mano y un destornillador en la otra, y había bastante sangre.

—¡Por el amor de Dios! ¿Te has hecho da…?

Ellen no pudo acabar la frase. Lo que sucedió a partir de entonces fue tan horripilante que se quedó paralizada, incapaz de reaccionar.

La niña empezó a convulsionar. Al principio fue un temblor en la cara, pero pronto pasó a los brazos y al resto del cuerpo. Durante un instante Ellen creyó que se trataba de un ataque epiléptico, porque la pequeña se agitaba y se estremecía, como acalambrada, pero en ese caso habría sabido cómo actuar. ¡Estaba acostumbrada a tratar con pacientes epilépticos! Lo que le impidió moverse, realmente, fue el modo en que aquel cuerpecito empezó a deformarse. Era como si un ejército de pies diminutos se hubiese colado en el interior de la niña y pataleara en todas direcciones para salir de allí. La pequeña se retorcía hacia un lado y hacia el otro, hacia arriba y hacia abajo, se deformaba, ensanchaba y contraía como si hubiese dejado de ser el cuerpo de una niña para convertirse en un maniquí de goma que, de pronto... explotó.

Ellen gritó al ver el cuerpo pringoso y desnudo de una mujer adulta saliendo de las entrañas del de la niña.

Y en aquel preciso instante... todo desapareció. La imagen entera. Los restos del cuerpo de la niña, el de la mujer, el cepillo y el destornillador.

Ellen se quedó temblando en mitad del sótano.

«Te lo has imaginado todo.»

Fue el primer pensamiento lúcido que recuperó.

«Sí, no ha sido más que una treta de tu imaginación», insistió su yo más racional. «Es culpa del estrés. De eso y de la maldita pastilla que acabas de tomarte.»

–Eh, ¿qué hace usted aquí?

Ellen se dio la vuelta, convencida de que iba a encontrarse cara a cara con el doctor Bormann, y que este le comunicaría –en su ya habitual tono amable y tranquilo–, que acababa de tener otro sueño. Pero no fue así. Frente a ella no había nadie más que Thieminger, que la miraba con absoluta perplejidad. En su expresión descubrió la misma pregunta que se hacía ella:

«¿Estoy a punto de perder el juicio? ¿O ya lo he perdido?»

22

Sentada junto al bufé de desayuno del hotel Jordan, a punto de combatir el hambre con dos porciones de huevos revueltos y tostadas, Ellen pensó en aquello de que las cosas deben consultarse con la almohada antes de tomar decisiones y concluyó que era uno de los dichos más acertados del mundo. Además de la comida se tomó también las dos aspirinas que le habían entregado en recepción –con los mejores deseos de que empezara a encontrarse mejor–, y lo cierto es que, poco después, la migraña remitió sustancialmente.

Incluso Thomas Thieminger, al que se acercó para pedir una segunda taza de café –¡por Dios, qué bien le sentaba el café!– parecía haber olvidado el incidente de la noche anterior en el sótano. Profesional y discreto, acostumbrado a tratar con todo tipo de clientes desde hacía ya muchos años, le sirvió lo que pedía y la atendió como si nada hubiese pasado. O quizá solo estuviera cansado del turno de noche y esperara el fin del desayuno para poder volver a su casa de una vez por todas. Ellen, que se había hartado de cubrir también turnos de noche en el hospital, conocía perfectamente aquella sensación de «yo-me-voy-caiga-quien-caiga» tras algunas noches que le hacían desear su casa y su cama más que nada en el mundo.

Llegó a la librería de viejo hacia las diez de la mañana, aparcó justo delante y, aún desde el coche, observó atentamente el edificio. Por fuera, la antigua construcción cargada de sinuosos ornamentos bajo revoque no parecía nada amenazadora. Y el gran escaparate que daba a la calle estaba bien iluminado. Si ese tal Eschenberg era en verdad el hombre del saco, bastaba con que se mantuviera cerca del escaparate, a la vista de los transeúntes, para asegurarse de que no le pasara nada.

Ya fuera por el desayuno que acababa de tomarse, ya por la ropa que había comprado en una tienda junto al hotel –tejanos, ropa interior y camiseta de manga larga– y que había estrenado inmediatamente, se sentía mucho más segura de sí misma que la noche anterior.

Por fin aclararía parte de aquel misterio. Algo en su interior le decía que estaba muy cerca de su resolución... Lo cual era, por otra parte, francamente necesario; al fin y al cabo no sabía cuánto tiempo resistiría aún la mujer sin nombre. Todo dependía de que ella encontrara una prueba evidente del secuestro capaz de convencer a la policía.

«Y de convencerme a mí de que no me lo he inventado todo», se dijo, mientras bajaba del coche y se dirigía a la puerta de la librería.

La recibió el repiqueteo de unas anticuadas campanillas que hacían las veces de timbre de la puerta, y un olor a moho y a papel antiguo se le coló por todos los poros de la piel. Las estanterías de la pared estaban tan cargadas que se arqueaban bajo el peso de los libros, y había también varias pilas colocadas frente a las estanterías.

En dos mesitas auxiliares se acumulaban sin orden ni concierto novelas de bolsillo, libros de fotografía y obras de divulgación reunidos bajo sendos carteles escritos a mano en los que ponía:

OFERTA ESPECIAL

EJEMPLARES DEFECTUOSOS

Cabía decir que la caligrafía de aquellos carteles no se correspondía con la del llavero y la tarjeta de visita. Era mucho más regular, mucho más equilibrada en su trazo.

–¿Puedo ayudarla?

De la trastienda salió un hombre mucho más joven de lo que Ellen esperaba encontrar en una librería de viejo. Llevaba unos pantalones de color claro en lugar de los de pana marrón que ella –a saber por qué motivo– había imaginado. Solo el jersey, cuyos puños estaban dados de sí, parecía tener una cierta edad.

–¿Es usted el señor Eschenberg?

–Alexander Eschenberg, para servirla –le ofreció la mano–. ¿Qué puedo hacer por usted?

Pese a que su complexión parecía indicar que estaba acostumbrado a las buenas comilonas, el librero tenía un aspecto en cierto modo… frágil. Por nada del mundo lo habría descrito como amenazador. «Por nada del mundo», le repitió su voz interior, mientras devolvía la sonrisa a Alexander Eschenberg.

–Bueno, para serle sincera no tengo muy claro qué es lo que estoy buscando. En realidad esperaba que alguien le hubiese dejado un libro para mí. Me llamo Ellen Roth.

–¿Un encargo? Espere, echaré un vistazo.

Con paso armónico y pausado, Eschenberg pasó al otro lado del mostrador y sacó una libretita de debajo de la viejísima caja registradora, que ya en época de su abuelo debió de venderse como antigüedad.

Pasó varias páginas y se recolocó varias veces las gafas.

–¿Cómo ha dicho que se llamaba? ¿Roth?

–Sí, correcto, con *th* final.

–Pues lamento decepcionarla, pero aquí no hay nada. ¿Qué libro había pedido?

–Bueno, en realidad ninguno. Resulta que… –Abrió su billetero y sacó la tarjeta de visita, poniendo especial atención en tapar en la medida de lo posible la mancha de sangre con su pulgar–. Resulta que me dieron su tarjeta y me dijeron que viniera a verlo.

–¿Mi tarjeta? Ah, ya entiendo. ¿Quiere volver a comprarlo?

–¿Volver a comprarlo?

–Claro, el libro. Ya le dije a su amigo que no estaba seguro de poder colocarlo.

Ellen le dedicó una mirada interrogativa.

–Para serle franca, no tengo ni idea de qué libro me habla –dijo.

–¿Ah, no? –Eschenberg fue al escaparate y cogió un libro de la vitrina.– Mire, aquí lo tiene.

Asintió satisfecho mientras volvía al encuentro de Ellen y lo dejaba sobre la mesa. Era un libro de cuentos enorme. La cubierta mostraba a un heraldo vestido de mil colores, tocando el clarín sobre un fondo azul cielo. El título rezaba CUENTOS ILUS-TRADOS.

Casi con dulzura, el anticuario pasó un trapo de polvo por encima de la cubierta.

–No cabe duda de que es un bonito ejemplar por el que cualquier coleccionista pagaría veinte o treinta euros fácilmente, de no ser por la página garabateada.

Ellen se acercó a la mesa. Un libro de cuentos. ¿Qué sentido tenía que un chiflado maltratador la enviara a una librería de viejo en busca de un libro de cuentos?

–¿De qué tipo de cuentos se trata?

–Es una edición de principios de los setenta. –Saltaba a la vista que a Eschenberg le gustaba mucho el libro–. Se imprimió una tirada muy corta. Solo una, según me consta. Lo más interesante es que no solo incluye cuentos populares, sino también algunos menos conocidos. Y las ilustraciones son bellísimas. Infinitamente superiores a las que estamos acostumbrados a ver hoy en día, que parecen presuponer que los niños ya no se entretienen leyendo cuentos. Los dibujos de hoy son más tipo manga y así. Y eso que las historias tampoco cambian demasiado. Pero mire qué pena, qué pena…

Fue pasando hojas hasta llegar a una que había marcado con

un papelito. Ellen sintió que se le paraba el corazón al ver la ilustración y los garabatos sobre ella.

En 1812 los hermanos Grimm publicaron por primera vez el cuento de una niña que se perdía en el bosque de camino a casa de su abuela. Nadie llegó a saber nunca su nombre porque la pequeña llevaba siempre una caperuza de color rojo y era conocida por todos con el nombre de Caperucita Roja.

La niña que aparecía en la ilustración del libro, sobre el mostrador de la librería, no llevaba la típica caperuza de color carmesí, como sucedía en casi todas las representaciones del cuento, sino un pañuelo de color fuego. Pero no cabía la menor duda: la ilustración representaba una escena del cuento de Caperucita. El bosque tenía una apariencia tétrica y amenazadora que ni las setas de colores ni las matas de bayas esparcidas por el margen inferior del dibujo lograban atenuar. Y la mirada de la niña era perturbadora: retrocedía ante el lobo, horrorizada, a punto de perder la cesta de mano en la que llevaba el pastel y las uvas. Pero lo más inquietante de todo era, sin lugar a dudas, la imagen del animal que obligaba a recular a Caperucita. En sus ojos se reflejaba el brillo de la maldad más pura, subrayada por la perfidia y la voracidad. Parecía estar a punto de alzarse en toda su grandeza, de apoyarse sólo sobre las patas traseras para mostrar en todo su esplendor su imponente pelaje negro e hirsuto.

La potencia amenazadora que emergía de aquella ilustración dejó a Ellen sin aliento. O quizá fue el propio lobo quien lo hizo, porque su aspecto era... era *exactamente* igual al de aquel perro enorme que se le había aparecido en el sueño de criptestesia. Ambos irradiaban la misma crueldad y provocaban el mismo miedo, aunque ninguno de los dos fuera real.

Pero lo parecían.

Y la guinda de aquella imagen espeluznante la ponía el símbolo que alguien había garabateado sobre ella con lo que parecía ser un lápiz de cera: una estrella dibujada con un movimiento único y certero, y rodeada por un círculo que, por el contrario, parecía haber trazado una mano temblorosa.

–La llamada estrella mágica –dijo Eschenberg–, más conocida como estrella de cinco puntas. He estado investigando: es el símbolo mágico de los espíritus malvados. No he podido borrarla. Rompería la página. Lo más probable es que en este estado nadie quiera comprar el libro. O al menos eso me temo. –El librero miró a Ellen, preocupado–. ¿Se encuentra bien? Está usted muy pálida...

–Estupendamente –le mintió Ellen, haciendo un esfuerzo ímprobo por no perder la compostura.

Estaba aterrorizada.

–¿Puedo ofrecerle un vaso de agua?

–No, gracias. Pero dígame: ¿por qué me ha enseñado este libro precisamente?

–Bueno, usted me dijo que su amigo la había enviado aquí, ¿no?

–Sí, pero no veo la relación...

–Muy sencillo: el joven vino a verme hace unos días y me ofreció el libro. Me dijo que no le importaba el dinero. Creo que quería librarse de él pero le daba pena tirarlo a la basura. Lo cual habría sido una lástima, la verdad. Así que se lo compré. No hice negocio con aquello, estoy seguro, ya me entiende, pero me dio pena pensar que podía acabar en un vertedero.

Ellen hizo un esfuerzo por apartar la vista de la ilustración y observar de nuevo al librero.

–¿Pero cómo sabe que ese hombre me conocía?

El hombre sonrió algo ruborizado y se dio unos golpecitos en las gafas.

–Ya ve usted. Mis ojos no son perfectos pero estas gafas lo solventan todo, y cuando ha abierto usted el monedero para enseñarme la tarjeta he reconocido su cara de inmediato.

–¿La cara del hombre? ¿En mi monedero?

–Sí.

Ellen se llevó la mano a la chaqueta, sacó el monedero del bolsillo y lo abrió.

–¿Se refiere a esta foto?

Alexander Eschenberg asintió.

–A esa, sí, exactamente,

También se disculpó por su indiscreción, pero lo cierto es que Ellen ya no lo escuchaba. Tenía todos los sentidos concentrados en la foto, y entre todos empezaron a formar un enorme signo de interrogación, como si la propia foto pudiera darle una respuesta.

Pero no supo interpretarla. Solo veía a Chris, sonriendo.

23

¡Chris!

¿Qué diablos tenía que ver Chris con todo aquello?

¿Por qué las huellas del hombre del saco la llevaban precisamente hasta allí, a una librería de viejo en la que Chris había vendido un libro, un libro de cuentos?

«¿Crees en los cuentos, pequeña Ellen?»

Casi le pareció sentir al hombre del saco sobre su espalda. Su respiración en la mejilla. El tacto húmedo de su lengua junto a la oreja.

«Resuelve el enigma que te propongo. Tienes tiempo hasta pasado mañana.»

Estas frases... ¿no sonaban como sacadas de un cuento? No podía ser casualidad. El secuestrador quería que encontrara el libro. Era parte de su plan, una pista más en la maldita gincana del bosque que se había inventado para ella. ¿Pero por qué? ¿Qué pretendía obtener con aquel horrible juego?

«Resuelve el enigma. ¿Quién soy?»

¿Por qué quería que descubriera su identidad? ¿Acaso lo conocía? ¿Era aquella la sorpresa final? ¿Y por qué parecía ahora que todas las pistas apuntaban hacia Chris?

De nuevo, un pinchazo en la memoria: la breve sensación de que conocía a su agresor al oírlo hablar con aquella voz impostada en el bosque.

Y entonces, un nuevo pensamiento le golpeó el alma. Al principio se opuso a él con todas sus fuerzas, pero enseguida provocó un alud de nuevos pensamientos interrelacionados y ya no hubo nada que hacer.

Pero no, no era posible. Era... ¡paranoico!

Mark tenía razón: se estaba volviendo loca. Dedicar un solo segundo, uno solo, a contemplar la posibilidad de que Chris fuera el hombre del saco era, simplemente, una barbaridad.

Ella amaba a Chris, y Chris la amaba a ella. Si había alguien en todo el mundo en quien confiaba ciegamente, era él. Habían compartido ya tantas cosas... y siempre se habían mantenido unidos. Estaban hechos el uno para el otro y no había nada que pudiera con ellos.

De modo que no; no lo permitiría. No iba a dejar que una alusión casual en boca de un librero de viejo hiciera tambalearse los cimientos de toda su confianza. ¡Era absurdo!

Por supuesto, Chris conocía sus costumbres y sabía dónde encontrarla en cada momento. Y tenía su número de teléfono. Y podría haber dejado la llavecita del buzón en su propia casa. Y podía haber dejado la tarjeta de visita de Eschenberg en el buzón de los Janov después de habérsela pedido al vender el libro.

Podía haber llevado a cabo, sin problemas, muchas de las cosas que había hecho el desconocido...

¿Pero por qué? ¿Qué motivos podría tener?

Chris no la habría amenazado jamás por teléfono, y menos aún acechado y pegado, y ni que decir tiene que jamás habría matado a *Sigmund*, el gato al que antes de salir de viaje había cedido el último trago de leche, renunciando por ello a sus cereales preferidos del desayuno.

Y tampoco habría secuestrado a una de sus pacientes de la clínica, ni la habría maltratado ni torturado. De hecho él mismo le había dicho que estaba muy preocupado por ella y que temía que pudiese autolesionarse.

Evidentemente –y por desgracia–, también había razones para afirmar que Chris era en verdad el desconocido: él era el único, además de ella misma, que había visto a la mujer sin nombre; era quien la había inscrito en el registro y, como tenía la llave de la unidad, podía haberla secuestrado sin llamar la atención.

Pero aunque tuviera motivos para incriminarlo, no tenía ningún sentido hacerlo porque Chris se hallaba en aquel momento en la otra punta del mundo. Ella misma lo había llevado hasta el aeropuerto.

Ellen movió la cabeza hacia los lados. ¡Tenía que estar loca para pensar siquiera en ello!

«¿Quizá se deba al hecho de que no puedes estar segura?», le dijo su yo más racional, que estaba por encima de cualquier sentimiento y ni siquiera se mostraba confuso ante la imagen de niñas ensangrentadas. «¿Puedes estar al cien por cien segura de que se ha ido? ¡Ni siquiera te ha llamado!»

Tuvo que apoyarse en el mostrador de la librería para no perder el equilibrio. Tenía la cabeza a punto de estallar.

Eschenberg le había dicho algo pero no lo había oído.

–¿Cómo dice?

–Le he preguntado si quiere que llame a un médico –dijo Eschenberg, con la preocupación dibujada en el rostro–. Parece a punto de desmayarse.

–Dígame, ¿está usted seguro de que fue Chris... es decir, el hombre de la foto, quien le trajo el libro?

Eschenberg volvió a mirar la foto, algo confuso, y después contestó angustiado:

–S... sí, lo estoy. Vino a la tienda hace unos días y trajo el libro. ¿Puedo preguntarle por qué...?

–¿Y dijo algo sobre el libro?

–Bueno –el librero se encogió de hombros–, dijo algo que no acabé de entender. Algo que tenía que ver con buenos y malos recuerdos. Creo recordar que también murmuró algo sobre un plan que tenía en mente. Que quería sorprender a alguien. No entendí a qué se refería, pero me pareció indiscreto preguntar. Lo que sí hice fue interesarme por si tenía más libros de este tipo y él me respondió que sí, que tenía toda una caja entera. Por eso le di mi tarjeta.

¿Un plan con el que esperaba sorprender a alguien?

Eschenberg no tenía pinta de mentiroso, y tampoco parecía cómplice de un psicópata. Si tenía algo que ver con esa historia era porque lo habían utilizado, como a ella. Para cualquier otra opción parecía demasiado inofensivo. O al menos eso era lo que le decía su sentido común, que hasta ahora nunca le había fallado.

«¿Pero qué pasaría si...», insistió su voz interior, «si tu sentido común te hubiese fallado, hipotéticamente, justo con la persona con la que compartes mesa y cama, aquella que te regala rosas rojas de tallo largo en cada fecha señalada y está planeando un futuro contigo en la casa de sus padres? ¿Qué pasaría?»

«Tonterías», se respondió a sí misma, «¡no dices más que tonterías!»

Pese a todo, la duda se había colado en su interior y no iba a ser fácil de despejar. La pregunta sobre si Chris sabía de la existencia del hombre del saco, o si lo era directamente, continuaba resonando amargamente en su interior.

«Hay un modo de estar segura», le dijo la voz de la razón: «Acude al lugar en el que pueden darte la respuesta».

–¿No va a llevarse el libro? –le preguntó Eschenberg a voz en grito, desconcertado, después de que Ellen se hubiese dado la vuelta y hubiese salido corriendo de la librería.

–¡Quédeselo!

Ellen metió el coche en el aparcamiento del centro de la ciudad y anduvo hasta una agencia de viajes en la que nunca había entrado pero que tenía muy buena fama.

Ockermann World Travels era una de las muchas agencias de una conocida empresa de ocio y turismo, y se encontraba en la planta baja de unos grandes almacenes. Según indicaba su placa, quien le atendió era Herbert Ockermann, jefe de la agencia y muy probablemente único trabajador de la misma.

Cuando Ellen había entrado en el local, el canoso empleado de barba corta y bien cuidada estaba ocupado atendiendo a una pareja, que, por la expresión de sus caras, parecían más preocupados en decidir las condiciones legales de su divorcio que en reservar unos días de vacaciones.

Con una sonrisa de disculpa, Ockermann rogó a Ellen que tuviera un poco de paciencia y se dirigió de nuevo a sus clientes.

–El destino nos da igual –gruñó el hombre–, mientras haya playa y sol y sea barato.

–Pero a mí también me gustaría visitar algo –añadió la mujer–. No sé, algo de cultura, ¿no?

–¿Tienen alguna idea de lo que quieren gastarse?

Ellen esperó, inquieta, junto a la pancarta de un anuncio de viajes a Australia –«Entre y pregúntenos. Le diseñaremos una aventura a su medida»–, mientras Hebert Ockermann atendía a sus huraños clientes haciendo gala de una paciencia de santo. Ellen hizo un esfuerzo por mantener la compostura y se preguntó si no estaba cometiendo un delito imperdonable de falta de confianza. En el fondo se negaba a creer que Chris pudiera tener algo que ver, aunque fuera remotamente, con los acontecimientos del día anterior.

Un cuarto de hora después, cuando la pareja salió de la agencia con un montón de catálogos bajo el brazo, Ellen había logrado recuperar la compostura, cuando menos relativamente. A veces la espera podía ser positiva.

–¡Uf, a veces es imposible acertar con lo que algunos quieren! –dijo Ockermann, visiblemente aliviado tras el esfuerzo de contención que acababa de hacer–. Pero siéntese, por favor. ¿A dónde quiere viajar?

–A ningún sitio, en realidad. Solo quería pedirle un favor.

–Siempre a su servicio. Cuénteme.

–Me gustaría ponerme en contacto con alguien que se ha ido a Hinchinbrook Island, en Australia.

–Mmm... Hinchinbrook Island... Me suena mucho. ¿No hubo hace poco una campaña publicitaria...? ¿No es esa isla que recomendaban para «descansar de la civilización»?

–Esa, sí, exactamente.

–Espere un segundo, voy a ver. –Se levantó y empezó a buscar entre los folletos de la estantería–. Esto sí que es emocionante. ¡Por fin una tarea sugestiva! La mayoría de mis clientes son como la pareja que acaba de salir. Tiene que ser barato. E incluir la comida y la bebida. Y la habitación debe tener cocina y canales de televisión alemanes. Patatas con *bratwurst* y la WDR. Uno se pregunta por qué no se quedan en casa... –Cogió un folleto y lo miró–. ¡Ajá, aquí está! Las islas de Australia, incluida Hinchinbrook. Mire la foto de la portada. Tiene que ser un paraíso...

Feliz con su hallazgo, Ockermann volvió a sentarse tras el mostrador, pasó las páginas del folleto y por fin dio con lo que estaba buscando.

–Aquí tenemos todos los datos que necesitamos. Pero me temo que... –repiqueteó con el dedo en la casilla de información de la isla– por lo que aquí pone debe de ser muy difícil, cuando no imposible, localizar a alguien allí. No hay teléfonos y los móviles no tienen cobertura. Por eso es el destino preferido de aquellos que desean aislarse del mundo. –Sonrió con picardía–. Pero bueno, imagino que esto ya lo sabía, ¿no? Si no, no habría venido hasta aquí.

–Exacto. Pensé que quizá pudiera usted indicarme el modo de...

–¿De ponerse en contacto con la isla? Mmm, déjeme ver. En toda la isla no hay más que un hotel, el Hinchinbrook Island Wilderness Lodge. Deje que le pregunte a mi ordenador. Es muy listo. ¡Y competente! –Se acercó el teclado y buscó la información–. Sí, mire. Tienen teléfono. –Levantó la cabeza y sonrió a Ellen–. Y supongo que ahora querrá que llame al hotel y pregunte, ¿no es cierto?

–Le pagaré la llamada, por supuesto.

–¡Ay, no, no era por eso! Los gastos del teléfono puedo deducírmelos, forman parte de la atención al cliente. Se lo preguntaba solo porque no creo que vayan a contestar a estas horas. Piense que en Australia es la una de la noche.

–¿Pero podría intentarlo de todos modos? El hombre al que estoy buscando se llama Christoph Lorch.

–Por supuesto, por supuesto.

Herbert Ockermann cogió el teléfono, le guiñó un ojo a Ellen, marcó el número del hotel y se puso en contacto, efectivamente, con una recepcionista del mismo. Ellen sabía el suficiente inglés como para entender la parte de la conversación del señor Ockermann. Algo que, por otra parte, tampoco había sido muy difícil, porque el hombre no dijo mucho más que «mmm» en varias ocasiones, mientras la mujer al otro lado de la línea hablaba y hablaba. De modo que no pudo sacar demasiado en claro.

Cuando al fin colgó el teléfono, Ockermann hizo un gesto de desconsuelo y explicó:

–Me han dicho que no tienen a nadie registrado con el nombre de Lorch, pero que eso no significa nada, porque la mayoría de los visitantes de la isla evitan ir al hotel precisamente para no ser localizados. Al fin y al cabo, por eso han escogido ese destino… De todos modos, la recepcionista también me ha dicho que a todos los turistas se les entrega un busca, por si tienen alguna emergencia, pero que solo pueden utilizarlo para llamar, no para recibir llamadas. Lo único que puedo decirle, por si le sirve de consuelo, es que el señor Lorch no ha utilizado su busca. De modo que no ha sido atacado por los cocodrilos.

Al ver la expresión de Ellen, Ockermann se disculpó por lo inapropiado de su broma y se apresuró a repetirle que los gastos de la llamada corrían a cuenta de la agencia.

Pensativa y alicaída, Ellen regresó al aparcamiento. Ahora sí que estaba hecha un lío. Por una parte, sentía remordimientos por dudar de aquel modo de Chris –un buen eufemismo para describir lo que sentía, porque en realidad habría preferido gritarse a la cara que era una idiota por pensar así–, pero, por otra parte, seguía sin poder librarse de la sospecha. Era como un *staccato* musical, o como esa gota malaya que cae siempre sobre el mismo bloque de granito, hasta hacer un agujero en la piedra. Pues bien, como no encontrara algún argumento para acallar la voz racional de su interior, el agujero de su subconsciente amenazaba con ir haciéndose cada vez más grande.

Una vez más, volvió a reprocharse el haber sido capaz de pensar que el hombre del que decía estar enamorada pudiera estar detrás de todo aquello. Estaba muy confusa. Ya no sabía qué creer. Nada de aquella historia tenía sentido. Volvió a notar la migraña y el dolor en todas y cada una de sus contusiones. Pero se negó a tomar otra pastilla.

Había aparcado en el tercer sótano y, para variar, el ascensor estaba fuera de servicio. Así que fue por las escaleras. Sumida como estaba en sus pensamientos, no oyó los pasos que la seguían hasta llegar a la tercera planta del aparcamiento, en la que no había ni un alma.

Se detuvo unos segundos, y también lo hicieron los otros pasos. Asustada, Ellen miró a su alrededor, pero no vio a nadie, así que siguió caminando, y de inmediato volvió a oír que ahí había alguien más. El problema era que los pasos retumbaban en las paredes de hormigón y no podía saber si la otra persona estaba delante de ella o detrás.

Hasta que vio al hombre que llevaba una sudadera con capucha y corría hacia ella desde la otra punta del aparcamiento.

24

En 2005, un neurobiólogo que respondía al sonoro nombre de Rodrigo Quian Quiroga publicó un estudio que tituló *La neurona Halle Berry*, en honor a la actriz que se conoce por ese nombre.

Según ese estudio, la célula nerviosa que permite a nuestro cerebro distinguir personas, animales y objetos ya conocidos es siempre la misma. Se le puso ese nombre porque todos los sujetos que se sometieron a las pruebas de las investigaciones dieron muestras de reconocer a la actriz mediante la reacción de una determinada neurona, que también se activaba cuando Halle Berry iba vestida de Catwoman.

Pues bien, no cabía duda de que la neurona en cuestión se activó en el cerebro de Ellen en el preciso momento en que vio al hombre correr. Reconoció la estatura, la complexión y la vestimenta, aunque su rostro quedaba prácticamente oculto por la capucha que le caía sobre la frente. En milésimas de segundo la red neuronal de Ellen lanzó un mensaje unívoco y apremiante a su sistema límbico, responsable de la gestión de las emociones y los impulsos.

El mensaje decía: «¡EL HOMBRE DEL SACO!»

Y estaba claro que se disponía a atacarla.

Ellen se dio la vuelta, rápida como un rayo, y corrió hacia las escaleras. Las subió a toda prisa, mientras oía a su perseguidor pisándole los talones. Sus pasos, su respiración. Iba muy rápido, pero por ahora mantenía la ventaja. Si bien es cierto que subir escaleras ejercita unos músculos distintos a los que se usan para correr en plano, estaba visto que tenía mejor condición física que la del loco que la perseguía.

«No es Chris», empezó a decirle una voz, mientras que otra la interrumpía para recordarle que ahora solo debía concentrarse en correr. Si bien era cierto que Chris nunca se habría puesto una sudadera con capucha, y que era algo más bajo que su acosador, prefería no pensar en eso en aquel momento. Ahora solo tenía que correr, tan rápido como le fuera posible.

Solo le quedaba un tramo de escalones para llegar a la primera planta, pero seguía sin haber un alma.

Veinte escalones, calculó.

Quince.

Diez.

Empezaba a perder terreno.

«¡Mierda! ¿No llegaré a la calle?»

El primer piso. El tío estaba justo detrás de ella. Notó una mano que le rozaba el cuero de la chaqueta.

Unos cuarenta metros hasta la calle.

¡Era demasiado!

Solo le quedaba una opción. Haciendo acopio de todas sus fuerzas e ignorando el dolor de las dos palizas que había recibido el día anterior, Ellen se precipitó en el lavabo de mujeres que quedaba justo al lado del cajero automático. Cerró la puerta de golpe, apoyó todo su cuerpo contra ella, notó el choque de su perseguidor al otro lado y corrió el cerrojo.

Estaba a salvo.

Pero también estaba presa.

—Hola, Ellen.

Aquel susurro le puso le piel de gallina. Conocía aquella voz.

¡Sí, maldita sea, la conocía! ¿Pero de qué? ¿Dónde la había oído? No sonaba como la de Chris, aunque estaba demasiado disfrazada como para poder excluir del todo esa posibilidad.

–¿Qué quiere de mí? He hecho lo que me ha dicho.

–Sí, es cierto.

Aunque nunca le había visto la cara, lo imaginó sonriendo al hablar. Una sonrisa fría y desquiciada. Intentó imaginarse aquella sonrisa en el rostro de Chris, y... ¡y lo logró!

–¿Chris? Maldita sea, Chris, ¿eres tú?

–Resuelve el enigma y lo sabrás. O abre la puerta si te atreves.

Ellen estaba temblando de miedo. Puso la mano en el cerrojo... y la apartó. El recuerdo de lo que aquel chalado le había hecho en el bosque le impidió abrir la puerta. Si lo hacía era posible que el psicópata la empujara hacia dentro y la golpeara hasta matarla.

–¿Por qué yo? –Ellen dio un puñetazo a la puerta, llevada por la rabia y la desesperación–. ¿Qué le he hecho yo?

–Piénsalo, tonta. –Una risita de fondo–. Con el siguiente enigma vas a tener que prestar mucha atención.

–¿Por qué no me dices directamente lo que quieres, maldito hijo de puta?

–¡Eh, eh, eh, eso no se dice! Pero al menos has pasado a tutearme. En fin. Tú presta atención. No olvides que el tiempo corre. El tuyo y el de...

Las últimas palabras las pronunció en una voz demasiado baja como para poder oírlas a través de la puerta. ¿Significaba eso que se estaba alejando? Ellen se arrodilló y miró por la rendija de la puerta. No, aún estaba ahí. No reconocía sus zapatos, pero sí la sombra que recortaba su silueta.

De pronto le oyó dar un manotazo a la puerta, y se llevó tal susto que dejó escapar un chillido.

Necesitaba ayuda, y rápido. La puerta no era muy gruesa y no aguantaría mucho si el loco aquel empezaba a aporrearla. Y ella sola no podría con él, eso le había quedado muy claro en el bosque. Al menos no sin su aerosol de pimienta, y ya lo había gastado con Edgar Janov.

Ellen sacó el móvil de su bolso. Casi no le quedaba batería.

Bum.

Otro golpe contra la puerta. Y Ellen volvió a asustarse como si el puño de aquel loco hubiese atravesado la madera. Esperaba, no, deseaba con todo su corazón, que la batería le alcanzara para una única llamada.

Bum. Bum. Bum.

–¡Sal de una vez!

Mark descolgó el teléfono al segundo timbrazo.

–¿Sí?

–¿Mark? Soy Ellen. Estoy en el aparcamiento del centro. En el lavabo de señoras. Él está al otro lado. ¡El psicópata está al otro lado de la puerta! ¡Por favor, por favor, ayúdame!

–¡No te muevas de ahí! –dijo Mark al otro lado–. Voy para...

Y la línea se cortó.

Doce minutos e infinidad de puñetazos más tarde, Mark llegó al lavabo.

–Ellen, soy yo. ¡Ábreme!

Al oír aquellas palabras, Ellen sintió el impulso de lanzarse a sus brazos.

Abrió la puerta y vio a Mark y a una mujer con el ceño fruncido. El tipo de la capucha había desaparecido.

–Vamos.

Mark le pasó un brazo por los hombros, con gesto protector, pero al hacerlo le tocó alguna de las magulladuras y ella lanzó un «¡Au!» que hizo que él la mirara preocupado.

–Creo que ya va siendo hora de que me lo cuentes todo con calma.

–Sí. Está visto que yo sola no voy a lograrlo.

La mujer se abrió paso entre ambos, dedicó a Ellen una mirada que parecía estar gritando algo así como «¡Qué desfachatez!» y se encerró en el cubículo dando un portazo.

Mark condujo a Ellen hasta su coche sin que ella dejara de mirar atrás. Seguía teniendo la sensación de que el hombre del saco la observaba.

25

–¡Caaaray! –exclamó Mark, reclinándose sobre el respaldo de su silla–. ¡Es una historia de locos!

–¿Me lo dices o me lo cuentas? –Ellen suspiró–. Parezco más bien una de mis pacientes, o la protagonista de una película de David Lynch, ¿verdad?

Señaló el cartel de *Mulholland Drive* que Mark tenía enmarcado sobre el sofá del comedor. En él, Naomi Watts y Laura Harring, aterrorizadas, miraban hacia el techo de la habitación.

–Bueno, lo del gato suena más a Stephen King.

No había acabado de decir aquello cuando Ellen rompió a llorar. Habría querido evitarlo porque no quería sentirse débil y frágil, pero no pudo hacer nada por reprimir las lágrimas. La imagen del cuerpo inerte de *Sigmund*, su cabeza casi decapitada y la mancha de sangre sobre el suelo de la terraza le vinieron a la mente y le impidieron dominar sus emociones. Cerró los ojos con fuerza, reprimió los sollozos y notó la mano de Mark rozándole el hombro tímidamente.

–Ya está, ya paro –dijo, limpiándose las lágrimas con la manga de la camiseta–. Es que... no puedo más.

Mark retiró la mano y asintió.

–¿De verdad no tienes ni la menor idea de quién puede ser ese tipo?

–No –dijo, y movió la cabeza hacia los lados para reforzar su afirmación–. Al principio pensé que eras tú... Espero que me perdones, pero es que todo apuntaba en tu dirección. Yo no quería creerlo, pero... en fin, lo lamento, de verdad.

–Está bien, olvídalo, no pasa nada –hizo un gesto despreocupado con la mano, pero en su expresión se veía que estaba dolido.

–En serio, Mark, lo siento mucho...

–Sí, sí, ya lo sé. Es solo que... va, es igual. Me dolió y punto. Pero después de lo que me has contado creo que te entiendo. Mi aparición en el aparcamiento del bosque, mi visita a tu piso y el hecho de que, como tengo acceso a la unidad, pudiera haber secuestrado a la mujer... Y por si eso fuera poco, te digo que estás muy tensa y que sufres una crisis paranoica...

Ellen lo miró, pensativa, e hizo acopio de valor para hacerle al fin la pregunta que le rondaba desde que él había ido a buscarla al aparcamiento.

–¿Y ahora qué? ¿Sigues pensando que me lo he inventado todo?

Él negó con la cabeza y señaló los morados que le cubrían el cuerpo como tatuajes.

–No, por supuesto que no. Y aunque no tuvieras todas esas marcas sería realmente absurdo por mi parte reducirlo todo a un simple ataque de estrés. Así que deja de preocuparte por eso. Te creo, y no estoy enfadado porque dudaras de mí.

–¡Si hasta he dudado de Chris! ¡Imagínate! ¡Pensar que él podía estar detrás de todo! –Ellen suspiró–. Por Dios, creo que voy a volverme loca.

–Bueno, parece que eso es precisamente lo que intenta ese tío. –Mark sirvió café para los dos. En comparación con la cara cafetera que tenía en la consulta, la de su casa era muy sencilla–. A mí toda esta historia me suena a venganza. Quizá hasta resulte que la mujer trabaja con él; que es su cómplice.

–Yo también lo había pensado –dijo Ellen, removiendo su taza con expresión ausente–. ¡Pero en ese caso nos encontramos ante la mejor actriz de reparto de la historia! Su miedo parecía tan real... No sé, me cuesta mucho creer que estuviera representando un papel.

–Está bien. Supongamos que no estaba fingiendo. Supongamos que la secuestró el hombre del saco. ¿Qué pintarías tú en todo esto? ¿Crees que se propuso captarte apelando a tu sentido de la responsabilidad, hundirte en el pozo de los remordimientos y ver cómo perdías el juicio paulatinamente?

Ellen dio un sorbito a su café y asintió.

–Sí. No sabría decirte por qué, pero creo que es algo así.

–¿Venganza, quizá?

–Es posible.

–Bien. Aunque también es posible que el tío no sea más que un chiflado. Un antiguo paciente que te ha incluido en su paranoia. No todo tiene por qué tener una explicación, y menos aún en el caso de un chiflado. Quizá estemos cometiendo el error de analizarlo en lugar de intentar localizarlo.

–¿Pero cómo vamos a encontrarlo, Mark? Sea quien sea, parece estar al corriente de todos mis movimientos. Y si la mujer es un rehén de verdad, empezará a hacerle daño en cuanto se dé cuenta de que intento desenmascararlo. ¡Joder, es que no sé qué hacer!

Mark se rascó la cabeza, pensativo. Entonces se levantó y regresó al cabo de unos segundos con un paquetito de tabaco y una caja de pastillas. Dejó estas últimas sobre la mesa, frente a ella, y se llevó un cigarrillo a la boca.

–Tómate una de estas e intenta dormir unas horas. Ahora tengo que volver a la consulta, pero en cuanto regrese pensaremos en lo que debemos hacer.

Ellen observó la cajita con desconfianza y no pudo evitar pensar en la niña –en la alucinación– del sótano del hotel.

–No necesito calmantes, Mark. Ya me provocaron suficientes pesadillas ayer.

Él expulsó el humo por la nariz y sonrió.

–Vamos, haz caso a lo que te dice tu amigo el doctor.

«Casi conmovedor», pensó, y le devolvió la sonrisa, aunque sin ganas. El martilleo en las sienes iba a matarla, y eso sin contar con su verdadero problema: el psicópata. ¿Cómo había podido pensar que Mark fuera el tío que casi le había partido la espalda en el bosque? De pronto le parecía imposible.

Pese a todo, prefirió evitar el sedante.

—Gracias, pero precisamente tú deberías saber mejor que nadie que los médicos suelen ser los pacientes más desobedientes. Y los menos considerados.

Mark arqueó una ceja.

—¿Los menos considerados?

—¿Has oído hablar del riesgo de cáncer de pulmón en los fumadores pasivos?

Mark sonrió, pero se puso rojo como un tomate y apagó su cigarrillo. Poco después salió del piso y Ellen se tumbó en el sofá, que era comodísimo. Aunque se había tomado dos tazas del café de Mark, que era bastante fuerte, y había rechazado la pastilla, se durmió en cuestión de segundos.

Demasiado cansada para soñar.

¡Rrriiinnnggg!

Ellen se despertó de un brinco. Durante unos instantes no supo dónde se encontraba. Entonces vio a Jack Nance con su ridículo peinado en uno de los posters de *Eraserhead* enmarcados y colgados en la pared y recordó que se encontraba en el piso de Mark.

¡Rrriiinnnggg!

Volvió a sonar el teléfono, que estaba en el pasillo. Podía verlo desde la puerta abierta del comedor. Parpadeaba en su cargador y, aunque no era mucho más grande que un móvil, sonaba como uno de aquellos enormes monstruos negros de los años cuarenta.

¡Rrriiinnnggg!

¡Qué sonido más desagradable, e, irónicamente, cuánta nostalgia podía despertar! Sobre todo si una tenía migrañas.

Ellen respiró aliviada al notar que el contestador automático saltaba tras el tercer timbrazo. Oyó una voz de hombre, pero no pudo entender lo que decía.

En realidad no le interesaba lo más mínimo. Acababa de descubrir algo que la había dejado sin aliento.

Pese a que hacer guardia el día de Nochebuena era cualquier cosa menos deseable, lo cierto es que la primera Navidad que había pasado en la unidad número nueve representaba uno de los mejores y más entrañables recuerdos de su trayectoria laboral. Y el recuerdo estaba tan vivo como si hubiese sucedido ayer.

Chris y ella habían cubierto la guardia con Lutz y Dieter, dos enfermeros muy simpáticos que además eran pareja, y que se tomaron aquel día muy en serio.

Lutz habría sido un decorador magnífico, y Dieter, que iba para panadero antes de decantarse por la enfermería, logró que toda la unidad oliera a pan recién horneado y despertó en ellos la ilusión por la cena de aquella noche, que tendría lugar en el comedor común. Allí los esperaban ya pan, nueces y galletitas junto a los platos amontonados y listos para el día siguiente.

Chris se abalanzó sobre las galletitas con un apetito voraz, y, según todos pudieron comprobar, con muchas ganas de probar las de coco. Ellen le advirtió en un par de ocasiones sobre su barriguita incipiente, que de seguir alimentándose así se convertiría en una barrigota incipiente y, al fin, en una barriga de las indiscutibles, y aquella definición hizo reír a todos los allí presentes, a excepción de Chris, que se puso rojo como un tomate y sonrió avergonzado, lo cual solo ayudó a multiplicar las carcajadas.

En cierto modo, aquella Navidad había sido muy especial, y tanto médicos como enfermeros y pacientes se habían sentido por unas horas parte de una gran familia.

Con contadas excepciones, por supuesto: había algunos pacientes para los que aquellas fiestas implicaban una presión emocional añadida –ya fuera porque no tenían familiares con los que celebrar las fiestas, ya fuera porque estos no querían saber nada de ellos, ni siquiera durante las fechas más señaladas–, y habían preferido irse temprano a la cama con una buena dosis de calmantes.

Al final de la noche se les unió también Mark, que estaba en el piso de arriba, haciendo guardia en su unidad. Brindaron con ponche sin alcohol, charlaron animadamente y jugaron a juegos de mesa mientras Dieter pinchaba en absoluto desorden música de Chris Rea, Bryan Adams y los Red Hot Chili Peppers. Habían pasado cuatro años desde aquella noche inolvidable y única...

Única entre otras cosas porque Lutz y Dieter murieron en un accidente de tráfico al cabo de cuatro meses, durante sus vacaciones de invierno, cuando el conductor del autobús en el que viajaban por Turquía se durmió al volante.

La foto que Ellen tenía ahora ante sus ojos se había tomado en algún momento de aquella magnífica Nochebuena. De hecho, creía recordar que fue Lutz quien llevó la cámara e hizo la foto. Ahí estaba ella misma, de pie entre Chris y Mark, cogiendo a ambos por los brazos y recibiendo un beso de Mark en la mejilla. No recordaba aquel beso, pero eso no era importante.

Lo importante era que aquella foto también estaba en la portada de un álbum de fotos que quedaba algo más abajo, sobre una de las estanterías del salón. En un álbum cuya portada y contracubierta tenían escrito un nombre:

ELLEN

Escrito a mano, y con una grafía que reconoció al instante. La del llavero.

«Empieza la fiesta.»

En menos de un segundo, Ellen tuvo la sensación de que su cuerpo se convertía en un bloque de hielo.

De no ser porque acababa de ver la foto enmarcada en el salón –y, bueno, también porque conocía su complexión y, sobre todo, el suéter noruego que le encantaba llevar en invierno–, Ellen no habría podido reconocer en el álbum a la tercera persona que aparecía en la foto junto a Mark y a ella: alguien había tachado su cara con un bolígrafo hasta ocultarla del todo.

Bueno, no; alguien no. Tenía que haber sido el propio Mark. De eso estaba segura.

Siguió pasando hojas sin dar crédito a lo que veía, y cada página era una sorpresa: ¡el álbum estaba lleno de fotos suyas!

Ella en la estación de tren. Ella frente a la estatua Imperia de Constanza, durante una salida con la empresa. Ella en el viaje de formación que habían hecho juntos a Leipzig. Y muchas más.

Algunas de aquellas fotos ya las había visto, incluso podía recordar el momento exacto en que se las habían tomado, pero había otras que no conocía. Instantáneas que le habían hecho en secreto, sin avisarla, sin comentárselo.

Ella corriendo junto al Danubio –fotografiada desde detrás de un arbusto, como parecían indicar las ramas que aparecían en los márgenes de la foto–, y tomando el sol en el lago Bagger, no muy lejos de la clínica, y leyendo un libro en un banco del jardín durante un descanso del trabajo, y...

«¡No! ¡No era posible!»

Ella quitándose la camiseta en su apartamento, fotografiada a través de la ventana.

Cerró el álbum con tanta fuerza que sonó como un disparo. Estaba sorprendida, avergonzada y, sobre todo, indignada.

«¡Maldito mirón! ¡Ahora lo entiendo todo, por fin!»

Temblando de rabia y de nervios cruzó el pasillo y se puso la chaqueta. ¡Tenía que salir de allí! Tenía que salir lo antes posible.

Por fin tenía una prueba. Aquel álbum no dejaba lugar a dudas sobre las intenciones de Mark, o, para ser más exactos, sobre las acciones del jodido hombre del saco. Ya no le cabía la menor duda. Llevaría el álbum a la policía y ese tal Kröger no tendría más remedio que creerla. Y si llamaba a su colega Wegert –el po-

licía que estaba acostumbrado a ver «más mierda que en una cañería de desagüe»– Mark dejaría de sonreír inmediatamente. De
eso no cabía la menor duda.

Tenía la mano puesta ya en el pomo de la puerta cuando se le
ocurrió pensar que quizá era un error llevarse el álbum de allí.
Sí, era mejor que la policía lo encontrase en su sitio. Así era más
evidente. Al fin y al cabo, el nombre de Mark no aparecía en ningún lugar.

Volvió sobre sus pasos, dejó el álbum en el agujero corres-
pondiente en la estantería y volvió hacia la puerta. Entonces le
llamó la atención el parpadeo del contestador automático, en el
pasillo.

Apretó el botón de reproducción de los mensajes. Quizá fue
por instinto, quizá por seguir una corazonada, o quizá no fue más
que la confirmación de que existe la intuición femenina. El caso
es que lo apretó.

Y tras la grabación del ordenador informando de que había
un mensaje nuevo e indicando la fecha y hora del mismo, Ellen
oyó una voz de hombre.

–Eh, soy yo.

Ellen se quedó petrificada al reconocer aquella voz. Como si el
hombre del saco acabara de saltarle otra vez a la espalda.

–Ya he preparado todo lo de esa Ellen. Llámame y lo pongo
en marcha.

«¡Dos!» El pensamiento la golpeó como un bate de béisbol.
«¡Qué idiota eres, Ellen, estaba claro: tenían que ser dos!»

Justo en aquel momento oyó acercarse un coche. Y al otro
lado del cristal opaco de la puerta de entrada reconoció la silueta
negra del Volvo de Mark.

26

El cerebro de un ser humano está compuesto por miles de millones de células nerviosas que se comunican entre sí por más de un centenar de billones de sinapsis. De ahí que los pensamientos puedan generarse a una velocidad increíble; tanto, que cuando llegan a expresarse con palabras hace tiempo que ya han sido interiorizados.

Antes de que Mark cerrara la puerta de su coche, Ellen ya había sopesado dos posibilidades radicalmente opuestas: o bien se quedaba ahí y hablaba con él –le pedía explicaciones por aquel juego tan macabro y le preguntaba dónde había escondido a la mujer sin nombre–, o bien hacía lo posible por salir de allí sin que él la viera.

A favor de la segunda opción hablaba el hecho de que solo así podría descubrir y delatar al cómplice de Mark y asegurarse de que no quedaba impune. Si se quedaba, Mark mantendría su identidad en secreto y podría poner en peligro la vida de la mujer secuestrada…

Oyó sus pasos por el camino que llevaba a la puerta y salió corriendo hacia el jardín que quedaba al otro lado del salón. Oyó el ruido de la llave al introducirse en la cerradura y dar la vuelta en su interior… Ellen perdió tres valiosísimos segundos en abrir la puerta de la terraza y volver a cerrarla tras de sí. El jardín comunitario al que daba la terraza era bastante grande. No tendría tiempo de cruzarlo antes de que Mark llegara a la puerta y la viera correr.

Tenía que esconderse. Se agachó detrás de un seto y esperó. Al principio no sucedió nada. Ellen no habría podido decir si Mark estaba o no en el salón porque el sol se reflejaba en el cristal de la puerta, pero entonces la abrió y salió afuera. Y miró al jardín. Su mirada planeó del jardín a la calle y viceversa. Durante un par de segundos –que a Ellen le parecieron una eternidad– miró justo hacia la zona en que estaba ella.

«¡Mierda, me ha visto! Si yo puedo verle, él también a mí.» Mark dio dos pasos en su dirección, y luego se detuvo. Se inclinó, cogió un trozo de celo que el viento debía de haber arrastrado al jardín desde la calle, lo observó brevemente y volvió a dejarlo en el suelo. Después, entró de nuevo en su casa.

Al cabo de otra breve eternidad, Ellen oyó el motor del Volvo de Mark al ponerse en marcha, y cruzó el jardín corriendo, hacia la calle.

Ahora lo más probable era que Mark saliera a buscarla. Quizá iría en busca de su cómplice para que lo ayudara. Tenía que seguirlo a toda costa, ¿pero cómo? Su Mazda seguía aún en el aparcamiento.

Precisamente en aquel instante dobló la esquina un coche con la suspensión muy baja y la música a todo trapo. Debió de ser un Opel Corsa, antes de que su dueño lo sometiera a un tuneado completo. Ellen no se lo pensó dos veces: saltó a la calle y empezó a mover los brazos. El coche aerodinámico pegó un frenazo que dejó un rastro de humo en la calzada.

–¿Te falta un tornillo, vieja? –gritó su conductor por la ventanilla bajada del copiloto. No tenía más de veinte años, y llevaba el pelo oxigenado y peinado en forma de cresta con una abundante capa de gomina.

–¡Por favor, por favor, tienes que ayudarme! ¡Tienes que llevarme en tu coche! –Ellen le dedicó la mirada más convincente y suplicante de que fue capaz, y puso ambas manos sobre el capó para impedirle que continuara su camino.

–Mira, tía, yo lo único que tengo que hacer es cagar y diñarla, nada más. ¡Y quita las zarpas de mi carro, que me vas a arañar la pintura!

—¡Te pagaré!

El chico bajó el volumen inmediatamente.

—¿Cuánto?

—Cincuenta.

—Cien.

El Volvo de Mark había llegado al final de la calle y estaba a punto de doblar la esquina, justo en dirección a una rotonda. Si la cogía podía ir a cualquier parte.

—Está bien, cien.

—Por adelantado.

Ella abrió la puerta del copiloto y saltó al coche. En su monedero llevaba ni más ni menos que ciento diez euros. Le lanzó el billete verde al regazo y gritó:

—¡Vamos! ¡Sigue a aquel Volvo negro! ¡Pero que no nos vea!

Él sonrió.

—Pues claro.

El chico volvió a subir el volumen de la música hasta el punto de que el bajo hacía temblar la puerta del maletero, y pisó a fondo el acelerador.

27

Resultó que no habría habido mejor camuflaje que el de aquel vehículo amarillo chillón en el que Holger –que así dijo llamarse su conductor– había enganchado una pegatina con el mensaje «Ponte el cinturón, tira el cigarro, chapa la boca».

Una segunda pegatina, colocada justo debajo de la otra, frente al salpicadero del copiloto, decía «Los impresos del testamento están en la guantera». Muy adecuado para su estilo de conducción.

En ciertos momentos, Holger se acercó tanto a los coches de delante que Ellen se imaginó convertida en un amasijo de plástico y hojalata. Algo que habría sucedido, sin duda, en caso de que alguno de ellos hubiese frenado algo espontáneamente. Pese a todo, el chico supo mantener la distancia adecuada respecto al Volvo de Mark: ni demasiado cerca ni demasiado lejos, lo suficiente como para no perderlo de vista.

Pocos minutos después Ellen tuvo claro a dónde se dirigía. Iba a la Clínica del Bosque, seguramente porque imaginaba que ella habría ido allí.

Poco antes de llegar al aparcamiento, pidió a Holger que frenara. Tuvo que hacerlo a voz en grito para que él la oyera por encima del estruendo de la radio, pero en cuanto la hubo escuchado dio un frenazo que la impulsó hacia delante y le clavó dolorosamente el cinturón en los morados.

–¿Tu novio te pone los cuernos? –quiso saber Holger.

Pero al ver que Ellen no le contestaba, concentrada como estaba en sacar su dolorido cuerpo del estrecho asiento del deportivo, añadió:

—Va, joder, qué mas me da. Suerte y todo eso. Y gracias por la pasta.

Dicho aquello, arrancó haciendo chirriar las ruedas. A los pocos segundos, el proyectil de plástico y la ensordecedora música tecno desaparecieron de allí. Ellen se frotó las sienes, que le palpitaban de dolor, y percibió el sonido del tráfico casi como un silencio reparador.

Mark había aparcado en la zona pública, no en la reservada a los médicos. Desde una distancia segura, Ellen lo vio bajar del coche y esperar. Un escalofrío le recorrió la espalda al ver quién se acercaba a hablar con él.

El tío parecía sentir debilidad por las sudaderas con capucha. Había cambiado la de Batman por una en la que ponía «New Zealand All Blacks» en letras blancas.

Por primera vez desde que había empezado toda aquella pesadilla, Ellen pudo verle la cara. Es cierto que en la distancia no distinguía demasiado bien sus rasgos —por Dios, necesitaba ir al oculista y ponerse gafas ya mismo, o al menos lentillas, vanidades aparte—, pero a primera vista no le pareció demasiado amenazador. Al contrario, en cierto modo tenía un aspecto agradable. Parecía simpático. Un lobo con piel de oveja.

Llevaba algo bajo el brazo, algo que parecía un maletín, pero en cuanto lo levantó para entregárselo a Mark, Ellen lo reconoció enseguida.

¡Era *su* portátil, el que estaba en *su* consulta!

Daba igual su miopía: ¡estaba claro que aquel ordenador era el suyo! Las dos pegatinas de la parte superior lo confirmaban: un *smiley* y una señal de peligro en la que ponía «Principiante», como aquellas que suele verse en los coches de quienes acaban de sacarse el carnet de conducir. Una de las típicas bromitas de Chris.

Mark asintió, dejó el portátil en su coche y anduvo en compañía del otro en dirección a la clínica. Ellen los siguió desde una distancia prudencial.

¿Qué se traerían entre manos?

Los hombres estaban demasiado concentrados en su conversación como para darse cuenta de la presencia de Ellen. El hombre del saco, de hecho, movía tanto los brazos que parecía el director de una orquesta. Sí, tenía genio. Su dolorida espalda podía confirmarlo.

De pronto Ellen se detuvo en seco, incapaz de dar un paso más. Había oído algo. Un sonido muy cerca de ella, a su lado, que le provocó una asociación de ideas.

Ya sabía dónde estaba la mujer sin nombre.

En el fondo, el entramado de túneles que recorría el subsuelo de la clínica era fruto del miedo.

Durante la crisis de Cuba de 1962, cuando el mundo se vio a las puertas de una Tercera Guerra Mundial, el miedo a las bombas atómicas propició la construcción de numerosos refugios a lo largo y ancho de Alemania. Y el de la clínica, diseñado en forma de red, era uno de ellos.

De haberse producido la catástrofe, los túneles habrían podido cobijar a más de cuatrocientas personas. Las pesadas puertas de acero se habrían cerrado y los conductos de ventilación, estratégicamente dispersados por el suelo del recinto hospitalario, se habrían sellado.

Un año después, cuando el relajo de las tensiones llevó al político Egon Bahr a hablar de «un cambio por acercamiento», los túneles empezaron a utilizarse para otros fines. Así, por ejemplo, el transporte de comida, sábanas y demás necesidades pasó a realizarse por vía subterránea: cuatro pequeños trenes eléctricos trasladaban las mercancías desde el almacén a cualquier otro edificio del recinto hospitalario.

Cada uno de estos trenes contaba con uno o dos remolques de metal, y su uso era mucho más económico y funcional que el de los dos camiones de carga utilizados hasta la fecha. Además, los trenes eran más silenciosos y llamaban menos la atención, de modo que también podían utilizarse para transportar todo tipo de géneros, incluido, en ocasiones, el traslado de cadáveres a la morgue del hospital... o de enfermos psiquiátricos graves a otras unidades o grupos terapéuticos. A estos últimos –estaba comprobado– el traslado por el recinto hospitalario podía alterarlos en exceso y llevarlos a montar un espectáculo ante el resto de pacientes o visitantes de la clínica. Con los túneles, en cambio, sus gritos solo podían oírse cuando pasaban justo por debajo de los conductos de ventilación.

Pues bien, en aquel preciso instante Ellen se hallaba junto a uno de aquellos conductos, y acababa de oír, y de reconocer al fin, aquel ruido metálico y aquel zumbido que escuchara durante la breve conversación telefónica con la mujer sin nombre y su secuestrador.

Miró hacia el fondo del pozo, que sobresalía entre dos arbustos y parecía más bien un gallinero de acero fino.

Seguro que su paciente estaba ahí abajo. ¿Pero dónde? Es cierto que los túneles parecían un verdadero laberinto –lo cual no era de sorprender, dadas las dimensiones del recinto–, pero el traslado de mercancías y el almacenamiento de las mismas generaba mucha actividad, demasiada para esconder a una persona sin que nadie se apercatara. O, al menos, no durante varios días.

Ellen se puso a pensar si no habría alguna otra posibilidad. Dirigió la mirada hasta una explanada de césped en cuyo centro se alzaba una escultura rodeada de bancos para sentarse. Representaba a un adulto con los brazos abiertos, rodeado de niños, y era un monumento a los más de cien mil discapacitados –adultos y niños– por culpa del Nacionalsocialismo. Solo en aquella clínica se había esterilizado, o asesinado mediante inyecciones, a más de seiscientas personas.

Si bien es cierto que el edificio en el que se habían perpetrado aquellos crímenes se había derruido hacía ya muchos años, Ellen recordó que el sótano aún existía porque había resultado más barato sellarlo que rellenarlo de tierra o cemento.

Y por supuesto había un túnel que conducía hasta allí y cuya entrada tan solo estaba interceptada por dos tablas cruzadas y un cartel en el que ponía «Cuidado: peligro de derrumbamiento» y «Prohibida la entrada».

El escondite perfecto.

Algo más allá, Mark y su cómplice se dirigían hacia la residencia. No tardarían en descubrir que ella no estaba en su apartamento, y entonces ampliarían la búsqueda, empezando quizá en el aparcamiento, donde aún estaba su coche.

Sea como fuere, Ellen calculó que disponía del tiempo suficiente como para comprobar si estaba o no en lo cierto.

Si la mujer se hallaba realmente encerrada en el sótano, solo tendría que llamar a la policía para informarles de la situación y lograr que la creyeran, al fin.

Con una sensación que era una mezcla de emoción, alivio e incluso triunfo, Ellen abrió la tapa del conducto del aire.

Y en aquel momento alguien la cogió por los hombros.

28

La distancia que nos separa de aquello que conocemos como *locura* no es excesivamente grande. A veces basta con un leve problema de comunicación entre dos células minúsculas del cerebro... y ya está.

Florian Jehl tuvo su primer brote esquizofrénico a los diecisiete años. Se volvió agresivo y muy nervioso, y se obsesionó con la idea de que sus padres querían envenenarlo. Eso le decían, al menos, las voces que oía en su interior, al principio tímidamente, pero cada vez con más insistencia hasta convertirse en un torrente ininterumpido de información.

En la primera etapa fue capaz de controlar los síntomas de su enfermedad con ayuda de una medicación que lo devolvió a un estado de lucidez, pero los brotes fueron reiterándose, persistiendo cada vez más en su empeño de robarle el juicio, hasta que al fin fue diagnosticado de esquizofrenia crónica.

Fue así como comenzó su periplo por la unidad de psiquiatría: hospitalización, nueva dosificación de medicamentos, mejora, alta, recaída, nueva hospitalización... Un círculo vicioso sin visos de acabar jamás.

En las primeras etapas, Florian había desconfiado de las voces. Según dijo, provenían de los caracoles de peluche que tenía en la estantería, junto a su cama. Luego empezó a confiar en ellas, porque era evidente que solo intentaban ayudarlo y protegerlo de las maléficas tramas de sus padres. Sobre todo de las de su madre, que lo obligaba a comer aquella comida mortal, cocinada con el veneno que le habían facilitado sus contactos secretos a fin de acabar con él para siempre. Entonces Florian se alió definitivamente con los caracoles, sus nuevos y verdaderos amigos.

A partir de aquel momento resultó muy fácil saber en qué faceta de la enfermedad se encontraba: todo dependía de si llevaba consigo alguno de sus caracoles... o no.

El peluche que llevaba en la mano cuando tocó a Ellen tenía la concha marrón, el cuello beige y una carita soriente con los ojos redondos como platos.

Unos ojos igual de abiertos que los de Florian. Ellen se llevó tal susto al notar aquellas manos sobre sus hombros que parecía haber recibido una descarga eléctrica. Dejó escapar un grito y dio un salto para apartarse de él, con lo cual estuvo a punto de caer al suelo.

–Ho-hola, Florian. Caray, qué susto me has dado.

–Hola, doctora Roth. Lo lamento, no era mi intención. ¿De verdad es usted? A veces me cuesta distinguir...

–No pasa nada, no te preocupes. Y sí, soy yo.

Él observó con interés la reja que Ellen tenía en las manos. No le había costado nada sacarla; apenas se sujetaba con cuatro pasadores de aluminio.

–¿Qué está haciendo?

Ellen dejó la reja junto al conducto abierto.

–Yo... nada, solo estoy comprobando una cosa. ¿No tendrías que volver a la unidad?

El rostro de Florian se oscureció.

–No, ahora no puedo. No tengo tiempo. De hecho tampoco tengo tiempo para usted. Primero tengo que hablar seriamente con este –señaló el peluche que llevaba en las manos–, porque no deja de decir tonterías y estoy empezando a enfadarme.

Ellen tuvo que hacer un esfuerzo por disimular su nerviosismo. No tenía tiempo para entretenerse con Florian, aunque sabía que tampoco iba a servirle de nada intentar sacárselo de encima, porque solo conseguiría despertar su curiosidad. Él era, por decirlo de algún modo, uno de los «pacientes habituales» de la Clínica del Bosque, y ella lo conocía lo suficiente como para saber que su curiosidad no tenía límites.

–¡Ay, perdona, no quería interrumpir vuestra charla! De todos modos, lo mejor sería que buscases un sitio más tranquilo para aclarar las cosas, ¿no te parece? ¿Qué tal el jardín que queda frente a la cafetería de los pacientes?

–Buena idea. Una charla tranquila nos irá bien.

–Seguro que sí. Buena suerte.

–Lo mismo digo, doctora. –Florian le devolvió la sonrisa y se alejó trotando de allí–. Es buena tía –oyó que le decía a su caracol de peluche–, ¡pero deja de llamarme tonto!

Ellen esperó a que se alejara lo suficiente. Después se aseguró de que no la viera nadie y se coló en el pozo de ventilación.

La escalera descendía unos cuatro metros. Cuando Ellen llegó abajo y miró a su alrededor se quedó petrificada. Un recuerdo le atravesó el cerebro y le estalló como un disparo en su interior.

Ya había estado en aquel túnel.

Había sido cuatro años atrás, durante una visita guiada que le habían ofrecido poco después de haber obtenido su plaza en psiquiatría, y excepto el túnel lateral que conducía al sótano situado justo bajo la estatua conmemorativa, lo cierto es que lo había olvidado todo... Hasta ahora. De pronto comprendió que aquel era el escenario de su primer sueño. Recordó los largos pasillos, las luces de neón, la ancha sala desde la que había empezado a caminar entonces, y que ahora reconocía como un espacio de giro para los trenes eléctricos.

Casi le habría parecido normal que se le apareciera el profesor Bormann y le dijera que volvía a estar dormida y soñando.

Soñando de nuevo con el monstruoso perro negro... –«¡El lobo, era el lobo!»– que iba a por ella.

«¡Tonterías!», se dijo. «Esto es la realidad y no tienes tiempo que perder con miedos absurdos e infundados.»

Pese a todo, se sintió mucho mejor después de pasar junto a un carrito con material quirúrgico que se hallaba en uno de los silenciosos pasillos del laberinto, ver que contenía desinfectantes, guantes de plástico y escalpelos de usar y tirar. Le quitó el plástico protector de uno de estos últimos y se lo metió con cuidado en el bolsillo de la chaqueta.

«Mujer precavida vale por dos.»

Después de pensar aquello, aún se metió otros dos escalpelos en el bolsillo.

«Y tres mejor que uno.»

Poco después llegó al pasillo que conducía al sótano ubicado bajo el monumento. Cuanto más avanzaba, más oscuro y mohoso estaba todo. Olía a ácido, a rancio, a polvo y a restos de desinfectante.

Ellen deseó haber tenido su bata a mano: en el bolsillo del pecho llevaba un bolígrafo-linterna que le habría facilitado mucho la búsqueda de un interruptor con el que encender alguna luz. ¡Tenía que haber corriente en algún sitio! Al fin y al cabo, los indicadores de la salida de emergencia brillaban bajo el polvo.

El pasillo acababa en una puerta de acero cuya pintura había saltado en varias zonas y dejaba a la vista manchas oxidadas que parecían heridas negras y abiertas. Ellen palpó la fría superficie, que parecía cubierta de infinidad de pústulas, hasta que dio con el pomo de la puerta. Le costó moverlo porque estaba muy oxidado, pero al cabo de un poco este cedió con un crujido.

El posterior chirrido de la puerta la acompañó en su entrada al antiguo sótano. Ellen dudó unos segundos. ¿Qué iba a encontrarse tras esa puerta?

Tuvo que hacer acopio de todo su valor y luchar para sobreponerse al impulso de salir de allí a toda velocidad. Al contrario que la mayoría de los pacientes que en su día habían acabado allí, ella aún tenía la opción de darse la vuelta y huir.

¿Y si era una trampa?

Pensó en Mark y en su depravado cómplice de la capucha negra, buscándola por el recinto, no muy lejos de allí. ¿Y si había un tercer cómplice que la estaba esperando allí abajo?

«Corre. Vete de aquí. ¡Márchate!»

Empezaba a costarle respirar, en parte por la intensidad del olor a desinfectante, pero en parte también por el miedo, que amenazaba con paralizarle los músculos e impedirle continuar. Amenazaba. Nada más. No iba a darse la vuelta después de todo lo que había pasado. No, tan cerca de lo que podía ser el final. Había demasiado en juego.

Todo su cuerpo estaba en tensión cuando cruzó la puerta y entró.

La recibió el sótano, frío y desierto. En una esquina reconoció el perfil de una silla. Tanteó la pared con las manos en busca de un interruptor, y tuvo suerte. Al principio no sucedió nada. Después se oyó un zumbido en el techo y al fin dos de los seis halógenos de la sala se pusieron en marcha, aunque solo uno brillaba con normalidad; el otro parpadeaba a toda velocidad, convirtiendo el espacio en una verdadera tormenta estroboscópica.

La sala, que en su día fuera sala de espera, tenía cuatro puertas. Sobre una de ellas —a la que le faltaban el picaporte y la cerradura—, podía leerse parte de una antigua indicación:

S L DA

«Tiene que estar detrás de una de estas puertas», pensó Ellen, pero no se vio capaz de gritar «hola» para comprobarlo.

El olor empezaba a provocarle náuseas, y la migraña había empeorado desde que bajara a las entrañas del hospital. Ese maldito dolor de cabeza... ¿no pensaba remitir jamás?

Pero ni el dolor ni el miedo la harían echarse atrás. No ahora, que se imaginaba tan cerca del final.

Si, como ella imaginaba, la mujer estaba tras una de las puertas de aquel sótano, todo acabaría bien. Y pensar en ello le daba fuerzas para continuar.

«Sí, quizá pronto haya acabado todo.»

Se decidió por la primera puerta; la que quedaba junto a la antigua escalera de salida.

Sintió una bofetada de frío y un olor terrible a madera podrida y a cloro. Al abrir la luz se encontró en una sala embaldosada que en su día debió de ser blanca pero ahora era opaca y gris. Las ranuras entre las baldosas estaban cubiertas de moho y en una de las esquinas había un montoncito de hongos marrones de tallo largo. Por el agujero del desagüe que quedaba en el centro de la sala se oía el chillido agudo de las ratas.

Ellen buscó alguna huella, algo que apuntara a la posibilidad de que alguien hubiese pasado por ahí en los últimos días, pero fue en vano.

En la pared de enfrente, sobre un soporte oxidado, colgaban varias mangueras de goma, y en el estante de madera que quedaba encima podían verse varios objetos de metal: agujas para jeringas. Junto a las mangueras había cuatro bañeras que –especialmente en aquellas circunstancias– tenían una terrible similitud con sarcófagos. Cada una de ellas estaba cubierta por una pesada tabla de madera que podía sujetarse a la bañera con unos ganchos de metal, y en la parte delantera presentaba una abertura oval, lo suficientemente grande como para que cupiera la cara de un adulto o la cabeza de un niño.

«Hidroterapia de la baja Edad Media», se dijo Ellen. «Agua helada contra la locura. Correr la tapa, dejar gritar, esperar.»

Horrorizada, se dio la vuelta. Definitivamente, la mujer no estaba allá. Volvió a la sala principal. El débil sonido de sus pasos encontró un eco en el apenas perceptible *pling-pling* de la lámpara halógena parpadeante. Abrió la siguiente puerta con las manos húmedas de sudor.

Y se quedó boquiabierta ante la imagen que captaron sus ojos.

Durante unos segundos, las cegadoras luces de un quirófano le impidieron ver nada que no fuera la propia luz, tan intensa e inesperada que sintió que le iba a explotar la cabeza por la migraña. Se llevó las manos a los ojos y después, poco a poco, empezó a apartarlas. Vio una mesa de operaciones en el centro de la sala, y, sobre ella, un montón de anticuados instrumentos eléctricos.

Bajo la mesa había dos cubos y junto a ella un estante con todo tipo de utensilios. Pero si había algo que dejaba claro para qué se había utilizado aquella sala en su momento, ese algo eran los dos cinturones de cuero que pendían de ambos lados de la mesa de acero.

Un gemido la hizo estremecer. Provenía de la esquina izquierda de la sala. Ellen se dirigió hacia allí. En unos cajones cubiertos de polvo había varias botellas cuyo contenido debía de haberse evaporado hacia ya varias décadas, así como latas de polvos y cajitas cuyas etiquetas llevaban años amarillentas.

Fue entonces cuando la vio.

La mujer sin nombre.

La miraba sin quitarle ojo de encima y apretaba la espalda contra la pared, atemorizada.

De no ser porque se hallaba en uno de los lugares más espeluznantes en los que jamás había estado, Ellen habría lanzado un grito de alegría. ¡La había encontrado, al fin!

Ahora no había tiempo que perder. No tenía ni idea de a dónde habían ido Mark y el hombre del saco, lo cual significaba que ahora mismo podían estar en su apartamento o en el aparcamiento, pero también de camino hacia allí.

Ellen se acercó a la mujer con mucho cuidado, y se quedó descompuesta al observarla mejor. Con los ojos abiertos como platos, se apretujaba en el espacio mínimo que quedaba entre la estantería y la pared. Tenía la cara morada e hinchada y toda la boca estaba cubierta de costras ensangrentadas. Su pelo, enredado y apelmazado, tenía clapas vacías en muchas zonas de la cabeza y todo el cuero cabelludo estaba lleno de erupciones y escamaciones.

La mujer sin nombre temblaba, desfallecida, y levantó los brazos para mostrarle que estaba maniatada. También tenía las muñecas llenas de marcas.

«Por el amor de Dios, ¿qué te han hecho esos cerdos?»

–No tengas miedo –le susurró Ellen–. Al fin te he encontrado. Todo saldrá bien.

Muy lentamente, se acercó hacia aquel demacrado ser que en su día debió de haber sido una bella mujer. Evitando cualquier movimiento brusco, se arrodilló junto a ella y le buscó los esqueléticos brazos. El olor a sudor, adrenalina y excrementos que emanaba por todos los poros de su piel era asfixiante. Ellen no podía ni respirar.

Con un esfuerzo sobrehumano logró darle la vuelta y ver que tenía las manos atadas con una brida.

–Voy a cortarlo, ¿vale?

La mujer le dedicó una sonrisa de oreja a oreja. Pero no era una sonrisa de alivio ni de alegría. En sus ojos solo brillaba la locura.

«En su camino al infierno ha perdido la razón.»

A Ellen le temblaban las manos al rebuscar en la chaqueta y sacar uno de los escalpelos. Cuando la mujer vio el filo lanzó un chillido y se cubrió la cara con las manos.

–No tengas miedo –le dijo Ellen–. Solo lo necesito para soltarte las manos.

Cogió con suavidad uno de los brazos de la mujer y lo acercó hacia sí. Después apoyó el filo en la brida. La mujer movía los ojos de un lado a otro y dejaba escapar breves ruiditos. Borboteos que Ellen no alcanzaba a entender.

–Tranquila, estate tranquila. Solo quiero…

Pero ella volvió a murmurar algo, solo que esta vez fue en un tono más alto y Ellen lo entendió:

–¡Detrás de ti!

La mano con el pañuelo mojado le tapó tan rápido la cara que ni siquiera tuvo tiempo de coger aire. Al contrario, el susto hizo que respirara hondo e inhalara una considerable cantidad de éter. Notó que perdía el equilibrio. Su agresor tenía tal fuerza que pensó que iba a romperle la nariz.

El éter empezó a surtir efecto. Se le aceleró el pulso e intentó liberarse. El pánico se intensificó con el efecto del éter y paradójicamente le dio mucha fuerza: apartó la cabeza, se libró del pañuelo y logró herir a su agresor con el escalpelo.

Él la soltó de inmediato. Lo oyó lanzar un grito que sonó sorprendentemente sordo, como si también tuviera un trapo sobre la cara.

Aturdida, Ellen se cayó hacia delante y se golpeó la cabeza contra la estantería, justo al lado de la mujer sin nombre. Se le hundió la mano en algo fangoso. Se levantó, pero no hubiera sabido decir si tenía los pies en el suelo o si estaba flotando en el aire.

De pronto todo le parecía ligero, ingrávido. La habitación dejó de tener su forma normal y perdió sus contornos, como si se difuminara ante sus ojos. Y los colores se volvieron brillantes e irreales.

Vio una figura negra parapetada frente a ella. Se ensanchaba y estrechaba como si estuviera al otro lado de una superficie acuosa. Entonces, la figura se abrió paso entre un mar de estrellas brillantes y se dirigió hacia ella. En aquel preciso momento, las estrellas se convirtieron en hojas que caían de los árboles mecidas por una suave brisa.

29

La niña estaba sentada sobre una piedra cubierta de moho, y le sonreía. Su floreado y colorido vestido veraniego parecía competir en brillo con las hojas caídas de los árboles. De pronto ya no le parecía tan pasado de moda. Al contrario, a Ellen le habría gustado que el suyo también fuera tan vivo. Pero no: su vestido era turquesa, y picaba con el sudor, y ella no dejaba de sudar aunque ahí en el bosque se estaba más fresquito que en el prado.

–No te atreverás –le dijo la niña del vestido multicolor.

–Pues claro que sí.

–Que no, que no lo harás. ¿Y sabes por qué?

–¿Por qué?

La niña la señaló con dos dedos.

–Porque eres una cobarde. Siempre fuiste una cobarde.

Sus palabras se le quedaron clavadas en la mente.

«Cobarde. Cobarde. Cobarde. ¡Cobarde!»

Un zumbido; como el de una colmena.

Ellen abrió los ojos y la deslumbró una luz extraordinariamente brillante. Parecía venir de cinco soles, colocados en forma de círculo sobre su cara.

«No son soles. Es una lámpara. ¡Son las bombillas de una sala de operaciones!»

En una milésima de segundo comprendió dónde se hallaba y

qué había sucedido. El vahído y la sensación de aspereza en la lengua eran consecuencia del éter que había inhalado. Y tenía una migraña insoportable. ¡La cabeza le iba a explotar!

A medida que recuperaba el conocimiento se incrementaban sus ganas de vomitar.

«Si vas a devolver será mejor que no estés tendida boca arriba», se dijo, mientras intentaba moverse hacia un lado.

Pero no pudo. Ni vomitar ni moverse. Tenía brazos y piernas atados a la mesa con correas, y otra cinta algo más ancha se tensaba sobre sus costillas, bajo el pecho.

«¡Me ha atado! ¡Dios mío, estoy en sus manos!»

Hizo un esfuerzo por levantar la cabeza. A menos de un metro de ella vio a un hombre con el torso desnudo y sentado sobre un taburete giratorio. Llevaba un pasamontañas que solo dejaba a la vista ojos y boca. Su jersey negro estaba sobre la mesa de operaciones, junto a las piernas desnudas de Ellen.

Al principio no se dio cuenta de que ella había recuperado el conocimiento. Estaba demasiado concentrado en coserse la herida del escalpelo en el hombro, aunque parecía que lo tenía todo bajo control: la mano que sujetaba la aguja no tembló lo más mínimo mientras la clavaba en la piel, junto a la herida, y la pasaba al otro lado. Pese a todo, su procedimiento era cualquier cosa menos profesional. Lo que estaba haciendo era una pura chapuza, como si cosiera dos trozos de cuero, sin más.

Entonces se dio cuenta de que Ellen se había despertado. La miró y ella pudo ver el sudor que le caía de las cejas.

«Al menos sé que te duele, hijo de puta», se dijo. Y a continuación pidió la palabra su yo más racional para indicarle que se fijara en aquellos ojos: «¿Los ves? ¿Ves esas cejas? Míralas bien. Este no es Mark, ni tampoco Chris».

Pero el miedo era demasiado intenso como para que aquel descubrimiento le aliviara. ¿De qué le servía aquello ahora? Daba igual quién fuera aquel tío: estaba a su merced. Y él podía hacer con ella lo que le viniera en gana. No podía moverse, así que no iba a poder defenderse por mucho que quisiera. ¡Las correas estaban muy bien atadas!

El horror y el pánico más puro se apoderaron de ella y se mezclaron con una rabia desesperada.

–¡Suéltame!

El hombre inclinó la cabeza hacia un lado y la observó como si fuera un extraño tipo de insecto que acabara de cazar. Después se dio la vuelta y continuó cosiéndose la herida, inmutable.

Ellen relajó la cabeza y sintió en su nuca el frío de la mesa de metal. Aquel chiflado la había dejado en ropa interior y estaba, sencillamente, congelada. A cada pulsación en las sienes se sentía como si alguien le clavara agujas en el cerebro.

Al levantar la cabeza de nuevo vio a la mujer sin nombre, aún agazapada junto a la estantería del suelo. Tenía la boca llena de sangre, y en aquel momento Ellen comprendió a qué se debían las heridas de las muñecas: ella misma se mordía la piel.

Desde que empezara a trabajar en la unidad nueve había tratado con numerosos pacientes que se autoagredían, e incluso había tenido que curar con sus propias manos alguna que otra herida grave en pacientes que se consideraban unos fracasados o que se culpaban de algún hecho desgraciado sucedido en su entorno más cercano: palmas de las manos quemadas en el horno para expiar un aborto, mejillas arañadas y despellejadas a modo de castigo por ser tan fea como para provocar que un marido fuera infiel…

Otros se agredían para no perder el contacto con la realidad; se enfrentaban a sus alucinaciones clavándose agujas en los muslos o cortándose los brazos con cuchillas de afeitar. El dolor es uno de los pocos sentimientos que pueden atribuirse a la realidad sin ningún tipo de dudas. Aquel que siente dolor puede afirmar que se encuentra en el momento y el lugar en que lo siente.

Ellen no podía saber si la mujer era consciente de aquel recurso mental o si se mordía solo por instinto, aunque imaginaba que era más bien esto último, básicamente por la cantinela con la que acompañaba cada uno de sus movimientos:

–¿Quién teme al hombre del saco?

En aquel instante el hombre se levantó de golpe, dejó la aguja, cogió su jersey de la mesa, se lo puso y se acercó a Ellen. Le sujetó la cabeza con una mano y la empujó contra la camilla, donde se la inmovilizó con una correa de cuero.

Ellen no pudo hacer nada para defenderse. Desesperada, incapaz de ofrecer resistencia, movió los ojos de un lado a otro para ver qué pensaba hacer aquel chiflado. Evidentemente, hacía rato que sabía lo que iba a pasar, pero su mente se empeñaba en rechazar aquella idea a toda costa.

–¡Por favor, no! –le suplicó al ver que se acercaba de nuevo.

Se movía con calma; con una parsimonia que rayaba en la indiferencia. Aunque no pronunció ni una sola palabra –ni siquiera cuando ella le imploró que no lo hiciera, «por favor, por favor, por favor...»–, sus movimientos parecían decir algo así como «vamos, mujer, tienes que pasar por esto».

Cuando intentó meterle la toalla en la boca, Ellen apretó con fuerza los dientes. Habría querido apartar la cara, pero la correa se lo impedía. Él se la aplastó contra los labios, pese a todo, y con la mano libre le cogió la cara y le clavó los dedos en la mandíbula con tal fuerza que a Ellen no le quedó más remedio que abrir la boca, doblada de dolor. Y cuando él le metió la toalla entre los dientes no pudo reprimir unas arcadas terribles y pensó que vomitaría y que moriría ahogada en su propio vómito, de modo que se obligó a respirar hondo por la nariz, hasta que empezó a ver manchas blancas ante sus ojos.

«¡No, por Dios! ¡Estás hiperventilando!»

Después de aquello notó una segunda correa que le sujetaba la barbilla hacia arriba. Los pensamientos se agolpaban en su interior a una velocidad de espanto.

«No, no va a hacer nada. Seguro. Lo único que quiere es asustarme. Solo quiere atemorizarme.»

Pero cuando le puso el gel en las sienes supo que sí iba a hacer algo. Y a pocos centímetros de ella, tras su cabeza, el zumbido subió de intensidad. Un zumbido que –ahora lo sabía– no provenía de un enjambre de abejas, sino de un transformador.

Notó los fríos electrodos junto a las sienes. Una técnica usada con cientos de miles de pacientes esquizofrénicos a los que se les debió de helar la sangre en las venas antes que a ella.

El origen de este tipo de terapia basada en descargas eléctricas debe atribuirse a dos psiquiatras italianos que, poco antes del inicio de la Segunda Guerra Mundial, se fijaron en el modo en que se anestesiaba a los cerdos antes de la matanza y se preguntaron si el suministro controlado de estas descargas podría tener un efecto positivo en las enfermedades psíquicas. Al fin y al cabo, se decía que los ataques epilépticos eran fruto de algo similar... Convencidos de haber descubierto un método de curación efectivo, pues, empezaron a experimentar con perros antes de hacerlo con personas. Luego probaron con presos. Con individuos completamente sanos.

Pero en aquel proceso olvidaron tomar en consideración una diferencia básica entre los animales y las personas: al contrario que los primeros, estas últimas saben lo que les espera cuando se les ponen electrodos en las sienes. Un ser humano es en todo momento consciente de lo que va a suceder, y el pánico que le provoca el futuro inmediato no puede explicarse con palabras.

Y eso era, ni más ni menos, lo que sentía Ellen en aquel momento: un pánico indescriptible. Habría hecho lo que fuera, *lo que fuera*, para que el hombre del saco le quitara los electrodos, porque era evidente que no pensaba anestesiarla ni darle nada contra el dolor, que es lo que habría hecho cualquier médico de hoy día.

El hombre del saco comprobó una vez más los electrodos de sus sienes, y después se colocó tras ella y bajó la palanca. Se oyó un chasquido muy feo, acompañado de un ácido olor a corriente, y...

* * *

Durante el momento de la descarga, que por otra parte no debió de durar más de dos o tres segundos, Ellen sintió una supernova que explotaba en su interior, y le pareció que la partían en dos: una parte que desaparecía en el mar en llamas de un universo ardiente y otra más física que trataba de rebelarse contra la tensión y contractura de sus músculos tras la descarga eléctrica.

Si la descarga le hubiese recorrido el cuerpo, la habría matado. Pero su agresor solo le tocó el cerebro.

Fue un viaje al infierno. Es cierto que no sintió ningún dolor, pero la explosión de pensamientos y sentimientos de su espíritu fue mucho peor que cualquier padecimiento físico.

Y cuando al fin acabó todo, sintió un vacío helado en su interior. Notó cómo le temblaban todos y cada uno de los músculos –destrozados, extenuados–, y cómo le quitaban las correas del cuerpo; cómo la levantaban de la mesa de operaciones y cómo la llevaban a otro sitio... Sin embargo, no fue capaz de procesar mentalmente aquella información.

El único pensamiento lúcido que tuvo la suficiente fuerza como para llamar la atención en su embotada cabeza fue el de «ahora me matará».

30

El vacío de su cabeza no era negro, sino más bien pálido, azulón, semejante al de un glaciar. Pero lo más significativo era el suave balanceo, el leve movimiento oscilante en el que estaba sumido, como si se hallara sobre la cuerda de un arpa que alguien acabara de tocar.

Fue el frío lo que hizo que Ellen volviera en sí. Mientras recuperaba la vista poco a poco –como si sus ojos fueran una cámara cuyo objetivo fuera necesario enfocar–, comprendió que el frío que la atenazaba no era solo el resultado de sus doloridas terminaciones nerviosas.

No, aquel frío era real.

Aquel frío estaba mojado.

Aquel frío era...

¡Agua!

Estaba en una de las cuatro bañeras de la mohosa sala de hidroterapia, y algo olía escandalosamente mal. Horrorizada, comprobó que el olor emanaba de ella misma. Durante la descarga eléctrica había perdido el control sobre todos los músculos, incluidos los esfínteres.

Pero lo peor de todo fue comprobar que la bañera estaba llena de agua helada y que ella no podía controlar sus movimientos con la celeridad y eficacia necesarias para liberarse. Debatiéndose como pudo, intentó apoyarse en los bordes de la bañera, pero no fue capaz de controlar el movimiento de los brazos, y, cuando por fin logró colocar una mano, más por casualidad que por voluntad, no fue capaz de doblar los dedos para aferrarse al borde. Intentó mover las piernas y patalenado logró, por lo menos, sacar un poco el torso del agua. El pánico a morir ahogada en aquel agua helada le daba fuerzas para resistirse. Una fuerza que desconocía poseer. Temblando, apoyó las plantas de los pies en las paredes de la bañera, tensó las piernas cuanto pudo e intentó ayudarse con las manos –que se resistían a obedecerla– para incorporarse por encima del nivel del agua... pero este seguía subiendo.

Y entonces quedó sumida en la más absoluta oscuridad.

Acababan de poner la tapa de su bañera.

Ellen chilló, golpeó la tapa y oyó, aterrorizada, cómo se movían los cierres de los cuatro lados.

El frío la ayudó a recuperar el control de los músculos y de los nervios, pero al mismo tiempo sintió que el cuerpo se le empezaba a quedar rígido. El agua estaba prácticamente congelada, y como no saliese inmediatamente de aquella maldita bañera su sistema locomotor se paralizaría. Se impulsó hacia arriba, asomó la cara por el agujero de la tapa y vio al hombre del saco en la puerta de la habitación.

–Sácame de aquí, por favor –suplicó, con el agua cada vez más arriba.

Como a cámara lenta, el hombre con el pasamontañas movió la cabeza hacia los lados.

–Reflexiona –le dijo, en voz baja.

Y cerró la puerta tras de sí.

Ellen gritó, rugió, vociferó, se hundió en el agua y golpeó la madera con todas sus fuerzas... pero fue en vano. Volvió a sacar la cabeza, la presionó contra el agujero de la madera y volvió a chillar, fuera de sí.

La puerta estaba cerrada. La sala, oscura y vacía. Allí no había nadie que pudiera oírla.

Por entonces, el agua empezaba a rebosar y a colarse por la

rendija que quedaba entre el borde de la bañera y la cubierta de madera. A Ellen no le quedaba más opción que coger aire durante apenas unos segundos y volver a hundirse para intentar vaciar un poco más la bañera.

Sintió que el frío empezaba a hacer mella en todos y cada uno de sus músculos. Cada movimiento, por leve que fuera, le exigía un esfuerzo ingente para el que cada vez se sentía menos capacitada.

«Pronto comprobarás qué se te da mejor: si aguantar la respiración o aplastar la cara contra un agujero de madera.»

El pánico y la adrenalina le permitieron continuar así durante un rato: aguantando la respiración bajo el agua e incorporándose después para asomar nariz y boca por el agujero y gritar pidiendo ayuda.

Pero llegó un momento en que se quedó sin fuerzas y no fue capaz de seguir gritando. Se limitó a respirar, o mejor dicho, a obligarse a respirar, porque hasta eso le suponía un esfuerzo, y a medida que su ánimo remitía, se apoderaba de ella una creciente y cada vez más poderosa indiferencia.

Hasta que dejó de asomar la cara y se hundió.

Silencio.

Oscuridad.

¡Paf!

Escozor en la mejilla.

Alguien que gritaba su nombre.

¡Paf!

Otra bofetada.

Estaba tendida en el suelo, en un charco de agua. Tenía la ropa interior pegada al cuerpo. Hacía un frío glacial.

Lo primero que vio al abrir los ojos fue la cubierta de madera junto a la bañera. Después a Mark, inclinado sobre ella. Y detrás de él al hombre del saco, con el rostro descubierto, al fin.

Hizo un esfuerzo por incorporarse tan rápido como pudo y le pegó una patada a Mark en la cara, mientras se arrastraba en la medida de lo posible hacia una esquina de la habitación, y se escondía tras la caldera.

–¡Dejadme en paz!

Los hombres la miraron sin dar crédito. Era imposible que pudiera escapar, porque ellos bloqueaban la salida.

–¡Ellen, por el amor de Dios! ¿Qué te ha pasado?

Mark se pasó la mano por la mejilla, que se le puso roja tras la patada.

–¡No te hagas el santo! ¡Sabes perfectamente lo que ese monstruo acaba de hacer!

El hombre del saco, al verse señalado, levantó las manos en señal de perplejidad. Su sorpresa estaba muy bien fingida, pensó ella.

–¿Yo? ¿Pero qué...? ¿Qué se supone que le he hecho?

Mark le lanzó una mirada que lo silenció de inmediato. Entonces miró a Ellen, y ella reconoció su expresión a la primera. Era la mirada de alguien que se cuestiona la cordura de su interlocutor. Una mirada a la que ella misma había recurrido en muchas ocasiones.

–Ellen, cuéntame lo que ha pasado.

Su fingida preocupación era casi conmovedora. Claro que... ¿Y si no era fingida? ¡Por todos los santos! Después de todo lo que había pasado no se veía capaz de distinguir lo posible de lo imposible, lo ficticio de lo real.

–¿Por qué me hacéis esto? ¿Por qué me torturáis e intentáis que pierda la razón? ¿*Por qué*?

–Ellen, ¿ese tío ha estado aquí? ¿Esto te lo ha hecho él?

–Pregúntaselo tú mismo: ahí lo tienes.

De nuevo esa expresión de desconcierto.

–¿Él?

–¡Deja de tomarme el pelo, Mark! Al menos podría haberse cambiado de ropa, ni que fuera por disimular.

–¿Puede alguien decirme de qué va todo esto? –quiso saber el tipo del jersey negro

–Ellen, este es Volker Nowak –dijo Mark, señalando al hombre del saco–. Es amigo mío. Él...

–Que se quite el jersey –le interrumpió Ellen–. Los dos, ¡quitáoslo! ¡Quiero veros los hombros!

El hombre del saco, Volker según Mark, los miraba con los ojos como platos, pasando de uno a otro como si estuviera en un partido de tenis.

–Nos tomas el pelo, ¿no?

–¿Tengo pinta de querer haceros una broma?

–Está bien –dijo Mark, desabrochándose los botones de la camisa.

Volker se pasó la mano por el pelo, agobiado.

–Joder, tíos, ¿a qué viene todo esto?

–Volker, cierra el pico y haz lo que te dice, ¿vale? ¡Tú hazlo! –le dijo Mark, con premura.

–Está bien, pero no sé yo si este es momento de espectáculos... –dijo, mientras se sacaba la sudadera de «New Zealand All Blacks».

Ambos se quedaron, pues, con el torso desnudo. Ellen les pidió que le mostraran ambos hombros y ellos obedecieron. Primero Mark y después su amigo.

Ninguno de los dos tenía una herida recién cosida en la piel.

31

Jamás había saboreado tanto una taza de caldo bien calentito. Ella, que por lo general odiaba la comida artificial, se tomó un tercio de aquel *tetra brik* como si fuera el mejor de los manjares. Lo importante era que estuviese caliente, y salado.

Aún temblorosa, Ellen se había sentado en el sofá de Mark con las piernas cruzadas y llevaba un chándal que le había dejado él y que, lógicamente, le iba un par de tallas grande. Pero daba igual, necesitaba calor. Y eso que además se había envuelto en una manta de lana de cuadritos negros y blancos.

Apoyaba las manos en la taza para calentarlas y bebía poco a poco mientra Mark le explicaba lo que acababa de suceder:

—En realidad le debes la vida a nuestro amigo el del caracol. Si Florian no me hubiese explicado dónde te había visto, lo más probable es que aún estuviéramos buscándote. Bajamos por el conducto de ventilación y recorrimos algunos de los túneles. Volker te oyó gritar y yo recordé las antiguas salas de terapia. Joder, Ellen, ha ido todo de un pelo.

—¿A mí me lo dices? —respondió ella, suspirando, con un nudo en la garganta.

Si Mark y su amigo hubiesen tardado un poco más, o si no la hubiesen buscado, simplemente, habría inhalado agua, y...

—¿Visteis al loco y a la mujer? —preguntó, intentando apartar de sí aquellos pensamientos.

Mark movió la cabeza hacia los lados.

–La sala de operaciones estaba vacía. Bueno, sobre la mesa vimos... en fin, tuvimos claro lo que había pasado.

Ellen sintió que le ardía la cara. Sabía que no tenía motivos para avergonzarse –seguro que cualquiera habría perdido el control sobre su cuerpo al verse sometido a una sesión de electrochoques–, pero, aun así, se sintió fatal.

–El muy hijo de puta... –dijo–. Se me ha escapado. Vuelvo a estar al principio.

–*Volvemos* –apuntó Mark–. Evidentemente, solo si quieres que te ayudemos y te crees de una vez por todas que yo no soy el hombre del saco.

–Y yo tampoco, por cierto –dijo Volker Nowak, mientras se echaba dos cucharadas de azúcar en el café–. ¿O voy a tener que desnudarme cada vez que me lo pidas?

Ellen puso los ojos en blanco y miró a Mark.

–¿Qué pinta él en todo esto?

–La pregunta sería más bien por qué lo he metido yo en todo esto, y la respuesta... Este... bueno, le pedí que me consiguiera la contraseña de tu ordenador.

–¿Que le pediste *qué*?

–Le pedí ayuda –respondió Mark, con voz pausada– para poder entrar en tus archivos. Sé que no está bien, que me he inmiscuido en tus asuntos y colado en tu intimidad y todo eso, pero también sé que cuando te dejé en casa estabas hecha polvo y no quise despertarte. Mira, de camino a la clínica me dio por pensar que la mujer podía ser la verdadera clave para llegar hasta el secuestrador, y recordé que tus informes de los pacientes son tan detallados, tan minuciosos, que todos tus colegas soñamos con hacerlos algún día como tú. –Le guiñó el ojo–. Y resulta que tenía razón: puesto que no sabías nada de la mujer, te dedicaste a describir su aspecto físico con todo detalle, ¿lo recuerdas? Pues bien, aquí mi amigo Volker no solo es un excelente investigador, sino que también es experto en hacer retratos robot y tiene unos extraordinarios conocimientos de informática.

Con un divertido además que pretendía replicar una reverencia, Volker les dedicó una sonrisa.

«Y tiene tendencias maníacas», se dijo Ellen, pero prefirió guardarse el comentario para sí.

–Ya sé que he violado tu privacidad, pero te juro que ha sido por una buena causa. Por cierto: deberías acostumbrarte a utilizar una contraseña alfanumérica. ¡Tardé menos de medio minuto en adivinar que tu *password* era «Sigmund»! Es casi un insulto para cualquier *hacker* que se precie.

Ellen suspiró.

–Vale, la próxima vez haré lo posible por daros un poco más de trabajo. Pero dime, ¿habéis logrado algo?

Con expresión triunfal, Volker abrió la mochila que tenía en el sillón de al lado y puso sobre la mesa una foto de gran tamaño.

–*Voilà*.

Ellen cogió la foto y la observó atentamente. Como todos los retratos robot, aquel también tenía un aspecto artificial, irreal, pero el parecido con la mujer sin nombre era indiscutible. Y la angustia que sintió al verla no hizo sino confirmar aquella similitud.

–No está mal –dijo, haciendo un esfuerzo por utilizar un tono sobrio y contenido. No debía dejarse llevar por sus sentimientos. Tenía que demostrar su profesionalidad–. Tiene la cara un poco más redonda, los ojos algo más grandes y los labios más finos. Los pómulos un poquito más anchos y...

–¡Espera, espera! –la interrumpió Volker, metiendo de nuevo la mano en su mochila y sacando una libretita–. Dame diez minutos, deja que haga una llamada y tendremos el retrato retocado. Tienes internet en casa, ¿no, Mark?

No cabía la menor duda de que Volker estaba en su elemento: alteró la foto según las indicaciones de Ellen –ensanchó las mejillas de la desconocida, la volvió algo más rellenita y varió la forma de sus ojos–, mientras Ellen luchaba por sobreponerse a la angustia de los recuerdos.

Se concentró en el rostro de su paciente e hizo un esfuerzo por difuminar todo lo demás: la lámpara de operaciones, la mesa de metal, las correas, el transformador... Todo lo que había sucedido después de haberla encontrado... Fue un ejercicio terrible de abstracción que acabó con las pocas fuerzas que aún le quedaban, pero que al mismo tiempo la ayudó a tomar distancias, a ordenar sus sentimientos.

–Sí, es ella –dijo Ellen al fin–. Supongo que ese sería su aspecto si no tuviésemos en cuenta todas las heridas y moratones de la cara.

–Parece como si llevara mucho tiempo ahogando sus penas en el alcohol –dijo Mark–. El tejido conjuntivo fofo, las venitas rotas en las aletas de la nariz y la coloración amarillenta de las retinas que acabas de describir podrían ser señales de todo esto.

–Estoy de acuerdo –coincidió Ellen–. Además, su aspecto dejado y los harapos con los que iba vestida me parecieron desde el primer momento una señal inequívoca de su pertenencia a las capas bajas de la sociedad. Lo más probable es que esté en paro. Quizá ni siquiera tenga casa, lo cual dificultará mucho la búsqueda.

Mark observó la imagen, pensativo.

–Podríamos llevar la foto a nuestros servicios sociales, a ver si la reconoce alguien.

–Sí, claro, podemos intentarlo. Aunque no nos queda demasiado tiempo. El maldito secuestrador me dio de plazo hasta mañana al mediodía. Si por entonces no he descubierto su identidad, la matará.

–Pues vamos a la policía.

–Olvídalo. Ya he tenido suficientes dosis de defensores de la ley en las últimas horas. Si lo único que tenemos es la *suposición* de que un psicópata quiere matar a una mujer, pero no les damos ningún nombre, no moverán sus culos del asiento. Ya me lo han dejado claro en un par de ocasiones.

—Pero, ¿no basta contigo? Te has convertido, y perdona que te lo diga, en un hematoma andante. Si les muestras tus heridas y les explicas lo que te ha hecho, no les quedará más que...

—Para, Mark, para y piensa un poco. Todo esto podría habérmelo hecho de mil maneras; incluso sola.

Le vino a la mente la imagen de la mujer sin nombre llevándose a la boca las palmas de las manos, mordiéndose y arrancándose la piel hasta cubrirse los dientes de sangre... Tuvo un escalofrío.

—No sería la primera vez que sucede algo así —añadió.

Mark la miró, consternado.

—No hablarás en serio, ¿no?

—¡No, hombre, claro que no me he herido a mí misma! Pero no tengo ningún interés en que nadie conozca mi historia, porque paso de convertirme en la psiquiatra loca —dijo, y lanzó un bufido ante la idea—. Además, hay algo mucho más importante: supongamos que la policía me cree, y supongamos también que se ponen a buscarla. Seguro que el monstruo se enteraría y entonces... ¿Qué crees que pasaría con ella?

—Mierda, tienes razón. Sería correr un riesgo innecesario. Lo mejor será hacer caso a Volker y aceptar su propuesta.

—Que es...

—Que encontremos nosotros a la mujer, pero a mi manera. —Al decir aquello Volker señaló su libretita—. El problema es que estás buscando a una mujer de la que solo conoces su físico. Está bien, quizá también hayas acertado al decir que es una sintecho que empina el codo, pero eso tampoco te sirve de gran ayuda, y menos aún si la búsqueda debe ser rápida. A ver, Ellen, ¿estás segura de que era alemana?

—Sí —asintió ella—, al menos lo parecía. Hablaba con marcado acento del sur, de la Selva Negra, diría yo.

—Bien. ¿Y qué debe tener todo ciudadano alemán, sin excepción?

—¡Por favor, Volker, al grano! —Mark tamborileaba en la mesa con los dedos, nervioso.— Dile de una vez lo que me has dicho a mí.

–¡Está bien! Todo ciudadano que no sea ilegal debe tener algún tipo de documentación, ¿no? DNI, pasaporte, carnet de conducir... Pues bien, todos estos documentos se fabrican en la imprenta estatal. Los nombres y las direcciones de todos los ciudadanos se apuntan en unas tarjetitas de plástico que se convierten en los documentos oficiales. Y todos los datos se procesan electrónicamente.

Ellen alzó las cejas.

–No irás a decirme que tienes acceso a esos datos, ¿no?

–El problema es que la ley de protección de datos prohíbe que los detalles personales que se gestionan en la imprenta estatal se graben de un modo centralizado –dijo Volker, pero entonces esbozó una sonrisa de oreja a oreja–, excepto los de las oficinas de empadronamiento, que primero envían los datos a la imprenta y después los graban.

–¿Pero qué me estás contando? ¿Pretendes piratear los archivos de todas las oficinas de empadronamiento de Alemania? ¡Perdona que te lo diga, pero no tiene sentido! Y en el remoto caso de que pudieras hacerlo... ¿cómo pretendes dar con ella solo a partir de su retrato robot?

Volker acabó de tomarse su café y se sirvió un poco más.

–Por lo que respecta al primer tema, no es tan difícil como parece. Los alemanes somos tan cuadriculados que hasta utilizamos los mismos *softwares* y sistemas de datos. Solo tenemos que colarnos en la imprenta estatal y... *voilà*, ya tenemos los datos del servidor. Y por lo que respecta a la foto, dame unos minutos y te lo mostraré.

Cuando Mark salió de la cocina un poco más tarde con otra taza de caldo para Ellen, Volker levantó la cabeza de su ordenador.

–¡Eureka! –dijo con una sonrisa, mientras alzaba los brazos al aire.

Se había pasado un buen rato tecleando en su ordenador como un poseso, y ahora estiraba los dedos, haciéndolos crujir.

–Damas y caballeros, como dijo Hannibal Lecter: «Si ustedes están listos, yo también».

Ellen y Mark se le acercaron y miraron la pantalla.

–Es magnífico tener amigos que trabajan las veinticuatro horas del día. Sobre todo en la era de la información. –Volker señaló una fila de cifras que se recortaba sobre el fondo oscuro de la pantalla–. Evidentemente, lo que vamos a hacer es de todo menos legal, pero no os preocupéis, porque he colgado mi pregunta de un servidor de Malasia que a su vez se ha...

–Haz lo que creas conveniente, Volker –le interrumpió Mark–, pero intenta evitar que en los próximos minutos se nos presente aquí alguna organización de tres letras aporreando la puerta.

–Claro, hombre.

Volker escribió algo en el ordenador, y en la pantalla aparecieron las palabras «FACE-EXPLORER 3.01 STARTED». Después se abrió un programa cuya presentación estaba dividida en dos partes: a la izquierda, el retrato robot; a la derecha una lista de cifras y letras en una ventana en la que ponía «SEEKING PROCESS».

–¡Guau! –exclamó Mark, acercándose al monitor.

–Sí, mola la nueva versión, ¿eh? –respondió Volker.

Parecían dos adolescentes. Dos chavales con un juguete nuevo.

–¿Y para qué sirve este programa? –quiso saber.

–Como su nombre indica, el «FACE-EXPLORER» procesa rasgos faciales. Comparará la fisonomía del retrato robot de la mujer con todas las fotos del banco de datos y buscará coincidencias en la geometría del rostro. Y está tan bien hecho que no tiene en cuenta los puntos que pueden «despistar», como por ejemplo unas gafas, un peinado, arrugas o una barba... aunque no creo que en este último caso fuéramos a tener muchos problemas, nosotros. Si no me equivoco, no deberíamos tardar en saber quién es esta mujer y cuál ha sido su último empadronamiento.

–¿De verdad? ¿De verdad funciona así?

Volker la miró con indulgencia.

–Si no funcionara, los estadounidenses ya podrían ir tirando a la basura sus controles de datos biométricos, cuando menos los de reconocimiento de caras. En sus orígenes, este programa fue una versión de prueba para uno de los equipos de control de aduanas, que compara los contornos del rostro de las personas con los de sus pasaportes. Al principio cometía muchos errores, pero ahora ya funciona bastante bien.

–¿En sus orígenes? ¿Y para qué sirve ahora?

Volker carraspeó un poco antes de responder:

–Bueno, un amigo mío lo modificó ligeramente...

–¿Para?

–Mmm, vale. –Volker cruzó una mirada rápida con Mark y volvió a fijar la vista en la pantalla de su ordenador, sin mirar a Ellen–. Alguien le informó de que su novia se estaba forrando gracias a un tío que colgaba fotos suyas desnuda en una página web. Y mi amigo utilizó la foto de su chica para encontrar la página en cuestión.

–¿Y la encontró?

Volker volvió a carraspear.

–Bueno, digamos que le costó un poco y que ahora la chica es su exnovia, pero que vuelve a tener mucho tiempo para dedicarse a la informática.

Mientras Volker continuaba enfrascado en el programa, Ellen fue a la cocina y se sirvió una tercera taza de caldo. Después se recostó en el mármol y miró hacia el jardín por encima del borde de la taza. Mark, que la había seguido, la miró preocupado y le preguntó:

–¿Cómo estás?

Ellen suspiró, agotada.

–Como una mujer a la que han propinado dos palizas y sometido a una sesión de electrochoque y que ha estado a punto de morir ahogada en una tumba de agua helada. Añádele a eso una migraña insoportable, una pizca de autocompasión y la sensación de haber fracasado en todo lo que me he propuesto. Pero por lo demás, bien.

–¿Te acuerdas de nuestra charla en el restaurante japonés? ¿Recuerdas lo que te dije?

–¿Que me estaba obsesionando con el caso?

–Sí.

Ellen dejó la taza en el mármol de la cocina, entre Mark y ella.

–¿Y qué pretendes que haga? ¿Que me rinda? ¿Que abandone a la mujer y espere que ese chalado se olvide de mí?

–No, claro que no. Solo tienes que dejar de enfrentarte a todo sola. Yo creo que ese tío, sea quien sea, sabe qué hacer para hundirte en la miseria. Por eso te pido que confíes en mí.

Ellen volvió a desviar la vista hacia la ventana. No tenía valor para mirar a Mark a los ojos.

–Me siento tan… Tan vulnerable… Y es un sentimiento muy nuevo, Mark. –Notó que estaba temblando–. Hasta ahora siempre he podido hacerlo todo sola. Pero tienes razón: sin tu ayuda y la de ese friqui amigo tuyo no sé por dónde tirar.

–Va, no te preocupes por Volker. Es un poco rarito pero es buen tío. Y por lo que a mí respecta… Quiero que sepas que siempre podrás contar conmigo.

Ellen notó algo en la mejilla. Era una lágrima.

–Me siento fatal, Mark. Me he comportado como una histérica… –Señaló hacia la ventana–. Hace unas horas estaba ahí fuera, escondida entre unos arbustos, porque pensaba que tú eras el hombre del saco. Ahora me parece un maldito ataque paranoico.

–Bueno, tenías tus motivos.

Ella se rió sin ganas.

–Desde luego que los tenía. Y también en contra de Chris. ¡De Chris!

–No le des más vueltas, Ellen. Yo lo interpretaría como un ataque de rabia contenida porque no está a tu lado ahora mismo, cuando más lo necesitas.

–¿Y si no es eso? ¿Y si he enloquecido de verdad?

Mark movió la cabeza hacia los lados con firmeza.

–Las cosas no funcionan así y lo sabes. Uno no pierde el juicio con tanta rapidez. Hay señales que indican la falta de cordura, pero yo no he visto ninguna en ti. Ninguna, al menos, que me haga pensar que ya no eres la que eras.

En el jardín, dos gorriones se peleaban por unas migas de pan que estaban en el suelo, junto a la pata de una silla. Ellen los miró unos segundos antes de atreverse a decir lo que más la preocupaba desde que había desaparecido la mujer sin nombre:

–Durante mis años de prácticas trabajé con una doctora que llevaba casi veinte años en psiquiatría. Un día fui a su consulta para llevarle algo que me había pedido. Unos documentos, creo. Tenía la puerta cerrada por dentro. Al principio pensé que se habría ido a atender alguna urgencia, pero entonces la oí. Estaba ahí dentro.

–¿Y qué hacía?

–Llorar. Ni más ni menos. Unos enfermeros rompieron la puerta de una patada y nos la encontramos sentada en el suelo, en un rincón, sin reaccionar a nada y sin dejar de llorar. Lo último que oí de ella fue que la habían puesto en tratamiento como paciente de su propia unidad y que desde entonces no hace más que llorar.

–¿A dónde quieres ir a parar?

–En su caso tampoco hubo señales, Mark. Nadie esperaba que enloqueciera. Y lo mismo sucedió con mi predecesor en la unidad nueve.

Perdido en sus pensamientos y con un salero en las manos –era como si siempre tuviera que tener algo en las manos–, Mark afirmó:

–Bueno, el doctor Kreutner era depresivo.

–¿Ah, sí? ¿Y por qué nadie se había dado cuenta? Ninguna de las personas que me contaron esa historia esperaba que el pobre hombre acabara como lo hizo. Y eso que se pasó todo el día en la unidad, charlando con sus pacientes y con el personal del hospital, ¿no? Y luego se fue a casa, cortó el césped y charló con sus vecinos. Fue así, ¿no? Tú lo conocías.

—Sí, sí, pero...

—Nadie se dio cuenta de nada. Y pocas horas después, con la casa en orden y recién duchado, se tumbó en la cama con su albornoz y se pegó un tiro en la cabeza. ¿Dónde están las señales?

Mark lanzó un suspiro y se encogió de hombros.

—Está bien, está bien, no hubo señales. O al menos no supimos interpretarlas. Pero eso fue una excepción. Nunca entenderemos del todo qué lleva a alguien a hacer algo que se sale tanto de la normalidad. Pero en términos generales siempre hay señales, y tú lo sabes tan bien como yo.

Claro que lo sabía. Sabía que Mark tenía razón, pero en esos momentos le costaba admitir cualquier cosa. La sensación de no poder confiar ni en una misma era horrible.

—Además, contigo no tengo que preocuparme: si te pones a ordenar tu apartamento y a cortar la hierba del jardín comunitario, cuando acabes estarás tan cansada que no tendrás fuerzas ni para suicidarte.

Ellen sonrió.

Durante unos segundos reinó el silencio, y después ella alzó la vista hacia él. Mark fingió estar mirando por la ventana, pero Ellen sabía que la había estado mirando a ella.

—Siempre tienes una respuesta para todo, ¿eh?

Él se mordió el labio inferior y asintió. Cuando Ellen vio su mal disimulada mirada pilla no pudo evitar soltar una carcajada. Le salió de lo más profundo del alma, y Mark se le sumó de inmediato, aliviado.

¡Qué bien sentaba reír! Era liberador, purificador... necesario.

Desde el salón, Volker les preguntó a gritos si se había perdido algo, pero no le hicieron ni caso. Se rieron hasta que se les saltaron las lágrimas y Ellen estuvo a punto de tirar al suelo la taza medio llena de caldo de pollo.

–¡Mark, eres idiota! Yo te abro mi corazón y tú vas y te ríes de mí.

–¿Yo? ¡Yo jamás me reiría de ti! Solo intentaba quitarte esas dos arrugas feísimas que tenías entre las cejas.

–¡Vaya por Dios! ¿Y lo has conseguido?

–Sí.

–Gracias.

–¿Te encuentras mejor?

–Sí.

–Fantástico.

–Mark...

–Dime.

–Muchas gracias por ayudarme. Sola no podría... Lo de antes, lo del electrochoque, ha sido lo peor que me ha pasado en la vida.

–Me lo imagino –dijo Mark en voz baja.

–¿Sabías que Ernest Hemingway se trataba las depresiones con terapias de electrochoque?

Él asintió.

–Lo había oído, sí.

–Y después se quejaba de que no podía concentrarse para escribir. Algunos dicen que esa fue la verdadera causa de su suicidio.

–Pues razón de más para que no te pierda de vista.

Esta vez la broma era medio verdad. Ellen vio la preocupación reflejada en los ojos de Mark.

–¿Crees que el hombre del saco cumplirá sus amenazas?

–Si seguimos juntos ni siquiera le daremos la opción de planteárselo. Lo encontraremos, ya lo verás.

Ellen suspiró.

–¡Pero es que no tengo ni idea de por dónde empezar a buscar! Y lo más probable es que lo conozca, que sea alguien de mi entorno... Sabe por qué caminos voy a correr, dónde vivo, cuál es mi número de teléfono, lo mucho que quería a *Sigmund*...

Y sobre todo sabe lo mal que gestiono la pérdida de control. De ahí la tortura. Debió de disfrutar como un loco al ver que me lo hacía todo encima, como un bebé.

Mark se llevó un cigarrillo a la boca y abrió un poquito la ventana de la cocina. Dio una calada y soltó el humo antes de volver a mirar a Ellen.

—No tiene por qué ser un conocido. ¿Y si te ha escogido por un motivo en concreto, por algo que aún no hemos pensado? Quizá llevara un tiempo espiándote y cuando apareció la mujer sin nombre se le ocurrió la idea de este juego macabro.

—¿Pero por qué querría nadie espiarme? ¿Qué ganaría con ello?

—No sé... ¿un antiguo paciente, quizá?

—No lo creo. No ganaría nunca un concurso de recordar nombres, pero jamás olvido una cara y habría reconocido los ojos que se escondían tras el pasamontañas

—Así que piensas en algún compañero de trabajo, ¿no?

—Bueno —dijo Ellen, haciendo un gesto de desconcierto con las manos—, en realidad no, pero es que tampoco tengo amigos en el sentido tradicional del término.

Él le dio un golpecito en el hombro.

—Sí. Me tienes a mí.

Ellen le dedicó una débil sonrisa de agradecimiento.

—Ya sabes a qué me refiero. Es angustioso, ¿sabes? Llevo toda la vida concentrada en los estudios y el trabajo. En cuanto entré en la universidad perdí el contacto con las amigas del internado. Me siento como si hubiese llevado una vida muy superficial...

Mark abrió el grifo del agua, apagó su colilla y la tiró a la basura.

—Es posible que seas una adicta al trabajo, pero yo no creo que lleves una vida superficial.

Ellen sonrió.

—Tienes algo en el labio.

—¿Eh?

—Sí, se te ha quedado pegada un poco de cursilería...

–¡La encontré!

Volker chasqueaba los dedos, emocionado.

–¡La encontré!

Ellen y Mark corrieron a su encuentro, se sentaron junto a él en el sofá y miraron atentamente la pantalla del ordenador.

–El programa ha encontrado un archivo –dijo Volker–. Vamos a ver...

Clicó en el botón de «SHOW» y en la pantalla apareció la foto de una mujer.

–No... no es posible –dijo Mark, con un hilo de voz.

Volker también parecía estupefacto.

–No sé cómo... ¡Filewalker me juró que el *software* era seguro!

Ellen miró a Volker, que se había quedado hundido en el sofá.

–¿Ah, sí? Pues ya estás diciéndole que llame a su exnovia para disculparse.

32

–¿Y ahora qué?

Ellen miró la foto de una niña de diez años de pelo largo y castaño y ojos vivarachos. Unos ojos que no tenían absolutamente nada que ver con los de la paciente sin nombre.

Por algún motivo, tenía la sensación de que conocía a aquella niña, aunque no sabía de qué.

«Quizá porque tiene el mismo aspecto que miles de niñas en sus fotos de carnet.»

Era la típica imagen de pasaporte, tomada sobre un fondo azul por un fotógrafo sin el menor aprecio hacia su pequeña cliente, a la que probablemente animó a decir «patata» o «Luis» o cualquier cosa por el estilo.

–Os juro que no sé qué decir –se disculpó Volker–. Hasta ahora el *software* ha funcionado siempre, y de un modo impecable, tanto con Filewalker como con... pero bueno, da igual, eso no os incumbe. Lo que sí debéis saber es que el programa está diseñado para reconocer geometrías faciales sin tener en cuenta la edad de las personas. Y si ha escogido esta foto será por algo, estoy seguro. O sea, que o la niña esta es la hija de la mujer sin nombre, o... –leyó los datos relacionados con la foto– o bien *es* la mujer sin nombre de pequeña. A ver, miremos la fecha. ¡Sí, tiene que ser una foto de su infancia! Ellen, ¿qué edad dijiste que tendría tu paciente?

–Unos treinta, supongo.

—Mirad. —Volker señaló los datos de la niña—: Lara Baumann, nacida el 26 de noviembre de 1979 en Freudenstadt. Eso está en la Selva Negra, ¿no?

—Por Dios, qué casualidad... —dijo Ellen.

—¿Casualidad? ¡Tú misma dijiste que la mujer tenía acento del sur! ¡O sea que el programa no se ha equivocado!

—No me refería a esto, Volker. Hay otra casualidad mucho más sorprendente. Una que la relaciona conmigo ipso facto.

Los dos hombres la miraron con curiosidad.

—Yo nací el mismo día y en la misma ciudad.

—¡Pues claro! —dijo Mark, dándose una palmada en la frente—. Por eso me resultaba familiar la fecha. Lo siento, Ellen, siempre me olvido de los cumpleaños.

Ellen señaló la foto de Lara Baumann.

—¿Hay algún documento más? ¿DNI, el carnet de conducir, lo que sea?

—Ahora que tenemos un nombre será más fácil saber cosas de ella —dijo Volker, sonriendo—. Incluso por vías legales. Lo cual es una pena, porque molan menos.

Ellen no pudo reprimir una sonrisa. Ese Volker era muy especial y un pelín demasiado narcisista, pero le caía bien. Claro que, a esas alturas de la película, le hubiera caído bien cualquiera que pudiera ayudarla.

Al fin veía una luz en el túnel.

Al fin tenía un nombre.

Era el momento de tomarse un tiempo para sí.

—¿Te molesta si me doy un baño mientras Volker busca los documentos? —le preguntó a Mark—. Necesito sacarme de encima el olor del sótano.

—Claro. Un segundo.

Mark fue al dormitorio y volvió con toallas limpias. Sus atenciones eran conmovedoras. «Parece una gallina cuidando de sus polluelos», se dijo, y sonrió.

—Y la secadora ya debe de haber acabado. Te dejaré la ropa

colgada de la puerta del baño, ¿de acuerdo? Mientras tanto, prepararé algo para comer.

–Yo la quiero con sardinas y olivas –murmuró Volker sin separar la vista del ordenador–. O de atún. El atún también me vale.

–De acuerdo –dijo Ellen–. Que sea pizza.

33

La imagen de la bañera le perló la frente de sudor. Por un momento pensó que no era posible, pero sí lo era: estaba temblando como una hoja, y esta vez no era de frío.

La bañera de Mark no era demasiado grande y el radiador estaba puesto al máximo para calentar bien toda la habitación, pero ella no podía parar de temblar mientras dejaba las toallas y su ropa seca sobre la tapa del retrete. Daba igual que su conciencia le dijera que no había motivos, que estaba a salvo, que no tenía por qué temblar.

En su biografía, la actriz Janet Leigh había escrito que después de haber rodado la película *Psicosis*, aquella en que la matan a puñaladas en la ducha, tardó muchos años en volver a ducharse y prefirió siempre darse un baño con la cortina descorrida. La biografía salió a la luz treinta años después del estreno de la película, y Ellen recordó haber pensado que la actriz no podía haber escrito el libro con fines publicitarios, sino que solo pretendía contar la verdad.

Si alguien pudo traumatizarse al rodar una historia semejante, a sabiendas de que era absolutamente ficticia, ¿cómo no iba a sufrir ella aquel ataque de pánico, apenas unas horas después de haber estado a punto de morir *realmente* ahogada en una bañera?

Por muy pequeña y mona que fuera la bañera de Mark, por muchas fotos de playas y palmeras que tuviese colgadas sobre ella, por mucho que no hubiera allí nada que pudiera recordarle una tapa de madera con un agujero en el centro para sacar la cabeza... Por mucho que intentara repetirse todas esas cosas y superar el ataque de pánico que amenazaba con cortarle la respiración... Ellen no podía dejar de temblar.

Su trauma era demasiado reciente y por eso se obligó a bañarse, pese a todo. No quería que aquello se convirtiera en un miedo crónico de consecuencias irreparables.

De modo que se concentró en los objetos.

«Esto es una bañera. Está en el cuarto de baño de Mark. Este es el gel de ducha y estas son las toallas. Esta es la puerta, cerrada con llave. Aquí nadie puede hacerme daño. Ni siquiera el hombre del saco.»

Pese a todo, tuvo que taparse los oídos al oír correr el agua.

«Soledad.

»La siguiente parada en el camino te conduce por la fría noche, en el bosque. En algún lugar se oye el grito de un mochuelo. Su eco te asusta.

»Oyes crujir las ramas secas bajo tus pies desnudos, ves algunas piedrecitas entre tus dedos, pero no notas ni la madera ni las piedras ni las agujas de los pinos que se te clavan en los pies.»

¿Dónde está Bormann? Tiene que avisarme de que estoy en un sueño.

«Quieres llamarlo pero no puedes. Lo único que logras es dejar escapar un gemido, y cuando te llevas las manos a la cara descubres con horror que no tienes boca. Allí donde deberían estar los labios no hay más que una tensa capa de piel tras la cual notas los dientes y la lengua.»

—¡Un sueño! ¡Es un sueño! —gritó su subconsciente, pero el pánico no remitió.

«Te das la vuelta, atemorizada. ¿Por qué estás aquí? ¿Por qué en este bosque frío y oscuro?

»Sobre tu cabeza brilla la pálida luz de la luna en un cielo estrellado, y tiñe de plata un claro del bosque. La silueta de una casa y de unas caballerizas se recorta sobre el oscuro azul de la noche y se confunde con el negro de los cipreses que las circundan.

»Ya de lejos ves al hombre con la antorcha en una mano. En la otra sostiene con obstinación los restos de una soga. A la luz de las llamas distingues el sucio gris de las rocas con las que se construyó aquella casa décadas atrás.

»El hombre mira hacia ti cuando te ve llegar. Tiene la cara cubierta de hollín, arrugada y vieja, y está terriblemente deformada. Ves su desesperación, su desconcierto y la ira que despierta en él su confusión.

»A sus espaldas, unos puños pequeños golpean la ventana. Son demasiado débiles para romperla. El rostro de un chico se aplasta contra el cristal. Lo oyes llorar, y ves que el hombre de la antorcha también llora, dejando marcas blancas en el tizne de su piel.

»"La verdad no es siempre lo que parece", te dice el hombre, y unas llamas se elevan hacia lo alto, al otro lado de la ventana.

»El niño chilla. Y no está solo. Junto a él se oye otro grito infantil. En la crepitante luz del fuego, ves la sombra alargada de una mujer ahorcada, que se proyecta en una pared de la habitación. Durante apenas un segundo, aparece la cabeza de una niña tras la ventana. Tiene el pelo en llamas, como si fuera el pabilo de una vela humana. La niña se retuerce de dolor, se golpea la cara con las manos y desaparece.

»Quieres ayudar a los niños, quieres hacer algo por ellos, pero alguien te lo impide. Es la niña del vestido de flores, que está a tu lado y te coge de la mano.

»"Lo pasado, pasado está. No puedes cambiarlo, por mucho que lo desees", te dice. Y te mira con pena.

»Ahora se acerca el hombre de la antorcha.

»"Esto es lo que pasa cuando pierdes la cordura", te dice, "que no quieres hacerlo, pero lo haces".

»Miras la mano con la que sostiene la antorcha. Ves los arañazos en su piel. Su mujer no quiso morir, ni quiso que matara a sus hijos.

»La fuerza de la niña es sobrehumana. Te aprieta la mano como una tenaza de acero.

»Pero tú no puedes hacer nada. Incapaz de moverte, tienes que ver cómo el hombre acerca la antorcha a su cuerpo. Las llamas la envuelven y empieza a arder. Es una nube de fuego, pronto empezará a gritar. Pero no se mueve, su boca crece pero no se abre. Ella...»

—¡Ellen!

«"No te resistas", te dice el hombre a través de las llamas, "o el perro negro vendrá a por ti".

»Levanta la antorcha y...»

—¡Ellen!

Ella se incorporó a toda prisa, vio el agua, sintió un ataque de pánico y respiró hondo varias veces. Entonces se tocó la cara para comprobar que no tenía la boca sellada, e incluso se mordió un dedo para cerciorarse del todo. El sabor a agua y jabón la hicieron soltar una risa nerviosa. Qué sueño más horrible.

Volvieron a llamar a la puerta. Ellen dio tal respingo que tiró un montón de agua fuera de la bañera.

—Ellen, por Dios, ¿estás bien?

Era Mark.

Recostó la cabeza en el borde de la bañera, respiró hondo una vez más y contestó.

—Sí, sí, estoy bien. Me había quedado dormida.

—Date prisa o se te enfriará la pizza. Además, hemos descubierto algo muy interesante.

34

Cuando empezó a comer se dio cuenta del hambre que tenía. ¡Caray, se habría comido una vaca entera! Bueno, no, una vaca no, pero sí la carta del A Dong Running Sushi de arriba abajo. Seguro que sí, la señora Li no volvería a ofrecerle el menú «Todo lo que puedas comer» nunca más.

Mark sonrió al ver cómo se zampaba su «Pizza Speziale» en tiempo récord, y le dio la mitad de la suya para que no se quedara con hambre. Aunque no era muy amante del salami, Ellen no la rechazó.

Después de llenarse el estómago y de cambiar el chándal de Mark por su propia ropa limpia, se sentía una mujer nueva.

Y mientras se entregaban al postre –donuts cubiertos de chocolate– y lo acompañaban, como no podía ser de otro modo, de café, Volker les enseñó lo que acababa de descubrir.

–A ver, esto suena a «Expediente X», ¿eh? Sucedió en agosto de 1989, en un bosque de la Selva Negra. Está todo aquí, mirad.

Volker movió un poco la pantalla del ordenador para que Ellen y Mark pudieran ver mejor lo que les enseñaba. Era la portada de un artículo de periódico en el que aparecía una niña sonriendo. Pese al granulado de la foto, aquella sonrisa parecía tan viva y real que Ellen no pudo evitar echarse atrás.

Durante unos segundos tuvo la grotesca sensación de que aquella niña estaba realmente allí, frente a ellos.

Y sintió un dolor de cabeza agudo e insoportable, como si una aguja larga e incandescente le atravesara el hueso del cráneo hasta llegarle al cerebro. Y le entraron unas ganas terribles de vomitar.

Se puso en pie de un salto y sintió que la habitación empezaba a dar vueltas. Todo a su alrededor era de colores brillantes y cegadores. Cerró los ojos con fuerza y pensó que no iba a llegar al lavabo; que vomitaría ahí en medio, sobre la alfombra del salón.

Pero el dolor desapareció con la misma violencia con la que había aparecido y, de pronto, ya no tuvo ganas de vomitar.

–¿Ellen? –Mark la miraba, preocupado–. ¿Qué te ha pasado?

Ella cogió aire y espiró por la nariz.

–Ya está, ya ha pasado. Es la maldita migraña.

Se frotó las sienes. Ahora ni siquiera le dolía el cuerpo. Se dejó caer sobre el sofá y volvió a mirar la foto de la niña. Las manos le temblaban ligeramente.

La foto se había tomado en un tiovivo. Detrás de la pequeña, desenfocados, podían verse más niños sobre caballos y camiones de bomberos, y uno sobre una rana desproporcionadamente grande.

«Qué extraño. Es como...

»¿Como si ya hubieses visto todo esto?

»Sí. Pero no es posible.»

De pronto supo –no *creyó*, sino que *supo*– que a la niña le había pasado algo horrible. Era la misma sensación que había tenido al ver a la mujer sin nombre por primera vez. Casi como si compartiera los *déjà-vu* de una desconocida.

Apartó el plato con su donut. Solo de verlo le entraba dolor de barriga, y eso que hasta hacía poco le había apetecido un montón tomar algo dulce.

Entonces empezó a leer.

NIÑA DE NUEVE AÑOS DESAPARECIDA

...decía el pie de foto.

Y más abajo:

LA BÚSQUEDA CONTINÚA

Por nuestro colaborador, Arno Maifeld.

Alpirsbach. Lo que empezó como un juego de niños, acabó convertido en la más cruda realidad. Desde ayer al mediodía, los policías de la comisaría de Freudenstadt, ayudados por una multitud de voluntarios de los municipios de Loβburg, Alpirsbach y Betzweiler, recorren la zona en busca de la pequeña de nueve años Lara Baumann.

La niña desapareció sin dejar rastro mientras jugaba en las ruinas de la vieja finca de los Sallinger. Acompañada por su amiga Nicole, la pequeña Lara descubrió la antigua construcción en un claro del bosque y, por lo visto, decidió reptar hasta uno de los sótanos. Sucedió a las 15:45h, y lo más probable es que se le cerrara la puerta cuando estaba dentro. Incapaz de abrirla ella sola, la pequeña Nicole volvió corriendo al pueblo para pedir ayuda, pero cuando su padre llegó a las ruinas, apenas media hora más tarde, el sótano estaba vacío. Desde entonces nadie ha dejado de buscar febrilmente a la chiquilla, pero en vano.

El comisario responsable de coordinar la búsqueda, Gustav Breuninger, ha afirmado que lo más probable es que la niña hubiese logrado salir sola del sótano y anduviese desorientada por el bosque, quizá en estado de choque. Aunque tampoco se puede descartar que se tratara de un delito, la policía está a la espera de los resultados de los análisis para confirmar si la sangre encontrada en el sótano pertenecía a la pequeña o a algún animal que se hubiese colado allí. En cualquier caso, por supuesto, se está haciendo todo lo humanamente posible para encontrar a la pequeña Lara sana y salva.

La búsqueda continúa, pues, ininterrumpidamente, y el radio se ha ampliado mucho más allá de los alrededores de las ruinas. Estaremos atentos a cualquier novedad.

El último párrafo animaba a los ciudadanos a ayudar con la búsqueda, e indicaba el número de teléfono de la comisaría de Freudenstadt, al que no debían dudar en llamar si tenían alguna noticia respecto a Lara.

−¿La encontraron?

Ellen se recostó en el sofá. Tenía un sabor amargo en la boca. Los restos de sangre de los que hablaba el artículo parecían confirmar su intuición.

−Eso es lo más extraño del caso −dijo Volker, masticando su donut y señalando el ordenador con el trozo que aún tenía en la mano−: he estado mirando en las ediciones de los días posteriores pero no he encontrado nada más. Ni un solo artículo sobre el tema. ¡Ni una palabra! Nada en diecinueve años. No sé qué le pasó a la niña, pero está claro que nadie quiso hablar de ello. Ni un «¡Hurra, la hemos encontrado!», ni un «Al final se confirmó lo peor». Claro que tampoco hay ninguna esquela que dé cuenta de su muerte. Es como si Lara Baumann hubiese desaparecido literalmente de la tierra, y con ella también el propio tema de su desaparición.

−Qué locura −murmuró Ellen

−Ni que lo digas −asintió Volker−. Si yo hubiese sido ese tal Arno Maifeld, ni de coña habría pasado por alto una historia como esa. Da igual cómo hubiese acabado la niña: yo me habría forrado con mis artículos. ¡Me habría hecho de oro! Ya sé que suena fatal y que parezco un monstruo sin sentimientos, pero... así es el periodismo, colegas. Por eso me parece tan extraño el silencio en torno a este caso.

−La pregunta entonces −dijo Mark−, es por qué no hay más artículos sobre el tema, ¿no? Pues vamos a averiguarlo. ¿Tienes el número de teléfono de la redacción?

Volker echó un vistazo a su reloj.

−Son poco más de las seis y media. Si la gente del *Schwarzwälder Neuesten Nachrichten* son tan trabajadores como los míos, seguro que aún podremos encontrar a alguien por ahí.

No tuvieron suerte con el primer número que intentaron, pero sí con el segundo. Mark apretó la tecla del altavoz y le pasaron con una mujer que dijo llamarse Katrin Fäustle. Era la redactora en jefe del periódico. La misma que diecinueve años atrás había mandado cubrir la noticia de la desaparición de Lara Baumann.

Por el tono de su voz, Ellen calculó que tendría unos cuarenta y tantos años. Y que estaba agobiada. A su alrededor se oían más voces.

–¿Lara Baumann, dice? Espere un segundo. –Oyeron de fondo el sonido de las teclas del ordenador, y al cabo de unos instantes la voz de la mujer diciendo–: Lo siento, pero no encuentro nada sobre el tema.

–Pero es imposible –le replicó Mark–. En los archivos de su página web hemos visto...

–¿Qué es lo que busca, exactamente? –lo interrumpió ella, impaciente.

–Quiero saber qué pasó con la niña.

Oyeron un suspiro en el altavoz.

–Oiga, mire... Me llama usted para hacerme preguntas sobre algo que pasó hace... ¿cuánto ha dicho? ¿Veinte años? Pues bien, ni yo recuerdo un caso semejante ni tenemos por aquí ningún artículo que hable de ello.

–Pero yo tengo aquí...

–Señor Behrendt, cuando le digo que no tenemos *ningún* artículo –le interrumpió la mujer, en tono descortés, lo cual hizo que su voz pareciera pertenecer a alguien mucho mayor–, es porque no lo tenemos. Créame, llevo en este puesto el tiempo suficiente como para poder afirmarlo con seguridad. ¿Qué interés tiene en una historia tan antigua?

Mark obvió la pregunta y en su lugar le preguntó cómo podría ponerse en contacto con el reportero que había escrito aquel artículo, Arno Maifeld.

–Me temo que tampoco voy a poder ayudarles con esto –dijo

la señora Fäustle, aunque no parecía demasiado preocupada por ello–: Arno Maifeld murió hace cuatro años. ¿Fuma usted?

–S-sí, ¿por qué?

–Arno Maifeld también fumaba. Más de dos paquetes al día. Le aconsejo que lo deje. Al menos así esta llamada habrá tenido sentido.

Y con un «que tenga un buen día» que sonó más bien a «ni se le ocurra volver a llamar», colgó el teléfono.

Consternado, Mark se quedó mirando el auricular.

–¡A esta le falta un tornillo!

–Pues espera a ver esto –Volker volvió a mover su ordenador para mostrar a Mark y a Ellen lo que tenía en la pantalla–. Acabo de volver a clicar en los archivos *online* del periódico y...

Todo lo que apenas unos segundos antes habían visto bajo el título *Schwarzwälder Neuesten Nachrichten*, escrito en letras góticas, había desaparecido y había sido sustituido por un texto breve en el que se indicaba que «por problemas técnicos, el archivo no está disponible en estos momentos».

–¿En estos momentos? –le dijo Volker al ordenador–. ¿Problemas técnicos? ¡Y una mierda!

Mark señaló la pantalla.

–Esto no es casualidad, ¿verdad?

–O nos hemos vuelto paranoicos los tres a la vez –dijo Ellen–, o alguien tiene algo muy grande que esconder.

Mark cogió su paquete de tabaco de la estantería.

–Lo siento, pero necesito fumar –dijo, y se fue a la cocina, donde abrió la puerta que daba al jardín.

Entonces, Ellen aprovechó para preguntarle a Volker:

–Tú eres bueno con estas cosas, ¿no? Quiero decir, encontrando números y tal.

–Claro. ¿No lo has visto?

–Sí, sí, bueno, es que se me ha ocurrido una cosa –dijo. Y mirando a Mark, que en aquel momento estaba dando una intensa calada a su cigarrillo, añadió–: antes de que compartamos el fin de aquel periodista gracias a mi querido colega, ¿podrías buscarme otro número de teléfono?

Después de hablar con la comisaría de policía de Freudenstadt, Ellen se enteró de que el jefe Breuninger llevaba ya varios años jubilado. En el siguiente cuarto de hora intentó varias veces ponerse en contacto con el policía en su domicilio privado, pero cada vez le saltaba el tono de «ocupado». Por fin, justo cuando Mark regresaba al salón, la línea quedó libre.

–Breuninger –dijo una voz masculina oscura y cansada.

–¿Con quién hablo? –preguntó Ellen.

–Con Gustav Breuninger. ¿Y usted es...?

–¡Oh, disculpe, me he equivocado! –dijo, y colgó.

Mark la miró sin dar crédito.

–¿A qué ha venido esto? ¿Por qué no has hablado con él?

–Como psiquiatra que eres, tendrías que saberlo. Al teléfono es fácil mentir, e incluso colgar, y en ese caso no conseguiríamos nada. Lo mejor es hablar en persona.

–¿Y qué vas a hacer? ¿Visitarlo?

–¿Tienes alguna idea mejor? Si el maldito secuestrador mantiene su palabra, y todo parece indicar que lo hará, solo tenemos hasta mañana al mediodía para encontrar a la mujer. En estos momentos, Lara Baumann es la única pista que tenemos. No tienes que acompañarme si no quieres, pero yo voy a hacer una visita a Breuninger.

–Pues claro que iré contigo –le dijo Mark de inmediato–. De hecho, siempre he querido hacer un viajecito extralaboral, así que... ¡Venga, hacia la tierra de los relojes de cuco!

–Todo esto huele a podrido –dijo Volker, de camino a la puerta–. Me encantaría acompañaros, pero si no tengo listo mi artículo antes de las nueve...

–No te preocupes, ya nos has ayudado bastante –le dijo Mark–. Sin ti seguiríamos estancados en el principio.

–Id con cuidado, ¿vale?

–Te lo prometemos –le dijo Ellen–. Y una vez más… gracias.

Él le guiñó el ojo y le puso su tarjeta de visita en la mano.

–Por si alguna vez necesitas investigar algo más –le dijo. Y luego, en voz baja, añadió:– O por si te apetece volver a verme el hombro.

–Descuida. Pensaré en ti para mi despedida de soltera.

–¡Uuups! –dijo Volker, y chasqueó la lengua.

Poco después de que Volker se hubiese marchado, Mark se puso la chaqueta y cogió las llaves del coche.

–Un momento –le dijo Ellen, reteniéndolo–. Tú y yo tendríamos que hablar de algo más.

–¿Ah sí? ¿De qué?

No le resultó fácil ir hasta la estantería y coger el álbum de fotos, pero tenía que saber qué era aquello. Carraspeó y se lo puso delante.

–No suelo husmear en las cosas de los demás, te lo aseguro, pero vi mi nombre y… Bueno, después de haber visto lo que contiene, creo que no soy yo la que tiene que sentirse incómoda por haber sido indiscreta.

Y Mark se sintió incómodo. Vaya si lo hizo. Ellen no había visto nunca a nadie ponerse tan rojo en tan poco tiempo.

–Yo… bue… esto… es que…

Ellen cogió la foto en la que aparecía con Chris y Mark. Esa en la que la cara de Chris estaba tachada hasta quedar irreconocible.

–Te escucho.

–Ellen, yo… yo… –Mark tragó saliva y bajó la cabeza, avergonzado–. No sé cómo explicarte esto sin quedar como un idiota. Yo… –Carraspeó, echó una mirada fugaz a la foto y volvió a mirarse la punta de los zapatos.

Ellen lo vio luchar consigo mismo, pero ni por un momento

pensó en dejar las cosas como estaban. No, Mark llevaba mucho tiempo espiándola y eso tenía que aclararse.

–¿Por qué lo has hecho, Mark? ¿Puedes imaginar cómo me sentí al verlo?

–Tienes razón... –asintió, pero no fue capaz de devolverle la mirada–. Ellen, tú siempre has sido muy especial para mí. De hecho, no he salido con nadie desde que te conozco. Sé que no te habías dado cuenta, pero me enamoré de ti en el mismo instante en que te vi... y hasta ahora. Sé que parezco un adolescente con las hormonas alteradas y la cabeza llena de pájaros, pero me temo que esto es lo que hay. –Suspiró y señaló la foto–. Respecto a eso... Bueno, acababa de enterarme de que Chris y tu os ibais a vivir juntos y estaba hecho polvo. Lo siento...

–¡Shhh! –le dijo Ellen, poniendo un dedo sobre los labios de Mark.

Se acercó más a él, apartó el dedo y lo besó. Mas cuando Mark quiso besarla dio un paso atrás y movió la cabeza hacia los lados.

–Este ha sido por tu sinceridad y tu ayuda –dijo, mirándolo a los ojos–, pero no habrá más.

35

Durante el trayecto hablaron poco. Mark condujo y puso un CD, y Ellen se quedó dormida, arropada por el suave canto de Angelo Badalamenti.

Sin incidentes de ningún tipo y sin los típicos embotellamientos de todos los días, llegaron a Freudenstadt hacia las nueve de la noche. Cogieron la autovía hacia Loßburg y, por fin, llegaron a Alpirsbach.

Ya había oscurecido cuando reservaron dos habitaciones individuales en la pensión Weißes Ross. Después se informaron de cómo llegar a Blumenstraße y salieron hacia allá sin perder un segundo.

La casita de techo inclinado hacia delante se ubicaba en un cuidado jardín rodeado de una valla de color madera. A la luz de las farolas reconocieron un rosal y varios arbustos de remolachas; flores, verduras y cabezas de lechugas se alineaban frente a un ejército de enanitos del jardín, y la enorme babosa que se arrastraba sobre una de las lámparas que funcionaban con energía solar parecía más bien una intrusa.

Sobre el botón del timbre brillaba una impecable plaquita de latón con el nombre «Breuninger» escrito en ella.

Ellen llamó al timbre y en cuestión de segundos reconocieron una figura al otro lado de la puerta de cristal. Una rubia muy atractiva les abrió la puerta. Era demasiado joven para ser la mujer de Gustav Breuninger, pensó Ellen, así que quizá fuera su hija.

–¿Sí?

–¿La señora Breuninger?

–No, yo soy la enfermera. –La mujer señaló hacia el Fiat rojo que estaba aparcado al otro lado de la acera y en cuyo lateral ponía «Asuntos sociales»–. Me llamo Uschi Kreutzer. El señor Breuninger ya está en la cama.

–Disculpe que le molestemos tan tarde –dijo Mark–, pero es que tendríamos que hablar con el señor Breuninger. ¿Sabe si ya se ha dor...?

–No, sigue despierto –le interrumpió la enfermera–. Disculpe la interrupción, pero es que tengo mucha prisa y aún debo ponerle la inyección. Esperen un segundo, enseguida se lo traigo –dijo, y salió de allí a toda prisa.

–¿Has notado cómo te miraba? –se burló Ellen de Mark–. Con ella tendrías todas las opciones del mundo, y está claro que es más sexy que yo.

Mark volvió a ponerse rojo como un tomate.

–No volveré a confesarte nada, ¿me oyes? Nunca, jamás en la vida, volveré a confesarte nada.

Pero antes de que Ellen pudiera responderle, un hombre apareció en la puerta.

Era casi como lo había imaginado al oír su voz. El pelo, otrora negro, estaba cubierto de canas y bajo los ojos, de mirada cansada, se apreciaban unas bolsas enormes. Los pantalones, sobre los que emergía una barriga considerable, se sostenían a la altura adecuada con unos tirantes de ciervos muy pasados de moda. Remataban el conjunto, unas desgastadas zapatillas de estar por casa.

–¿Qué desean?

–Buenas noches, soy la doctora Roth, y él es el doctor Behrendt. Ya sé que es muy tarde, pero nos gustaría mucho hablar con usted sobre el caso Lara Baumann.

El hombre suspiró.

–Oigan, estoy muy cansado y tengo que dormir. Hagan el favor de volver mañana.

—Nos encantaría —dijo Ellen, dando un paso hacia delante y bloqueando la puerta con su pie—, pero me temo que no disponemos de tanto tiempo. Sospechamos que Lara Baumann se encuentra en peligro y tenemos que conocer los detalles de su caso, porque...

—No existe tal caso —la interrumpió Breuninger.

Ellen notó su aliento en la cara. «Acetona», pensó la doctora que llevaba en su interior, «probablemente diabetes mellitus.»

Mark sacó de su chaqueta el artículo del diario que habían impreso antes de salir de casa y se lo mostró a Breuninger.

—Pues según esto parece que sí, señor comisario. ¿No coordinó usted las labores de búsqueda?

Breuninger hizo un gesto de rechazo con las manos.

—Bah, dejen en paz esa vieja historia. Juré que nunca volvería hablar de ello.

—¿Por qué, señor Breuninger? —insistió Ellen. Tuvo que hacer un esfuerzo por no gritarle a la cara—. ¿Por qué lo juró?

—Escuche, joven, márchese de aquí y deje de meter la nariz en asuntos que no son de su incumbencia.

En aquel momento, Uschi Kreutzer hizo su aparición.

—Bueno, pues yo ya he acabado —dijo a Breuninger, pero mirando hacia Mark.

En esta ocasión él reaccionó, pero seguramente no como ella habría deseado.

—¿Le dice algo el nombre de Lara Baumann?

—¿Es de la policía?

—No, soy psiquiatra.

—Ah, bueno. En fin, déjeme ver.

Cogió el papel que Mark tenía en las manos y lo leyó con el ceño fruncido.

—No, no sé nada de esto —dijo al fin—. Yo me instalé aquí en el año 1997 y según el artículo la niña desapareció en 1989. Me mudé a la ciudad por amor, ¿sabe? pero no funcionó. Aquí tiene, doctor.

Le devolvió el papel con una caída de ojos perfectamente ensayada, y después se dirigió de nuevo al señor Breuninger:

—Me marcho ya. Recuerde que volveré mañana a las ocho y llevaré a su mujer a la diálisis. Buenas noches a todos.

Breuninger farfulló algo al verla de espaldas y luego volvió a dirigirse a Ellen y a Mark.

—Y ustedes hagan el favor de marcharse, o los denunciaré por allanamiento de morada.

—Díganos solo por qué no quiere hablarnos de Lara Baumann y nos marcharemos sin más —le dijo Ellen.

—Lo mejor es no saberlo, créanme. No debemos llamar al mal tiempo cuando al fin ha salido el sol. El mal podría voler a atacarnos...

Y una vez dicho aquello se dio media vuelta y cerró la puerta tras de sí.

—Qué tipo más raro —dijo Ellen, dándose la vuelta hacia Mark. Pero él no estaba allí, sino junto a la ventanilla del Fiat, charlando con Uschi Kreutzer. Y cuando regresó, el Fiat se puso en marcha y se marchó.

—Todo esto es muy extraño.

—¿No te ha dado su número?

—¡Anda ya!

—Perdona. ¿Qué es extraño, entonces?

—Le he preguntado por el estado de salud de la señora Breuninger y... agárrate bien: hace unos veinte años estuvo a punto de morir por una insuficiencia renal, pero en el último minuto recibió el riñón de un donante y se salvó. Por lo que dicen, fue casi un milagro. Pero ahora vuelve a estar mal, porque el riñón que le pusieron también empieza a fallar y la mujer es demasiado mayor para someterse a otro trasplante.

Ellen la miró, pensativa.

—¿Estás insinuando...?

—Creo que es posible que alguien comprara el silencio de Breuninger, sí. Sabes tan bien como yo que el dinero y unos buenos contactos pueden agilizar notablemente cualquier proceso de donación.

–Seguramente el reportero muerto y la redactora del periódico también fueron *invitados* a guardar silencio. ¿Y por qué crees que el comisario estuvo comunicando tanto rato antes de hablar contigo? Me juego algo a que Breuninger y la directora de este periodicucho, Miss Simpatía, estuvieron comentando que lo mejor era librarse de nosotros sin abrir la boca.

–¿Pero qué interés puede tener nadie en guardar en secreto un caso de hace diecinueve años? ¿Crees que pueden haberla asesinado y que estamos siguiendo una pista falsa?

–No –dijo Mark, moviendo la cabeza hacia los lados–. Sé que el programa de Volker funciona *muy bien*, y que la mujer que llegó a tu consulta era en verdad Lara Baumann. Aquí se cuece algo, pero me temo que esta noche ya no descubriremos nada. Todo el mundo se acuesta pronto por aquí, según parece.

A Ellen no le quedó más remedio que darle la razón, aunque le daba una rabia horrible perder un tiempo tan valioso.

Volvieron al hotel y, antes de separarse para entrar en sus habitaciones, Ellen preguntó a Mark:

–¿Cómo puedes estar tan seguro de que el programa de Volker funciona?

Por tercera vez aquella tarde, Mark se puso rojo como un pimiento.

–Bueno –dijo, y tosió–. La novia de Tobias Schubert, es decir, el *hacker* amigo de Volker, ese al que todos llaman Filewalker... la de las fotos en Internet, pues... es mi hermana.

36

Ya fuera por los nervios, ya porque había dormido durante todo el trayecto en coche, Ellen no pudo pegar ojo en toda la noche.

Durante media hora paseó de un lado a otro de la habitación, como un tigre enjaulado. No lograba quitarse de la cabeza la foto de Lara Baumann y la sensación de que le había pasado algo horrible. ¿Qué sabría el antiguo jefe de la operación y por qué habría reaccionado negándoles una respuesta con tanta vehemencia?

Su afirmación de que el mal podría volver a atacarlos parecía sacada de una mala novela de terror. Y, sin embargo, el tipo parecía creer firmemente en lo que decía. Pese a la rudeza de su trato, tenía el miedo grabado en los ojos. ¿Qué querría ocultar? ¿Qué habría sucedido con aquella niña?

Ellen se tumbó en la cama y encendió la tele para distraerse un poco. Tenía que calmarse y dormir.

Nada. Al cabo de media hora seguía completamente despierta y con un ataque de nervios. Además, recordó –y constató– los motivos por los que nunca veía la tele: motivos como pechos enormes bailando en mitad de la pantalla, mujeres provistas de látigos invitando a los telespectadores a llamarlas a un número de pago, o –como alternativa a todo esto, por así decirlo– hombres y mujeres de sonrisa bobalicona alabando las maravillosas virtudes de *Don Limpio Multihogar*.

Entre anuncio y anuncio vio también un trozo de una película de Hitchcock en la que Gregory Peck interpretaba a un psiquiatra que de la manera más inocente acababa convirtiéndose en víctima de las peores teorías freudianas.

Aquello era demasiado. Apagó el televisor, tiró el mando a la cama y decidió darse una ducha.

El agua caliente le sentó de maravilla, y Ellen se quedó un buen rato ahí quieta, bajo el chorro benefactor. Pero Lara Baumann no tenía la menor intención de abandonar sus pensamientos. Aquella cara... Aquella niña sonriendo en el tiovivo...

«¡Prométeme que me protegerás cuando venga a buscarme!»

A las siete y media de la mañana, cuando al fin llegó el momento de encontrarse con Mark en el desayuno, Ellen estaba hecha polvo. La migraña había vuelto a aparecer por la mañana, lenta y furtivamente, y ahora rabiaba en su cabeza como un tigre enjaulado. Además, estaban los puntitos blancos que bailaban ante sus ojos, señales inequívocas de que dentro de unas horas desearía estar en un lugar oscuro e insonorizado, metida en una cama fresquita.

—Bienvenida al club —la saludó Mark, que ya la esperaba con una taza de café en la mesa—. Pareces tan agotada como yo, mujer.

—Gracias, hombre, muchas gracias. ¿Tú tampoco has dormido?

—Ni un minuto. No podía dejar de pensar en la niña, en lo que podía haberle sucedido, así que decidí llamar a información y probar suerte. Pues bien, la amable dama que me atendió solo pudo dar con una Lara Baumann, pero vive en Wuppertal, tiene ochenta y tres años y no le ha hecho demasiada ilusión que la despertara a las dos de la mañana. Peeero... —Mark se inclinó sobre su plato y se acercó un poco más a Ellen. Olía a café y a humo y no se había afeitado— esta mañana —susurró— he estado charlando un poco con el personal del hotel y preguntando por Lara Baumann a cuantos se cruzaban en mi camino.

—¿Y?

–Nada. Las dos chicas de la limpieza eran demasiado jóvenes, pero la dueña del hotel... Yo creo que ella sí sabe algo. Mientras afirmaba que nunca había oído ese nombre, su cuerpo no dejaba de enviar las típicas señales no verbales de la mentira, ya sabes: fijar la mirada en un punto bajo a la derecha, mojarse los labios, hablar con frases exageradas y demás. Y al ver que yo insistía se ha marchado, sin más.

–Dios, es como en esas pelis del Conde Drácula –dijo Ellen, frotándose las sienes–: los habitantes del pueblo niegan la existencia del castillo que tienen justo al lado porque saben que allí se esconde algo terrible...

«Aquí no hablamos del Conde Drácula, pero sí de otro monstruo. Un monstruo horrible con...»

–Vale ya, déjalo. –Ellen hizo un gesto con las manos y se sirvió café.

Mark la observó, sorprendido.

–¿Que deje qué?

–Lo del monstruo. Hoy no estoy de humor para bromas...

–¿Qué monstruo? Yo no he dicho nada de un monstruo.

–¡Oh! –Ellen se quedó petrificada–. Vaya, pues... debo de habérmelo inventado. Este dolor de cabeza va a matarme.

Cogió el plato de Mark, en el que quedaba algún trozo de pan con paté y lo dejó en la mesa de al lado. La migraña acentuaba su sentido del olfato y la mera idea de comer algo hacía que le entraran ganas de vomitar.

–Tengo pastillas para el dolor de cabeza en la guantera del coche, si quieres. De buena calidad. –Sonrió.

Ella movió la cabeza hacia los lados y dio un sorbo de café.

–Mejor dime qué vamos a hacer ahora. A mí se me han acabado las ideas.

–Solo nos quedan cuatro horas y media hasta el mediodía –dijo Mark, señalando su reloj–. Suficiente para recorrer el pueblo y preguntar a todos los ciudadanos de la zona. Tenemos que insistir hasta sacarlos de sus casillas. Hasta que alguien se decida a hablar. Quizá así descubramos también dónde está ahora y quién puede ser el secuestrador.

—Aun así, no tendremos tiempo de encontrarla —dijo Ellen—, a no ser que tanto ella como el loco hayan venido también hasta aquí, claro.

Volvió a tener la sensación de que el hombre del saco le susurraba al oído. «¿Quién soy? Te doy tres días para descubrirlo. Me darás la respuesta al mediodía. Si no, vendrá el lobo y te comerá. Si no encuentras la respuesta, os mataré a las dos. A ti y a esa loca maloliente.»

Se apretó las sienes con las palmas de las manos, como si pudiera exprimir su dolor igual que el agua de una esponja.

—Eh —le dijo Mark, tocándole el brazo con preocupación—. ¿Tanto te duele?

Ellen solo alcanzó a asentir con la cabeza y a esquivar el gesto de Mark. Se sentía hipersensible, como si hubiese superado el límite de percepciones sensoriales de cualquier tipo. Colores, sonidos, olores y roces parecían multiplicados hasta el infinito. «Así deben de sentirse los que se drogan», pensó.

Algo en su interior se burló de ella —«Ellen in the Sky with Diamonds»—, pero la luchadora que siempre la acompañaba reaccionó de inmediato. «Contrólate, vamos. Solo quedan unas horas. Después habrá acabado todo, para bien o para mal.»

Para bien o para mal. Así estaban las cosas. Si no lograba llegar a tiempo hasta Lara Baumann, o al menos hasta el lugar en el que la tenía presa, el hombre del saco cumpliría su promesa y la mataría. De eso estaba segura. Y tampoco dudaba ni un segundo de que después iría a por ella. Por absurdos o irracionales que sean, los psicópatas siguen sus planes a pies juntillas. No había más.

Respiró hondo varias veces y sintió una levísima mejoría en el concierto de tambores de su cabeza.

—Seguro que el electrochoque tiene mucho que ver, —dijo, suspirando—. Hacía años que no tenía una migraña tan intensa como esta. Es más, no sé si la había tenido en la vida.

—¿Crees que podrás seguir, pese a todo? –le preguntó Mark–. Por lo que sabemos ya sobre el caso, yo creo que podemos informar a la policía de Fahlenberg, y mientras estés conmigo el hombre del saco no te hará nada, ¿te parece? ¡Pero ahora no debemos perder ni un minuto!

—Sí, haré lo que pueda –dijo Ellen, que en realidad no las tenía todas consigo. Pero la luchadora de su interior le insistió: «¡Vamos, piensa en tu promesa!»–. ¿Qué te parece que hagamos ahora? ¿A dónde vamos?

—Yo creo que la parroquia es un buen lugar para comenzar –dijo Mark–. Allí guardan las partidas de nacimiento. Y si el sacerdote no es un joven desmemoriado, seguro que sabe de qué le hablamos. Y sería pecado mentirnos o no ayudarnos, ¿no?

«Pecado, pecado, pecado...»

Ellen volvió a apretarse las sienes con las manos. ¿Qué le estaba pasando? ¿Oía voces? Parecía que sí, pero eso no quería decir que fuera esquizofrénica... Teniendo en cuenta el estrés al que llevaba días sometida, las palizas y torturas y las migrañas, las voces eran una reacción casi normal. Pero podían haber esperado un día más, la verdad.

—Buena idea –dijo–. Bien pensado lo del cura.

—¿De verdad crees que podrás? No pareces... en fin, no tienes buen aspecto.

—Al final tendré que aceptar tus pastillas –suspiró Ellen–. Venga, vamos, se nos acaba el tiempo.

Encontraron la parroquia cerrada. Una amable anciana les dijo que el sacerdote se había marchado a una reunión familiar y no regresaría hasta finales de semana.

Pero su amabilidad se esfumó en el aire en cuanto Mark le preguntó por Lara Baumann. La mujer se santiguó y se marchó de allí a toda prisa, como si la persiguiera el diablo en persona.

—Al final resultará que sí estamos en una historia de vampiros, caray —dijo Mark, en un ataque de sarcasmo que no era más que desesperación.

Ellen, que estaba doblada sobre sí misma en el asiento del copiloto y se había tomado ya la tercera pastilla de la guantera del Volvo, lo miró con curiosidad.

—¿Y ahora qué?

—Ahora a poner gasolina, o no podremos ir a ningún sitio.

Mientras Mark llenaba el depósito del coche, Ellen se quedó sentada en su asiento, lo más quieta posible, para no empeorar su dolor de cabeza. Pese a las pastillas, su migraña se había convertido en un «Solo de percusión para diez tambores sobre cerebro débil».

Miró hacia los dos surtidores de gasolina y, después, hacia la caseta que quedaba algo más allá, junto a un taller. Aquella no era una de esas gasolineras que parecen un supermercado en miniatura, sino una de las antiguas, de las de verdad, y le provocava una extraña mezcla de sensaciones: por un lado era como estar en casa, pero, por otro, se sentía amenazada. Atribuyó a la migraña el malestar que iba apoderándose de ella y apartó la vista de allí. Se entretuvo en mirar el logo de las gasolineras ARAL, luego a Mark, y de nuevo el logo.

«Qué extraño.»

Había algo que no estaba bien. Le dio la impresión de que las letras blancas de la marca no estaban bien sujetas al fondo azul de plástico, y... y... empezaron a flotar en el aire. Y cuanto más se las miraba, más le parecía que se movían.

«Esto es culpa de la maldita migraña. Va a acabar conmigo. Ni siquiera puedo pensar con claridad. Yo...»

Las letras se habían desplazado y en lugar de ARAL decía RAAL.

«Qué tontería. Estoy...»

«Sí, tontorrona. ¿Estás qué?», preguntó una voz femenina en

su interior, claramente distinta de aquellas que solían hablarle. Sonaba muy joven.

«Por Dios, ¿qué me está pasando?»

El logo de la gasolinera se había convertido ahora en ARLA.

A Ellen se le encogió el estómago y los puntitos blancos que bailaban ante sus ojos se convirtieron en centelleantes manchitas claras que parecían alas de mosquitos bañadas al sol.

«Sí, son pequeños mosquitos brillantes.»

«Zuuum, zuuum, zuuum, los mosquitos zumban al fiiin», canturreó la voz de niña en su interior. «Pero dime, tontorrona, ¿eres cobarde o no?»

Y, entonces, Ellen vio lo que hacía rato que habría tenido que ver: lo que en verdad la angustiaba de aquella gasolinera. Las letras del logo habían vuelto a su posición inicial, y brillaban blancas sobre el fondo azul, pero si se leían al revés ponía LARA.

Vomitó. Abrió la puerta del copiloto, salió a toda prisa del coche, buscó el lavabo de mujeres y, como no lo encontró, vomitó junto a uno de los surtidores. Estaba tan mareada como si la hubiesen metido de golpe en una centrifugadora.

Mark se le acercó corriendo y llegó justo a tiempo para evitar que cayera de golpe hacia delante. Entre espasmos, Ellen vomitó sobre el asfalto una acuosa sustancia marrón que antes de pasar por su estómago debió de haber sido dos tazas de café con leche, cuatro azucarillos y tres pastillas para el dolor de cabeza.

«Buena materia prima, tontorrona.»

No le habría sorprendido que su cerebro estallara en cualquier momento. Y mientras tanto, todo su tronco se contraía hasta el punto de dejarla sin aire. Hasta que, al fin, su estómago se calmó.

Cuando las contracciones cesaron, Ellen logró levantarse y se llenó ávidamente los pulmones de aire fresco. La garganta y la faringe le ardían y, a través del velo de lágrimas de sus ojos, vio el mundo que la rodeaba y le pareció, en cierto modo, irreal. Casi como si estuviera en un sueño.

En realidad ni siquiera se sorprendió demasiado al ver al profesor Bormann ocupando el lugar de Mark. Se había llevado un dedo a la boca para indicarle que se quedara callada. Después su imagen se difuminó de nuevo tras las lágrimas y, cuando Ellen se las secó, volvió a ver a Mark junto a ella, sosteniéndola con cuidado por los hombros.

Después, Ellen vio a una mujer que se les acercaba desde la caja. La seguía un hombre de edad avanzada que caminaba con la ayuda de unas muletas y que se detuvo junto al cartel de TA-LLER TALBACH.

–¡Virgen Santa! –gritó la mujer, llevándose las manos a la cara. Debía de tener la edad de Ellen y Mark. Llevaba el pelo rubio recogido en una coleta y parecía muy jovial envuelta en su mono azul–. ¿Quieren que llame a la ambulancia?

–No, no. –La voz de Mark retumbó fortísima junto a su oreja, como si hablara por un altavoz–. No hace falta, soy médico.

–Qué bien, menos mal.

«Esta mujer... esta cara...»

Ellen dejó escapar un gemido. Un dolor insólito e inesperado se abrió paso en su pecho. Sintió como si algo se rompiera en su interior. Como una capa de lava fría que se partiera en mil pedazos ante la nueva erupción del volcán.

La mujer del taller los miró con el ceño fruncido y después sonrió.

–Entonces... ¿debo felicitarles?

–Oh, no. –De nuevo esos gritos en boca de Mark–. No está embarazada. Lamento estar dándole tantas molestias.

–No importa, no pasa nada. –La mujer se les acercó un poco más. Su voz sonaba lejana, casi como un eco, entre las nubes de su migraña–. Lo que importa es que su mujer se recupere. Durante mi embarazo yo vomitaba en los lugares más inespe...

La mujer se detuvo en mitad de la frase y se quedó quieta, como paralizada. Igual que Ellen, que al fin pudo ver la cara de la chica con claridad, a menos de diez pasos de ella.

«Yo te conozco», parecía decir la expresión de su rostro. «¡Sí, yo te conozco!»

–No –alcanzó a decir Ellen.

Una vez más, el mundo se tiñó de colores chillones y brillantes. Y la mujer del mono azul, y el hombre de las muletas... Se convirtieron en figuras de un sueño terrible, que, de algún modo, se las había compuesto para colarse en la realidad.

¿O acaso aquello no era la realidad? ¿Era posible que se hubiese inventado a aquellas personas? ¿Y a Mark?

Una sombra se arrastró por el suelo, pasó junto al taller y fue haciéndose cada vez mayor. Al principio le pareció que pertenecía a un enorme perro negro, pero después adoptó la forma de una furgoneta oxidada que se detenía en el aparcamiento.

–¡No, no, por favor, no!

«¡Era la furgoneta que la había seguido el otro día!»

–Shhh, Ellen, ¿qué te pasa?

Aquella voz parecía la de Mark, pero las manos sobre sus hombros... «¡Aquellas manos!»

–¿Qué te está pasando, por Dios, qué te pasa? –insistió Mark.

¿O acaso él no estaba allí?

¡Y aquella mujer, cómo la miraba!

«¡YO TE CONOZCO!»

Las manos la sujetaron con más fuerza. Ellen gritó y movió ambos codos hacia atrás. Por unos segundos las manos la dejaron libre. Se dio la vuelta y vio a Mark, inclinado hacia delante y jadeando.

–Ellen, ¿a qué ha venido esto?

Vio a Bormann junto a ella.

«No pierdas ni un segundo, querida alumna», le dijo, con el dedo índice alzado. «Haz lo que tengas que hacer. ¡Y hazlo ya!»

Ellen salió corriendo, empujó a la mujer, que cayó al suelo, y se metió en el Volvo negro.

«¡Tengo que salir de aquí!»

Cerró la puerta, encendió el motor y salió de la gasolinera derrapando, no sin antes rozar el surtidor con el guardabarros y oír el ruido del plástico al romperse.

Volvió a pisar el acelerador y avanzó a toda prisa por la calle. Por encima del ruido del motor escuchó unos sollozos. La niña rubia con el vestido de flores estaba sentada a su lado, en el asiento del copiloto.

«No lo hagas», le dijo, llorando. «¡Por favor! No hace falta que lo hagas. Ya sé que no eres una cobarde.»

–No –respondió Ellen, sin preguntarse siquiera de dónde había salido la niña.

Las cosas sucedían y punto. Era la simple verdad. Quizá incluso la única.

–Solo me creerás cuando lo haya hecho. ¿Sabes? Creo que ya sé lo que sucedió. Todavía no lo sé todo, pero sí una buena parte.

«No, tú no entiendes nada», le gritó la niña. «¡Morirás si lo haces! ¡Morirás! ¡Será tu fin!»

–Pues correré el riesgo –dijo Ellen, pisando con rabia el acelerador, hasta el punto de perder un poco el control en una curva.

La niña se aferró a la manija de la puerta y empezó a llorar.

–Me está esperando en las ruinas, ¿verdad?

Antes de que la niña pudiera asentir, ya había entrado en el camino del bosque.

SEGUNDA PARTE

EL MONSTRUO

«And the devil in a black dress watches over.
My guardian angel walks away.»

THE SISTERS OF MERCY, *Temple of Love*

37

–¡Rápido! –le gritó Mark a la mujer de la gasolinera–, ¡por favor, ayúdeme! ¡Tenemos que seguirla!

La mujer asintió, se sobrepuso a la sorpresa y corrió hacia una furgoneta naranja y atrotinada en cuyo lateral se leía *Autoservicio Talbach.*

–¡Venga, suba!

–¿En esa chatarra?

–¡Eh, oiga! –gruñó el hombre de las muletas. Seguía plantado junto al taller y señalaba la furgoneta–. No insulte a un buen trabajo de reparación.

Mark puso los ojos en blanco y saltó al asiento del copiloto mientras la mujer encendía el motor.

–No se preocupe –le dijo–. El viejo cacharro de papá no está tan hecho polvo como parece.

–Dios la oiga.

–Mi marido tiene el otro coche, así que si prefiere caminar...

–No, no, disculpe. No pretendía...

–Está bien, no importa. Me llamo Nicole Keppler, por cierto.

–Mark Behrendt.

El embrague rascó cuando Nicole puso la primera marcha. Entonces dio gas y Mark se quedó aplastado contra su asiento, cuando aún estaba peleándose con el cinturón de seguridad.

–Creo que se ha ido por allí –dijo Mark, elevando la voz por encima del rugido del motor.

—Ya sé a dónde va.

—¿Lo sabe?

La mujer asintió.

—Ha pasado mucho tiempo, pero creo que aún la conozco lo suficientemente bien como para saber lo que se propone.

Mark iba a preguntarle algo cuando le sonó el móvil. Lo cogió a toda velocidad.

—¿Ellen?

—Mark, soy Volker.

Apenas lo oía, con el ruido de la furgoneta y la mala cobertura. Mark se tapó la oreja en la que no llevaba el móvil.

—¿Os ha pasado algo? ¿Dónde estáis?

—Ya te lo contaré.

—Está bien, colega, escucha, he encontrado algo. Algo muy fuerte. Se nos había pasado un detalle muy importante.

—¿Cuál?

—Meter la foto de Lara en el programa de reconocimiento facial. El caso es que lo he hecho y he encontrado unos archivos que…

—¿Que qué? —le gritó Mark al teléfono, aunque algo en su interior le decía que ya sabía la respuesta. No supo explicarse por qué, pero no se sorprendió demasiado cuando Volker le dijo:

—No te lo creerás, pero son fotos de Ellen. ¡Ellen tiene que ser Lara Baumann!

—¿Ellen es Lara?

—Yo tampoco podía creerlo, pero lo he comprobado varias veces y el resultado siempre es el mismo.

—Ellen es el segundo nombre de Lara —dijo Nicole, inmiscuyéndose en la conversación.— ¿Por qué? ¿Qué ha pasado?

—Pero… ella se apellida Roth —dijo Mark, y la respuesta le llegó en estéreo.

—Era el apellido de su madre —dijo Nicole, mientras Volker le informaba—: Annemarie Baumann se separó de su marido en el otoño de 1989 y recuperó su apellido de soltera. Fue ella quien decidió llamar a su hija Ellen Roth.

A medida que se acercaban al bosque la cobertura iba empeorando. Volker aún le dijo algo más, pero Mark solo alcanzó a oír alguna palabra suelta antes de que se cortara la comunicación. Nicole condujo la vieja Volkswagen por un camino lleno de baches. Mark estaba desconcertado. Le parecía estar ante una montaña hecha de piezas de rompecabezas. Sabía cuál tenía que ser la imagen final, pero no sabía cómo llegar hasta ella. Una niña sonriendo en un tiovivo.

–¿Me explicará qué pasa con Lara? ¿A qué viene esto de los dos nombres? –preguntó Nicole.

–Ella no sabía que era Lara. Bueno, eso ahora no importa. Lo importante es lo que hará ahora. Ahora que sabe que es Lara Baumann.

–¿Cree que se hará daño?

–Estoy seguro.

38

Para un apasionado buscador de setas como Wolfram Masurke, saber cuáles eran los mejores lugares para encontrarlas era el más preciado tesoro, aunque en ese caso no importaba demasiado: ya podría haber dicho a todos sus amigos y competidores que las mejores setas se hallaban junto a las ruinas de la finca de los Sallinger, que ninguno de ellos habría ido a buscarlas.

Quizá hasta lo supieran. Pero nadie se acercaba a aquel sitio voluntariamente, de modo que el oasis de setas de todo tipo, supuestamente ubicado en un lugar maldito, estaba a la completa disposición de aquel hombre que se había mudado al pueblo hacía dieciocho años: Wolfram Masurke, más conocido como «el Ossi» porque venía de Alemania Federal.

Masurke, que hasta la caída del muro de Berlín había trabajado para el ENP (Ejército Nacional del Pueblo), disponía de una renta muy baja que completaba con sus conocimientos micológicos. Sus recolectas tenían una acogida magnífica en los hoteles y restaurantes de la zona y le permitían aumentar un poco sus ingresos.

Aquel día estaba teniendo más suerte de la normal. ¡Tenía ya el cesto casi lleno! En el claro que quedaba junto a la escalera que bajaba hasta el antiguo sótano de la finca había encontrado una zona llena de champiñones de buenísima calidad, y los envolvió en un trapo húmedo. Xaver Link, el dueño del hostal Rose, se frotaría las manos al verlo, estaba seguro.

Pero no fue solo su cesto cargado lo que le llevó a la decisión de marcharse ya del bosque, sino también los gruñidos de su estómago, que anhelaba un buen piscolabis con tocino, salchichas y pan al horno de leña.

Justo en el momento en que empezaba a alejarse de las ruinas, un golpe metálico rompió el silencio del bosque.

Voces.

«Me duele tanto.»

«Despierta, despierta, despierta.»

«¿Dónde estoy? ¿Quién soy?»

«¡Cobarde, gallina, capitán de la sardina!»

«Ellen, siempre fuiste mi mejor alumna.»

«Soy quien soy.»

«Bien. Hemos llegado.»

Ellen miró la almohada blanca y se preguntó quién la habría dejado en aquella extraña cama. Tardó un poco en comprender que no era una almohada, sino el airbag del Volvo. Palpó la puerta hasta dar con la manija y tiró para salir, pero fue en vano: estaba atascada.

La empujó con todas sus fuerzas, varias veces, hasta que al final consiguió moverla ligeramente. La puerta se abrió con un chirrido que parecía la voz de un niño aterrorizado.

«¡Nooo!»

Salió del coche arrastrándose, se quedó unos segundos a cuatro patas y por fin se puso en pie. El Volvo estaba empotrado en una cuneta, con las ruedas traseras flotando en el aire.

Ellen perdió el equilibrio hacia un lado, chocó contra el coche y miró a su alrededor. ¿Dónde estaba? ¿Por qué había ido hasta allí?

«¡Déjalo, no vayas! ¡Si lo haces, morirás!», le dijo, aterrorizada, una voz que no pertenecía a nadie, ni siquiera a sí misma. «Y si mueres, todo acabará.»

Una voz distinta le dijo: «Ve, solo así encontrarás la paz», pero la primera reaccionó con rapidez e insistió, angustiada y testaruda: «¡No, no, no!».

Sea como fuere, Ellen ya no escuchaba las voces. No podía. Se limitaba a seguir un instinto que la impulsaba a poner un pie delante del otro. No le quedaba más opción. No, al menos, hasta que dejara de temblar y se calmara.

Se puso en movimiento y las voces empezaron a gritar, a bramar, a vociferar... Pero no la detuvieron.

Ellen siguió adelante.

Un paso y otro y otro más.

Y entonces vio el claro del bosque. Sin saber por qué, supo que aquel era el lugar al que quería ir. Y vio el peligro.

El hombre del saco estaba a pocos metros de ella, esperándola.

La joven que se acercó hacia Wolfram Masurke tenía una pinta lamentable. Le sangraba la frente, llevaba el pelo, negro y corto, muy desgreñado, y cojeaba al caminar. Sus tejanos estaban manchados de barro, y en las rodillas se le habían clavado algunas piedrecitas que más bien parecían dientes.

Por encima de su hombro, Masurke vio un Volvo volcado en la cuneta. Parecía una extraña escultura negra. El coche estaba tan destrozado que era un milagro que la chica tuviese tan pocas heridas.

−¡Válgame Dios! −exclamó el hombre.

Quiso correr para ayudarla, pero algo se lo impidió: era la mirada de aquella mujer, ausente y vacía, ida, como si tuviese el cerebro de vacaciones.

Masurke reconoció aquella mirada de inmediato. Habían pasado muchos años desde entonces, tantos que sus recuerdos parecían pertenecer a otra vida −y así era, en cierto modo− pero la imagen seguía tan fresca en su memoria como si acabara de pasar en el minuto anterior. Vio al joven soldado cuyo nombre no recordaba. Lo vio, arma en mano, observando los cuerpos inertes de la batalla a pocos metros del frente oeste, la supuesta salvación. Aquel soldado tenía la misma mirada sin vida que la mujer del Volvo.

Iba directa hacia él.

—¿Necesita ayuda? —preguntó Masurke, consciente de lo absurdo de su pregunta: si había alguien en el mundo que necesitara ayuda, era sin duda aquella mujer.

Ella farfulló algo ininteligible y metió la mano en el bolsillo de su chaqueta.

Ahí estaba él, y Ellen sabía que había hecho aquel viaje solo por verlo. Negro, con la cabeza escondida bajo la máscara del lobo, tenía los ojos ardientes y la boca viscosa. El perro del túnel no había sido más que una de sus muchas apariencias. Ahora tenía su aspecto normal: deforme y apestoso.

Llevaba una cesta colgada del brazo y en su interior vio un pañuelo de cuadros blancos y rojos que intentaba ocultar su verdadero contenido. Manos de niños. Manitas blancas, conseguidas en sus paseos por el bosque del cuento, donde el lobo malvado se comía a la niña.

«Ven, tontorrona, ven», le dijo, jadeando. «Voy a hacerte reír.»

Iré para que veas que no te tengo miedo», susurró Ellen. «No soy una cobarde. He crecido, ¿lo ves?»

Se metió las manos en el bolsillo de la chaqueta mientras seguía avanzando hacia él. Tocó con los dedos los dos escalpelos que había cogido en los túneles de la clínica y consiguió quitar el plástico a uno de ellos, así como el protector de la cuchilla.

«Sí, ven aquí», le dijo el hombre del saco. «Buena chica.»

Masurke empezaba a tener un mal presentimiento. Fuera quien fuera aquella chica, estaba claro que no tenía los tornillos bien apretados, como solía decir su padre. Ya no tenía tiempo de salir corriendo y, la verdad, era demasiado viejo para una carrera por el bosque.

«Lo mejor con los locos es seguirles la corriente», pensó entonces. Fue lo único que se le ocurrió. Así que intentó hablarle con voz suave y amistosa.

—Despacio, señora, vaya con cuidado. —Dejó la cesta en el suelo, muy despacio. Prefería tener las manos libres—. Tengo el coche aquí al lado. Si lo desea puedo llev...

No acabó de pronunciar la frase porque ella volvió a farfullar con la mirada fija en él. No pudo entender todo lo que decía, pero le pareció oír que alguien la había abandonado y que ese alguien había vuelto a buscarla.

—...no importa cuánto dure.

Se detuvo a un metro de él. Estaba empapada en sudor.

—Venga —dijo Masurke en el tono más afable que pudo—. La llevaré al médico. Se ha dado usted un buen golpe.

Le rozó el brazo izquierdo con mucho cuidado, pues colgaba junto a su tronco como si no formara parte de su cuerpo.

—Vamos, venga, no le haré...

Ella sacó la otra mano del bolsillo de la chaqueta y le clavó el escalpelo. Masurke vio el brillo de la cuchilla pero no tuvo tiempo de reaccionar. Escapadas al bosque aparte, tenía sesenta y siete años y no veinte. El bisturí se le clavó primero en la barriga, algo por encima del cinturón.

Le dolió como si la cuchilla estuviera ardiendo.

Gritó, la soltó, quiso apartarla de sí, pero enseguida notó otras dos cuchilladas, esta vez algo más arriba.

Wolfram Masurke cayó al suelo entre gemidos, mientras el arma se le clavaba en el tronco una y otra vez, como una lluvia de cuchillas.

Las piedrecitas chocaban contra los bajos de la vieja furgoneta, que avanzaba renqueante por el camino del bosque, dando tumbos de un lado a otro como si estuviera borracha. Mark se sujetaba al asiento del copiloto con todas sus fuerzas.

—No había vuelto a saber nada de Lara desde aquello —dijo Nicole, concentrada en el camino y esquivando los agujeros como podía—. De hecho, me ha costado reconocerla. De pequeña le encantaba llevar el pelo largo y decía que nunca se lo cortaría. Además, tampoco estaba tan delgada. Pero sus ojos... sus ojos siguen siendo los mismos.

—¿Qué fue lo que pasó?

Nicole miró a Mark por el rabillo del ojo.

—¿Cree que puede haber lugares que atraen el mal?

—No soy muy religioso, si se refiere a eso.

Ella dejó escapar una risa melancólica.

—No, yo tampoco. Y sin embargo creo en el mal y en que algunos lugares están malditos. Como esas ruinas. Pero lo peor de todo es que la culpa es mía. ¡Mire! ¡Allí! ¿Lo ve?

Señaló la sinuosa marca de las ruedas en el suelo del camino. Un poco más allá vieron el Volvo de Mark.

—¡Hemos llegado tarde!

Para Wolfram Masurke, el dolor no era nada comparado con el miedo. La loca le había clavado el escalpelo varias veces, pero estaba claro que no era consciente de lo que hacía.

Si hubiese querido matarlo o hubiese estado más cuerda, se habría percatado de que la mayor parte de sus ataques apenas conseguían atravesar la gruesa chaqueta de cuero. Aquella mañana había pensado en ponerse el chaleco de lana, pero como el hombre del tiempo había anunciado algún chubasco se decantó por una chaqueta más gruesa. Y la decisión le había salvado la vida.

Se quedó doblado en el suelo, con los ojos cerrados, haciéndose el muerto, y rezó para que a aquella trastornada no se le ocurriera clavarle el cuchillo en la cara. No había duda de que era un pésimo actor, pero por lo visto logró hacer creer a su agresora que ya no se hallaba entre los vivos.

Eso sí: le costó una barbaridad. El dolor en el pecho y en el abdomen era insoportable y lo único que quería era darse la vuelta y taparse la cara, o salir corriendo de allí lo antes posible para ponerse a salvo e ir a que le viera el doctor Huber.

La oyó incorporarse jadeando, notó que aún tenía la vista clavada en él y no se atrevió ni a respirar. Bajo la chaqueta, notaba la camisa cada vez más húmeda y pegajosa.

Lo único que podía hacer era quedarse quieto y esperar a que la chica se fuera de allí.

Ahí estaba, inmóvil a sus pies. Había matado al monstruo. Le había plantado cara y le había demostrado que no era una cobarde. Pero en el fondo, en lo más profundo de su ser, sabía que nadie podía matar al hombre del saco. Si así fuera, haría años que ella...

«¿Que yo qué?»

«¿Qué habría hecho hacía años?»

No lograba recordarlo. Llegados a este punto, su memoria abría un enorme paréntesis del que no lograba rescatar ni un solo recuerdo. Allí solo estaban apresados los aullidos del lobo, resonando infatigablemente, como un eco eterno.

–¡Bien hecho! –oyó decir a una voz conocida. Alzó la cara y vio a Chris junto a un grupo de arbustos.

–Gracias –dijo, sonriéndole.

Chris le devolvió la sonrisa.

Ellen pasó por encima del hombre del saco y fue hacia él. Llevaba un libro bajo el brazo, que Ellen reconoció enseguida: era el ejemplar en el que aparecía la ilustración de Caperucita y el lobo, en el que ella misma había dibujado con lápiz de cera una marca para ahuyentar el mal.

De pronto recordó que lo había tenido guardado en una caja durante muchos años, y que lo había encontrado durante uno de sus traslados, pero que no recordaba lo que le esperaba en la página ochenta y dos...

¿Pero cómo había ido a parar al librero de viejo, y, sobre todo, cómo era posible que ahora lo tuviera Chris?

–Pensaba que estabas con Axel en Australia.

–Y lo estoy –le respondió Chris–. Pero te prometí que estaría a tu lado si me necesitabas, ¿lo recuerdas?

–Sí, claro que sí. –Sonrió, feliz, y se pasó la mano por el pelo, algo avergonzada–. Es solo que... no te esperaba.

Chris le mostró el libro.

–Se lo he vendido a un librero de viejo. En nuestro nuevo hogar no hay espacio para las cosas que te dan miedo.

–Gracias. Todo un detalle.

–Vamos, utilizaremos el dinero que me han dado por él para comprarnos una botella de vino y distraernos un rato. Convirtamos los malos recuerdos en buenos momentos.

–Ahora no puedo, lo siento –le dijo Ellen, apenada–. Aún tengo algo que hacer.

Se miró las manos. La cuchilla del escalpelo brillaba, ensangrentada al sol. Entonces sucedió algo insólito.

El bisturí empezó a deformarse. Se alargó, la cuchilla se estrechó y el mango también cambió de forma y color. Al final de la transformación se encontró con un destornillador de mango rojo en la mano, de cuya punta goteaba sangre.

Chris asintió y le dijo:

–Bien, me parece buena idea.

–No sé si podré.

–Claro que sí.

Ellen suspiró y cayó de rodillas al suelo. Se levantó la manga de la camisa y se miró el brazo.

–Es lo correcto –le dijo Chris–. Tienes que sentirlo en tu propia piel. Solo así sabrás quién eres en realidad.

–¿Estás seguro?

–Sí. Confía en mí. El dolor es…

–El único sentimiento real.

Ella asintió y se clavó el destornillador en el antebrazo. Notó un dolor agudo y brutal, y el hormigueo del tendón partido. Los dedos se le quedaron inertes.

Y al fin, la sangre. Su propia sangre; caliente, brillante, húmeda. El dolor se volvió insoportable cuando empezó a girar el destornillador, pero al mismo tiempo le produjo una sensación perversamente agradable. Cristalina. Como el agua clara.

–Sí –le dijo Chris–. Clávalo más adentro. Siéntelo. Siéntete a ti misma.

–Me duele –susurró ella–, pero es hermoso. Me hace sentir libre.

Sacó el destornillador del brazo y volvió a clavárselo.

–Me siento libre –repitió–. Al fin.

Se lo clavó una vez más.

Y otra.

Y otra.

–¡Ahí está!

–¡Virgen santa!

Mark corrió aún más rápido, dejando a Nicole atrás. Se precipitó hacia el hombre que yacía junto a una cesta llena de setas. Había perdido mucha sangre. Su camisa, en principio azul, estaba empapada por la parte de delante, como si alguien le hubiese tirado encima un cubo de pintura roja.

Nicole llegó hasta ellos.

–La loca... –dijo el hombre, entre jadeos, y señaló hacia las ruinas–, ¡se ha ido por allí!

Mientras Nicole se quedaba con el hombre, Mark corrió hacia el lugar que les había indicado. Enseguida vio a Ellen.

Estaba de rodillas ante una escalera semioculta por la vegetación y tenía un brazo apoyado en el suelo, mientras que con la mano del otro se clavaba el escalpelo en la carne, una y otra vez.

Apenas opuso resistencia cuando Mark la cogió entre sus brazos y le arrancó el escalpelo. La abrazó con fuerza y le acarició la cabeza sin poder reprimir las lágrimas.

–Dios mío, Ellen, ¿por qué lo has hecho? ¿Por qué?

Pero ella se quedó inmóvil como una muñeca, mientras Mark la acunaba en sus brazos.

Mark salió fuera y notó el calor de los rayos del sol en la cara. Los pájaros cantaban y el aire tenía un agradable sabor a bosque. Siguiendo sus consejos, Nicole lo había esperado sentada en un banco del hospital de Freudenstadt. Seguía pálida como el papel, pero tenía mejor aspecto, pensó Mark. Durante el camino hacia la clínica se había sentado en el asiento de atrás de la furgoneta, junto al señor Masurke –que estaba inconsciente–, y con Ellen sujeta entre sus brazos, y la verdad es que Mark había empezado a preocuparse también por ella, porque estaba blanca como la tiza. Pero ahora el sol y el aire fresco habían ejercido su influjo y Nicole parecía haber superado el impacto,

Cuando lo vio se puso de pie de un salto y corrió hacia él.

–¿Cómo está? ¿Qué ha dicho el médico?

Mark se palpó la chaqueta en busca del tabaco y al fin lo encontró. Encendió su Zippo y dio una calada larga y profunda antes de responder:

–Las heridas del brazo son profundas. Se ha roto un tendón y un músculo, y lo más probable es que no recupere la movilidad de la mano. Pero no ha perdido tanta sangre como parecía. Ahora lo que más me preocupa es su estado mental. Está completamente ida y no reacciona a nada.

–¿Y Masurke?

–Él sí ha perdido mucha sangre. Han tenido que hacerle una transfusión, pero es fuerte como un roble. Lo superará.

Mark se sentó en el banco y dio otra calada a su cigarrillo. Ahora que empezaba a calmarse no pudo evitar llorar.

–No hace ni una semana que estábamos juntos en su consulta y me dijo que se sentía cansada y frágil: uno de sus pacientes había estado a punto de quitarse la vida, pero ella había logrado evitarlo. Y ahora... –Tuvo que tragarse las lágrimas antes de continuar–. Ahora soy yo el que está cansado después de salvarla a ella.

Nicole se sentó a su lado y le puso la mano en el hombro. Estuvieron en silencio unos minutos en los que Mark intentó recobrar la compostura. Estaba conmocionado pero tenía que reponerse.

Al cabo de un rato Nicole dijo:

–Qué locura. Yo solo la conocí como Lara. Quizá Annemarie pensó que si se la llevaba lejos y le cambiaba el nombre borraría sus recuerdos...

–No sé lo que pensaría su madre, pero está claro que solo sirvió para empeorarlo todo –dijo Mark, apagando su cigarrillo–. Acentuó la alteración psicológica de Ellen. Quiero decir... de Lara. –Movió la cabeza hacia los lados–. Me costará acostumbrarme al nombre.

–¿Cuál es el diagnóstico? –quiso saber Nicole.

–Por ahora no es más que una hipótesis, pero estoy bastante seguro de que se trata de la llamada «fuga disociativa», una especie de cambio de identidad. Es propia de las personas que han vivido experiencias traumáticas y solo pueden superarlas inventándose una nueva personalidad. Abandonan su entorno y viven la vida que se han creado, convencidos de que esa es su realidad. Aunque suene parecido, no tiene nada que ver con la clásica represión en la que uno opta por olvidar un acontecimiento determinado y actuar como si no se hubiese producido. No, aquí estamos hablando de una función de protección insconsciente: el sujeto que la padece no tiene consciencia de ello y suele pasar desapercibido. Todos creen que es quien dice ser.

–Pero no es posible engañar a todo el mundo.

Mark sonrió, agotado.

—Ya lo creo que sí. Yo soy el mejor ejemplo de ello. Hasta su novio la creyó. ¡Y eso que llevan varios años juntos y él es psiquiatra! Pero nunca sospechó nada. De todos modos, digo que es solo una hipótesis porque nunca había visto un caso de fuga disociativa tan complejo y largo en el tiempo. Ellen… es decir, Lara, debía de llevar muchos años impostando su personalidad, hasta el punto de no recordar ya quién era en realidad.

—Y yo tengo la culpa de todo…

Nicole cogió uno de los cigarrillos de Mark, se peleó unos segundos con el mechero y por fin logró encenderlo. Exhaló el humo, tosiendo, y añadió:

—Es el segundo que fumo en toda mi vida. —Se secó las lágrimas de los ojos—. El primero fue con Lara, en el bosque. Tendría unos doce años. Después ya no quise más.

Mark la observó y le formuló la pregunta que le carcomía por dentro desde que la había visto actuar en la gasolinera y el bosque.

—Nicole… ¿qué pasó?

Ella volvió a inhalar humo, volvió a toser y apagó el cigarrillo.

—Cuando… cuando pasó todo aquello, el padre de Lara quiso que nadie supiera nada. Acababa de conseguir un cargo muy elevado en la universidad y le preocupaba su reputación. Tenía suficiente dinero como para acallar a ciertas personas, así que lo utilizó. Aunque no le habría hecho falta.

—¿Por qué no?

—Usted no es de pueblo, ¿verdad?

—No, de ciudad.

—Ya me lo parecía. Aquí todo se habla, se cotillea, se chismorrea; todos conocen al dedillo la vida de los demás… y fingen que todo va bien. Nadie quiere tener nada que ver con las desgracias, de manera que las callan hasta hacerlas caer en el olvido. Siempre ha sido así. Por algo se rehúyen sistemáticamente los pentagramas de las ruinas.

–Pero aunque no se hable de un asunto, no se puede evitar que haya sucedido.

Ella movió la cabeza.

–Desde luego que no, pero eso dígaselo a ellos. Aquí cada uno quiere vivir sin problemas, al precio que sea. Nadie quiere saber lo que pasó en las ruinas. Ni lo del loco que quemó a su familia ni lo que le sucedió a Lara.

–¿A qué loco se refiere?

–Se llamaba Alfred Sallinger –dijo Nicole–. Era el dueño de la finca. Por lo que sé, fue uno de lo muchos que creyeron que la llegada del cometa Halley en 1910 traería el fin del mundo. Mi abuelo me contó que Sallinger se pasaba el día borracho y que había perdido la casa en juegos y apuestas. Cuando, al final, el cometa no chocó contra la Tierra, Sallinger y su familia estaban en la ruina más absoluta, tanto financiera como social. Se supone que la desesperación le hizo perder el juicio: mató a su mujer, encerró a los niños en la casa y prendió fuego a la finca. Él también murió. Desde entonces se dice que los espíritus de la familia recorren el lugar sumidos en la desesperación. Y también se dice que todo el que se acerca demasiado a las ruinas, acaba enloqueciendo como Sallinger. –Sonrió con amargura–. Durante todo este tiempo he estado preguntándome qué habría sido de Lara. A su madre ya no podía preguntárselo porque metió a Lara en un internado de no sé dónde y murió al cabo de pocos años.

–¿Y a su padre?

–Menos aún. Se casó con una profesora y se fue a vivir a Inglaterra. A Oxford, creo. No tengo ni idea de dónde está. Pero… ¿sabe qué es lo más curioso de todo esto?

–¿Qué?

–Que no hace ni una semana tuve que ir a Fahlenberg. A buscar piezas de recambio en ese taller nuevo que han montado. No sé por qué, pero me puse a pensar en Lara. Pensé que quizá estaba allí. ¡Incluso busqué en el listín de teléfonos! Evidentemente, no la encontré. No sabía que se llamaba Ellen Roth.

–Nicole –Mark se inclinó hacia ella–. Imagino que ha de ser duro para usted hablar de todo esto, pero, por favor… Tiene que contarme lo que sucedió aquel día en el bosque. Solo así podré ayudar a Lara. ¿Qué les pasó, por el amor de Dios?

Nicole se puso a llorar.

–Tiene razón, Mark, me resulta muy, pero que muy difícil hablar de ello. Pero quizá haya llegado el momento de hacerlo. De liberarme. Me he pasado la vida arrastrando esta carga de silencio y creo que ya no puedo más. Yo… oh, Dios, sí, se lo contaré. A ver si así liberamos nuestras almas.

Empezó a hablar, pues, y lo que Mark oyó le heló la sangre en las venas.

42

Verano de 1989

El bosque siempre había sido el lugar preferido de Harald Baumann. Allí podía hacer –y dejar de hacer– cuanto le venía en gana. Allí se sentía feliz.

A veces hablaba con los árboles: les explicaba lo que sentía, les comentaba lo que no se atrevía a compartir con su madre o con su hermano mayor. Por supuesto, los árboles nunca le contestaban, pero le escuchaban con atención.

Le oían hablar de su rutina en el taller, de sus deberes diarios, pero sobre todo de las personas que trabajaban con él y no querían ser sus amigos.

La mayoría de ellos iban en silla de ruedas y no estaban dispuestos a jugar a baloncesto con él porque podía caminar y tenía ventaja. Los demás, los que no iban en silla de ruedas, eran demasiado tontos para entender las cosas que él decía. Solían reírse cuando le oían hablar, sin importar que él lo dijera en serio.

Por supuesto, en el taller había un capataz al que podían expresar sus quejas, pero tampoco demostraba el menor interés por él. Quizá pensara que era tonto como los demás, o quizá no tuviera tiempo para dar consejos.

También había una psicóloga muy guapa, la doctora Petrowski, que a sus treinta años solo era diez mayor que Harald y sí sabía escuchar.

Pero era mucho, mucho más lista que él y a veces le decía cosas que no entendía. Entonces sentía vergüenza y prefería quedarse callado; se limitaba a asentir con la cabeza y a fingir que era tan listo como ella.

Le habría encantado hablar con la doctora Petrowski de aquella nueva sensación que le asaltaba últimamente, pero no se atrevía. Su madre le había dicho que aquello que hacía era una «porquería» y que si volvía a verlo en aquel estado le cortaría «esa cosa de ahí abajo». Pero él solo quería saber por qué a veces le crecía tanto y se ponía nervioso y le entraban ganas de tocársela.

Su madre siempre repetía que él había sido «la maldición del parto tardío» y que el Señor la había castigado con enorme dureza, dos veces seguidas y en muy poco tiempo.

Con la segunda vez hacía referencia a la muerte de su marido. Josef Baumann se había levantado una mañana, había desayunado, había dicho «Voy a...» y había caído muerto. Harald no lo recordaba, no solo porque era retrasado mental de nacimiento —o, como decía su inteligentísimo hermano Karl, «intelectualmente limitado»—, sino porque apenas tenía un año cuando su padre les había dejado con la eterna duda de saber a dónde pensaba ir.

Para Harald había sido muy duro crecer sin padre, aunque su hermano, que era veintitrés años mayor que él —el doctor en medicina Karl Baumann, «la bendición del parto precoz»—, había ejercido de padre para él.

Pero Harald no tardó en comprender que Karl se avergonzaba de él. Que desde su punto de vista él era la oveja negra de la familia... y no solo por lo mucho que le gustaba vestir de negro. Sí, la muerte de su padre había sido muy dura para Harald, pero peor aún lo fue para su madre. Primero aquel hijo tonto y después aquella soledad... debían de ser el castigo por no haber sido lo suficientemente pía.

Por eso Harald intentaba siempre ser lo más pío posible: para que el Señor no lo castigase. Y por eso nunca le hablaba a la doctora Petrowski de «esa cosa de ahí abajo», y optaba por explicárselo a los árboles y enseñarles cómo hacer que volviera a ser pequeña.

Solo en una ocasión se atrevió a hablar de aquello con alguien, aunque en su defensa debía decir que no había sido él quien había sacado el tema, sino su amigo Manfred. Él no la llamaba «esa cosa de ahí abajo», sino «la estaca», pero a Harald no le gustó el nombre.

–Tienes que meter tu estaca entre las piernas de una chica –le explicó Manfred, y luego le enseñó una foto que tenía en su taquilla y en la que se veía perfectamente cómo eran las cosas entre las piernas de una chica–. Algunas tienen pelos ahí abajo, pero a mí me gusta más cuando no tienen. Así es más fácil ver dónde la metes. A ellas también les gusta, ¿sabes? Les divierte. Y es bueno para los dos.

Desde aquel momento Harald dedicó todo su tiempo a aquel tema. A solas, se entiende. Y descubrió que todos lo conocían. Algunos hablaban de «follar», otros de «chingar» o de «joder», pero cuando más le gustaba a él era cuando decían «hacer el amor». Porque si a los dos les gustaba, entonces se reirían, y si se reían era porque se querían.

Así las cosas, decidió que él solo querría «hacer el amor» con una chica que le gustara. Un día se lo contó a los árboles, y cuando estos movieron sus hojas mecidas por el viento, supo que todo estaba bien.

Aquel caluroso día de agosto, mientras disfrutaba de un reparador paseo por el bosque, Harald se notó muy triste.

Lo lógico habría sido estar contento, porque tenía ante sí tres semanas de vacaciones y no tendría que ir al taller a soportar el olor aceitoso de las fresadoras y soldadoras –a las que Manfred solía llamar «jodedoras»– y pasarse el día agujereando losas de acero. Pero aquella tarde ni siquiera eso lo alegraba.

El motivo de su tristeza era una charla que había escuchado

entre su madre y su hermano Karl, que había venido a visitarlos hacía unos días con su mujer Annemarie y su hijita Lara.

Harald estaba tumbado en el sofa, ojeando un cómic de Batman –ese que siempre iba vestido de negro, como él, y que a Harald le parecía muy guay aunque no siempre entendía lo que leía en los diálogos–, mientras Karl y su madre hablaban en la cocina.

Él no había querido escucharlos –prefería dejarse llevar por la imaginación y sumergirse en Gotham City para enfrentarse a Ra's al Ghul o poner fin a las fechorías del maléfico Joker–, pero en un momento dado oyó que lo mencionaban y no pudo evitar prestar atención. No fue por curiosidad, sino más bien por instinto, como cuando los perros ponen tiesas las orejas al oír su nombre.

–No puedo llevarme a Harald –oyó decir a Karl–. Dentro de dos meses me presento al cargo de decano, y, según dicen, tengo muchas posibilidades de conseguirlo. Si supieran que tengo un… bueno, ya sabes, un hermano como Harald, podría perder la plaza. Podrían pensar que mis obligaciones familiares me ocupan demasiado tiempo y que no voy a poder entregarme al cargo como conviene… Y no me parece justo que Annemarie tenga que ocuparse de él todo el día.

Harald comprendió enseguida que decir «un hermano como él» equivalía a decir un retrasado, un idiota, el tonto del pueblo. Los niños de Freudenstadt solían llamarle así.

Una vez más, sentía que alguien se avergonzaba de él. En esta ocasión, su propio hermano… aunque no había entendido del todo lo que significaba «llevarme a Harald».

¿Acaso tenía que irse a vivir con Karl? Eso estaría muy bien –bueno, para su hermano no, claro–, porque Annemarie y Lara le gustaban mucho. Formaban una verdadera familia, y si viviera con ellos, él también pertenecería a esa familia. Bueno, en realidad ya pertenecía, pero en casa de Karl hubiera sido distinto.

Aunque, por otra parte, ahora que lo pensaba, eso significaría dejar sola a su madre.

«No puedo dejar sola a mamá», pensó. «Me necesita.»

–Te entiendo –había dicho ella, y su tono de voz había sonado agotado.

En los últimos tiempos su madre siempre parecía cansada. Como si se hubiese pasado el día haciendo agujeros en placas de metal.

–Pero yo ya no puedo controlarlo –añadió–. Soy demasiado mayor. Ya no me quedan fuerzas. Si tu padre y yo hubiésemos tenido más cuidado... Pero quién me iba a decir a mí que con cuarenta y cinco años... –Después suspiró y dijo–: Si no puede vivir contigo, tendré que llevarlo a la residencia.

«¿A la residencia? ¡Oh, no, por Dios, no!», pensó Harald. Pero solo lo pensó; no se atrevió a decirlo en voz alta. A los mayores no les gustaba que les espiaran. Si lo hacías te encerraban en una habitación, y si tenías que ir al lavabo tenías que llamar a la puerta y rezar para que no se te escapara antes de que mamá subiera las escaleras.

–No tiene por qué ser la residencia del pueblo –dijo Karl–, que no le gusta nada. Tengo buena relación con el director de una residencia en Hamburgo. Su reputación es magnífica. Y ya me ocuparía yo de los gastos.

Harald no esperó a oír la respuesta de su madre. Podía ser más tonto que la mayoría, pero no lo era tanto como para no imaginar cuál sería la respuesta. Es más, no para imaginarla, sino para saberla.

De manera que dejó caer su cómic al suelo y salió corriendo de allí. Lloró durante todo el camino hasta el bosque y se sintió triste y desesperado al ver lo malo que era el mundo.

Mamá y Karl querían enviarlo a Hamburgo. ¡A Hamburgo, precisamente! ¡Con lo lejos que quedaba eso de su casa! En Hamburgo había un lago y muchos peces, pero no había un bosque por el que pasear. No había árboles que escucharan sus penas y preocupaciones. No había una mamá que cocinara cosas deliciosas los fines de semana. En Hamburgo no había nadie que le quisiera y tampoco nadie a quien quisiera él.

Y eso era justo lo que necesitaba: alguien a quien querer. Harald pasó un buen rato en su lugar favorito del bosque, cerca del claro en el que había un tocón cubierto de musgo que se parecía mucho al sofá verde del comedor de la casa de su abuela.

Sollozando, se abrazó a su árbol favorito: un abeto algo arqueado cuyo tronco torcido le recordaba en cierto modo a las curvas de su madre y que, como él, era «algo diferente a los demás». Olió su resina, tocó su corteza y notó que a su lado se sentía mucho mejor.

«Shhh, no estés trissste», parecían decirle sus hojas. «Las cosas no son tan malas como parecen. Shhh, todo irá bien, ya lo verásss. Shhh.»

Y Harald se tranquilizó, se relajó y se quedó en silencio... Hasta que de pronto oyó unas risas no muy lejos de allí.

–¡Mira! –dijo Nicole, jadeando de tanto correr y, por supuesto, ganar–. ¡Ya hemos llegado! –y se sentó en una piedra.

Algo después que ella, también resoplando y sudorosa, Lara llegó al claro del bosque y se sentó en el tronco de un árbol, frente a Nicole.

Lara llevaba un vestidito de verano de color turquesa que parecía de terciopelo pero mucho más fino. El musgo le hacía cosquillas en los muslos desnudos. Aquel vestido no le gustaba demasiado. Prefería el de Nicole, que tenía flores de muchos colores.

Si se lo pedía a su madre, seguro que le compraría uno igual. Su madre siempre le daba todo lo que quería. ¡Era genial!

La carrera les había abierto el apetito. Nicole le ofreció a Lara una chocolatina, le quitó el papel y lo tiró al suelo, descuidada. Lara la copió, aunque se sintió mal por ensuciar el bosque. Su madre siempre le decía que no debía tirar papeles al suelo, y menos aún en el campo, pero ella quería parecerse lo más posible a su mejor amiga del alma.

Se quedaron un rato ahí sentadas, recuperándose de sus juegos en el bosque. Al principio habían estado en el campo y al empezar a apretar el calor se habían acercado al estanque. Pero allí no se estaba más fresco –ni siquiera el agua refrescaba, en realidad–, y además había un montón de mosquitos empeñados en alejarlas de la zona. De manera que habían decidido adentrarse en el bosque.

Nicole dijo que allí había un lugar «encantado» y Lara, que era extraordinariamente curiosa, no paró de insistir hasta que su amiga aceptó enseñárselo. Y cuando llegaron allí, Lara pensó que el claro del bosque era algo... inquietante, no solo por las ruinas de la antigua finca de las que Nicole le había hablado, sino también por el modo en que la luz iluminaba los troncos de los árboles, cubiertos de musgo y de líquenes.

Y reinaba un silencio extraordinario. Hasta los cantos de los pájaros sonaban más lejos en aquel lugar que en el resto del bosque. Como si ni siquiera ellos se atreviesen a ir hasta allí.

«Un poco de miedo sí que da», pensó Lara, pero intentó que no se le notara.

Nicole, en cambio, no parecía en absoluto preocupada por el silencio ni por el ambiente de aquel lugar. ¡Pero claro, es que ella ya tenía doce años! Cuando se es tan mayor seguro que no se tiene miedo. Pero a ella aún le quedaban dos años y tres meses para cumplir los doce: una eternidad.

–¿De verdad quieres que te lo cuente? –le preguntó Nicole, que parecía muy preocupada.

«Seguro que lo dice solo para ponerme nerviosa», pensó Lara. «Nicole es la mejor del mundo contando historias de miedo. ¡Es una experta!»

–Claro –dijo, haciendo un esfuerzo por parecer relajada–. ¿Qué te crees, que soy un bebé?

–Vale, vale, pero que conste que te he avisado, ¿eh? Es una historia bastante horrible. –Nicole se inclinó hacia delante, apoyó los codos sobre las rodillas y se comportó como alguien que estuviera planeando una conspiración–. ¿Ves las marcas de las piedras, ahí?

Lara miró hacia el lugar que le señalaba Nicole y dijo:

–Claro que las veo. ¿Qué son esas estrellas?

–Son estrellas mágicas de cinco puntas, tontorrona. Se pintan en los lugares en los que hay espíritus malvados, para que se queden ahí y no salgan.

De pronto ya no hacía tanto calor como antes, pensó Lara. Vio que tenía la piel de gallina y se frotó los brazos desnudos.

–¿Crees que aquí hay espíritus malvados?

–¡Pues claro! Cada año, durante las noches de mayo, se puede ver al loco de Sallinger dando vueltas con su antorcha por la zona y llamando a su mujer y a sus hijos, un niño y una niña.

Ahora sí que había refrescado. Casi hacía frío. Y eso que los rayos del sol seguían iluminando los troncos...

–¿Y por qué les llama? –preguntó Lara, aunque no estaba segura de querer saber la respuesta.

–Porque ellos también vagan por aquí. Él los mató, ¿sabes? A los tres. Justo ahí. –Nicole señaló una explanada de hierba junto a la que aún quedaban algunas piedras, restos de la pared de la antigua finca–. A su mujer la colgó de la lámpara de la cocina, y después... oye, ¿seguro que quieres que te lo cuente?

En esta ocasión Lara se limitó a asentir. Si hablaba, Nicole notaría que estaba temblando.

La respuesta pareció bastar a la niña, a quien le encantaban aquellas historias. ¡Estaba en su salsa! Los ojos le brillaban como aquella vez junto a la hoguera, en los campamentos de verano del año pasado. Igual que entonces, Nicole bajó el tono de voz y miró a Lara a los ojos, como si se debatiera entre seguir hablando o comérsela directamente.

–Encerró a los niños junto a su madre muerta, en la cocina, y entonces cogió una antorcha y se fue al establo. Primero prendió fuego a las cuadras y después a la casa. Dicen que se quedó mirando a sus hijos mientras estos golpeaban los cristales pidiendo socorro, y llorando, y al fin morían quemados. Después se tocó la ropa con la antorcha y se quemó a sí mismo. Mi abuelo y sus amigos lo encontraron aquí arriba. Debió de ser un espectáculo horrible. Mi abuelo dijo que Sallinger parecía un cerdo asado, pero sin oler tan bien. Y entonces...

Lentamente, muy lentamente, Harald se acercó al lugar en el que había oído las risas. Cuando vio a las niñas, se arrodilló tras una pequeña elevación del terreno y las observó. Parecían estar hablando de algo muy interesante, porque Nicole hablaba en voz muy baja y Lara la escuchaba con expresión muy seria.

Su sobrina y su amiga no se habían dado cuenta de su presencia, y él no quiso molestarlas. Si alguien iba al bosque a hablar de algo, solía ser porque no quería que los demás se enteraran. Él lo sabía mejor que nadie.

Algo le decía que lo correcto era marcharse, que no estaba bien espiar a la gente. No, no estaba bien. Y la curiosidad era un pecado que merecía la ira de Dios.

Pero, por otra parte, le gustaba mirarlas, y además no estaba oyendo nada. Nicole susurraba de tal modo que era imposible hacerlo. Así que el pecado no podía ser muy grande.

Se estiró sobre el musgo fresco y suave del suelo, y, entre la sudadera con el símbolo de Batman a la espalda, los vaqueros negros y las bambas del mismo color, no parecía más que una sombra del bosque. Como el vampiro del cómic: apenas una sombra.

Era agradable ser una sombra. Nadie se ríe de las sombras, por muy tontas que sean. Nadie las envía a una residencia. Pasan desapercibidas, y eso a veces es lo mejor.

Observó a las niñas una vez más. Estaban sentadas una frente a la otra. Lara sobre el tronco de un árbol que en su día debió de ser un abeto, y Nicole sobre una piedra de la antigua finca de los Sallinger. Ambas llevaban vestiditos de verano. El de Nicole tenía muchos colores, pero no le gustó tanto como el azul turquesa de Lara. Le quedaba tan bien con su melena larga y negra y con el color de la piel, que le hacía pensar siempre en bombones de caramelo...

Sí, su Lara era una niña muy, muy bonita, y él la quería mucho. De eso estaba seguro.

–...mi abuelo nos contó que los brazos de Sallinger estaban horriblemente retorcidos...

–¡Ay, por Dios, para ya! –la interrumpió Lara, levantándose de un salto–. No me lo creo. Nada de esto pasó. Te lo estás inventando, ¿verdad?

–Que no, que no –protestó Nicole–. ¡Sucedió de verdad! Mi abuelo nunca dice mentiras. Además, ya te había avisado de que era una historia que daba mucho miedo, ¿no?

–¡Pero los papás no matan a sus mujeres ni a sus hijos!

–Sallinger sí. –Nicole acompañó su afirmación de un gesto muy esclarecedor: se llevó el dedo índice a la sien y lo movió de un lado a otro–. Estaba loco. Chiflado. Lo hizo de verdad. Pero no tendría que habértelo contado, porque ahora tienes un ataque de pánico, ¿eh, cobardica?

–No es verdad –se quejó Lara, aunque desde luego sí era cierto.

Claro que tenía miedo, y mucho, pero si lo admitía seguro que Nicole se reía de ella o –peor aún– prefería irse a jugar con otra que tuviera su edad y no fuera una miedica y le pediría que fuera su mejor amiga del mundo.

–No soy ninguna cobarde. Solo digo que no hay que reírse de los muertos. Mi mamá siempre lo dice, y ella tampoco es cobarde.

–Yo no creo que tu mamá sea cobarde –sonrió Nicole–, pero tú sí.

–¡Que no lo soy! –dijo Lara, dando una patada en el suelo con su sandalia.

–¡Sí lo eres! ¡Cobarde, gallina, capitán de la sardina! ¡Cobarde, cobarde, cobarde! –Nicole canturreaba, divertida, mientras Lara iba enfadándose cada vez más.

–¡Tú eres tonta y yo no soy cobarde! ¡No, no, no!

–Pues demuéstramelo –le dijo Nicole–. Demuéstrame que no tienes miedo.

–Claro. ¿Pero cómo?

–Bueno –le dijo la niña con su cara de te-voy-a-comer–. Si haces lo que te digo no te llamaré cobarde nunca más.

Lara asintió de inmediato. No porque quisiera hacerlo en realidad, sino porque los dientes empezaban a temblarle de nuevo. Hacía un frío invernal, aunque sabía que no venía de fuera, sino de sí misma.

«Es como si me hubiese comido una nevera.»

Bueno, ya sabía que era demasiado delgada para tragarse una nevera –eso pasaba solo en los cuentos–, pero así era como se sentía. Y tenía ganas de devolver –de vomitar, habría dicho Nicole, de echar la pota– y pensó que si lo hacía igual dejaba una montaña de cubitos de hielo en el suelo del bosque. De verdad que empezaba a sentirse fatal. ¡Maldito chocolate!

Pese a todo, siguió a Nicole. Tenía que demostrarle que no era una cobarde ni una gallina ni, peor aún, el capitán de la sardina. ¡Ella no!

Nicole la condujo hasta un grupo de matorrales entre los que, tras mirar atentamente, pudo ver unas escaleras semiocultas por la vegetación. Y algo más abajo, al final de aquella escalera casi invisible, una pesada puerta de roble con las bisagras de hierro oxidado.

–En su día fue el sótano de la casa –dijo Nicole.

Esta vez su voz no sonó misteriosa ni lúgubre, sino que se limitó a expresar una afirmación. Dijo «en su día fue el sótano» como podía haber dicho «eso de ahí era el establo y justo aquí estaba la casa».

–Cuando aún no existían las neveras, ahí abajo conservaban hasta el verano el hielo del invierno. Si entraras ahí, serías supervaliente. ¡Ni siquiera yo he entrado!

Con los ojos como platos, Lara miró a su mejor amiga del mundo.

–¿De verdad?

Nicole cruzó los dedos y se los llevó al pecho, donde, a diferencia de Lara, empezaba a notarse una curva que apuntaba a la voluptuosidad.

–Te lo juro.

Durante unos segundos, Lara no supo cómo definir lo que sentía: ¿era orgullo por estar a punto de hacer algo que ni siquiera Nicole había hecho, o era miedo por ver lo que le esperaba al otro lado de la puerta? Decidió fijarse solo en el orgullo: al fin y al cabo, así podría ganarse el respeto de su amiga y de todos los niños del pueblo.

–Vale –dijo Lara–. Lo haré.

–¿De verdad?

–Sí.

De pronto fue como si Nicole se arrepintiera de lo que había dicho, o al menos eso le pareció a Lara.

–Va, déjalo, solo estaba bromeando. Ahí abajo está superoscuro. Yo no he entrado nunca, pero sí he echado un vistazo, y he visto que está oscuro y frío y que huele fatal.

–Pero yo no soy una cobarde –dijo Lara, tozuda.

Estaba muerta de miedo, pero no quiso que Nicole lo notara y empezó a bajar las escaleras. Una rama le arañó la pantorrilla izquierda.

–¡Au!

–¡Venga, Lara, déjalo! ¡No tienes que hacerlo! ¡Ya veo que no eres una gallina!

Sin embargo, Lara siguió bajando. ¿Y si Nicole solo se lo decía por decir y cuando ella se diera la vuelta empezaba a reirse y le decía que ya se lo esperaba?

Pero es que, además, empezaba a notar también un tercer sentimiento: curiosidad. Una puerta tras la que nadie sabía lo que había era un misterio demasiado atrayente como para dejarlo sin resolver, aunque estuviese a punto de tener un ataque al corazón de puro miedo.

Lara tiró de la pesada puerta, pero no consiguió moverla demasiado. La madera tenía un tacto asqueroso, como de papel de lija recubierto de mocos. Respiró hondo dos veces, como en aquella ocasión en la piscina, cuando se disponía a saltar por primera vez desde el trampolín de cinco metros, se coló por la rendija que había dejado abierta y desapareció en la oscuridad.

Nicole tenía razón. Ahí abajo olía fatal. Peor que el sótano de la abuela después de que se le cayera una botella al suelo y se rompiera en mil pedazos. Y hacía un frío terrible y estaba oscuro como la boca del lobo. Solo podía ver un trozo del suelo embarrado y las paredes de piedra junto a la rendija de la pared. Lo demás estaba negro como el carbón.

–Sal de una vez –oyó decir a Nicole.

Su amiga también había bajado las escaleras y se había acercado hasta la puerta. De hecho estaba ahí al lado, apoyada en la madera, mirando por la rendija y taponando la poca luz que ella tenía.

–¡Uf! Qué miedo da todo es...

No le dio tiempo a acabar la frase porque en aquel momento la puerta cedió bajo el peso de Nicole y se cerró de golpe. No es que la niña pesara demasiado –al contrario, los niños de su clase la llamaban espagueti, y desde entonces había empezado a tomar chocolate para engordar–, pero debió de apoyarse más de la cuenta, por la curiosidad, y la puerta se cerró sin más y el pestillo se corrió sin más y Lara se quedó completamente a oscuras. Sin más.

–¡Eh! ¡Abre!

La voz de Lara sonaba muy extraña en aquel sótano helado.

«Como la voz de un fantasma que jugara a ser mi eco.»

–¡No puedo! –oyó decir desde fuera.

Lara oyó unos golpes en la puerta y el llanto de Nicole.

–¡No consigo bajar el maldito pestillo! ¡Se me escurre!

A Lara le entró un ataque de pánico. Fue lo peor que había sentido en su vida. Mucho peor que cualquier suficiente en mates –bueno, en realidad solo había tenido uno–, o que olvidarse de hacer los deberes, o que asustarse con el ruido de un avión supersónico al pasar sobre el patio del colegio y darse cuenta de que se le habían escapado unas gotitas de pipí. Peor que todo eso. Mucho peor.

Gritó, golpeó la puerta con los puños, sintió que la angustia le cortaba la respiración y se imaginó que «algo se levantaba en la oscuridad y se acercaba hacia ella». Imaginó que se quedaba allí para siempre y que moría de hambre y de sed.

–¡Quiero salir de aquí! ¡Déjame salir! ¡Por favor! ¡Por favor! ¡Porfaporfaporfa!

Pero la puerta no se movió. Lara golpeaba desde dentro y Nicole desde fuera, pero fue como si dos hormigas intentaran levantar el granero que quedaba junto al campo de trigo, más allá del bosque.

–¡Voy a buscar ayuda! –gritó Nicole desde fuera.

Entonces sí que le dio un ataque. Si Nicole se marchaba –tanto si volvía con ayuda como si no– se quedaría ahí sola, en aquel agujero en mitad del bosque, y para más señas en un lugar maldito en el que la gente dibujaba estrellas de cinco puntas para ahuyentar a los malos espíritus de un chiflado y su familia muerta.

«No son estrellas, sino dedos cortados, tontorrona», le susurró una voz que no supo decir si provenía de su cabeza o de alguien que estaba con ella ahí abajo… o quizá de *algo* con unas garras afiladas, el pelo largo y desgreñado y los ojos brillantes en la oscuridad.

«Sssí, muuuy brillaaantesss!»

–¡No, por favor, no me dejes aquí sola!

Pero al otro lado de la puerta ya no había nadie.

«¡Nooo!»

Lara chilló hasta desgañitarse, aporreó la puerta con las manos y gritó el nombre de Nicole…

Pero Nicole ya no estaba allí.

* * *

Al principio Harald creyó que se trataba de un juego. Algo así como el escondite, pero diferente. Siguió a Nicole con la mirada y la vio correr hacia el bosque y desaparecer. ¡Si seguía corriendo llegaría hasta el pueblo! Y lo primero que encontraría sería la carretera y la gasolinera ARAL en la que estaba el taller de su padre.

Entonces oyó los gritos de Lara, que sonaban extrañamente sordos, como si provinieran de debajo de la tierra. «Qué juego más raro», pensó, «pero qué bien lo hace Lara. Su miedo parece real.» Quizá no estuvieran jugando al escondite, sino a otra cosa, como por ejemplo a «Supergirl rescata a una niña del calabozo», se dijo.

Sí, eso tenía sentido. Nicole era rubia como la Supergirl del cómic y, aunque su vestido de colores no pegaba mucho con el juego –tenía que haber llevado uno azul y rojo, con un cinturón amarillo a juego con las botas, y una capa, por supuesto–, pero era imposible llevar el vestido de todas las figuras que se guardan en la imaginación.

De modo que Harald esperó impaciente a que siguiera el juego.

Lara siguió gritando –«¡Socorro! ¡Ayuda!»–, con una voz que sonaba superreal, pero Supergirl no volvía. ¿Y si había caído presa en una roca de criptonita negra y se había quedado sin poderes?

O... ¿y si... y si aquello no era un juego?

Harald decidió ir a echar un vistazo. Igual las niñas se reían de él porque no sabía cómo funcionaba el juego, pero prefería que se rieran a quedarse ahí quieto como un tonto y arrepentirse luego de que Lara hubiera pedido ayuda y él no hubiese hecho nada.

Así que el murciélago salió de su escondite y se dirigió hacia las ruinas, pasó junto a las piedras en las que había estrellas dibujadas y corrió hacia el lugar del que venían los gritos.

Hacía mucho calor y su ropa, de manga larga, le hacía sudar lo suyo, pero a él le daba igual. Seguro que Batman también sudaba y seguro que su madre también le decía que un día de estos le iba a dar algo con aquella vestimenta maloliente. Aunque, ahora que lo pensaba, la madre de Batman había muerto mucho antes de que él se vistiera de aquella manera. En fin, eso ahora daba igual: ahí estaba la puerta del sótano.

Se detuvo y oyó a Lara llorar. En aquel momento no le cupo la menor duda: aquello *no* era un juego. En los juegos no se llora. Llorar es siempre de verdad.

¡Maldita Nicole! ¿Por qué se habría ido?

Harald se acercó más a la puerta, corrió el pegajoso pestillo y tiró con fuerza.

Pasos. Acababa de oír pasos ahí fuera. Estaban bajando las escaleras. Pese a su miedo, pese al pavor que sentía ante aquella cosa peluda y con garras que imaginaba justo detrás de ella, en la oscuridad, Lara reconoció de inmediato que aquella no era Nicole. Fuera quien fuera el que estuviera al otro lado de la puerta, era mucho más grande y fuerte que su amiga.

Dejó de llorar de inmediato y se quedó callada como una muerta. Su cerebro funcionaba a toda velocidad, lo cual no era fácil en medio de aquel silencio absoluto, aquel hedor y aquella oscuridad. Y más teniendo en cuenta que una parte de ella estaba convencida de que allí cerca acechaba un monstruo enorme y malvado.

Los pasos llegaron a la puerta y se detuvieron. Lara pensó que el corazón iba a explotarle en el pecho. Sudaba y temblaba irremediablemente, y le costaba horrores respirar. Su respiración se volvió de pronto breve, rápida y sincopada y empezó a dolerle la cabeza. También vio unos pequeños puntitos blancos a su alrededor en los que no había fijado hasta entonces.

«Pero no son luciérnagas», le dijo una voz en su interior.

«No, no lo son», le dijo el monstruo que tenía a su espalda. «Es el miedo, cielo. El miedo puro y duro.»

Oyó un jadeo muy cerca de sí.

«Aquí estoy.»

Alguien corrió el pestillo de la puerta. Era un hombre. Lo oyó jadear.

«¡Un hombre! ¡En la puerta hay un hombre!»

Era imposible que Nicole ya hubiese vuelto con ayuda. El pueblo quedaba bastante lejos y, aunque volviera en coche, tardaría un poco más.

¿O acaso había perdido la noción del tiempo en aquel pozo de oscuridad?

Otro jadeo, esta vez seguido de un crujido, y la puerta se abrió chirriando.

Lara miró hacia la entrada, cegada por la luz del día que entró de pronto en la cueva, y vio el contorno de un gigante. Le vino a la cabeza la canción del hombre del saco y quiso salir corriendo de allá, como decía la letra, pero no podía: detrás de ella estaba la pared del sótano, y la única opción era correr hacia delante. Es decir, justo hacia los brazos de aquel gigante.

Se quedó paralizada unos segundos, y después lanzó un grito aterrorizado y se abalanzó sobre el monstruo.

Si uno se pasa todo el día, cinco veces por semana, poniendo losas de acero en fresadoras y haciendo agujeros allí donde está marcado, justo allí, acaba adquiriendo –inevitablemente– una fuerza considerable. La puerta del sótano era muy pesada, pero Harald logró abrirla sin excesivo esfuerzo.

¿Cómo se habría colado Lara ahí dentro, y qué buscaba en aquel agujero maloliente?

En ese momento la niña lanzó un grito. No dijo «ayuda» ni «déjame salir», sino que lanzó un grito largo e intenso, tan fuerte que le dolieron los oídos, y después se abalanzó sobre él.

Así que la cogió con un brazo y con la mano del otro le tapó la boca.

–Eh, que soy yo –dijo en voz baja.

Pero Lara no se calmaba.

Seguro que se había asustado, tan sola en aquel sótano, así que no tenía que confundirla más aún. Tenía que vigilar lo que decía. Eso lo sabía por sus compañeros de la residencia. Cuando gritaban y se ponían nerviosos había que cogerlos fuerte y hablarles con suavidad. O, mejor aún, susurrarles una canción.

De modo que apretó a Lara junto a su pecho y le susurró la canción que su madre siempre le cantaba –«duérmete niño, duérmete ya, que viene el coco y te comerá»– mientras le acariciaba la espalda.

Lara dejó de gritar pero siguió pataleando y jadeando contra su sudadera de Batman.

–Buena chica –le dijo, y siguió canturreando.

Pero, por lo visto, sus esfuerzos no servían de nada, porque Lara se puso a llorar. Harald notó la mancha húmeda que se extendía por su sudadera, y también notó algo más: que le gustaba el tacto de su espalda y de su culito bajo el vestido.

Recordó entonces las palabras de Manfred: «Les divierte. Y es bueno para los dos».

Quizá fuera eso lo que Lara necesitaba: divertirse. Cuando alguien se divierte, se ríe y olvida todo lo malo que tiene a su alrededor. Incluso la residencia en la que su hermano y su madre quieren internarlo.

–Venga –le susurró, y se dio cuenta de que la pequeña estaba temblando–, voy a enseñarte algo.

El hombre le dijo algo que no entendió, en parte porque hablaba demasiado bajo y en parte porque le estaba apretando la oreja contra el pecho. Además, estaba concentrada en no morir asfixiada por el olor a sudor y a cocina que desprendía su sudadera.

El miedo se revolvía en su interior como un animal salvaje y no la dejaba pensar con claridad. Intentó liberarse del monstruo, salir corriendo, pero él la sujetaba con fuerza y su mano libre –que la imaginación de Lara había convertido en garra afilada– empezó a desgarrarle el vestido. Después le bajó las braguitas con ositos bordados en la parte de atrás y le empujó la cara hacia abajo, hacia el lodoso suelo. Le entró polvo en la boca cuando gritó, y entonces… Un millón de estrellas explotó ante sus ojos y tuvo la sensación de haberse metido en una bañera con agua hirviendo.

Su alarido de dolor resonó en las paredes del sótano y le taladró los oídos, aunque esta vez supo que no era un monstruo el que gritaba, sino ella misma.

Lara golpeó y pataleó y… se liberó. Intentó escaparse del monstruo gateando, pero fue en vano. Mientras su respiración se parecía cada vez más a la de una locomotora de vapor subiendo una montaña, el monstruo le apoyó las garras en la espalda.

–¡¡¡Nooo!!! –chilló, dándose la vuelta.

Oyó sus manitas golpeando la cara del hombre, oyó el «¡ufff!» sorprendido de él y notó cómo la empujaba con fuerza, cómo volaba brevemente por el aire y cómo se golpeaba la cabeza con algo terriblemente duro. Acompañado de un sonido que le recordó inevitablemente el de los cocos al partirse, apareció ante sus ojos todo un ejército de mosquitos brillantes que bailaban como locos ante ella.

«Tengo que ahuyentarlos», pensó, con lentitud.

Pero los mosquitos desaparecieron en cuestión de segundos, y ella cayó en un profundo agujero negro.

Harald dio un paso atrás y soltó el cuerpo dormido de Lara sobre el lodo.

¿Qué había pasado? ¡Con lo bonito que había sido! Sí, había sido bonito, al menos para él. Muy diferente a lo que sentía cuando se tocaba él solo «esa cosa de ahí abajo», cada vez más rápido, hasta que le salía el líquido blanco, y después se quedaba tranquilo y relajado.

Pero con Lara se había quedado mucho mejor. Había sido

estupendo. Tanto, que se dejó llevar y puso la mente en blanco. Y durante unos magníficos segundos no tuvo problema alguno ni preocupaciones de ningún tipo.

Sin embargo... Estaba claro que a ella no le había gustado; que no se había divertido; que no había querido hacerlo, al contrario que la mujer del póster de Manfred, de la que salía un bocadillo que decía «¡Me muero de ganas!».

¿Le habría mentido Manfred? ¿Se habría reído de él? En el fondo no quería creerlo, porque Manfred a veces decía cosas sensatas y, al contrario que él, no sentía vergüenza ante la doctora Petrowski; incluso le había hablado de «esa cosa de ahí abajo» e incluso se la había enseñado, o al menos eso había dicho.

«A lo mejor no lo he hecho bien y por eso no le ha gustado», se le ocurrió pensar.

¿Y qué pasaría cuando Lara se despertara? ¿Y si volvía al pueblo y le contaba a todo el mundo que él no lo había hecho bien? ¡Todos se reirían de él! Quizá Karl y Annemarie y su madre, y seguro que Manfred y sus compañeros del taller. Se reirían de él y pensarían que era tonto incluso para meter su cosa en una niña y que a esta le gustase.

«Miradlo», dirían, señalándolo, «quiere ser como Batman pero es demasiado tonto para hacer el amor. La pobre niña incluso se ha dado un golpe en la cabeza y le ha salido tanta sangre que ha dejado una mancha en la pared. Así es imposible que se lo pase bien».

Harald notó las lágrimas que le caían por las mejillas. Había fracasado. Una vez más. Se inclinó hacia Lara, le acarició la cabeza y le apartó el pelo pringoso de la herida. Tenía que ponerle una tirita lo antes posible. Eso lo sabía por Mattias, uno que trabajaba con él en el taller y no podía hacer nada si no llevaba puesta su extraña gorra redonda. De hecho, si alguien se la quitaba, él empezaba a gritar y a darse golpes en la cabeza contra la pared, y entonces le ponían una tirita y le devolvían la gorra.

Harald sabía dónde había tiritas. No las de casa de mamá –ahí no, que se reirían de él–, sino las de un lugar mucho mejor y que no quedaba muy lejos de allí. Allí podría ponerle la tirita y charlar con Lara cuando se despertara. Le explicaría que en realidad habría querido que ella también se lo pasara bien y dejara de estar asustada en aquel sótano oscuro y frío.

Y entonces le enseñaría otra vez cómo se hacía y cómo podía pasarlo bien. Es más, no pararía hasta que ella se riera a carcajadas. Estaba tan guapa cuando se reía… Y volverían juntos a casa y Lara explicaría a todos lo bueno y simpático que había sido con ella.

Y ya nadie volvería a reírse de él.

Y sería un héroe.

Como Batman.

Lo primero que le llamó la atención al recuperar el conocimiento fueron los mosquitos blancos y brillantes que querían atacarla. Incluso cuando desaparecieron siguió oyéndolos en su interior. Le dolía muchísimo la cabeza y le ardía la entrepierna.

Hizo un esfuerzo por incorporarse, se apoyó en los codos y se dio cuenta de que estaba en un lugar que conocía bien: el viejo granero que quedaba al final del campo de trigo. Nicole y ella se habían acercado hasta allí muchas veces, mientras jugaban, sobre todo el último verano, que había llovido mucho.

En el granero había cantidad de cosas chulas por descubrir. Una vez, incluso, encontraron unos gatitos recién nacidos a los que su madre había construido un nido de paja, como si fueran polluelos. En aquel momento decidió que cuando fuera mayor tendría un gato como aquellos, y que le dejaría dormir con ella en la cama.

Pero ahora… por muy intensos que fueran los rayos de sol que se colaban por los resquicios de las paredes e iluminaban el polvo que danzaba por el aire, el granero le parecía un lugar irremediablemente lúgubre e inquietante.

¿Pero cómo había llegado hasta allí? Hace apenas un momento estaba...

¡El sótano!

¡El hombre del saco!

En el preciso instante en que se acordó de lo que había pasado, vio al hombre del saco. Se hallaba junto a una caja de madera que estaba colgaba de la pared, y revolvía en su interior. Su cabeza quedaba oculta tras la puerta abierta de la caja, en la que podía verse una cruz grande y roja. La misma que había en el botiquín del lavabo de casa.

Se acordó de que el año pasado Nicole había cogido una antigua venda del botiquín para jugar a las momias, pero que entoces se le cayó una botellita con un líquido rojo amarillento que olía fatal y que manchó toda una caja con gasas y otra venda entera.

–¡Mierda! –exclamó el hombre del saco–. ¡Mierda! –dijo, otra vez.

Después se dio la vuelta y la miró.

Ella lo reconoció al instante.

«¡El tío Harald! ¡El tío Harald es el hombre del saco!»

De inmediato comprendió por qué a su padre no le gustaba su tío. Hasta entonces había pensado que era por su retraso mental, pero ahora comprendió que, en realidad, el tío Harald era el hombre del saco y su papá lo sabía.

–Todas las tiritas están rotas –dijo el tío Harald–. No puedo ponértelas en la herida.

Lara se arrastró hacia atrás sobre el heno, y vio que dejaba un pequeño rastro de sangre. No apartó los ojos de su tío.

Cuando se levantó, temblaba como una hoja, y le pareció que sus piernas se doblaban como las de un potrillo recién nacido que intentara ponerse a caminar.

–¿Aún te duele?

Lara no respondió. Se mordió los labios. El fuego entre sus piernas se volvía más intenso cuanto más sudaba, y en el granero hacía mucho calor y olía muy mal...

El tío Harald se acercó a ella.

—¿Estás enfadada conmigo?

Ella dio un paso atrás y se chocó con una estantería que había junto a la pared.

—Creo que no lo he hecho bien, pero puedo volver a intentarlo. Seguro que ahora no me equivoco y nos divertimos y dejas de estar enfadada conmigo, ¿vale?

Lara no tenía ni idea de lo que hablaba su tío. Solo sabía que se le estaba acercando, lentamente, muy lentamente, y que le daba pánico verlo.

«Volverá a hacerme daño, volverá a hacerme daño, volverá a...»

Él se detuvo a uno o dos metros de ella. Lara podía olerlo. Apestaba como un lobo malvado.

—Te quiero mucho —le dijo.

«¡Tengo que salir de aquí! ¡Tengo que salir! ¡Salir!»

¿Pero a dónde? Igual que antes, en el sótano, su tío se interponía entre ella y la salida. No podía escapar.

—Mira —le dijo su tío, sonriendo—, ha vuelto a ponerse gorda.

Le señaló los pantalones y empezó a desabrochárselos.

Lara aprovechó aquella mínima distracción y salió disparada hacia la puerta. Tenía que alcanzarla, colarse por la rendija abierta, salir al campo de trigo, cruzarlo hasta llegar al bosque, bajar por el camino lleno de baches y entrar en el pueblo, donde estaría segura. Tenía que...

Pero en cuanto llegó a la altura de su tío, este alargó el brazo, la detuvo y, con un único movimiento, la lanzó de nuevo contra la estantería de la pared. Lara se dio en el pecho con uno de los estantes y notó que se quedaba sin aire. No podía gritar, pero aunque hubiese podido no había nadie que pudiera oírla. Por eso Nicole y ella solían ir hasta allí: porque podían hacer lo que les viniera en gana sin que ningún adulto las observara.

Por segunda vez notó que le levantaba el vestido. Fue entonces cuando vio algo en la estantería.

¡Herramientas!

Haciendo un esfuerzo, Lara consiguió alcanzar un cepillo de carpintero justo antes de notar algo gordo y caliente rozándole los muslos. Sin pensárselo dos veces, lanzó el cepillo hacia atrás, con todas sus fuerzas.

Bingo. Harald dio un grito y la soltó unos segundos.

Ella se dio la vuelta y vio a su tío con los pantalones bajados, sujetándose el hombro y mirándola con estupefacción.

–¿Por... por qué? –balbuceó, mirando el cepillo a su lado, en el suelo.

Lara no se atrevió a correr otra vez hacia él, porque sabía que volvería a cogerla y a hacerle daño, de modo que volvió a darse la vuelta hacia la estantería y cogió un destornillador. El metal estaba algo oxidado, pero el mango de plástico rojo estaba como nuevo. Lo sujetó ante sí, como un arma.

–Lara, cielo, no quiero hacerte daño. Solo quiero pasarlo bien contigo. Mira.

Se cogió el miembro erecto con una mano y dio un paso hacia ella, dejando una huella extraña sobre el suelo con sus pantalones bajados.

Fue demasiado.

Lara, que a sus nueve años y nueve meses hacía ya rato que no era dueña de sí misma, actuó sin pensar en lo que hacía: se abalanzó hacia delante con el destornillador bien sujeto.

Si Harald Baumann hubiese estado algo más incorporado, o algo menos concentrado en mostrarle aquella parte del cuerpo con la que quería pasárselo bien con ella, el destornillador se le habría clavado en el hombro, o en el peor de los casos en el cuello, en la carótida.

Pero sucedió que se le clavó en la cara. En el ojo derecho, para ser más exactos. Lara no lo hizo a propósito. Simplemente, pasó. Y su miedo era tan intenso que le confirió una fuerza insospechada.

Harald gritó como un loco cuando la punta del metal atravesó la cuenca de su ojo, pero se detuvo de golpe cuando alcanzó el hueso del cerebro y lo perforó. Con un gemido giró sobre sí mismo, cayó al suelo como un saco de patatas, y se quedó inmóvil boca arriba, sin más. Su pene erecto, que parecía un gusano enorme posado sobre su barriga, empezó a encogerse.

Aunque ya no llevaba el destornillador en la mano, Lara continuó con el brazo estirado hacia delante. No era consciente de lo que acababa de hacer. Estaba muy lejos de lo que podría considerarse *consciencia*. Su rostro estaba pálido como la tiza, su respiración era acelerada y convulsa, y el sudor se le escapaba por cada poro del cuerpo.

A sus pies agonizaba Harald Baumann, su tío. El hombre del saco.

Era un sentimiento extraño. No es que le doliera mucho, no, era más bien como si notara que su cuerpo empezaba a desaparecer.

Era casi como si se viera a sí mismo –o quizá a lo que los curas de la iglesia llamaban «el alma»– alejarse de su cuerpo, elevarse por encima de él, mientras este continuaba en el suelo, tendido.

Con el ojo que le quedaba vio danzar las motas de polvo por el aire, como minúsculas estrellas brillantes y joviales, y junto a su nariz vio brillar el plástico rojo del mango del destornillador. A la luz de sol que se colaba en el granero parecía una piedra preciosa.

«Qué bonita», pensó. «Me duele mucho cuando muevo el ojo, pero esto que tengo en la cara es una piedra preciosa muy bonita.»

Entonces volvió a mirar hacia arriba. Le pareció que las vigas de madera del techo habían bajado un poco hacia el suelo. Pero lo más bonito de todo fue ver la cara de Lara sobre la suya. Era tan bonita... era magnífica, aunque también su imagen parecía empeñada en desaparecer.

Habría jurado que Lara le sonreía. ¡Sí, estaba seguro, la oía reír!

«Qué bien», pensó, «al final sí que se lo está pasando bien. Ya vuelve a quererme.»

Quiso decirle que él también la quería mucho, muchísimo, pero no pudo. Porque justo entonces todo se volvió negro a su alrededor.

«Más negro que la capa de Batman», fue lo último que pensó.

Nada de lo que hizo tenía sentido. Se quedó junto a su tío, que seguía tendido boca arriba como si estuviera descansando, con expresión feliz y relajada, con las manos abiertas junto al cuerpo y la cara hacia arriba, como si estuviera contemplando las vigas del techo.

Solo una vez lo vio mover el ojo izquierdo hacia la derecha, con lo que el destornillador se movió ligeramente haciendo un desagradable ruidito.

Quizá fuera aquel ruido. Quizá fuera eso lo que la ayudó a comprender que el hombre del saco, el lobo malvado, había muerto.

Notó que una sonora carcajada le salía de la garganta. Se quedó de pie junto al cuerpo de Harald Baumann, gritando, riéndose y chillando como un animal enloquecido, y luego lo pisó, bailó a su alrededor y saltó de un lado a otro como una rana enferma y salvaje.

Arriba y abajo, arriba y abajo, arriba y abajo. Hasta caer de rodillas, agotada.

Temblando, volvió a mirar la cara de su tío, y vio brillar el mango del destornillador en el lugar en que debería haber estado el ojo.

Durante unos segundos comprendió que había matado a un hombre... y justo entonces el trauma volvió a correr un tupido velo sobre su conciencia.

* * *

Sobre lo que sucedió aquel día, sobre los hechos que dieron cuerpo a aquel momento, solo pudo especularse. Lara lo olvidó todo en aquel instante, y seguramente fue lo mejor que le pudo pasar... Su cerebro se tomó un descanso para asimilar lo que había vivido y huir hacia un nuevo yo.

No hubo testigos en aquella huida. Nadie la vio reprimir los terribles recuerdos de aquel día y convertirse en una niña nueva, a la que su madre empezó a llamar por su segundo nombre, Ellen.

Nadie lo supo, excepto, quizá, aquel campo de trigo junto al granero que diecinueve años volvió a aparecérsele en sueños junto a un buzón rojo, o el camino rural, junto al cual una última poza resistía al sol del verano llena de burbujas que parecían atentos ojos.

A la mañana siguiente, poco después de la salida del sol, Hermann Talbach y otros dos hombres del pueblo encontraron a la niña. Se había escondido en el hueco de un tronco, enrollada como un erizo asustado, y miró a los hombres aterrorizada. En los brazos acunaba un tronquito de madera, como si fuera una muñeca.

43

Cuando Nicole acabó su relato, se derrumbó, sollozando. Mark le apoyó un brazo sobre el hombro y le dejó tiempo para que se librara de todos aquellos sentimientos, tanto tiempo retenidos.

–¿Quiere estar sola un rato? –le preguntó, al verla algo más tranquila.

–No, no, ya está –dijo ella, moviendo la cabeza hacia los lados.

Lo miró con sus enrojecidos ojos y añadió:

–Gracias.

–¿Por?

–Por ayudarme a contarlo.

Mark asintió y cogió sus cigarrillos, pero luego se lo pensó mejor.

–No le gusta que fume, ¿sabe?

–Quizá porque su padre fumaba mucho.

–Quizá. Cada aversión tiene su motivo. Y en eso mismo estoy pensando ahora.

–¿En las aversiones de Lara?

–No, en el motivo de su colapso. En lo que descorrió el velo de su memoria –dijo Mark, rascándose la cabeza, pensativo–. En lo que en argot psiquiátrico llamamos el *trigger*, el detonante. Hasta hace unos días la identidad de Ellen le resultaba más que suficiente, la protegía del pasado, le ofrecía un presente y un futuro... Pero de pronto dejó de hacerlo. Me pregunto por qué. Por lo general, en este tipo de perturbaciones el rechazo autoplástico de un trauma suele convertirse en un bastión absolutamente inexpugnable desde el punto de vista terapéutico. La personalidad protectora emerge como un cancerbero de los recuerdos que podrían llevar al colapso a la frágil personalidad original. Sin la intervención terapéutica es prácticamente imposible recuperar los recuerdos reprimidos de un modo adecuado y lineal. Pero, en su caso, parece que algo derrumbó de golpe el muro que la protegía. Y no sé qué pudo ser. ¿Por qué empezó a tener aquellas alucinaciones?

–Quizá ella misma nos lo diga cuando recupere el habla...

Mark negó con la cabeza.

–No lo creo. Las personas que regresan de una huida de la realidad no suelen ser capaces de recordar lo que sucedió en aquella fase, por muy larga que fuera. Es como una especie de protección mental.

Nicole miró a Mark con los ojos como platos.

–Pero... ¿significa eso que cuando Lara vuelva en sí lo hará como si tuviera nueve años?

Mark movió la cabeza de nuevo.

–Creo que sí, aunque no puedo afirmarlo con seguridad. Hasta ahora nunca había visto un caso en el que la fuga durara tanto tiempo. Yo creo que con la terapia y mucha paciencia recuperará parte de los recuerdos de su vida como Ellen, pero imagino que al principio retrocederá justo hasta el momento en que empezó todo. Hasta el inicio de la conmoción.

–Oh, Dios –gimió Nicole, y se llevó una mano a la boca.

Se le llenaron los ojos de lágrimas.

–Por eso es tan importante que esté en buenas manos –añadió Mark–. En la Clínica del Bosque tenemos a un gran especialista en alteraciones traumáticas de personalidad que podrá hacerse cargo de ella. Ya he hablado con él y en cuanto pueda moverse la llevaremos a Fahlenberg.

–¿A la clínica en la que trabajaba?

Mark entendió por qué se sorprendía Nicole, pero aun así pensó que su decisión era la mejor.

–Sí, ya lo sé. Estará ingresada en la unidad de la que se ocupaba, pero en el fondo es lo más lógico, ¿no? Nos parece extraño porque se trata de una clínica psiquiátrica, pero si hubiese sido cirujana y hubiese tenido un accidente, nadie se habría sorprendido de que la operara un cirujano, ¿verdad?

Por la expresión de su cara parecía evidente que no había acabado de convencerla, pero pasados unos segundos Nicole afirmó:

–Es usted quien debe decidirlo. Al fin y al cabo, usted es el experto y sabrá lo que debe hacer.

–Créame, será lo mejor –le aseguró Mark. Y para reafirmar sus palabras, añadió–: haré cuanto esté en mis manos para que reciba la ayuda adecuada y moveré cielo y tierra, si es necesario, para descubrir el o los detonantes de su colapso.

Nicole se quedó en silencio y observó una pareja de mirlos posada en la rama de un árbol. Entonces se dio la vuelta hacia Mark y le preguntó:

–¿Qué cree que pudo haber pasado?

Mark hizo un gesto de impotencia.

–No tengo ni idea, pero creo que aún no sabemos toda la verdad.

–¿Quiere decir que… aún nos espera alguna sorpresa?

Mark notó que temblaba al contestar a Nicole.

–Una lo suficientemente grande como para romper un muro de diecinueve años.

44

Mark pasó aquella noche en el hotel. Rechazó la oferta de Nicole de dormir en su casa y le agradeció sobremanera que no insistiera ni una vez.

Necesitaba calma y algo de distancia para asimilar lo que acababa de pasar. De haberse quedado en casa de los Keppler se habría pasado toda la tarde –y seguramente parte de la noche– hablando de aquella mujer que respondía al nombre de Ellen y que había desayunado con él por la mañana, pero que ahora yacía herida en una cama de hospital y se llamaba en realidad Lara Baumann.

Pasó toda la noche en vela, sentado al borde de la cama, mordisqueando palitos salados del minibar, o tumbado sobre la colcha, mirando hacia el techo, sobre el que se hallaba la habitación en la que Ellen había pasado la noche cuando todavía se llamaba así.

Durante varias horas reflexionó sobre lo que había sucedido en las ruinas de aquel sótano y sobre la experiencia terrible que aquello había supuesto para una niña de nueve años. Y como siempre, como le sucedía cuando trabajaba con pacientes que habían pasado por situaciones traumáticas, supo que por mucho que intentara imaginar lo que había ocurrido, ponerse en la piel de la paciente, la realidad siempre era infinitamente peor. Tan horrible como para no querer seguir viviendo en ella e inventarse una distinta en la que sobrevivir.

¿Pero qué habría pasado después? ¿Qué habría devuelto a Ellen el recuerdo de Lara? Mark no podía pensar en otra cosa...

A la mañana siguiente, cuando fue a visitar a Lara a la clínica, Nicole ya estaba allí. El especialista había aceptado el traslado a la Clínica del Bosque y aquella misma tarde la llevarían en ambulancia hasta Fahlenberg. Después de que su marido hubiese declarado el Volvo de Mark como siniestro total y lo hubiese llevado al depósito, Nicole se ofreció a acompañarlo en su coche hasta su casa, detrás de la ambulancia.

Una vez en la Clínica del Bosque, y a instancias del doctor Fleischer, a Lara –que continuaba en estado catatónico– se le adjudicó una habitación individual en la unidad privada, donde esperaban que fuera aclimatándose paulatinamente.

Mark y Nicole se quedaron un rato con ella. Aunque Lara no reaccionaba ante nada y tenía la mirada perdida, ellos no dejaron de hablarle en ningún momento, con la esperanza de que algo le llegara y pudiera sentirse, al menos, reconfortada.

Cuando por fin salieron de la habitación, Nicole le pidió a Mark que le explicara lo que había sucedido en los últimos días, cómo había llegado Lara hasta aquel punto, mas cuando empezó a hablar, él mismo se dio cuenta de lo difícil que iba a serle hacerse a la idea, y decidió que lo mejor sería conducirla hasta los lugares que Lara había conocido siendo Ellen. A veces las cosas se entienden mejor in situ...

De camino al túnel de abastecimiento, Mark le habló a Nicole sobre los acontecimientos de los últimos días: la paciente sin nombre, el encuentro con el hombre del saco, su convicción de que la habían torturado en las antiguas salas de terapia de los túneles...

Durante su narración, Mark evitó pronunciar el nombre de *Lara* o *Ellen*. El hecho de que la mujer de la que había estado tan profundamente enamorado durante los últimos cuatro años ni siquiera hubiese existido le provocaba tal turbación que no se veía capaz de afrontar aún lo sucedido.

Nicole lo escuchó atentamente mientras avanzaba a su lado por el recinto hospitalario, y cuando él concluyó el relato, ella continuó en silencio.

Mark la vio debatirse consigo misma, intentando dar un sentido al sinsentido que se escondía en aquella historia. «Una empresa imposible», pensó, pues a él mismo, que era psiquiatra, le estaba resultando terriblemente difícil hacerse cargo de la complejidad de aquella locura.

Sin decir una palabra, entraron en el túnel de abastecimiento. En esta ocasión, Mark utilizó el acceso oficial a través de uno de los edificios de la unidad, y anduvieron por un pasillo hasta llegar a la bifurcación que conducía a las antiguas salas de terapia.

En la primera les recibió el mohoso olor a desinfectante y la silla semidescompuesta bajo la lámpara parpadeante de halógeno. En el suelo de la sala de hidroterapia aún se veían los charcos de agua que daban cuenta del rescate de Ellen. En una esquina de la sala, la tapa de madera de la bañera con sus cierres oxidados. Al verlos, Mark no pudo evitar preguntarse qué habría pasado si estos no hubiesen encajado en sus agujeros al cerrar Ellen la tapa desde dentro. ¿Se habría dado cuenta Ellen de que nadie la estaba torturando? Era posible, sí, aunque a esas alturas de la película Mark estaba convencido de que la lucidez no le habría durado demasiado rato...

—Todo esto da miedo —dijo Nicole, con voz temblorosa.

—Queda por saber qué la llevó a bajar hasta aquí —dijo Mark—, pero parece que reaccionó como una niña pequeña, que busca el monstruo en el cuarto oscuro porque quiere enfrentarse a él pese a temerlo más que a nada en el mundo.

—¡Mark, un niño jamás se enfrentaría a un monstruo!

—¿No? Entonces fue su parte adulta la que le dijo que solo así hallaría la paz... Al fin y al cabo Ellen era psiquiatra, y de las buenas.

—¿Estás diciendo que Lara entró en un sitio que le daba miedo, solo para enfrentarse a unos recuerdos que le daban aún más miedo?

—Terapia de confrontación o algo por el estilo —dijo Mark, encogiéndose de hombros sin poder ocultar su desesperación—. No lo sé, solo intento dar un sentido a lo que hizo...

Entraron en la sala en la que se hallaba la mesa de operaciones y el aparato de electrochoque. Estremecida, Nicole se llevó la mano a la boca.

—Dios... ¿pero a qué huele?

—Ellen... es decir, Lara... se... —Mark no se vio capaz de acabar la frase—. Son los efectos secundarios de una terapia inadecuada.

Esquivó la camilla, cubierta de orina y excrementos, y se dirigió al aparato de electrochoque. Los electropolos caían, inertes, hacia el suelo, cual dos enormes lombrices. Mark observó el aparato con atención. Sobre el regulador de potencia de la corriente se veían gruesas huellas dactilares, sin duda de alguien que había sudado mucho.

Apretó la tecla «ON» y... no sucedió nada. El aparato ni siquiera funcionaba.

—Lo que suponía. Incluso esto se lo imaginó.

—Y pese a todo, ella... —Nicole no siguió hablando, sino que avanzó marcha atrás hacia la salida.

Mark suspiró y se dejó caer en un taburete giratorio.

—Estaba convencida de que él la estaba torturando. Pero lo que la torturaba, de hecho, era la idea de tener que enfrentarse a la realidad, a los recuerdos de su tío, a su violación, a la muerte...

—Lo que aún no entiendo es lo de la paciente sin nombre. ¿Quién era?

—Era ella misma, Lara, tal como habría sido de no haber estado protegida por el personaje de Ellen. Desesperada, apaleada, abandonada y completamente enajenada. Por eso quiso protegerse. Por eso se enfrentó a ella y reprimió su verdadera identidad.

Nicole había salido de aquella sala y tenía las manos hundidas en los bolsillos de los pantalones, lo cual, sumado a su aspecto juvenil y campechano, le hacía parecer un niño testarudo y muy alto con el pelo recogido en una rubia cola de caballo.

–¿Y creyó que ella misma era una de sus pacientes?

–Sí. Por imposible que parezca, así fue –dijo Mark, mientras se subía la cremallera de la chaqueta, en un intento fallido de afrontar el frío de aquella habitación–. Por algún motivo, Ellen debió de recordar la historia de Lara y comprenderlo todo en un instante, mas una parte de ella se negó a renunciar a cuanto había construido y rechazó rotundamente la realidad. Ahí fue cuando surgió la paciente sin nombre: una mujer que necesitaba protección y huía de su agresor. Alguien a quien la equilibrada psiquiatra debía proteger. Convencida de que ella no podía ser Lara, se inventó a la paciente para poder afrontarla. Y creyó realmente en su existencia. Debería ver lo perfecta que era su vida como psiquiatra...

–Y, sin embargo, se empeñó en buscarla –lo interrumpió Nicole. Ella también empezaba a temblar de frío–. En el fondo quería encontrarse con su verdadero yo, ¿no es cierto?

–Así es –dijo Mark–. Y eso es lo que más me desconcierta. Si fue capaz de reprimir su identidad durante diecinueve años... ¿Qué la empujó a buscarla, así, de pronto? Tuvo que suceder algo que rompiera su coraza, y, la verdad, pagaría por saber lo que fue.

Durante unos segundos los envolvió un silencio oprimente. Solo se oían las gotas de agua que caían quedamente en la sala contigua. Por fin, Nicole, preguntó:

–¿Podemos irnos?

–Sí, por supuesto. De todos modos, es evidente que aquí no encontraré las respuestas a mis preguntas.

Ya había oscurecido cuando Mark acompañó a Nicole hasta su coche, en el aparcamiento.

–¿No quieres quedarte a dormir? –le dijo–. Puedo ofrecerte mi sofá, o una habitación en una pensión, si quieres.

Pero Nicole negó con la cabeza.

—Gracias, eres muy amable, pero creo que ahora no puedo hacer nada por Lara y tengo que volver a casa. Mi marido y mis hijos estarán preocupados, sin duda. Pero volveré a visitarla tan a menudo como me sea posible.

Una vez en el coche, y antes de cerrar la puerta, volvió a mirar a Mark y le preguntó:

—¿Y tú qué harás ahora?

—Buscar el detonante. Lo que hizo volver a Lara.

Nicole apoyó la cabeza en el respaldo de su asiento y cerró los ojos. Mark comprendió que estaba haciendo un esfuerzo por no llorar. Cuando lo miró de nuevo había logrado reprimir las lágrimas, pero tenía los ojos enrojecidos.

—Fue culpa mía. Todo esto ha sido culpa mía.

Él movió la cabeza hacia los lados.

—No. Fuisteis al lugar equivocado en el momento equivocado. Pero eso no es culpa de nadie.

—Buen intento, gracias. Pero si yo no la hubiese… —no fue capaz de seguir hablando. En su lugar dejó escapar un profundo suspiro—. Bueno, al menos ya se lo he contado a alguien. Ahora me siento fatal, pero sé que en algún momento empezaré a superarlo…

No esperó a que Mark añadiera nada más. Cerró la puerta y arrancó.

Mark la vio salir del aparcamiento y desaparecer entre el tráfico vespertino de la calle principal.

Aquella noche no pegó ojo.

45

La luz del mediodía se colaba por la ventana de la habitación y confería a la figura que yacía en la cama una apariencia de otro mundo.

«Y en cierto modo lo es. En parte ya no pertenece a este mundo», pensó Mark, al cerrar la puerta tras de sí. La persona que había conocido y amado bajo el nombre de Ellen estaba ahora encerrada en una clínica psiquiátrica y en la puerta de su habitación se leía «Lara Baumann». Un nombre que le resultaba tan extraño como la propia mujer que tenía en pijama ante sus ojos.

Ya no olía a *Eternity* de Calvin Klein, sino al jabón con el que dos veces por semana se lavaba a los pacientes incapacitados. Su pelo corto y moreno, siempre moldeado con algo de espuma o gel, ya no le daba aquel aspecto juvenil y desenfadado que tan bien se adecuaba a su personalidad, sino que le caía lacio a los lados de su cabeza.

Pero lo peor, sin duda, era el vacío de su mirada; esa apatía que daba a entender que solo estaba presente en cuerpo, mas no en alma; que su espíritu se hallaba en algún lugar muy lejano...

Y Mark habría dado lo que fuera por saber de qué mundo se trataba, y, sobre todo, por descubrir qué la había llevado hasta allí. Qué la había inducido a abandonar la identidad de Ellen Roth.

Pero aquella mujer, apenas una sombra de la que había sido, no le ayudaría a descubrirlo. Ellen había abandonado su cuerpo y había huido a otro mundo en el que no había violencia ni represión. Al menos eso era lo que él deseaba.

Y tras el esfuerzo ingente que aquella ruptura de identidad debió de suponer para su psique, lo más probable era que Ellen tardara una buena temporada en regresar de aquel lugar... si es que lo hacía.

«Qué frágil es la personalidad de un ser humano», se dijo Mark, sentándose a su lado en la cama y cogiéndole la mano inerte. «Tan frágil como el cristal.» Una enfermedad —pensó entonces en su abuela, reducida a un simple espectro por culpa del Parkinson— o a veces solo un recuerdo bastaban para quebrar la esencia de una persona y convertirla en un simple caparazón de aspecto humano pero vacío en su interior.

Aunque... ¿de verdad estaba vacío el caparazón que en su día protegió el alma de Ellen, o quedaba aún una esperanza, por pequeña que fuera, de que se recuperara?

Le acarició la cabeza suavemente, dulcemente, sin que ella reaccionara al contacto.

—¿Qué te pasó, Ellen? —preguntó en voz baja, sin esperar respuesta.

Y se quedaron ahí quietos, en silencio, mirando hacia la ventana, durante algo más de una hora.

Todos los días a partir de aquel.

46

Era ya la tarde cuando llamaron a la puerta de su consulta en la unidad número nueve. La hermana Marion asomó la cabeza.

–Disculpe, doctor, ya sé que ha acabado su jornada, pero aquí fuera hay alguien que quiere hablar con usted.

Mark levantó la vista de la historia clínica que estaba revisando.

–¿De quién se trata?

Movió el cuello hacia los lados, haciéndolo crujir con un sonido no muy agradable, y se frotó la nuca, que estaba dolorida.

–Un tal señor Pohl. Ha preguntado por el doctor Lorch.

–¿Pohl? No me suena.

–Dice que es importante.

–Está bien. Dígale que enseguida estaré con él.

Mark tuvo que reprimir un bostezo. Desde el colapso de Ellen no había vuelto a dormir bien. Tenía demasiadas cosas en la cabeza, y las noches y el silencio no eran buenos consejeros.

Después, durante el día, tenía todas las horas ocupadas. Se había hecho cargo de los pacientes de la unidad número nueve, además de los suyos propios, y aunque el trabajo lo ayudaba a superar la angustia y el desconcierto, a menudo lo llevaba al límite de sus fuerzas.

Pero sabía que tenía que aguantar un poco más. Chris acababa sus vacaciones en tres días y tarde o temprano volvería a trabajar. Quizá más tarde que temprano, porque sin duda iba a necesitar un tiempo para asimilar lo que le había sucedido a Ellen. Todos sus intentos por localizarlo y darle la mala noticia habían sido en vano, de modo que el pobre aún no tenía ni idea. Iba a ser un golpe durísimo para él.

Mark se desperezó, dio un último sorbo a su café, ya frío, y salió de su consulta.

Fuera lo esperaba un hombre de unos treinta años.

Estaba muy bronceado, llevaba una camisa cómoda y fresca, vaqueros de marca y zapatos caros. No parecía uno de los pacientes de Chris, sino más bien un amigo que pasara a recogerlo para salir a comer e ir después a hacer la siesta a un banco de rayos UVA.

–¿Señor Pohl? –dijo Mark, estrechándole la mano–. Soy Mark Behrendt. Mi compañero, el doctor Lorch, está de vacaciones. ¿En qué puedo ayudarle?

–Buenas –contestó Pohl, apretando la mano de Mark con la fuerza de un elefante, o al menos eso le pareció a él–. Disculpe que me presente aquí, sin más, pero he pensado que era mejor venir en persona.

–¿Qué sucede?

–Llevo desde ayer intentando localizar a Christoph. No está en casa y no coge ni el teléfono ni el móvil.

–Eso es porque está perdido en no sé qué isla australiana en la que no hay cobertura –dijo Mark, frotándose la mano estrujada–, pero el fin de semana, a mucho tardar, estará aquí.

Pohl lo miró con los ojos como platos.

–¿Chris está en Australia?

–Sí, lleva allí casi tres semanas. Se fue con un amigo, me parece, un tal Axel. Por desgracia, no puedo decirle nada más.

El visitante parecía francamente desconcertado.

–Pero... ¿cómo...?

–¿Por qué?

–Porque, porque... *yo soy Axel.*

Mark lo miró como si le hubiera disparado. Su agotamiento

se esfumó en un abrir y cerrar de ojos, y con la voz temblorosa, preguntó:

–¿Podría repetirme lo que acaba de decir?

–Me llamo Axel Pohl, y soy amigo de Chris. Volví a Alemania ayer, pero estuve solo en Australia. Sin Chris. ¡Y eso que le pregunté si quería acompañarme!

–¡Pero no es posible! No tiene sentido. ¿Está diciéndome que Chris no se ha ido de viaje?

–Bueno, al menos no conmigo. Señor Behrendt, dígame, ¿qué está pasando aquí? No localizo a Chris y sé que a Ellen le ha pasado algo. Lo oí en la residencia. La propietaria no dejó de hablar ni un segundo cuando fui a preguntarle por ellos, pero no entendí lo que me decía. ¿Está enferma? ¿Tiene la gripe?

–Es... No es fácil de explicar, señor Pohl, y menos aún ahora, con la información que acaba de darme. Si Chris no ha estado con usted todo este tiempo... ¿dónde demonios se ha ido?

–¿Pero dijo aquí en el trabajo que se iba a Australia conmigo?

–Se lo dijo a Ellen, al menos. Ella lo llevó al aeropuerto. ¿Por qué habría querido mentirle?

–Ay –dijo Pohl, angustiado, frotándose la frente–. Quizá tuviera sus motivos...

Mark notó que se le aceleraba el pulso.

–¿Y cuáles podrían ser? ¿Sabe usted algo?

–Bueno, Chris estuvo muy raro los días antes de que me marchara. No sé por qué. Me dijo que no quería hablar de ello, pero me pareció que tenía que ver con Ellen.

–¿Por qué? ¿Le hizo algún comentario al respecto?

–No. Al menos no directamente. Pero cuando le pregunté si quería acompañarme me contestó que tenía que ocuparse de algo personal, un asunto privado, y enseguida cambió de tema, como si no quisiera hablar de ello. Yo no le insistí, no quise hacerme pesado, pero recuerdo que me sorprendió mucho aquel secretismo. No era propio de Chris. Si lo conoce, sabrá tan bien como yo que siempre dice lo que piensa y no teme enfrentarse a los problemas.

Mark frunció el ceño. ¿Y si se había equivocado en sus teorías? ¿Y si Chris tenía algo que ver en las alucinaciones de Ellen? ¿Pero *qué*?

–¿Y cree que podía tener algo que ver con Ellen?

Ahora fue Axel quien pareció nervioso.

–No lo sé. No querría decir algo impropio, pero... la última vez que los vi juntos había algo en el aire, una tensión... Era como una nube oscura sobrevolando sus cabezas.

Mark no pudo evitar pensar en el hombre del saco. ¿Qué había dicho Ellen sobre él? «Y lo más probable es que lo conozca, que sea alguien de mi entorno... Sabe por qué caminos voy a correr, dónde vivo, cuál es mi número de teléfono, lo mucho que quería a *Sigmund*...»

Sintió un escalofrío.

–Axel... ¿Me permite que le tutee? –dijo, y tras el gesto de asentimiento de este, añadió:– ¿Has ido hoy a casa de Chris?

–No, pensé que estaría aquí. Vamos, por favor, Chris y yo somos amigos desde la mili. Si a él o a Ellen les ha pasado algo tengo que saberlo.

–Hasta este momento todos pensábamos que Chris estaba de vacaciones contigo, así que... aquí hay algo que no cuadra.

–¿Y Ellen? No está enferma, ¿no?

Los dos hombres se miraron a los ojos.

–¿Está... ha muerto?

–No –respondió Mark–. Al menos, no físicamente. Es largo de explicar.

–¿Y crees que Chris puede tener algo que ver?

Mark temblaba al asentir.

–Eso me temo, sí. Pero no sabría decirte el qué. Lo mejor será que nos lo explique él mismo, ¿no te parece? ¿Quieres acompañarme? Y por el camino te explicaré lo que le ha sucedido a Ellen.

Axel Pohl se quedó un instante en silencio, mirándose los zapatos con el ceño fruncido, y al final asintió.

—Está bien, vamos.

Mark volvió a su despacho y cogió su chaqueta. Al coger las llaves de la consulta empujó su taza sin querer y derramó el poco café que le quedaba. El líquido frío y negro se vertió por la mesa y el suelo. Por una milésima de segundo Mark no pudo evitar pensar en el modo en que Ellen había descrito la sangre de *Sigmund*. Y después recordó otra frase que le había dicho: «¡Si hasta he dudado de Chris! ¡Imagínate! ¡Pensar que él podía estar detrás de todo!».

47

Las últimas sombras del atardecer se aferraban a la casa de los Lorch como los dedos de un náufrago a una barca, pero al final se soltaron y desaparecieron en la oscuridad.

Axel Pohl aparcó en la acera de enfrente de la casa y respiró hondo. A la luz de las farolas parecía haber perdido todo el moreno de la piel.

–Todo esto es una locura –fue lo primero que logró decir tras oír la historia de Mark–. Una absoluta locura. Yo pensaba que estas cosas solo pasaban en las películas. ¿Y Ellen ya no recuerda nada?

–Por ahora no reacciona ante nada –le respondió Mark–. Sí, ya sé que parece increíble.

–¿Y crees que Chris puede haber sido el causante de todo? –preguntó Axel, mirando a Mark fijamente.– ¿Que ha estado jugando con ella, analizándola psicológicamente, porque descubrió que algo no iba bien?

–No tengo ni idea. Pero tiene que haber un motivo; algo que explique por qué le ha mentido.

–Es que es tan extraño... –dijo Axel, rascándose la cabeza–. No pega nada con el Christoph que yo conozco. No es un tío al que le gusten los secretos, y las mentiras siempre le han sacado de quicio. «Localiza tus problemas, enfréntate a ellos y no huyas», suele decir. Y siempre ha estado a mi lado cuando lo he necesitado. Sobre todo cuando Sabine se marchó. No, por más que lo intento no puedo imaginármelo en plan psicópata, intentando curar a su novia con una terapia de choque.

–Ya, pero mientras no sepamos lo que ha pasado tendremos que contemplar todas las posibilidades –replicó Mark–. Quizá se propuso confrontarla a sus peores pesadillas para liberarla de la conmoción y de pronto se le fue todo de las manos... O quizá haya un motivo completamente distinto. Lo que está claro es que algo tiene que haberlo llevado a decir que estaba en Australia contigo.

Axel Pohl asintió, pensativo, y al fin se desabrochó el cinturón de seguridad.

–Vamos a ver si está.

Bajaron del coche y se dirigieron hacia la casa que quedaba más al oeste del pueblecito de Ulfingen: una modesta y bella construcción de arquitectura entramada suaba, que debía de llevar ya más de un siglo ahí plantada, frente a la cercana ladera de la montaña Mägdeberg. Después de que Chris heredara la casa de sus padres había hecho muchos cambios en el interior, pero también en la fachada. Mark recordó todas las charlas que habían mantenido en el comedor del hospital sobre las últimas novedades en aislantes térmicos, dispensadores de agua, paneles solares y sistemas de calefacción no agresivos con el medio ambiente. Pero, pese a todas estas novedades técnicas, la casa no había perdido ni un ápice de su encanto tradicional. Solo la célula fotovoltaica del tejado parecía un elemento extraño en la construcción.

Cuando cruzaron el pequeño jardín que conducía a la casa, Mark notó que los músculos se le contraían. Por algún motivo, al observar las ventanas oscuras se encendió una señal de alarma en su cabeza: la de que estaban siendo observados.

No les respondió nadie, ni la primera ni la segunda ni la tercera vez que llamaron. La casa estaba a oscuras.

–¿A quién buscan?

Los dos hombres se dieron la vuelta y se toparon con un hombre mayor, apostado junto a la puerta del jardín en compañía de su perro salchicha. La calva del hombre, la prominente barriga y la densa barba blanca le hicieron pensar a Mark en un Papá Noel que se hubiera dejado el gorro en casa.

–Al señor Lorch.

–El doctor no está. Entre semana nunca está. ¿Y quiénes son ustedes?

–Amigos suyos –dijo Axel, al tiempo que Mark decía «compañeros del hopital».

–¿En qué quedamos? ¿Amigos o colegas de trabajo?

Mark suspiró.

–Yo soy un colega y el señor Pohl es un buen amigo suyo. Y, por lo que parece, usted es un vecino muy atento. ¿Podría decirnos cuándo fue la última vez que vio al señor Lorch?

–Hace ya muchos días. Por lo menos tres semanas –dijo el Papá Noel sin gorro–. Yo creo que los dos se han ido de vacaciones, pero nadie me lo ha dicho. Aun así, tenemos que vigilar la casa, ¿saben? Hay que proteger el vecindario...

El hombre señaló orgulloso a su perro, como si se tratara de un dóberman en tensión.

Mark y Axel cruzaron una breve mirada, agradecieron la información al vecino y se volvieron al coche.

–Aquí hay algo que no cuadra –dijo Mark–. Estás de acuerdo, ¿no?

Axel asintió.

–¿Para qué decirme que tenía que ocuparse de Ellen y desaparecer luego de la capa de la tierra? Esto me huele mal...

–¿Y ahora qué hacemos?

–Creo que los dos estamos pensando lo mismo –le dijo Axel Pohl, y señaló con la cabeza el otro lado de la calle. El hombre y el salchicha seguían ahí plantados, mirándolos con recelo–. Haremos ver que nos vamos de aquí, daremos la vuelta y luego intentaremos entrar por la parte trasera de la casa. Creo que en la guantera tiene que haber una linterna. Si no, seguro que hay una en el maletero.

Se detuvieron en una calle paralela y desde allí caminaron hasta la puerta de atrás de la casa de los Lorch, cuidando de no cruzarse con ningún otro miembro de la patrulla vecinal.

Mark vio el invernadero del que Ellen –cuando aún era Ellen– estaba enamorada, y pasó junto a él para dirigirse hasta la puerta que se alzaba sobre el suelo de terracota del porche posterior.

–¿Y si tienen alarma? –susurró Mark.

–No, seguro que no –susurró Axel.

–¿Cómo puedes estar tan seguro?

–Yo tengo una tienda de electrodomésticos. Si Chris se hubiese puesto una alarma, me la habría comprado a mí –Axel sonrió, nervioso. Pese a su apariencia segura y confiada, parecía que de pronto había perdido el valor–. Para serte sincero, no me gusta nada lo que vamos a hacer.

–Ni a mí –le aseguró Mark–. Pero es el único modo que se me ocurre para conocer el verdadero paradero de Chris. Quizá encontremos algún indicio en la casa.

–No le gustará nada si nos encuentra.

–Pero al menos obtendremos respuestas…

–Tienes razón –dijo Axel, con un suspiro–. Bien, pues vamos allá.

Mark toqueteó la puerta pero no vio el modo de abrirla desde fuera. Asintió mirando hacia Axel y entonces rompió con el codo uno de los cristales de la puerta. El ruido fue mayor del que habían esperado. Asustados, ambos esperaron algún tipo de reacción entre los vecinos, pero no pasó nada. Seguro que Papá Noel había decidido hacer lo mismo que el resto de sus semejantes a aquella hora: sentarse en el sofá a ver la tele.

Con cuidado, Mark metió la mano por el agujero y abrió la puerta desde dentro. Ambos pasaron por encima de los cristales y llegaron al comedor. A la luz de la linterna, la habitación parecía grande y algo fantasmagórica. Y olía a recién pintada.

–¿Chris?

Mark se asustó del sonido de su propia voz.

–Chris, ¿estás ahí?

Silencio.

–Bueno, era de esperar, ¿no? –dijo Axel, encogiéndose de hombros.

Mark pasó junto al sofá y se detuvo. Sobre una pila de periódicos y catálogos publicitarios vio el folleto de una agencia de viajes. Estaba abierto por una página en la que ponía:

VIAJES INDIVIDUALES A PRECIOS DE ESCÁNDALO

AUSTRALIA, NUEVA ZELANDA, COOK ISLANDS

Mark cogió el folleto y lo observó con más atención. En él se veía una playa paradisíaca y, como en muchas fotos de este tipo, el primer plano de una concha sobre la arena blanca. Y en el pie de foto:

HINCHINBROOK ISLAND – VACACIONES EN EL PARAÍSO

A Mark le temblaban las manos al dejar el prospecto donde estaba.

–¿Qué es? ¿Qué pasa? –preguntó Axel, iluminando la página con su linterna. Después dejó escapar un silbido y añadió:– ¡Qué fuerte!

–Debieron de estar aquí sentados, Chris y Ellen, abrazados, imaginando un viaje al paraíso. –Junto a los folletos había una botella vacía de *Merlot* y dos copas de vino. Testigos mudos de sus hipótesis.– Se tomaron un vinito y hablaron de esa isla australiana –dijo Mark, hablando más consigo mismo que con Axel–. Pero Chris nunca fue a la isla. Caray, ¿por qué demonios hizo ver que sí?

Avanzaron lentamente hacia la cocina. La ventana que quedaba junto a la mesa dejaba a la vista un pequeño jardín cuyo césped, bañado a la luz de la luna, esperaba que alguien se ocupase de él.

–Oye –dijo Axel–, ¿hueles eso?

–Sí, algo dulce, ¿no? Dulce y fuerte.

Conteniendo la respiración, Mark se detuvo y paseó la luz de la linterna por toda la cocina. Vio una pila de platos y tazas usados y, entonces, oyó el zumbido de las moscas.

Fue hacia el lugar del que provenía. El rayo de luz tembló al pasar de la lavadora al horno. En un momento dado, Mark tropezó con una cazuela y vertió su contenido: una mezcla blanquecina y mohosa que le obligó a lanzar un «¡uf!» de asco y alivio al mismo tiempo.

–Parece pasta, ¿no?

Axel lo miró y dijo:

–Raviolis.

–¿Por qué raviolis? ¿Cómo lo sabes?

–A Chris le encanta.

Mark echó otra mirada a la cazuela y añadió:

–Parece que hace mucho tiempo que nadie cocina en esta casa, ¿eh?

Y dicho aquello se dio la vuelta y volvió al comedor.

–Vamos a ver qué hay arriba –propuso Axel.

En el piso de arriba vieron el dormitorio y dos habitaciones cuyos muebles no dejaban lugar a dudas: eran los despachos de Ellen y Christoph. «La doctora Ellen Roth ya no necesitará un despacho nunca más», pensó Mark.

Y el baño.

Eternity.

La simple visión del perfume de Ellen hizo que a Mark se le desbocara el corazón. Por un momento se sintió muy, muy cerca de ella, aunque al mismo tiempo se avergonzaba de estar espiando en su casa. No tenía por qué estar ahí. Aquel no era su sitio, como cada una de las habitaciones se empeñaba en recordarle, y, sin embargo...

«Estás empezando a hablar solo», le advirtió una voz en su interior, «y finges estar aquí para saber de Chris cuando en realidad lo que quieres es otra cosa.

»Pero es que...

»Hay algo que no encaja.

»Aquí ha pasado algo.

»Lo notas.

»Y estás empezando a hablar solo porque tienes miedo de descubrir lo que es.»

Axel, que había echado un vistazo al dormitorio, le vino al encuentro.

–¿Has encontrado algo?

–No, nada que indique que en los últimos días ha estado aquí.

–Ni yo –dijo Axel–. Pero sí he encontrado una prueba de que *no* está de viaje: su maleta está en el armario.

–¿Y qué? Quizá alguien le prestara la suya.

–No, eso sí que no. Chris ha dado la vuelta al mundo con esa maleta. Bali, Hong Kong, Irlanda, Italia... Está ya hecha polvo pero a él le encanta. Alguna vez he intentado convencerle de que se comprara otra o cogiera una mía, pero él siempre se niega. Créeme, no se ha ido de viaje.

Mark suspiró.

–Está bien, supongamos que no se ha ido de viaje. ¿Eso a dónde nos lleva? ¿Se pelearon? ¿Se marchó de casa, sin más?

–Es lo único que se me ocurre –dijo Axel–. Al menos me parece más lógico que cualquier jueguecito psicológico sobre el hombre del saco...

Axel volvió a las escaleras seguido de Mark, y empezaron a bajar los escalones.

–¿Y ahora qué hacemos? Ya hemos mirado en todas las habitaciones...

–No en todas –dijo Axel, abriendo una portezuela que quedaba bajo el hueco de la escalera–. No sé si aquí encontraremos algo, pero es lo único que nos queda por revisar.

El sótano olía a vino agrio, mezclado con algo que Mark no fue capaz de distinguir. Era como una mezcla de alcohol de alta graduación, madera podrida y fruta madura.

–El interruptor no funciona –dijo Axel, tras varios intentos–. Echaré un vistazo a la caja de fusibles, que está arriba, junto al ropero.

Mientras Axel iba a mirar los fusibles, Mark siguió bajando las escaleras. Por lo visto, Chris y Ellen no habían empezado a ordenar el sótano. A la luz de la linterna Mark vio algunos cubos de pintura junto a los escalones. Uno de ellos se había caído y se había vertido el contenido. El líquido sobre las escaleras tenía un desagradable parecido con la sangre reseca.

«Barniz para madera», ponía en la etiqueta. Claro que olía mal.

Un escalón más abajo vio una escalera de aluminio apoyada contra la pared, y un poco más abajo aún una caja de herramientas sobre la que había un destornillador.

Al final de los escalones la oscuridad era absoluta y devoraba la luz de la linterna a pocos metros de Mark.

Este iluminó dos cajas de cartón que tenía ante sí. En una se leía, escrito con rotulador negro:

LIBROS DE CHRIS

En la otra, con una letra infantil que recordaba vagamente a la de Ellen, las palabras:

UN POCO DE TODO

Y a su lado, un *smiley* de esos que pintan los niños. Guiñaba el ojo, sacaba la lengua y tenía las orejas de soplillo y tres pelos que salían disparados de su cabeza, como antenas.

Esta última caja era evidentemente anterior a las otras. No era una caja de mudanzas como las que habían visto en la buhardilla. Y estaba abierta.

Mark se acercó y vio muñecas, animales de peluche y un buen número de libros, cubiertos de polvo, la mayoría de Enid Blyton. Vio varios ejemplares de *Los cinco*, *Los siete secretos*, *Torres de Mallory*... Y dos volúmenes más gruesos, uno sobre caballos y otro sobre gatos.

«Libros de niña», pensó. «Típicos de los setenta y los ochenta. Los libros que debió de leer una pequeña llamada Lara.»

Mark pensó entonces en el volumen de la Caperucita Roja aterrorizada ante el lobo, y en la estrella y el círculo que Lara había pintado con cera sobre el cuadro para superar su miedo.

Hacía unos días había recordado lo que Ellen le había contado del libro, y había ido a la librería de viejo de Alexander Eschenberg, un tipo encantador que se lo había vendido por lo mismo que había pagado: diez euros.

Aquella compra había sido más bien un acto de desesperación, un nuevo intento de descubrir el verdadero motivo del colapso de Ellen. Y desde que lo había comprado había mirado a diario el dibujo de Caperucita y el lobo, se había pasado horas observándolo, como si esperara encontrar en él la respuesta a todas sus preguntas.

En su día, Ellen había creído que el libro era un mensaje del hombre del saco, pero debió de haberlo encontrado en aquella caja del *smiley*.

Y Mark se quedó mirando el cartón, pensativo.

«¿Qué te pasó al encontrar el libro en esta vieja caja? ¿Te asustaste? Sí, seguro que sí. Pero habías reprimido tu pasado de tal modo... que no pudiste reconocerte en la aterrorizada Caperucita, ¿verdad? Y el lobo malvado se convirtió en la sombra de un perro negro que empezó a colarse en tus sueños ¿no es cierto? ¿Fue esto lo que sucedió?»

Chris debió de darse cuenta de que ese libro atribulaba a Ellen y le provocaba una reacción de lo más insólito, y...

Mark sintió de pronto un escalofrío.

¡¡Por supuesto!! ¿Cómo no se le había ocurrido antes? ¡Al fin entendía lo que había sucedido! En aquel preciso momento le vino a la cabeza algo que había sucedido hacía ya un mes, un lunes al mediodía, en la cantina de la Clínica del Bosque: Ellen apareció con la tez pálida y el humor algo alterado, nerviosa, sin ganas de reírle las bromas. Fue justo una semana antes de que Chris partiera hacia su supuesto viaje a Australia. En aquel momento, Mark pensó que Ellen debía de estar algo estresada, agotada más bien, porque a buen seguro Chris y ella habrían vuelto a pasar el fin de semana trabajando en su futura casa; pero ahora, de pronto, se le ocurría un nuevo motivo para aquel estado de ánimo: seguro que acababa de encontrar el libro y ya no había logrado librarse de la angustia que le provocaba. Era evidente que los mecanismos de bloqueo de su personalidad aún funcionaban correctamente y que Ellen seguía metida en la piel de su personaje, de la psiquiatra equilibrada y eficiente, pero también lo era que algo había empezado a desmoronarse. Algo ubicado en lo más profundo de su subconsciente.

Y debió de ser aquello a lo que Chris se había referido al decir que tenía que tratar unos asuntos personales: seguro que se había dado cuenta del desasosiego de Ellen, había intentado descubrir el motivo y que esa misma semana le había vendido el libro a Alexander Eschenberg.

Por lo mismo, Chris podría haberlo tirado a la basura, pero a Mark le pareció entender por qué había preferido venderlo. La explicación la encontró en algo que le había dicho el librero cuando él fue a comprar el ejemplar ilustrado:

—Su dueño me dijo que quería venderlo para convertir en bueno un mal recuerdo. A mí me pareció una afirmación algo críptica, pero el tipo no añadió nada más, y yo no le di más vueltas. Hasta que vino por aquí una chica y vi su rostro desencajado al ver el libro y enterarse de que conocía a la persona que me lo había vendido.

Mark no pudo evitar pensar en algo que en psiquiatría se conoce con el nombre de «contrato» entre terapeuta y paciente. Y Chris era psiquiatra. ¿Y si le había prometido a Ellen deshacerse del libro que la asustaba y sustituirlo por algo bonito? Quizá creyó que con aquel gesto podría aliviar su angustia y conseguir que ella hablara sobre los motivos de su miedo.

«O eso es lo que yo habría intentado, de haber estado en su lugar», pensó Mark. «Habría vendido el libro y habría utilizado el dinero para comprarle algo bonito. Un regalo, quizá, o una cena romántica. Algo que a ella le hubiese gustado. Y entonces habría intentado descubrir qué era lo que la atemorizaba.»

Aquel pensamiento le sorprendió. Quizá Chris y él no eran tan diferentes, al fin y al cabo. Quizá… quizá Ellen se habría enamorado de él si Chris no hubiese existido.

Notó que se le ponía la carne de gallina y apartó aquella idea de su cabeza. Ahora lo más importante era saber qué había sucedido. Algo debió de salir mal, y Chris decidió desaparecer. ¿Pero por qué y a dónde?

Mark siguió buscando entre las cajas cuando oyó a Axel bajando las escaleras que quedaban a su espalda.

–Los fusibles funcionan perfectamente. Debe de ser cosa de los cables. Pero a cambio he encontrado algo en el ropero. Mira.

Axel iluminó el objeto que tenía en la mano y Mark se quedó de piedra. Era un pasamontañas negro de esos que se utilizan para esquiar. Idéntico al que, según la descripción de Ellen, había llevado el hombre del saco en las salas de terapia de los túneles.

Pero ella misma le dijo que estaba convencida de que el hombre que lo llevaba no era Chris.

–Quizá se lo ponga para hacer footing –dijo Axel, comentando su descubrimiento–. Aquí el aire en invierno es gélido…

Mark asintió, pensativo.

—Sí, claro, es probable.

—¿Aún crees en la teoría del juego psicológico?

—No estoy seguro, pero, por lo que estamos viendo, todo apunta a que eso fue lo que pasó, ¿no te parece? ¿O por qué me estás enseñando el pasamontañas, si no?

Axel se encogió de hombros.

—Es que ya no sé qué pensar ni qué creer… ¿Tú has descubierto algo, aquí abajo?

—Solo la caja en la que Ellen debió de encontrar el libro de cuentos ilustrado.

Apenas había pronunciado aquellas palabras cuando pisó algo que crujió bajo sus pies. Se dio la vuelta para ver de qué se trataba e iluminó el suelo con su linterna.

—¿Qué pasa? —dijo Axel, acercándose a él.

—Cristales rotos. De una botella de vino, seguramente.

Axel levantó la mano para iluminar la estantería en la que se hallaban las botellas de vino. A la derecha no quedaba ni una sola, y a la izquierda…

Lo que vieron a la izquierda les heló la sangre en las venas.

—¡Hostia! —gimió Axel, casi sin aliento.

Era Chris. Estaba apoyado en la pared como un borracho, a menos de tres metros de Mark. Su pelo rubio y corto parecía blanco a la luz de la linterna, como si hubiera envejecido varios años desde la última vez que lo habían visto. Parecía que se había quedado dormido en plena borrachera. Y podría haber sido cierto, de no ser por el avanzado estado de descomposición en que se hallaba su cuerpo.

Mark se quedó petrificado, incapaz de apartar la mirada del abotargado rostro del muerto. Los ojos de Chris, siempre tan azules e intensos, estaban ahora cubiertos por un velo lechoso, la mandíbula inferior se abría de par en par como si estuviera lanzando un grito mudo, y su piel, pálida y deformada, estaba marcada por infinidad de venitas azuladas.

Chris siempre había prestado mucha atención a su aspecto en vida, pero su muerte le había jugado una mala pasada y lo había convertido en una estremecedora parodia de sí mismo. Su camiseta entallada, que debía de haber resaltado su musculoso y entrenado tórax, estaba ahora tensa sobre un cuerpo tan hinchado que amenazaba con hacerla explotar en cualquier momento, y lo mismo sucedía con sus vaqueros de marca, convertidos de pronto en una segunda y ajustada piel.

Y parecía estar de pie porque tenía la nuca clavada en una alcayata que salía de la pared.

Mark vomitó. Tuvo la sensación de que la habitación empezaba a moverse a su alrededor. Oyó a Axel a sus espaldas, saliendo de allí a toda prisa, subiendo las escaleras y vomitando antes de llegar al rellano.

A él también le habría gustado salir corriendo, pero no podía apartar la vista de Chris. ¡Qué injusto había sido con él! Había dudado de su inocencia, había creído que les había mentido sobre su viaje... y resulta que todo había sido parte de la locura de Ellen.

Mark entendió que la había creído a ella porque había querido hacerlo, ni más ni menos. Un buen psiquiatra tendría que haber reconocido los síntomas y haberse imaginado...

¿Qué, si no, habría podido ser tan horrible como para que Lara no pudiera seguir viviendo en la piel de su alter ego?

Era ella quien había matado a Chris.

Mark no era patólogo, pero estaba seguro de que en el pecho de Chris hallarían dos hematomas, ubicados justo a la altura de los brazos extendidos de Lara. Justo donde ella había presionado para empujarlo. Justo antes de que la alcayata se le clavara fatalmente en su espina dorsal.

¿Pero por qué lo habría hecho? ¿Se habría tratado de un arrebato pasional? ¿Habrían estado...?

Mark dejó escapar un gemido al imaginar la respuesta. Se dio la vuelta y enfocó el techo con la linterna. Y encontró lo que estaba buscando: una bombilla fría y pelada, que pendía de un cable solitario. La desenroscó, la alumbró y vio el alambre quemado. Las imágenes se agolparon en su cabeza. La sombrilla. La caja. La botella de vino y las dos copas en el salón. La botella rota en el suelo del sótano. La estantería. El cadáver de Chris.

«Con el dinero que le dieron por el libro, Chris compró una botella de vino, y al pasar junto a una agencia de viajes se llevó un folleto para echarle un vistazo. Os sentasteis en el sofá y empezasteis a imaginar lo que haríais cuando acabarais con la renovación de la casa. Os reísteis y bebisteis vino, y al acabar la botella quisisteis un poco más, de modo que bajasteis juntos al sótano.

»Una vez aquí empezaste a sentirte incómoda, ¿verdad, Ellen? No podías dejar de pensar en la Caperucita Roja de aquel libro que habías encontrado hacía un par de días, aunque aún no sabías por qué te angustiaba tanto.

»Os dirigisteis a la estantería en la que estaban las botellas, cogisteis una y entonces… entonces sucedió todo. La bombilla se fundió y os quedasteis a oscuras. En un sótano. Como aquella vez, en el bosque. Y alguien te tocó. Alguien que ya no reconociste como Chris, porque el pánico te lo impidió.

»Quizá quiso calmarte al ver que perdías los nervios. Lo más probable es que empezaras a gritar como aquel otro día, hace años, en el sótano de los Sallinger. Y creíste que el hombre del saco había vuelto a por ti. Así que lo empujaste. Solo que esta vez eras mayor, y más fuerte.

»Y cuando entendiste lo que había pasado volviste a convertirte en Ellen. Ellen la fuerte. Ellen la luchadora. Ellen la que odia perder el control.»

—¿Lo hizo ella? —preguntó Axel.

Estaba sentado en las escaleras, sin fuerzas para levantarse, mientras su vómito resbalaba por los escalones.

—¿Fue Ellen quien lo mató? —insistió.

–No –respondió Mark–. Fue Lara. Luego volvió a convertirse en Ellen, pero fue Lara quien lo mató. A Ellen le faltaron esta vez las fuerzas para evitar la tragedia. –Su voz sonaba sorda y grave en el interior de aquel sótano.– El armario del subconsciente en el que Ellen guardaba la historia de Lara estaba demasiado lleno como para volver a cerrarlo sin más.

Mark sintió que le abandonaban las fuerzas y se desplomó sobre el polvoriento suelo. Sin poder evitarlo, rompió a llorar desconsoladamente. Escondió la cara entre las manos y vio ante sí la imagen de Ellen, que lo miraba a los ojos, fijamente, sonriendo.

«Al fin lo sabes», parecía decirle. «Al fin lo sabes todo, Mark. Ahora ya está. Todo irá bien.»

Se sujetó las rodillas con los brazos, sollozando. El halo de luz de su linterna enfocaba tercamente la bombilla fundida.

«Esa maldita bombilla… La gota que colmó el vaso.»

Había sido todo tan casual, tan macabramente azaroso, que Mark estuvo a punto de ponerse a reír. Había encontrado el *trigger*. El jodido detonante. Una bombilla que decidió concluir sus servicios en el momento y el lugar menos adecuado.

Apenas unos segundos después oyeron gritos y golpes en el piso de arriba.

–Lo que faltaba –suspiró Axel, justo antes de que alguien gritara:

–¡Por aquí! ¡Están abajo, en el sótano! ¡No se muevan, policía!

48

Mark y Axel salieron de la comisaría de madrugada. Pasaron horas sometidos al interrogatorio del jefe de policía, un tal Kronenberg. Al principio los trató como si fueran culpables de lo acontecido en casa de los Lorch, pero, no sin paciencia y esfuerzo, Mark logró explicarle lo que había sucedido en realidad.

Kronenberg, entonces, lo había escuchado en silencio, con la boca abierta, interrumpiéndole de vez en cuando para hacerle preguntas, y para cuando dio por concluido el interrogatorio, los tres hombres estaban agotados, angustiados y derrotados.

Una vez al aire libre, Mark se recostó en una farola e inspiró el aire fresco del amanecer. Axel lo miró con los ojos enrojecidos por la zozobra y el cansancio. Parecía un microcirujano que hubiese empalmado dos turnos de guardia.

–No me cansaré de repetirlo: esta es la historia más increíble que he oído en mi vida.

Mark se frotó las sienes. No recordaba haber estado tan agotado en toda su vida, pero al mismo tiempo se sentía incapaz de pegar ojo. Se metió las manos en los bolsillos de la chaqueta, en busca de cigarrillos, pero antes de que los encontrara Axel le ofreció un paquete de Marlboro. Mark cogió uno. Axel le acercó el encendedor, se encendió otro para sí y ambos miraron al cielo.

Un rebaño de nubes en forma de ovejitas se les acercaba desde el este. El cielo del amanecer adquiría unas tonalidades rosas y lilas que lo hacían parecer irreal.

«Irreal», se dijo Mark. «Sí, eso es. Tan irreal como la vida misma. ¿Quién está capacitado para decir qué es real y qué no lo es?»

—¿Crees que recuperará la cordura? ¿Qué podrá volver a ser normal?

—Mientras hay vida hay esperanza. Es una cuestión de tiempo, supongo. Pero debería admitir que es Lara y no Ellen. Solo así podríamos ayudarla. Solo así podría volver a empezar.

—Pero no estás muy seguro, ¿verdad?

Mark lanzó su cigarrillo al suelo y lo pisó con el pie derecho, algo más fuerte de lo necesario.

—No dejo de pensar en ello ni un segundo. Y no puedo estar seguro, no. En el peor de los casos pasará el resto de su vida como ahora, en estado de choque, lo cual no debería sorprendernos demasiado, teniendo en cuenta que su alter ego logró perdurar muchos años en activo. Quizá no haya vuelta atrás...

Axel asintió, pensativo.

—¿Y tú? ¿Qué harás ahora?

Mark se encogió de hombros con la vista fija en la colilla aplastada.

—Ni idea. Creo que por ahora necesito alejarme un tiempo de todo. Hace un tiempo me ofrecieron un trabajo en otra clínica psiquiátrica, y creo que voy a preguntar si aún tienen aquella plaza.

—¿No quieres quedarte a cuidarla? Seguro que nadie se ocupa de ella mejor tú...

—Me temo que te equivocas. Creo que sería el peor terapeuta que podría tocarle. Y no lo digo porque me avergüence de no haber reconocido su sintomatología, sino porque... porque en algún momento intentaría que Lara volviera a desaparecer y me devolviera a Ellen. O a alguien que me la recordara. Y robaría a Lara su oportunidad. Sí, lo mejor que puedo hacer por ella es alejarme y dejarla en paz. Ya la he ayudado cuanto he podido. —Dejó escapar un largo suspiro.— ¿Puedes entenderme?

Axel lo miró a los ojos.

–¿Estabas enamorado de ella, no es cierto?

El sol asomó por el horizonte y bañó de luz matinal el color lila del cielo. Lo irreal se volvía, de nuevo, real.

Mark hundió las manos en los bolsillos de los pantalones y avanzó unos pasos sin mirar a Axel. Cuando llegó a la esquina de la calle se detuvo y miró el tráfico de la mañana. Entre ruidos y bocinas, la ciudad se preparaba para un nuevo día.

Y en aquel preciso segundo, Mark se sintió en paz. Comprendió que no importaba que algo irremediablemente hubiese llegado a su fin; que fuera lo que fuera lo que el futuro le deparaba, había algo que no cambiaría. Algo que nadie podría robarle. Un recuerdo que a partir de aquel momento guardaría como un tesoro.

Los labios de Ellen sobre los suyos.

«No habrá más» le había dicho ella. Y ahora que Ellen ya no existía, sus palabras resultaban más ciertas que nunca.

Pero jamás se había sentido tan cerca de ella como en aquel momento.

EPÍLOGO

Es la hora de comer en la unidad privada de la Clínica del Bosque.

La enfermera Elisabeth abre el carrito de metal que poco antes habían subido en el montacargas desde el túnel de abastecimiento. Le llega un fuerte olor a guisado. Levanta la tapa de una de las bandejas y descubre que se trata de albóndigas con salsa y patatas hervidas. En el cuenco de al lado, un pudin amarillo con una frambuesa de decoración. «Será de vainilla, o de almendras», se dice.

Coge una de bandeja del carrito. Y cuando se da la vuelta, se encuentra con Marion, la enfermera de la unidad número nueve. Lleva un ramo de flores en una mano.

–¡Hola, Marion! ¿Qué haces aquí? –le pregunta.

–Vengo a visitar a la doctora Roth –dice, pero enseguida se corrige–. Quiero decir, a la señorita Baumann.

–Qué bien, me alegro. Desde que el doctor Behrendt se despidió no viene a verla nadie más que su amiga. Mira, estaba a punto de llevarle la comida.

–¿Quieres que lo haga yo? –se ofrece Marion.

–Perfecto, gracias. Pero tendrás que darle de comer tú misma. Ella se niega a hacerlo sola.

–No hay problema –dice Marion, sonriendo.

Y mientras Marion se dirige a la habitación de Lara Baumann, la que queda al final del pasillo, Elisabeth se ofrece a poner en agua esas flores.

Antes de entrar, la enfermera se detiene unos segundos. Es la primera vez que se ven después de todo lo sucedido.

La imagen de la mujer que está sentada junto a la ventana, inmóvil y en silencio, le resulta desconocida. Ella quería mucho a Ellen, y en las últimas semanas había rezado cada día por ella, pero... ahora que la tiene delante, le parece una desconocida.

–Hola –dice Marion, mas la mujer de la ventana no se ha dado cuenta de su presencia.

La enfermera se acerca con cuidado hasta ella, deja la bandeja, coge una silla y se sienta a su lado. La paciente está ensimismada, pero a Marion le parece reconocer algo de vida en sus ojos.

–Le he traído la comida –dice, en voz baja–. Seguro que tiene hambre. Ha adelgazado desde la última vez que la vi.

Pincha un trozo de patata con el tenedor y sopla para enfriarlo. Con todo el cuidado del mundo, acerca el cubierto a la boca de aquella mujer que creyó haber conocido tan bien y de la que ya solo queda una sombra.

–Vamos, tiene que comer algo –le dice con cariño, mientras le pasa una mano por el pelo–. Si no, nunca recuperará las fuerzas.

La mujer no se mueve. Marion le roza los labios con la patata.

–Pensaba que le gustaban las patatas, Ellen.

Ahí está. La vida. La paciente mueve la cabeza, mira a Marion, y esta tiene la sensación de que al fin *la ve*. Algo en aquella mirada le hace pensar en una niña tímida y asustada, recién levantada.

Murmura algo.

–¿Cómo dice? No le he oído.

Marion acerca la oreja a la boca de la mujer y, por fin, entiende sus palabras.

–Lara. Me llamo Lara.

ADVERTENCIA Y AGRADECIMIENTOS

Las figuras y acontecimientos que se narran en esta historia son pura ficción. Cualquier parecido con la realidad es mera coincidencia y no responde en absoluto a mi voluntad. Hay, no obstante, cuatro salvedades excepcionales: cuatro figuras que he querido dedicar a amigos míos muy queridos. No tengo intención de desvelar sus nombres, pero estoy seguro de que ellos se reconocerán al leer estas páginas.

La Clínica del Bosque en la que sucede gran parte de la historia no existe, aunque conozco una clínica cuya distribución espacial se parece extraordinariamente a la de mi ficción.

Tampoco se encontrarán en un plano de Alemania la ciudad de Fahlenberg o el pueblo de Ulfingen. Teniendo en cuenta lo delicado de la temática que se presenta me pareció más adecuado inventarme los nombres.

Alpirsbach, en cambio, sí existe, pero me he tomado ciertas libertades al describirla, como bien habrán visto cuantos la conozcan.

La leyenda de la «Finca de los Sallinger» también está basada en un hecho real, aunque, para proteger a los afectados, he alterado los hechos levemente y he cambiado los nombres y lugares.

Quiero dar las gracias a cuantos me han ayudado a convertir esta novela en un ejemplar impreso, especialmente a mi amigo Andreas Eschbach, a quien debo agradecer muchas más cosas de las que podría expresar en unas líneas.

Vaya mi agradecimiento también para mis agentes literarios, Roman Hocke y Uwe Neumahr, por su trabajo infatigable y su empeño en encontrar el mejor hogar para mis libros, así como para mi corrector y lector Markus Naegele por sus esfuerzos, su magnífica colaboración y la confianza que despertó en mí desde el primer momento.

Agradezco a Angela Kuepper sus críticas, siempre útiles, y sus numerosas sugerencias literarias. De ella aprendí que en ocasiones hay que sacrificar alguna historia para que el resultado sea realmente bueno. Escribir puede ser una empresa muy dura, pero también el mejor trabajo del mundo.

De gran ayuda en mis investigaciones fueron la doctora en psiquiatría Rana Kalkan, la señora Ost (de la oficina de pasaportes de mi ciudad natal), el «señor X», que me dio información sobre los *hackers* informáticos, y Rainer Sowa, que me describió con todo detalle un proceso de descomposición. (Si pese a todo he incurrido en algún tipo de disparate, la culpa es solo mía.)

Mi más sincero agradecimiento también a Marianne Eschbach, Ursula Poznanski, Kerstin Jakob, Rainer Wekwerth y Thomas Thiemeyer, que leyeron el libro y me dieron sus opiniones. ¡Es magnífico tener amigos así!

Y también quedo agradecido a Mo Hayder, por lo que me regaló de improviso en Londres, en una lluviosa tarde de abril.

Pero, sobre todo, quiero dar las gracias a mi mujer, Anita. Sin su paciencia, su comprensión y su inquebrantable fe en mí no habría podido lograrlo.

WULF DORN
Octubre 2008

Wulf Dorn inició su carrera escribiendo relatos de horror bajo el influjo de su fascinación por lo extraño y el misterio, para luego encaminarse hacia el género del *thriller*. Antes de dedicarse por completo a la escritura, trabajó en un hospital psiquiátrico durante veinte años. Con *La psiquiatra* (2011), su novela debut, logró inmediatamente un éxito de ventas internacional, al que siguieron *El superviviente* (2012), *Acosado* (2014), *Phobia* (2016) y *Los herederos* (2019), todos ellos publicados por Duomo. Ha recibido diversas distinciones, como el galardón francés Prix Polar y el Premio Ulla Hahn. Dorn ama las buenas historias, los gatos y los viajes.

Esta primera edición de *La psiquiatra,* de Wulf Dorn,
de la colección Duomo 10 aniversario, se terminó de imprimir en
Grafica Veneta S.p.A. di Trebaseleghe (PD) de Italia en junio de 2019.
Para la composición del texto se ha utilizado la tipografía
Sabon diseñada por Jan Tschichold en 1964.

Duomo ediciones es una empresa comprometida con el medio
ambiente. El papel utilizado para la impresión de este libro procede
de bosques gestionados sosteniblemente.

PEFC
PEFC/18-31-226

Este libro está impreso con el sol. La energía que ha hecho posible
su impresión procede exclusivamente de paneles solares.
Grafica Veneta es la primera imprenta en
el mundo que no utiliza carbón.

GRAFICA VENETA

Otros libros de la colección
Duomo 10 aniversario

A través de mis pequeños ojos,
de Emilio Ortiz

El asesinato de Pitágoras,
de Marcos Chicot

El bar de las grandes esperanzas,
de J. R. Moehringer

Me llamo Lucy Barton,
de Elizabeth Strout

La Retornada,
de Donatella Di Pietrantonio

El cazador de la oscuridad,
de Donato Carrisi

La voz de los árboles,
de Tracy Chevalier

Open,
de Andre Agassi

La simetría de los deseos,
de Eshkol Nevo